· 安徽师范大学文学院学术文库 ·

中国现代叙事文学的情感与叙述

ZHONGGUO XIANDAI XUSHI WENXUE DE QINGGAN YU XUSHU

方维保 著

安徽师范大学出版社

·芜湖·

责任编辑:胡志恒　彭　敏
装帧设计:杨　群　欧阳显根
责任印制:郭行洲

图书在版编目(CIP)数据

中国现代叙事文学的情感与叙述/方维保著.—芜湖:安徽师范大学出版社,2014.12
(安徽师范大学文学院学术文库)
ISBN 978-7-5676-1666-0

Ⅰ.①中… Ⅱ.①方… Ⅲ.①中国文学—现代文学—叙事文学—文学研究 Ⅳ.①I206.6

中国版本图书馆CIP数据核字(2014)第266838号

本书由安徽师范大学教育基金会宝文基金资助出版

中国现代叙事文学的情感与叙述

方维保　著

出版发行:安徽师范大学出版社
　　　　芜湖市九华南路189号安徽师范大学花津校区　　邮政编码:241002
网　　　址:http://www.ahnupress.com/
发 行 部:0553-3883578　5910327　5910310(传真)　　E-mail:asdcbsfxb@126.com
印　　刷:安徽芜湖新华印务有限责任公司
版　　次:2014年12月第1版
印　　次:2014年12月第1次印刷
规　　格:700×1000　1/16
印　　张:17.5
字　　数:280千
书　　号:ISBN 978-7-5676-1666-0
定　　价:35.00元

总　序

　　安徽师范大学文学院的前身是 1928 年建立的省立安徽大学中国文学系,是安徽省高校办学历史最悠久的四个院系之一。这里人才荟萃,刘文典、郁达夫、苏雪林、周予同、潘重规、卫仲璠、宛敏灏、张涤华、祖保泉等著名学者都曾在此工作过,他们高尚的师德、杰出的学术成就凝固成了我院的优良传统,培养出了一大批出类拔萃的各类人才。

　　文学院现设有汉语言文学、汉语言、秘书学、汉语国际教育等 4 个本科专业;文学研究所、语言研究所、古籍整理研究所、美育与审美文化研究所、艺术文化学研究中心等 5 个研究所(中心)。拥有中国语言文学博士后科研流动站,中国语言文学一级学科博士点,中国语言文学、艺术学理论 2 个一级学科硕士学位点;设有中国古代文学等 10 个硕士学位二级学科授权点和学科教学(语文)、汉语国际教育两个专业学位点;有 1 个安徽省 A 类重点学科(中国语言文学),3 个安徽省 B 类重点学科(中国古代文学、汉语言文字学、中国现当代文学);1 个国家级特色专业建设点(汉语言文学专业),1 个国家级教学团队(中国古代文学),2 门国家级精品课程(文学理论、大学语文),1 个省级刊物(《学语文》)。

　　文学院师资科研力量雄厚,现有专任教师 82 人,其中教授 26 人,副教授 40 人,博士 51 人。2009 年以来,本学科共主持省部级以上科研项目 74 项,其中国家社科基金项目 20 项(含重大招标项目 1 项),获得省部级以上奖励 13 项。教师中,有国家首届教学名师 1 人,享受国务院特殊津贴 12 人,皖江学者 3 人,二级教授 8 人,5 人入选省级学术和技术带头人,6 人入选省级学术和技术带头人后备人选。

　　走过 80 多年的风雨征程,目前中文学科方向齐全,拥有很多相对稳定、特色鲜明的研究领域。唐诗研究、"二陆"研究、宋辽金文学研究、词学研究、现代小说及理论批评研究、当代文学现象研究、《文心雕龙》研究、古典诗歌接受史研究、梵汉对音研究、句法语义接口研究、儿童语言习得研究等在全国居于领先地位或在学术界有较大影响。特别是李商隐研究的系列成果已成为传世经典，国务院学位委员会委员、北京大学教授袁行霈先生说，本学科的李商隐研究，直接推动了《中国文学史》的改写。

经过几代人的薪火相传，中文学科养成了严谨扎实的学术传统，培育了开拓创新的学术精神，打造了精诚合作的学术团队，形成了理论研究与服务社会相结合、扎根传统与关注当下相结合、立足本位与学科交融相结合、历代书面文献与当代口传文献并重的学科特色。

新世纪以来，随着老一辈学者相继退休，中文学科逐渐进入了新老交替的时期，如何继承、弘扬老一辈学者的学术传统，如何开启中文学科的新篇章，成了摆在我们面前的迫切任务。基于这一初衷，我们特编选了这套丛书，名之为"安徽师范大学文学院学术文库"，计划做成开放式丛书，一直出版下去。我们认为对过去的学术成果进行阶段性归纳汇集，很有必要，也很有意义，可以向学界整体推介我院的学术研究，展现学术影响力。

现在呈现在读者眼前的是第一辑，文集作者均是资深教授或博士生导师，有年高德劭的老一辈专家，有能独当一面的中年学术骨干，有崭露头角的青年才俊，可以反映出文学院近年科研的研究特点与研究范式。

新时代，新篇章。文学院经过八十余年的风雨砥砺，取得了辉煌的成就。赭塔晴岚见证了我们的发展，花津水韵预示着我们会更上层楼；"傍青冥而颉颃白日，出幽谷而翱翔碧云"。我们坚信，承载着八十多年的历史积淀，文学院的各项事业必将走向更大的辉煌！

我们拭目以待……

丁　放　　储泰松

2014 年 8 月

前　言

　　中国现代文学,虽然只有短短的三十余年,但却是悠久的中国文学史中最具有革命性的一页。白话文运动以降的现代新文学,不但创造了现代汉语,而且创造了一种可以沟通世界的新的思想文化和情感表达方式。

　　中国新文学其实就是新文化知识分子情感姿态的展现。鲁迅、郁达夫、朱自清、曹禺、老舍、巴金、沈从文等一代新文化知识分子,在对待传统的道德文明的态度上,其立场上是鲜明的,但是,他们作为转型期知识分子的复杂性在于,叙事作为自我的言说,又不是绝对的理性所能控制的。他们的言说充满了悖论。在他们的作品中,既有新文化知识分子对于历史进化的信奉,又有因现实遭遇而形成的退化论历史观;既有着对于个性解放的热烈的践行,又有着旧时代士大夫情结的纠缠;他们身处现代性的场域中,享受着现代性的饕餮盛宴,又洞穿现代性的危机,企图为国人找到一个寄存人性理想的世外桃源。在他们的叙述中,现代知识分子的形象是精神性的,当然也是矛盾的和痛苦百结的;在他们的叙述中,现代知识分子都是思想者,他们思考着科学与启蒙,又顾忌着传统信仰的崩溃给人民所带来的灵魂无处寄放的痛苦;他们展现着现代社会中传统宗法伦理的怪诞形象。新文学之叙事文学展现了新文化知识分子的精神结构和人生姿态。

　　新文学之叙事文学,在叙述自我和外在世界的时候,有着一套自己的叙述策略。叙述和修辞的分析,看上去是形式问题;但我认为,新文学的叙事和修辞总是关联着它的文化历程。叙述结构是精神结构的凝结和外化的形式。一种叙事和修辞的运用总是包涵了作家的价值观和作品的价值取向,作家总是试图通过某一种叙事和修辞来实现一种意图。还有一个层面,叙事和修辞有着鲜明的时代和民族的烙印,甚至阶层和阶级以及党团的烙印。叙述涉及伦理,伦理只有通过叙述才能显现。但道德情感伦理和叙述伦理是两个问题,文学作品中鲜明的道德情感是伦理的范畴也是思想内容的范畴;文学叙述中的伦理则是另外一个问题,有着强烈的形式主义的因素,叙述伦理包涵着叙述的策略;当然,叙述策略中也体现着价值倾向和情感伦理。新文学的题材选择、情节设计以及故事的展开方式,总是有着价值的选择。无论是启蒙者还是红色革命者,启蒙是他们自负的历史责任,于是,改写和洞穿传统的题材,颠覆传统的故事讲述方式和演绎路径,成为他们乐此不疲的叙述策略;女权主义,只是叙述自我,但是却将一个老掉牙的三角恋爱故事的男权主义叙述方式颠覆再造为女权主义的叙述结构;张恨水的叙述方式,更多地联系着报纸传媒,他的连载小说在那个时代却暗通着古老的说话艺术,对于消费市场和受众的考量,使他选择了古怪的现代章回体的叙述方式。在现代叙事文学中发现古老的叙述结构,这是文化人类学的考察,现代与传统精神沟通的考察。但是,新文学的叙事毕竟有着太多的西方经验和现代文化因素,新文学走向成熟,其实就是叙事的成长。

左翼"革命文学"是现当代最为蓬勃的文学乃至文艺的思潮。"左翼"这一术语,从一般意义来说,狭义的"左翼"就是 1930 年左联成立后的左联文学。但是我认为它与此前的"革命文学"和此后的"延安文学"以及当代五六十年代的"人民文学"在文化精神和审美风尚上都有着一脉相承的联络,所以在概念的使用上,由于文章发表年代的差异,不同时期会使用不同的概念;文章放在一起给人混用的感觉,而"混用"恰恰说明了我对它们之间共同性的认同。左翼"革命文学"的最大问题是文学话语中的知识分子的情感处理和阶级地位的叙述问题。左翼"革命文学"在长期的革命实践和文学实践中铸就了自己的人民伦理秩序。这既是一个价值倾向问题,又是一个叙述伦理问题。而知识分子对于左翼文学想象的介入和退出,无论是作为创作主体还是作为形象主体,自始至终都处于焦虑之中。我试图描述出它的历史流变,并通过流变的描述以揭示文学话语和政治话语的本质。

苏雪林在现代文学史上的地位是无法与鲁迅、曹禺等人匹敌的。但她却是不入潮流的女作家,无论是政治上还是创作上都是如此。通过一个边缘性的女作家的研究,我们可以看到一个女性知识分子从叛逆传统到回归家庭,从张扬自我到皈依国族的历程。她虽为女性,但也与所有的"五四"一代知识分子走着一样的人生道路和文学道路。苏雪林的学术研究，既包括中国古代文学与文化，也包括现代文学批评与文化批评，其独特性是有目共睹的。她的方法论和学术实践，对中国现代学术、现代文学史，乃至现代文学学科的建构都有着自己的贡献。

　　我的现代文学(尤其是叙事文学)的研究一直沿着文化精神分析的路子走。无论是关于精神内涵还是关于叙述策略的研究，无论是综合性研究还是个案研究，一直贯穿着文化精神分析的方法论。我的论述有着跨时代和跨族际的特征：立足于中国现代文学，但绝不限于现代还是古代，文学还是文化；我的论述可能有着结构主义的痕迹：寻找现代文学的精神结构和叙述结构，发掘这种结构的渊源和新变。这是我乐此不疲的工作，也是做现代文学思潮研究的思维惯性。

目　录

第一辑　新文化知识分子的情感姿态

第二辑　新文学的叙述策略与文化立场

第一辑

新文化知识分子的情感姿态

《茶馆》:"世变""民生"与民族寓言

　　五六十年代的中国当代作家大多有意识地书写中国近现代历史,社会主义立场与想象革命的方法大致相同。这种历史意识促使他们在文学想象中总是关注历史时间的流动,努力去阐释某种规律性。这些文学叙述大多是近现代中国本土的历史经验,因而不无现代中国民族寓言的色彩。老舍的话剧《茶馆》无多革命,也没有后设社会主义的预见,相反是一种对"世变"的关注,普通民生的痛苦与情感成就了其立场,在此基础上老舍有否定进化与改良的历史认知,因而形成其不离近现代中国历史经验的民族寓言。

——

　　老舍心目中有其个人的中华民族的现代历史,他对民族性格的抽绎也不同于50年代的现成解释,老舍没有直接表白过他的认知,而是借助于"茶馆"这个特殊的时空结合体,在场面上活动着的形形色色的人物之间的关系中自然流露了他的认知、价值判断,他的集中凝练的艺术呈现中包涵有民族寓言性。

　　《茶馆》的民族本体寓言的方式,极大地区别于中国现当代文学中盛行的具体历史语境中的形象与性格的叙述。后者的最大特点,是以某个人物作为叙述的中心,在叙述的过程中展现这一形象的性格和命运,个体往往是叙述的焦点,其指向多在于个体本身。虽然这样的形象也有着某种时代的意义,甚至集体的意义,但也大多只指向某一阶层或某种势力,它并不指向民族本体。30年代中期,夏衍的《上海屋檐下》采用了一种集体表现的方式,将底层社会中的各色人等放到一个大杂院中,来整体表现底层社会的生活状态和生命状态。大杂院以及生活其中的人们,于是就成为底层社会的象征。不能否认夏衍的创作有寓言意味,但上海亭子间式的大杂院的所指并不是整个的民族而是特定的底层社会。老舍与夏衍的集体表现,在表层相似下面,有着更大象征度的区别。

《茶馆》似乎承续着《上海屋檐下》的集体象征方式,但老舍与夏衍的选择性指向不同,它所展现的是"群体的形象",而这个群体的形象,并不指向某个特定群体,而是指向社会中的每一个阶层。假如说《上海屋檐下》所指向的是底层受压迫阶级的话,老舍则指向的是整个中华民族。《骆驼祥子》时代的老舍注重写人物的性格命运,而《茶馆》则注重写民族的命运,"在《茶馆》中他写的是一群人,他把舞台的注意力放在了国家和民族的命运上"①。可以说他的创作经历了一个"从写人物性格到写民族的命运"的嬗变。

任何民族都是一个整体,任何一个整体都是由众多不同职业和社会层级的个体所构成。在对于民族的表现中,单个个体是无法代表整个民族的,只有将那个民族的社会各个层级的人都展现出来,才能显示那个民族的整体风貌。

《茶馆》首先采用了群体展现的方式,作者将中国从近代到现代的三个历史阶段里可能出现的人物,都安排到舞台上,来了个"集体亮相"。《茶馆》中的人物虽然大多都具有独特的个性,但是从其中的人物身份来看,作家还是试图让其中的每个人物,或者说绝大多数人物都能够成为那个阶层的代表,甚至成为那个阶层的符号。如秦仲义就是民族资产阶级的符号,王利发则是小工商业者的符号,而常四爷则是旗人中自省、自强意识者的符号,两代二德子等则是特务的符号,黄胖子则是不显山露水的流氓的符号,大小唐铁嘴则是保媒拉纤者的符号。再如太监,以及国民党的官员等都有特定社会阶层或势力的符号的特性。这些人物具有职业和社会阶层的高度概括性,从高等级的人物如太监到低层次的人物如被贩卖的妇女,从职业高贵的民族资本家到职业被鄙视的"媒人",还有处于社会中间层级的人物,如特务打手、小流氓、茶馆老板、大学生、士兵等。《茶馆》聚拢起一个民族在那个时代里所应该有的职业和阶层,给他们一个表演的舞台。《茶馆》出场人物很多,但从不重复,职业和身份都不相同;虽然有的职业可以父子

---

① 马云:《老舍的话剧创作与舞台视野》,《文艺研究》2006 年第 11 期。

"相承",但是老二德子和小二德子却不可同日而语,无论是职业还是性格都是如此。老舍对于人物的如此安排,既有时代的因素在人物安排中起作用,但更多的却是他对于人物代表性的考量。

每个民族都有自己的民族共同性格,但是民族的共同性格却是由各个个体的性格抽象与整合而来的。在《茶馆》中,老舍不仅给每一个人物都设计了一个那个时代所应该有的身份和职业,也给每一个人物都设计了一个与他的身份和职业相应的道德形象和性格特征。如王利发,与他茶馆老板的小有产者职业身份相应,特有的是患得患失的性格和圆滑的处事方式;如秦仲义,与他的民族资产阶级身份相应的是他实业救国的壮志雄心和失败后的脆弱个性;再如常四爷,与他的落魄旗人身份一致的是他愤世与奋争;再如二德子,他的身份就是一个特务,他的性格最突出的就是小特务的横行霸道和狗性;再如乱兵、国民党党棍等,都有着与他们的身份和职业相一致的性格。老舍几乎是"先入为主"地根据人物的身份、职业给所有的人物设计了各自的性格和道德形象,对于整个剧作来说,每个人物的性格和品行都有鲜明而确定的内涵。每一个人物,其职业、性格品行都成为一个民族在特定历史时代某一方面性格和道德品性的符号。老舍不是通过一个个体来表现民族性格的丰富性,而是通过众多人物以及他们各个个体鲜明的性格的汇集,来展现民族性格的丰富性和多样性。

"茶馆"显然是一个具有北京特色的民族象征物。尽管《茶馆》的人物形象"三教九流",性格品性丰富多样,但都"集合"于"茶馆"的场面上,这个场所是老北京人的生存之地的象征。在戏剧场面上的多重多样的人物关系中,中国的民族性得以显现。什么是民族性?按别林斯基的看法,"那是民族特性的烙印,民族精神和民族历史生活的标记";它是"某一民族、某一国家的风俗、习惯和特色"。①出入裕泰茶馆的茶客们体现出来的风俗、习惯、言谈举止,烙印着中华民族尤其是旗人的标记,正是他们在戏剧场面上的"动作"印证着中华民族的精神和晚清、民国初年和40年代后期生活的特性。"茶馆"这个中国民族生存之地,具有强烈的符号性。它正是老中国的符号,它所体现出的中国民族风俗特色以及所体现出的性格秉性,与寄身其中的秉承传统中国

① 〔俄〕别林斯基:《别林斯基选集》(第一卷),满涛译,上海译文出版社1979年版,第107、190页。

文化的人，具有身份和品性的契合。那些职业身份各异、社会地位层级不同、性格秉性千差万别的茶客们，当他们汇聚到这里的时候，便被提炼出了一个共同的文化性格和道德品性，这就形成了一个共同的形象——老中国的形象，形成了一个共同的民族性格——中华文化的性格。茶馆的场面就具有了某种寓言特征。

老舍利用茶馆这一舞台，将中国民族中的各色个别形象汇聚、展现出来。从某种意义上来说，"茶馆"是老舍用来展现中国民族的象征物，民族才是他所要真正表现的，其中的个体人物是民族性阐释的具象，是用来表现中国民族性格和命运的符号。正如有的学者所看到的，《茶馆》"不是要讲述某个具体故事的戏" ①，当然也不是要讲某一个人的故事，而是要讲一个民族的"总体"故事。所以说，《茶馆》是一部民族寓言。

二

民族在时间向度上属于历史范畴。《茶馆》作为民族寓言，在于它是一部借助于近现代生活的风俗画表现的民族生存状态的寓言，三个历史的"断面"组成一部近现代中国民族的命运变迁史。《茶馆》是在历史的维度上来表现民族的生存状态和命运变迁的，其中有老舍的中国民族命运的近现代历史变迁的个人认知的历史逻辑。他的认知其实和中国革命史的宏观历史逻辑暗中抵牾。

写实的文学注重特殊情境中的细节，象征的文学则用类似于细节的意象去征指更广大的意涵空间，老舍的《茶馆》能够在生活场景中处处落实，却又能不拘泥于实情实境而有更广时空的象征意蕴。《茶馆》的三个历史断面体现的正是这种写实与象征融合无间的境界。它展现了中国近现代历史生活的三个"断面"：第一，在满清王朝运数将尽的年代，北京的裕泰茶馆依然一派"繁荣"：年轻精明的掌柜王利发，各方照顾，左右逢源；登场者提笼架鸟、算命卜卦、买卖古玩玉器、玩蝈蝈蟋蟀，无所不有；"繁荣"场景的背后是令人窒息的社会衰败，洋货充斥市场、农村破产、卖儿鬻女、太监买老婆、爱国者遭逮捕。第二，民国

---

① 关纪新：《老舍评传》，重庆出版社1998年版，第450页。

初年,连年不断的军阀混战使百姓深受苦难,北京城里的大茶馆都关了门,唯有王掌柜改良经营,把茶馆后院辟为租给大学生的公寓,正厅里摆上了留声机。尽管如此,社会上的动乱仍波及茶馆:难民流落街头,乱兵抢劫,侦缉队不时前来敲诈,动荡不安、是非难辨的大环境让小老百姓无所适从。第三,又过了三十来年,风烛残年的王掌柜再度改良,甚至引进女招待以支撑场面;日本投降了,国民党又使人民陷入了内战的灾难;吉普车横冲直撞,爱国人士惨遭镇压,流氓特务要霸占王掌柜苦心经营了一辈子的茶馆。

三个断面分别构成独立的空间,场面上的人物符号指示特殊的历史情境:"太监"标示封建王朝,"乱兵"标示动乱的民国初年,"接收大员"标示战后的国民党统治时期。在场面的断续之间,带有符号性的人物、风俗,明确地指向近现代中国历史的某一阶段,从而使《茶馆》具有了历史叙述的特性。《茶馆》中以一当十的符号,庞太监、乱兵甲乙、"莫谈国事"等,使剧作的历史叙述不同于一般意义的历史再现。更为重要的是,在三个"断面"中,老舍关注的焦点是人物在历史中的生存状态,历史世变的阶段性呈现空间化而成为特殊情境。

三个场面中的具象生活写实空间的呈现,超越具体场景的国家民族的象征效果,二者结合成为《茶馆》的标志性成就。纷繁的人物、事象往往会造成一种"堆积"印象,看《茶馆》却没有这种感受。根本原因在于三个"断面"实际上若断若续,似"断"还"续",在两个断面之间的隐含时间中,有老舍的个人历史认知逻辑的一致性。这个一致转化为叙述技巧,就是将两个场次之间可能发生的不在舞台上呈现的人和事集中调度到显性的空间场景中来,凸现老舍的世变认知,在"变"与"乱"中,王利发象征的民生的困顿便是国家民族灾难的寓言化表达。

历史是一种文化层面上的时间性叙述,《茶馆》三个场景的空间流转的呈现正是在历史的时间轴线上进行,每一场景成为一个时间节点。《茶馆》三个时间节点上丰富复杂的生活事象都具有"时代"特征:第一是"戊戌变法失败之后的晚清",第二是"军阀混战时期的民国初年",第三是"抗战胜利后的国民党统治时期"。这三个时间节点的顺序标示了"晚清""民初"到"抗战胜利后",它们依照线性的历史发展顺序来安排。它的顺成时序符合人们的对现实时间形态的感知方式,但是场景流转后的时间跨度(人物的衰变)与世相变异却让观众不无讶异,在舞台上被"节略"的大段时间不是一般的剪裁手段,呈现在舞台上的时间"点"也不是一般的"以点带面",这个"节点"是一种历史认知的时间熔铸。"节略"的是"乱世",呈现的"点"仍是"世变",即使跳过十多年、三十多年,一个变乱的历史认知却始终不变。《茶馆》的历史逻辑不是谁引领历史前进,而是无数如茶客们一样的生民承受历史的变动不居,这种承受充满心灵的痛苦与艰辛。最后一幕,三个老人平生历乱,几个丑类子承父业作乱,让三个历史节点之间的人生具有了悲剧的宿命性。这大概可以看作老舍的悲剧观,也可以看成是他的历史认知逻辑。

时间作为一种自然存在是无意义的,但是当它与人类生命关联时便具有生命和历史人文的意义。在近现代世界文明史中,对于时间的生命意义的阐释,达尔文的进化论的影响最大。进化论乐观主义的社会发展理论不但揭橥历史的线性流动,而且还赋予了历史和文明"进化"的意义,将社会"发展"指向美好的未来。《茶馆》中所展现的社会历史发展却是悲观主义的,虽然在线性时间的流动上《茶馆》与进化论一致,但它所展示的历史演化秩序却是反进化论的,甚至可以称之为"退化论"。在《茶馆》所展示的三段历史中,晚清国家民族与社会民生被难,茶馆却依然兴隆、秦仲义们也豪情勃发;到了民国初年,军阀混战,乱兵横行,茶馆生意凋零却仍可苟延残喘;战后的 40 年代后期,国民党的混乱统治已经导致民不聊生。秦仲义曾经勃勃的雄心早已为彻底的失败所代替,而常四爷的善良而狷介的精神已终无可守,委曲求全的王利发没有了妥协退让的余地而不得不自杀。他们都有过与"进化"并行不悖的"改良"意愿和实践,"改良,改良,越改越凉",一边撒着纸钱,一边嚷嚷着送葬的习语,他们埋葬了自己。生命走向末路,何谈社会能够改良。《茶馆》一开始就设置了一个魑魅魍魉的末日社会,但这末日社会却是随着历史的"发展"一步步走向堕落,直至最后灭亡。对于历史的未来,人们总有一个美好的期待,但"茶馆"社会的推进,却总是违背人们的期待。历史和文明正一步步走向溃败,走向没落。《茶馆》这种寓言化的历史演进显然是反进化论的。

三

《茶馆》暗寓的历史退化的"世变"—"乱世"—"末世"呈一种宿命惯性。在哲学的层面上,"茶馆"的溃败,是退化论历史观念下历史演化的必然结果,具有无能为力的不可抗特性。所有的主体,无论道德上善与不善、体魄与经济的强与弱,都无力阻挡,只能忍受。值得注意的是,老舍在《茶馆》中暗示着退化论观念,不是在个体的性格悲剧或者是神秘的命运悲剧的层面上来考量和表现的,《茶馆》的悲剧是社会历史悲剧。现代名著中有各种悲剧,《骆驼祥子》中祥子的悲剧固然不排斥社会历史成分,更侧重于祥子自我封闭的性格悲剧;《雷雨》主要是命运悲剧;《茶馆》中人都或有性格弱点,老舍把它没有渲染成王利发等人的性格悲剧,也不如幽默小说故意写成人物性格的偏至,而是将所有的人物,都置于世变的大背景下,善良如松二爷被饿死,丑恶如刘麻子被砍头,其悲剧结局都是社会历史裹挟所致。

《茶馆》通过对中国近现代社会生活的展示,勾画了一个中国民族的末日图景:末日来临,妖魔鬼怪舞翩跹。整个"茶馆社会"充满了邪恶与罪孽。当善良无法拯救这个世界的时候,当民族的自我拯救乏力的时候,死亡便如期而至。剧作的末场具有象征意义:当王利发和他的朋友们为自己送葬的时候,实际上也在为这个恶毒的人世、地狱般的社会和濒临死亡的民族唱起最后的挽歌。宗教末日图景的最大的特征就是世界毁灭,魔鬼横行,人生痛苦不堪,只求一死来获得解脱。《茶馆》所展示的风雨飘摇、危机四伏的社会,也正是老中国的末日图景。作为一个民族寓言,《茶馆》这个寓言所展现的就是民族的末日危机。

老舍对"茶馆社会"的沦陷、决定近现代民生的社会结构的退化与崩解的悲剧的认知如何,又归因于什么?答案是"政治"。他躲不开政治,但心目中似乎还有一个超越阶段性政治的更大因素存在。中国现代政权的频繁更迭表明政治内涵并非同一,当代中国的文学家除非在当下意识形态框架中展开对政治变迁的叙述,几乎别无它途。老舍是一个例外,他不正面叙述历史政治,侧面的政治叙述的背后不是现成的中国革命历史的阐释,而是他的退化的"世变"伦理。在《答复有关

〈茶馆〉的几个问题》中,老舍说:"茶馆是三教九流会面之处,可以容纳各色人物。一个大茶馆就是一个小社会。这出戏虽只有三幕,可是写了五十多年来的变迁。在这些变迁里,没法子躲开政治问题。可是,我不熟悉政治舞台上的高官大人,没法子正面描写他们的促进或促退。我也不十分懂政治。我只认识一些小人物。这些人物是经常下茶馆的。那么,我要是把他们集合到一个茶馆里,用他们生活上的变迁反映社会的变迁,不就侧面地透露出一些政治消息吗?"①"茶馆社会"是一个"小人物"的民间社会,王利发们与政治的关联只能是侧面的,然而他们是最广大的民生,他们是一切政治变迁的承受者。清末戊戌变法改良政治的失败不直接与民生发生关系,但是宫廷太监妄为、特务流氓当道的直接承受者是常四爷;民国初年军阀混战,导致了乱兵横行,鬼魅当道,百姓生活水深火热;正是国民党政府的腐败和独裁,方才导致党棍流氓的肆无忌惮。他们都是邪恶的政治力量,其直接作用于"小人物"的民间社会。没有一个开明太平的理想政治的力量作为主导,"进化"的理想只能走向反面——"退化"。那个力量在哪儿?1956—1957年写作《茶馆》的老舍认同共产党领导的新中国,但是在"茶馆社会"的世界中他没有直接感受过这个力量,那时代的灾难只能笼统地归于政治腐败与承受者的宿命。所以,即使《茶馆》在艺术水平上很高,理性的历史认知与主流一致的犹疑还是存在的。老舍明白,与其直面"进"与"退"之间的两难,不如"侧面"地从民生去呈现。老舍"民生—民族国家"的思维路向在那个时代中具有唯一性,就思维方式而言,《茶馆》的价值正在这里。

"末日危机"的隐忧是立足于民生的价值指向。文学的形象化的历史推演有面向未来的预言功能,《茶馆》的民族末日危机是民生立场的历史退化论的推演方式。从《茶馆》所创作的年代来看,它所展现的历史显然是过去的已然发生的历史,它对于"历史"场景的展现和历史走向的勾勒,都可以说是反思回顾的结果。戏剧想象具有极强的现场性和当下性,《茶馆》所展现的由三个"节点"构成的历史,在剧作家是过去时,而在王利发们则是现在时,这是民生立场上的历史感知。三

---

① 老舍:《答复有关〈茶馆〉的几个问题》,《老舍文集》(第十六卷),人民文学出版社1991年版,第512页。

个历史节点,构成了一部完整的近现代中国的民生历史。《茶馆》最后出现的王利发们自我"送葬"的场面,是对未来的拒绝,象征意义上预示的是民族未来的"黑暗",是民族的末日危机。

本文对《茶馆》的评价与既有的论述有很大差异。话剧《茶馆》发表和演出之后,关于它的"历史"意义,出现了两种截然相反的阐释:一种就被指责为"调子灰色""怀旧、伤感""缺少正面形象""自然主义色彩"浓,①有"低回凭吊之情"②。"三个时代虽然已被统称为旧时代,但在当时较之于前一个时代还是新时代,在此,旧与新构成了恶性循环,新不过是旧的重演,而且新更将旧的恶因子发挥得淋漓尽致,直至它的毁灭。"③符合主流意识形态的解释则认为,《茶馆》通过埋葬三个旧时代达到歌颂新时代的目的。在《关于老舍的〈茶馆〉》一文中,胡絜青说:"看过这个戏,人们自然地能明白这样一个真理:只有共产党能够救中国,只有社会主义能够救中国。别的道路统统不行,乞求洋人不行,实业救国不行,个人奋斗不行,唯有共产党和社会主义行! 这就是《茶馆》的现实意义。"④文学史家有动机效果统一论:《茶馆》创作的最早动机,起自作者对新中国宪法公布、人民当家作主这一新现实的感触。所以,在他所描绘的黑暗腐朽的社会图景的背后,好像时时有一句点明主题的潜台词,没有共产党就没有新中国,或者说,只有社会主义能够救中国。⑤洪子诚将"新旧对比"直接植入了作品的意义和作者的历史观之中,他认为"新旧社会对比既是他结构作品的方法,也是他的历史观"⑥。

上述两种:前者参照中国革命史的乐观主义浪漫理想对文本进行阐释,后者则引入新的社会结构作为对比来阐释。这些论述今天看来有点缺憾:前者所依凭的理论,本来就不是老舍所服膺的;后者则不顾及《茶馆》为什么在"新"中国之前就戛然而止。在我看来,《茶馆》在

① 林斤澜:《〈茶馆〉前后》,《读书》1993 年第 9 期。

② 张庚:《〈茶馆〉漫谈》,载克莹、李颖编:《老舍的话剧艺术》,文化艺术出版社 1982 年版,第 391 页。

③ 林婷:《经典的背后——再论〈茶馆〉》,《文艺争鸣》2003 年第 4 期。

④ 胡絜青:《关于老舍的〈茶馆〉》,载戏剧艺术论丛编辑部编:《戏剧艺术论丛》(第二辑),中国戏剧出版社 1980 年版,第 153—155 页。

⑤ 郭志刚等编:《中国当代文学史初稿》(下册),人民文学出版社 1985 年版,第 91 页。

⑥ 洪子诚:《中国当代文学史》,北京大学出版社 1999 年版,第 168 页。

那个时代具有"异端性"——当整个中国大陆的文学创作都在为中国革命的历史大唱颂歌时,它却将民族的未来指向末日,并唱起挽歌,这是多么的不合时宜。当《茶馆》发表和演出之后,许多人因为身在语境中,都不能不设身处地地对其意义进行重新的阐释,以"修补"因其文本意义所造成的意识形态"裂痕"。重新阐释一部作品的意义,最为合乎逻辑的方式,是利用作品本身所留下的想象空间。在《茶馆》中,老舍所给定的自然—历史时间是从清朝末年到国民党统治的 40 年代后期。换句话说,作品的时间想象中止于 1949 年以前。这就给重新阐释者提供了介入的入口。因为,无论是作者自己还是其他的好心的阐释者都很容易将这段时间依照当时社会主流的历史逻辑,将其归结为"旧时代""旧社会"。在创作主体和相关接受主体的愿望逻辑里,《茶馆》的文本内时间便与文本外时间实现了嫁接,从而《茶馆》也便被阐释为新社会主流话语历史合法性论证中的逻辑链条的第一节。于是,作为社会历史寓言和生命寓言的《茶馆》的延伸性时间便被中断,其关于"末日危机"的想象也便只局限于"旧"的时代,它所预言的也只是旧时代或民族旧体的死亡。而关于历史的未来,自有聪明的阐释者去完成。设身处地的语境阐释者很容易地跨越文本内时间与文本外时间的鸿沟将其阐释为新时代和民族新体的诞生预言。

重新阐释《茶馆》,老舍主体的认知逻辑,其立场、情感如何在作品中成为构建想象空间的要素,是本文致力的重点所在。我的注意焦点从另设的新旧社会对照转移到体现中国现代性的"世变"上来。既然老舍在《茶馆》中给定的时空是清朝末年到国民党统治的 40 年代后期,我们凭什么不将注意集中于此,而去讨论根本未曾显露的新社会呢?主流意识形态对文学批评的规约与制导,常常体现为用一个普泛的新旧社会形态更替的模式套用在不同的作品上,结果是既不能深入到艺术作品中去,又将这种社会历史的批评变成了僵硬的教条。

老舍创作《茶馆》正当"新社会"兴盛之时,其时的主流话语寻求历史的合法性论证,就是通过对旧社会黑暗没落的想象来埋葬过去的时间,而通过对新社会光明美好的想象来展示一个现在时间和未来时间,并在时间之流中,把自己论述为旧时间的埋葬者和新时间的开拓者。老舍的《茶馆》虽然没有涉及对于光明美好的现在时间和未来时间的想象,但是它在社会形态更替的历史必然的论述中的可资利用之处,在于将过去时间论述为黑暗和死亡时间。于是批评者或尽力地将《茶馆》纳入既有论述的逻辑中,或认为它远未达到与这一论述吻合的程度。无论是肯定的或是挑剔的意见,参照的论述框架都是一致的。被遗忘的恰是作品本身最为致力的所在:社会主义的新中国已然成立,"世变"的不确定性就没有任何意义了;人民翻身当家作主了,再从"生活变迁"去考虑民生,显见得不如革命具有彻底性;新的历史纪元已经开始,过往的"末世"毋庸再提。总而言之,说了《茶馆》之后的事情,却将《茶馆》本身忽略了,大概也是一种"买椟还珠"了。

[原载《文学评论》2012 年第 3 期]

祥林嫂的人生困境与鲁迅的现代性焦虑
——以《祝福》为中心

在写作小说《狂人日记》之前,鲁迅给金心异(即钱玄同)讲了一个故事:"假如一间铁屋子,是绝无窗户而万难破毁的,里面有许多熟睡的人们,不久都要闷死了,然而是从昏睡入死灭,并不感到就死的悲哀。现在你大嚷起来,惊起了较为清醒的几个人,使这不幸的少数者来受无可挽救的临终的苦楚,你倒以为对得起他们么?"① 参与这个故事的角色至少有三个:一是铁屋子里的人;二是大嚷的那个人;三是叙述者"我",即鲁迅。而思考的对象也包括三个方面:一是铁屋子里人的精神感受;二是大嚷者的人的道德处境;三是"我"的思考和忧虑。这个故事对于鲁迅及其创作来说,具有象征意义。李欧梵认为:"《祝福》是鲁迅小说中最强烈的悲剧描写的作品。"② 而我认为,这部小说之所以是"最强烈的悲剧描写的作品",就在于它不但设身处地地展现了铁屋子里的人清醒以后的苦楚,也展现了知识分子在这一事件中的道德责任以及作家在这一事件中的现代性焦虑。《祝福》也具有象征意义。

一、祥林嫂的困境

小说《祝福》的故事展现过程实际存在着两个线索层次,其中直接呈现于读者的故事线索是主人公祥林嫂对于困境的逐渐陷入。第一个丈夫死了,她到了鲁镇;第二个丈夫死了她又到了鲁镇。这两次嫁人和两个丈夫的死,祥林嫂都是被动的,她毫无选择的自由。当她第

---

① 鲁迅:《呐喊·自序》,人民文学出版社 1979 年版,第 5 页。

② 〔美〕李欧梵:《中国现代文学与现代性十讲》,尹慧珉等译,复旦大学出版社 2002 年版,第156 页。

二次到达鲁镇的时候,祥林嫂终于获得了一次自由,当然不是人身的自由,而是承受恐惧的自由。

在祥林嫂的人生中,所得到的只有无辜的恐惧和鲁四老爷所给予她的"孽种"的定语。祥林嫂的悲剧源于社会对她的迫害,宗族和夫权是最大的摧残者;但更主要的是来源于她自身,因为在意识的深层她实际上是认同了鲁四对她人生的定性。正是因为有了这样的认同,她才有了围绕这一定性所做出的一系列的自我救赎行为。当祥林嫂两次嫁人和两次死了丈夫的时候,她已经进入中国传统礼教和鬼神文化所共谋的语境中,并不得不按照这一语境的秩序和规则进行思考。于是她陷入了深深的困境之中:假如有所谓的地狱,她是有利的,因为在地狱中,她可以见到她心爱的儿子阿毛;但不利也同时存在,因为在地狱中,她必须面对着两个丈夫的争抢,被撕成两半的痛苦是难以想象的。假如没有所谓地狱,她是有利的,因为假如没有地狱就无所谓两个丈夫对于她的争抢,一直困扰着她的痛苦也就不存在了;同样的,假如没有所谓的地狱,对于她也是不利的,因为没有了地狱,她的儿子阿毛就再也见不到了。因此,对于地狱应该有还是应该无,利与害共存于同一场境中,无论她怎样选择都无法做到两全。因此,祥林嫂是矛盾的。

因为陷入这样的困境,她承受由此而带来的巨大的痛苦和恐惧。追求亲情和逃避苦难都是人的本能,祥林嫂自然也不例外。故事的情节到此似乎陷入了深深的死结。

但山重水复疑无路,柳暗花明又一村。有一种途径可以使祥林嫂摆脱这样的困境和缓解这样的恐惧和痛苦,这就是捐门槛。依照鬼神文化的规则,通过门槛的替代,通过门槛让千人踩万人踏,可以实施对罪的救赎。因为依照佛教的律法,门槛可以替代人的肉身,而去忍受人可能所要遭受的惩罚。这样人既可以脱罪又可以直接经受苦难的折磨。同样的,祥林嫂也可以通过捐献门槛而使自己脱罪。作为一个脱罪的人,或者说作为一个清白的人,她在死后是不会受到什么惩罚的。她既可以在地狱中见到自己心爱的儿子阿毛,又不会被两个丈夫争抢,也就相应地没有了被撕成两半的痛苦了。于是,祥林嫂就在柳妈的建议下捐献了门槛。

但故事的情节到此再次发生了逆转。鲁四的一句话——"你放着",就宣告了她的救赎实际上只是一厢情愿。鲁四宣告了她的自我救赎的失败。她的好不容易获得的安慰随即破灭。她只好重新回到她的困境中去,回到无可救赎的罪感的折磨之中去。在初次陷入困境的时候,她还存有获得救赎的可能,也就是还存在着希望。但是现在鲁四的判决不但使她的希望破灭,更主要的是使她陷入了更深的痛苦和恐惧。

故事的第二个线索层次是祥林嫂与"我"的交往。当救赎之路被堵死之后,祥林嫂于是又不得不回到她所焦虑的起点上。但求生的本能是坚韧的。当祥林嫂的希望破灭之后,另外一重希望随即升起。在到处追求两全而进行的求证中,她碰见了"我"。于是她自然将可能给出答案的希望投向了"我"。"我"在小说叙述的身份是一位接受过新思想且对祥林嫂这样的下层妇女怀有同情的知识分子,所谓"读书人"。中国下层的愚民百姓总是对读书人有着与生俱来的崇拜,原因就是他们主宰着解释世界的权力。祥林嫂的希望再次燃起,情节也再次获得了向前延伸的契机。但最后"我"的模棱两可的回答把祥林嫂送入了真正的绝境。于是,她在无助的恐惧中走向了死亡。

在《祝福》的故事的两个线索层次之间,联系着"上下文"的是祥林嫂的困境和她所谓的"觉醒"。祥林嫂向柳妈求证,是在鬼神文化秩序之内求得生存的理由;当无法求得生存时,就想跳出这样的秩序,这就有了向"我"求证的故事发生。当"我"不加可否的时候,实际再次把她推到原来的秩序之中去了,而原来的秩序所给予她的是死路。鲁迅在《呐喊》的序言中用"铁屋子"作比,来说明蒙昧者的精神状况,祥林嫂很显然不完全是沉睡者,痛苦已经使她处于惊醒的边缘,但醒了却无路可走,这就是她的困境。李欧梵对于祥林嫂的困境和"觉醒"给予了很高的评价,他说:"她没有独见,受迫害并不真知迫害她的群众之残酷。她一再回到那个冷遇她的镇子里,既是因为无处可去、无以为生,也是因为她希望成为群众中之一员。直到她已失去一切,并被逼迫到近于疯狂时,才开始想寻求当前现实以外的精神上的安慰。她向'我'提出的问题虽然是从迷信出发的,却有一种奇怪的思想深度的音响,而且和'我'的模棱的、空洞的回答形成惊人的对比,因为作为知识者的'我',本是更有可能去思索生死的意义的。"①

祥林嫂的提问和她的困境确实都有着"奇怪的思想深度",但这样的"深度"是从哪里获得的呢？是因为她相对于知识分子"我"的"模棱的、空洞的回答"提出了更惊人的问题，还是仅仅是因为她"想寻找当前现实以外的精神上的安慰"呢？透视祥林嫂的困境和她的所谓的觉醒所带来的"奇怪的思想深度"除了要考察这一生命个体的，还要考察相关个体的，甚至是创作主体的生存语境。

二、"我"的窘迫

作品中的叙述者"我"虽然在文本上的地位不可与祥林嫂同日而语，但却陷入了更深的尴尬之中。作品中有个意味深长的情节：走投无路的祥林嫂怀着极其复杂的心情向读书人"我"询问"人死后，究竟有没有灵魂？"对于祥林嫂来说，绝望使他对灵魂的存在发生了疑问。疑问在语义层面上包涵着不确定的双重可能性的假设；而提问，在将疑问形诸语言的同时，也将证实的权力和责任交予了提问的对象，而且将因双重可能性所形成的焦虑推卸给了对方。"我"，作为被提问/追问者，既接受了阐释的权力，也自动被赋予了因阐释而来的后果和责任。接受提问还意味着承担了提问者所转嫁的焦虑。接受提问、阐释疑问以及承担所转嫁的焦虑都是"我"的权力和责任。但叙述主人公"我"却对于祥林嫂关于灵魂有无的追问支吾其词。这种态度表面上看，是"我"对于权力和责任的拒绝，而实际上，它却正反显出"我"对于这一问题的内心焦虑。并不是说"我"对于灵魂有无无法确定，而是说"我"必须虑及"我"的阐释所带来的后果，虑及这种阐释对于"我"自身和祥林嫂所产生的反作用力。至此，祥林嫂的疑问已经转化为"我"自身对科学信仰和人道情怀、世俗关怀的两难抉择。

其一，若"我"回答灵魂是有的，这是"为她起见"的答案，因为这不会"增添末路的人的苦恼"，由"我"的同情和怜悯而虚构起来的这一精神迷雾中，祥林嫂不但可以按照迷信的逻辑推演得出结论：以门槛做

---

① ［美］李欧梵：《中国现代文学与现代性十讲》，尹慧珉等译，复旦大学出版社 2002 年版，第 155—156 页。

她的替身,捐出门槛供千人踩万人踏,就可以在受虐中赎回自己的罪过。对于祥林嫂这样深陷于封建迷信"铁屋子"里的劳动妇女来说,"我"对于灵魂有无的肯定性回答无疑是一剂催眠药,使她能够在幻化的梦境中得到冷酷的现实中所无法给予的慰安。使弱者得到精神的慰藉,这难道不正是最人道的道德良知的体现吗?!

但是,悖论就在于善意的谎言无法替代科学的现实。从科学的角度来说,灵魂其实是没有的,而"我"所作的肯定性的回答,泯灭了祥林嫂内心在不堪痛苦后已然产生的对于迷信的怀疑,"我"实际上是在用谎言欺骗她,对于启蒙者"我"来说,在"我"获得善意之"名"的同时,便随即将自己置于受谴责的、不道德的境地。同时,在"我"对灵魂的存在作肯定的回答之时,也就同时肯定了灵魂秩序的合法性。若有灵魂,就有了灵魂的居所——天堂和地狱。在这充分等级化的所在中,作为一女嫁二夫的女人祥林嫂,依照父权制的灵魂秩序,她肯定入不了天堂,而只能下地狱。在地狱中,她还要受到先她而死的两个丈夫的撕抢,而承受车裂般的痛苦。在地狱,这一迷信与礼教为弱者和妇女所设置的罗网中,"我"的回答无疑是在为虎作伥。因为鲁四这些掌握着迷信和礼教解释权的祭司是不会因为祥林嫂捐了门槛就饶恕了她的"罪孽"的,她注定要下地狱。祥林嫂向"我"打听灵魂有无的问题,实际上是在向"我"求救,而"我"的肯定的回答,却使"我"加入了鲁四的阵营,支持恶人欺侮弱者。因此,"我"必陷自己于更加的不道德。

其二,若回答灵魂是无的,拒绝宗教迷信和礼教所设立的灵魂秩序,当然就可能免除了祥林嫂的地狱之苦;假如她因"我的"支持而就此能看清所谓"灵魂"的欺骗,走出精神迷雾,也就免除了鲁四老爷这些卫道士加于她精神上的现世磨难。"我"也没有违背事实和良知而说谎,那么,这些都可证明"我"是道德的。

但是,若没有了灵魂,也就没有了地狱。而地狱在民间信仰中,"作为那里居民的鬼,对于人来说就不是遥远的存在,而是也曾在人间的故人,在那里甚至可以见到某种亲切的甚至是相类似的气氛"①,没有了地狱,祥林嫂也就再也见不到她朝思暮想的儿子阿毛了,这同样

---

① 〔日〕梅津邦彦:《追寻怪奇——"志怪"的世界》,载内田道夫编:《中国小说世界》,李庆译,上海古籍出版社1992年版,第35页。

是在增添她的痛苦。加缪说:"一个哪怕可以用极不像样的理由解释的世界也是人们感到熟悉的世界。然而,一旦世界失去幻想与光明,人就觉得自己是陌路人。他就成为无所依托的流放者,因为他被剥夺了对失去的家乡的记忆,而且丧失了对未来世界的希望。这种人与他的生活之间的分离,演员与舞台之间的分离,真正构成荒谬感。"①"我"的对灵魂的"无"的回答,实际上是拒绝给予祥林嫂一个"解释的世界",一个她"感到熟悉的世界"。陷人于苦痛而不能给予有力的救援,"我"也同样是在获得科学精神意义上的善者之名的同时而使自己落入不义与不人道的陷阱中。同时,"我"若回答灵魂是无的,拒绝了灵魂秩序,也就拒绝了鲁四和柳妈对礼教与宗教迷信的解释权,而将自己置于他们的对立面。与四叔和由他控制的环境为敌,从"利己"的角度考虑,于"我"也是不利的。

其三,既然"我"无法权衡利弊,那么,"我"能够拒绝回答吗?从作品的叙述来看,对于灵魂有无的问题,"我"采取了支吾其词的态度。"我"之所以有这样的态度,是具有充分的理由的:一是,这是蒙昧者的命题,作为受过科学教育的"我"已认识到,灵魂无所谓有无,人死即灵与肉俱灰飞烟灭。这是祥林嫂,这位蒙昧妇女,站在解除自我痛苦的角度,自鲁四、柳妈们那儿借来的"灵丹妙药"。这实质是个假命题,因此,没有回答的必要。谁若要回答,谁就会为它的意义陷阱所吞噬(作者曾在杂文《半夏小集》里阐释过这种意义的陷阱)。祥林嫂为这样的命题所困,正说明她已陷入鲁四们的阴谋;"我"若作出回答,也必然陷入礼教和迷信的意义阴谋中。因此,回答是无意义的,而拒绝回答才显示出真正的意义。二是,在语言的是非判断中,受排中律的约束,不可能既肯定又否定。而含糊其辞却可以将二者以可能性的形式同时包容进去。"我"含糊其辞就已经为祥林嫂们的生存进行了考虑,即"我"既然不能解除她们的痛苦,当然也就不愿破灭其希望,使她们再丧失最后一丝的生存的暖意。因此,这种不回答又是"为她们所计"的最好的选择。三是,这种不回答也是"为自己起见"的万全之策。假如说"我的"两种回答(肯定的或否定的)中任何一端可以解除祥林嫂的

---

① 〔法〕加缪:《西西弗的神话——论荒谬》,杜小真译,生活·读书·新知三联书店1987年版,第6页。

苦痛于万一的话,也很难保证有好的结果,谁能够保证她们不如《聪明人、傻子和奴才》中的奴才一般恩将仇报呢!假如那样的话,"我"便只能如傻子般追悔莫及了。同时,"我"若回答了这样的问题,也就意味着与鲁四老爷们争夺对神的解释权;而鲁四是已经用"可见是孽种"给祥林嫂的人生作了定性的。"我"在巨大的同情之下的解释势必与鲁四们的"原旨"相抵触,因此,必定会引起鲁四们的恼怒和嫉恨。而"我"正生活于鲁四们所织就的人生之网中,可以预见他们的报复必然使"我"处境艰难。权衡诸端,最好的办法便是当回"聪明人"了。

"我"无论怎样回答都是错误的,只能支吾其词,就像《立论》中一样,无法直面现实,只能用打哈哈来敷衍塞责。而逃避"立论",逃避做是与否的是非判断,是否能使"我"获得超越呢?萨特曾经指出:"在某种意义上,选择是可能的,但是不选择是不可能的,我是总能够选择的,但是我必须懂得如果我不选择,那也仍就是一种选择。"① 在这种"弃权"式的选择中,对于生存于对立他者(otherness)之中的"我"这一生命个体来说,无疑是有利的,因为这个社会崇奉"损不足以奉有余",牺牲弱者、趋附强者,漠视祥林嫂的痛苦而附和鲁四们的观点,必能够更多地为社会人群(庸众)所接受,虽然说世人皆醉我独醒。然而"我"对于这样的处境并非是心甘情愿的投入,作为一个对劳动者怀有怜悯之心的启蒙者,"我"不但没有能够承担起启发祥林嫂们受蒙蔽的心智的责任,也未能去减轻她们苦楚。况且,逃避这件事本身恰恰揭示出"我"——叙述者与所谓的"故乡"的伦理秩序的"同谋"关系,因为"我"在祥林嫂死后责任感也很快消失,"在这繁响的拥抱中,也懒散而且舒适,从白天以至初夜的疑虑,全给祝福的空气一扫而空了"。对于祥林嫂之死的遗忘,难道不正是非人道的体现吗?"我"虽然在庸俗的社会中"救出了我自己",但却亵渎了自己作为新文化知识分子的良知,也正因如此,"我"才在祝福之后落入了永恒的自我谴责之中。那么,"我"对于已然死去的祥林嫂,对于永远无法补救的自责和忏悔,"我"也许会"愿意真有所谓鬼魂,真有所谓地狱,那么,即使在孽风怒吼之中,我也将寻觅子君,当面说出我的悔恨和悲哀,祈求她的宽恕;否则,

---

① [法]让-保罗·萨特:《存在主义是一种人道主义》,周熙良、汤永宽译,上海译文出版社1988年版,第24页。

地狱的毒焰将围绕我，猛烈地烧尽我的悔恨和悲哀"。①鲁迅在小说《伤逝》中以主人公涓生之手写给子君的这段话，正披露了《祝福》中被冷静的叙述所掩盖的叙述主人公"我"对于知识分子角色的失责而产生的强烈的自我谴责。——"我"与庸众并无区别，也是一个消极的看客。

三、鲁迅的现代性焦虑

《祝福》是鲁迅"彷徨"期间的作品。从作品主人公祥林嫂和自叙主人公"我"的困境来看，它实际上体现了这一时期鲁迅的晦暗胶结的内心情绪。但文学作品不仅是创作主体情绪的呈现，同时也彰显了他的知识结构。鲁迅是中国新文化运动的先驱，他创作的知识资源与新文化有着密切的亲缘关系。

《祝福》中的"我"具有鲁迅的自叙的性质，也就是说这个"我"就是隐含着的作者。结合鲁迅的生平和创作，我们可以发现其中的"我"的尴尬和他所思索的问题恰恰正是鲁迅所思考的问题。甚至祥林嫂的困境从纯粹知识结构的角度来说也是鲁迅的，不是说鲁迅像祥林嫂一样存在着"灵魂有还是无?"的问题，而是"灵魂应该还是不应该有无?"的问题。也就是说，从知识解析的角度来说，《祝福》这部小说中所体现的焦虑情绪其知识底蕴来源于鲁迅对于中国现代性的思考。这部小说关涉着鲁迅的现代性焦虑。

中国现代文化中的"现代性"，主要指称的是"科学"与"民主"，就是陈独秀所说的"德先生"和"赛先生"。在《摩罗诗力说》中，他讨论了所谓的现代民主的弊端，用庸众政治去压抑个性。而在《科学史教篇》等文章中则讨论了科学特别是科学主义的弊端，而这部《祝福》则是他这样思考的形象化体现。

科学精神是五四新文化运动中兴起的主流意识形态。陈独秀把五四精神概括为"科学"与"民主"。②胡适在《科学与人生观》一书的序言中描述了这样的情形："这三十年来，有一个名词在国内几乎做到了

---

① 鲁迅:《伤逝》,《鲁迅全集》(第二卷)，人民文学出版社1981年版，第112页。
② 陈独秀:《本志罪案之答辩书》,《新青年》第6卷第1号(1919年1月15日)。

无上尊严的地位;无论懂与不懂的人,无论守旧和维新的人,都不敢公然对他表示轻视或戏侮的态度。那个名词就是'科学'。这样几乎全国一致的崇信,究竟有无价值,那是另一问题。我们至少可以说,自从中国讲变法维新以来,没有一个自命为新人物的人敢公然毁谤'科学'的。"①鲁迅也正是当时鼓吹科学主义精神的先驱者之一。他不仅写了《人之历史》《科学史教篇》《说铂》《中国地质论》等长文,编著了《中国矿产志》等著作,还翻译了凡尔纳的《月界旅行》等科学幻想小说;此外,尚有已经佚失的《物理新诠》和《北极探险记》等书。科学精神是鲁迅"人国"理想的基石。在他看来,"盖科学者,以其知识,历探自然现象之深微,久而得效,改革遂及于社会","实益并生,人间生活之幸福,悉以增进"。鲁迅将科学看作是能够促进社会的改革、增进人类幸福、医治愚昧、启迪民智的"神圣之光",说它是"照世界者也,可以遏末流而生动感"。他还以西方资本主义国家为例,认为19世纪的物质文明,乃胚胎于科学,他援引英国物理学家丁达尔的话说:"夫法之有今日也,宁有他因耶? 特以科学之长,胜他国耳。"②联系到中国的情况,鲁迅指出:既然自然科学可以"破遗传之迷信,改良思想,补助文明",那么"苟欲……导中国人群以进行,必自科学小说始"。③

但是,鲁迅虽崇尚科学,却并不是物质主义者。新文化革命的先驱陈独秀曾说:"人类将来真实之信解行证,必以科学为正轨,一切宗教,皆在废弃之列。"④鲁迅虽也崇尚科学,但深切的世俗关怀使他没有把科学推向极端,而是以辩证的眼光审视它在社会生活中的作用。在《科学史教篇》中,他一方面指出:"中世纪宗教暴起,压抑科学",使社会黑暗,人民愚昧;同时又指出:"有谓知识的事业,当与道德力分者,此其说为不真,使诚脱是力之鞭策而惟知识之依,则所营为,特可悯者耳"。而且"盖使举世惟知识之崇,人生必大归于孤寂,如是既久,则美上之感情漓,明敏之思想失,所谓科学,亦同趣于无有矣"。⑤ 任何一

---

① 胡适:《科学与人生观·序》,《科学与人生观》,亚东图书馆1923年版,第2—3页。
② 鲁迅:《科学史教篇》,《鲁迅全集》(第一卷),人民文学出版社1981年版,第28页。
③ 鲁迅:《〈月界旅行〉辨言》,《鲁迅全集》(第十卷),人民文学出版社1981年版,第152页。
④ 陈独秀:《再论孔教问题》,《新青年》第2卷第5号(1917年1月1日)。
⑤ 鲁迅:《科学史教篇》,《鲁迅全集》(第一卷),人民文学出版社2005年版,第28—29、35页。

种思想假如被强调到极端,它将不但会因此而变成谬误,而且还将丧失它的美妙情趣,科学精神也是如此。所以,鲁迅强调"道德力"、强调应使科学精神深入人心。

　　然而,科学精神作为一种人生观和道德观,它具有价值和实践两个层面。在价值层面上,科学精神因与人类对自身的认识,与人类自身的文明与进步相联系,因而具有绝对性。而在实践层面上,科学精神虽为中国近现代新文化知识分子所接受,但当它被作为一个观照人生的向度时,就会与其他的向度发生关系,或相重合或相悖离,从而使主体处于尴尬的处境。鲁迅是中国现代文化的先驱,是中国走向现代化中的先觉者,他笃信科学精神,并希望以此来张扬中国人的个性。当他以科学精神来观照当时的中国社会时,他发现了落后与愚昧,并激烈抨击"大众",提出"任个人而排众数",他甚至期望着尼采式的超人的出现。但鲁迅虽盛赞敢于蔑视庸众/大众的"人民公敌",但他对他所"敌视"的大众/庸众却有着赤子之爱。"哀其不幸,怒其不争"是他的这种矛盾情感的体现。无论是理性上还是情感上,他都是一个平民知识分子,他对大众有着一股俄国民粹派革命家式的人道情怀。

　　科学精神与人道情怀在鲁迅观照社会人生的主体行为中共同发挥着作用。他坚定地信仰科学精神,使他走在了时代的最前列,使他与那些无论是在物质上还是在精神上皆处于贫困状态中的大众在思想意识方面形成了巨大的差距。而平民知识分子的人道情怀,又迫使他亲近于大众,甚至不得不妥协于大众。在处理与大众的关系时,他既要考虑到科学精神的实现,知识分子的良知,又要考虑到现实的道德需要,即考虑以宗教抚慰大众的或已然处于清醒边缘者的痛苦。而在现实这个罗网中,要做到两个方面都满意简直不可能。所以,当鲁迅面对着他所热爱而又处于蒙昧中的大众,他便不能不在时时感觉到"吾行太远"①的同时,备尝"做人的困难"。早在《呐喊·自序》中,鲁迅就科学精神与人道情怀二者之间的矛盾以及由此而引起的先觉者的尴尬,作了形象的说明:从科学精神来说,应当把铁屋子里的人惊醒;但明确透彻的科学精神又会使这些人遭受清醒者所必得面对的即死的苦楚。痛苦人人所不欲,人所不欲而施于人,这显然是不人道的。

────────────

① 鲁迅:《文化偏至论》,《鲁迅全集》(第一卷),人民文学出版社 1981 年版,第 49 页。

孔子所说的"己所不欲勿施于人"讲的也是这个道理。从这里可以看出，当科学精神只为少数先驱者所掌握时，他们若要将它运用于现实人生之中，就面临着被人群拒绝接受和遭受非难的危险，因此，科学精神在现实生活中缺乏普适性，可操作性也就很弱。鲁迅和他的同时代的启蒙者就处于这种"惊醒"铁屋子中的人就要违背人道情怀，而"不惊醒"则要置自己的信仰———科学精神于不义这样两难境界中。

在科学精神与世俗需要之间怎样"立论"？这是一个哈姆雷特式的选择。在《立论》中，鲁迅设置了这样的情境：对于刚刚出生的孩子，有的人说他将来是要发财的，要做官的，要长寿的，但"我"却说他将来是要"死的"。发财和做官都是不确定的未来，把不确定的作为现实来庆贺，实际是以言辞构筑虚幻的景象来自慰或曰自欺欺人，是非真理性的；而"死"却是人生之必然，人在出生时就已命中注定了的，这才是唯一的真理。但科学与真理却缺少世俗的需求，在科学精神与世俗需求二者之间，"我"主观上倾向于真理性，但在实践中却选择了后者，狡猾地以"嘿嘿……"应对，虽然不是附和但也不是反对。

当科学精神作为实践的信仰进入实践领域之后，由于中国社会历史的特殊性，由于作为科学精神承载主体的先进知识分子情感的特殊性，它必须面对信仰/理想与现实/处境的分裂，必须经历考验。而理论上的清醒思考和角色定位，并不能代替现实语境中"功利"对角色的再厘定。《祝福》中的叙述主人公"我"在蒙昧的劳动妇女祥林嫂所提出"灵魂有无"命题前所表现出的抉择的艰难，一方面正表现了五四人文精神在理想/理念和现实/处境上的分裂；另一方面也显示了先觉知识分子鲁迅深刻的现世情怀，一种人道主义的关怀。而无论是小说叙述之内的，还是叙述之外的，这样的对灵魂有无的追问，很显然是关涉宗教的，是本体论意义上的宗教性思考。因此，"祝福"的意义又超越于一般的简单的二元对立的表达，而呈现出浓厚的忧思。

［原载《海南师范大学学报》（社会科学版）2009 年第 4 期］

现代士大夫的艳情白日梦

——以《荷塘月色》为中心

朱自清是现代散文大家,《荷塘月色》是他最为知名的散文作品之一,长期以来一直是中学语文课本、大学语文课本和大学中文系作品选的"保留"篇目。

对于这篇散文的思想内涵,当年曾有人认为:《荷塘月色》作于大革命遭受挫折的白色恐怖的历史时期,因为不但作品所署的写作日期为"1927.7"(即"四·一二反革命政变"发生后不久),而且叙述中还强调"这几天心里颇不宁静""白天里一定要说的话,一定要做的事",这些似乎都暗示着政治高压的存在。作为一位正直的、怀着满腔爱国热忱的知识分子,他无疑是极为痛苦而为祖国深感忧虑的。作者对荷塘月色的描写既表现了作者内心的压抑、沉闷之情,以及对黑暗现实和反动统治的强烈不满;也表现了作者对现实的逃避,作者也正是想借淡月掩映下的荷塘景色,摆脱现实的烦恼,追求刹那安宁的心境;同时也体现了他追求美好、自由生活的理想。后来的中学语文课本和教学参考书都延续了这样的阐释。中学语文教材的"预习提示",强调"阅读时,要重点抓住'这几天心里颇不宁静''这令我到底惦着江南了'等语句的深刻含义",以此作为"理解文章的主旨"的钥匙;应该说,这是抓住了"牛鼻子"(要害)的。但"预习提示"中引用朱自清《一封信》里的陈述,将朱自清的"不平静"仅仅归之于"蒋介石叛变革命"的"黑暗"现实,这样的理解具有它的合理性,但是这样的坐实又不可避免地造成了对这篇散文的误读。作品中的"心里颇不宁静"既然没有明确说出是因"大革命"失败而来,就有多种可能,既可能由于在"大革命"失败,知识分子受到白色恐怖影响而心情颓唐;也可能由于在家庭琐事,比如夫妻争吵;或作为丈夫的"我"心有旁骛,这同样会导致"白天里一定要说的话,一定要做的事"的结果。总之,存在着多种的可能性,而每一种可能性都可导致作者想找一个"逃遁"之所,并最终把荷塘和月色作为了逃遁之所。

究竟是哪一种情况造成了这样的逃遁之想呢？这只能从文本中去寻找答案。

荷塘是自然景观,作者通过上下左右远近的逐次描绘,展示了它的美,一种荷塘(水)与月色的交融之美。在描绘自然之美时,作者是通过一系列的比喻、拟人、通感等修辞手法来实现的。这是中国传统文学和新文学都常用的艺术手段,其修辞的基本格式是本体与喻体的一一对应关系。首先来考察修辞的本体,作者试图描绘的是荷塘及月色的美,显然本体就是荷塘中诸如荷叶与水等自然景色。而喻体呢？则比较丰富,基本可分为两类:一类是以自然意象喻自然,如喻荷花是"如一粒粒的明珠""碧天里的星星"等;另一类是以人文意象喻自然。前者象喻的结果是凸显了自然美,而后者呢？后者喻体是"亭亭的舞女""袅娜地开着的""羞涩地打着朵儿的""刚出浴的美人""远处高楼飘来的歌声""肩并肩密密地挨着""凝碧的""脉脉的""风致""梵阿铃上奏出的名曲""光和影有着和谐的旋律""笼着轻纱的梦"等。从修辞学的角度来说,这样的众多的具有相同情境来源和情感指向的喻体可以形成一个独立的语境。要对这样的语境进行白话复述的话,很显然它是在描述一个带有现代小资产阶级情调的场景:在舞场或者夜总会里,美妙的音乐和歌声在其间回荡,既令人陶醉,更是穿越湿润的空气,在夜里飘荡。那个亭亭玉立的舞女,既丰满曼妙,又清醇高洁;无限的伤感中又有着不尽的期待。真是风情万种,摄人心魄。

在上述的这段有关荷塘景色的描述中,荷塘之美是清醇的,但是由喻体所形成地笼罩在这清醇之上的却是艳冶迷离多少带有颓废色彩的情境。但是需要注意的是,在这样的描绘中喻体与本体是同时出现的,喻体的情感指向受到了本体的约束,艳冶的想象受到了荷塘和月色的束缚。换句话说,艳冶的梦想是在半遮半掩中被表现出来的。

也许是感受到这样的修辞约束的存在,作者在随后的行文中开始脱离现实而进入深度的时间性想象,即将想象由现实/荷塘引入历史和文化,写出历史上许多采莲的盛事来,直接地写出历史上与采莲有关的情事。先是写出皇家的采莲景况,引用了梁元帝《采莲赋》,写"妖童媛女,荡舟心许"的热闹场景。处于"叶嫩花初"状态的少男少女们,正是春情萌动。皇家的采莲只不过是男女情爱的媒介,更何况莲花在中国传统文化中本来就有着对女性生殖的喻指,所以《采莲赋》中少男少女的调情嬉闹,透过大量的暗示性的隐晦描写传达了浓烈的性爱的气息。皇家的采莲是奢华而淫逸的。《采莲赋》的引用传达了与前述喻体所呈现出来的情感指向是一脉相承的。

皇家的采莲虽让"我"(隐含的作者)沉迷,但一则"我"不是皇帝,再则皇帝的情事早已世易时移,因此,"我"是无福消受的,所以心里不免酸楚起来——"但热闹是他们的我什么也没有"。于是转而把希望寄托在民间采莲的事情上,也就是说放在以"我"的平民的身份可以享受的情事上,于是民间采莲的场景便自然进入想象之中:"采莲南塘秋,莲花过人头;低头弄莲子,莲子清如水。"民间采莲的情事虽然在语言表述上不及皇家的华丽,但也一样的淫逸:过人头的莲花掩映中,男女嬉戏,低头弄莲子的同时,情话(莲子——怜子——我爱你)绵绵不断;更何况"弄莲子"似乎还暗示了更如胶似漆相爱的场面。

从半遮半掩的向往到几乎是直言不讳的场景的展现,"我"也就渐入佳境。一个十足的情色梦幻就这样呈现于读者面前了。

正如诗人余光中所说,朱自清散文中的自我是未老先衰的"中年心态"。他的意思大概是说,朱自清一方面通过散文的叙述做着肆无忌惮的情色梦幻,另一方面又总是老夫子似的摆脱不了道德的自我约束。① 正是这样的原因,才有了《荷塘月色》文末的戏剧性的"惊心动魄"的场面:正当"我"为美好的情色梦幻心旷神怡恋恋不舍之时(即使意识到现实/今的逼迫,但也不想回到现实),突然意识到到了家门口。因为是如此的沉浸,以致忘却了现实,而当现实突然出现的时候,所以吓了一跳,因此文中才有"猛抬头"之说。一切的爱情想象,面对这现实中"熟睡"的妻子的时候,都不得不烟消云散。"家"和"妻""小儿"的突然出现将那情色梦幻击得粉碎。

说到这里,我又要回到文本的开头,那个所谓"日日走过的荷塘"。也许荷塘是美的,但因为日日走过,也便没有什么美不美可说的了。因为日常性对于美来说本身就是一种消解的力量。荷塘是如此,其实家庭也是如此,它可能最能够代表一种日常性了。而要超越这种日常

---

① 余光中:《论朱自清的散文》,《余光中选集·语文及翻译论集》,安徽教育出版社 1999 年版,第30—53 页。

性只有通过想象,通过造就一种反家庭的虚拟境界,才能获得超越。而《荷塘月色》就是这样的反日常的虚拟文本,在这样的文本或情境中,并不特别美的荷塘/家庭,才会变得美轮美奂。

在文学评论中有句术语,称之为"文如其人"。这不是用来描述前面我所论述的朱自清的那些超越性的想象的,而是用来描述他的创作中普遍存在的(在《荷塘月色》中得到集中体现)的圆形结构和这种结构所体现出来的人格特征的。

《荷塘月色》从"家"(现实)出发经历"荷塘"(梦幻)又回到"家"(现实)之中,如此的行文线索构成了作品的"圆形"结构。这样的圆形结构形式所传达的思想是想象与现实之间的对立和抒情主体最终的对于现实———道德秩序的服膺。《桨声灯影里的秦淮河》与《荷塘月色》有着共同的特征,就是对自然景观———秦淮河里的桨声灯影的描写。但是,二者又有着巨大的区别,后者以自然为本体,情色为喻体;而前者正好相反,以自然为喻体,以情色为本体。

《桨声灯影里的秦淮河》中的家庭和妻子被命名为"道德力",而以歌女为中心的秦淮河情色则被命名为"欲望"。道德力与欲望在中国传统文化范畴中是相互对立的两个方面。以此为基点,作者构思了梦想与现实相对立的行文框架,并直接演绎了情(欲望)与理(道德力)的冲突。"我"与朋友俞平伯在夜晚游览秦淮河,在从利涉桥到大中桥的过程中,"我"为歌妓的歌声所深深地吸引,产生了许多的遐想;但是在这样的遐想的同时,却又自我谴责,因为想到了"我"的妻子与家庭。在游历的过程中,虽然欲望鼎盛但是却为道德力所制服,但是就在即将要上岸的时候,欲望却脱离了道德力的束缚,获得了充分的张扬:"右岸的河房里,都大开了窗户,里面亮着晃晃的电灯,电灯的光射到水上,蜿蜒曲折,闪闪不喜,正如跳舞着的仙女的臂膊。我们的船已在她的臂膊里了;如睡在摇篮里一样,倦了的我们便又入梦了。"但是这却是"最后的梦""是最短的梦",没有能及时抓住欢乐,所以"心里充满了幻灭的情思"。无怪乎余光中又要说他是"未老先衰"了。当欲望高涨时,他的道德力约束了他的欲望;当一切都东流之后,又后悔懊恼不已。

朱自清的情爱总是受着现实的束缚,但是梦想中的情爱,则多少带着颓废的色彩。虽然他总是以清丽的语词去遮盖这样的颓废和艳冶的想象,但是颓废的情调还是溢出了他的道德力和缜密结构的束缚,呈现于读者面前。这大概是 20 年代末期当时知识分子的普遍情调吧！因为不但在郁达夫的小说和散文中,就是在茅盾和蒋光慈的小说中,也同样有着如此的情调。

但朱自清放纵情绪又总是受到自律,不但是思想内涵中的而且是形式上的。他的散文大多有着一个完整而封闭的结构。《背影》从"我"坐在家里怀念父亲写起,然后回想与父亲告别时的情景,最后又回到家里。《给亡妇》从"我"坐在家里怀念自己已经去世的妻子,然后回想妻子在世时的几个场景,最后又回到自己的书房里。《荷塘月色》以"背着手踱着"尽情受用无边荷香月色为行文线索,从出门经小径至荷塘复又归来,使内在思绪的复杂变化从空间顺序中得以表露。从家出发写起,最后结尾又回到家中。前后呼应。作品先着重写荷塘之美,继引出月色,再写荷塘四周,动静结合,疏密相间,从里到外,由近及远。不但结构是封闭的,而且在叙述中也是紧紧围绕"主题",不枝不蔓。克洛•贝尔说,形式是有意味的。朱自清散文的完整而封闭性的结构、对于主题的丝丝入扣的谨严绵密的文风,相对于与朱自清同时代的梁遇春和后于他的张爱玲的"纵谈快谈""流言"式的行文风格形成鲜明的对比。前者折射出作家人格的谨慎,而后者则显出作家的飘逸和潇洒。

不过,由于这样的想象过于生动以致于经常不能受到现实道德秩序的完全约束,而且这样的约束反而起到了鼓励和张扬的效果。换个角度说,创作主体可能的真正意图是"明讽实劝"。这样的结构,这样的意图和这样的效果在中国汉代的大赋(如《登徒子好色赋》)中是常见的。但需要附加说明的是,朱自清的《荷塘月色》用的是现代语体。如此的理解朱自清和他的《荷塘月色》难免有"歪评"和"曲解"之嫌,因为这篇散文毕竟以"荷塘月色"为描述的中心,而且他所有的情色意图都是通过喻体来展现的。

上述的两篇散文书写了士大夫的艳情白日梦,但是这样的梦想又总是被现实所搅扰。这就形成了朱自清散文的既放纵/想象又约束/现实之间的振荡性文本结构,既以谨严缜密的结构约束放纵的想象,而这种约束反过来又激发了想象。

[原载《学语文》2004 年第 1 期]

血仇困境中的人性与阶级救赎

——以《原野》为中心

在中国宗法制的传统文化语境中，文学叙事大多与宗法伦理相关涉。若考察这样的宗法制民间叙事就会发现，最盛行的故事主要有两种：

一是复仇故事。复仇，在广泛的意义上，它的起因可能是多方面的。但是在一个宗法制的文化语境中，最大的仇往往都是关涉血缘家族的。恩格斯在《家庭、私有制和国家的起源》中指出："同氏族人必须相互援助、保护，特别是在受到外族人伤害时，要帮助复仇。个人依靠氏族来保护自己的安全，而且也能作到这一点；凡伤害个人的，便是伤害了整个氏族。因而，从氏族的血族关系中便产生了那为易洛魁人所绝对承认的血族复仇的义务。"①为亲情复仇是氏族成员必备的素质，但它同时又以权力的形式表现出来，经过氏族成员的确认，复仇遂成为社会共同遵守的准则。《礼记·曲礼上》更是作出了明确的规定："父之仇，弗与共戴天；兄弟之仇，不反兵；交游之仇，不同国。"

这种复仇意识自然也成为文学的叙事话语。在经典性的《史记》《三国演义》《忠义水浒传》以及唐宋时期的一些传奇和话本中，充斥着这样的农业意识形态文明。宗法制的社会中，以血缘为亲疏的标准，宗族竞争是社会发展的重要动力。吴王夫差、越王勾践、伍子胥为父复仇的故事在正规的史料典籍和潜隐的民间口碑中广为流传，并受到推崇。汉末魏、蜀、吴三国的争斗，实质上是血缘的竞争，刘备的伐魏、讨吴都具有血缘复仇的性质。罗贯中的"扬刘抑曹"也是这样的血缘意识的反映。这种血缘复仇的观念沉淀在民间，成为民族的集体无意

---

① ［德］恩格斯：《家庭、私有制和国家的起源》，载中共中央编译局编：《马克思恩格斯选集》（第四卷），人民出版社 1972 年版，第 83 页。

识。虽至现代社会,在新文化运动中受到理论上的扫荡,但因中国乡土社会的与世隔绝状态的保护,使之并没有在历史的演进中被打破,被销蚀,所以它得以被很好地保存了下来(况且民族的某种集体无意识也不是一次两次社会运动就能够清除的);并且时常在文学的叙事文本的构成中充当缺席的在场者,影响它的表达。

二是爱情故事。爱情从其起因来说,所涉及的方面也是很多的:有纯粹的情感的因素;有身体的吸引;还有就是通过爱情之后的性而获得子嗣。但在田园宗族观念的思维视域中,男女情爱的最终结果是子嗣的诞生,这直接关涉宗族血缘的衍衍不绝。爱情的浪漫传奇虽然对于血缘宗族具有超越的性质,但在宗法制意识形态的视野中,它仍只是宗族生殖的前奏。

在家族血缘的有限的视域之下,爱情故事和复仇故事都只不过是宗法制语境中的血缘意识的不同表述形式而已。在文学叙事上,假如说复仇表达了阳刚之美的话,那么爱情则恰恰表达了它的另一面,即阴柔之美。而刚柔相济才是民间话语所推崇的上等文本。

中国现代文学虽然以"反传统"为己任,但嫁接于传统文化之上的新文学仍不能不受到它的影响,使传统的宗法制文化得以各种方式呈现在文学话语中。现代文学中以宗法制文化事件作为题材的作品为数众多,但大多为启蒙主题。而曹禺的剧作《原野》却与上有所不同。它所展现的是一个宗法制的语境(宗法制的家族复仇和宗法制复仇)中的人性悲剧。它糅合了传统文学叙述的爱情与复仇故事,但它所着眼的又并不是五四意义上的启蒙,而是在复仇故事中展现了人性困境及其自我救赎的想象。

话剧《原野》中,仇家与焦家在故事的原初阶段虽然分属贫富悬殊的两个阶级,但却是友好的乡邻。这两家的仇恨起源于焦阎王反目为仇杀害了仇虎的父亲,卖了仇虎的妹妹,囚禁仇虎于死牢,并迫使他的未婚妻花金子成为了自己的儿媳妇。这是一个典型的"杀父之仇,夺妻之恨"的家族血仇起源模式。在宗法制社会中,血缘往往是一种至上的理念,它以线性衍传,这根线的任何一环缺失,都可能造成血脉的中断;而且对于血脉的流传来说,父亲是血脉的源头,"杀父"即意味着对现存家族成员的否定;而且父权制之下的父亲,更是整个家族的符号,他的被杀所昭示的意义是关于整个家族的从尊严到本体的彻底的毁灭。而妻子虽然只是家族财产的一部分,但妻子在家族衍传中同样具有重要的地位,有时甚至比男性家族成员更重要,因为她是家族得以后续的载体,一旦妻子被"夺"就意味着家族的"绝后"。而且当妻子被夺以后,家族的血脉就可能被混乱,血缘的纯洁性就受到了玷污。因此,"杀父之仇,夺妻之恨"成为乡土中国的"不共戴天之仇"。有仇恨就有"昭雪",对中国农民来说,复仇是家族恢复的必经之路,只有通过复仇家族的尊严才能显现,当然也是作为家族"孑遗"的君子的必备品德,所谓"有仇不报非君子"。在中国文化中,无论是吴王夫差,还是越王勾践之所以受到后世的传诵,一个重要的原因就是他们的复仇品格。即使受辱家族的其他成员暂时无法复仇,也会抱着"君子报仇十年不晚"的想法,所以即使仇虎在监狱中被关押了许多年还是逃了出来进行复仇,而且这样的迫害还磨砺了他的复仇意志,把他变成了坚定不移的冷血的复仇之虎。

家族血缘复仇有着一套完整的游戏规则,对于被复仇者来说,是"人不死债不烂",只要仇恨的制造者活着他就一直是复仇的对象;假如他死了,则"父债子还",也就是说由他的儿子或者孙子来承担罪责,代替其父辈或祖父辈成为复仇对象。而对于复仇者来说则是"父仇子报",父辈留下的仇恨由儿子辈或孙子辈来完成。只要仇恨得不到报复,那么家族就自始至终得记着它,以至成为一种家族记忆。在《原野》中,仇虎虽九死一生,但复仇的信念却自始至终没有泯灭。他从监狱里逃了出来,最大目标就是复仇。在文本语境中,仇虎一开始就被塑造为一个"仇恨之虎"———一个家族道义和复仇勇士的化身。同时,在复仇中还讲究"对等原则",所谓"以血还血,以牙还牙"。因为仇恨起源于杀父和夺妻,所以所谓对等当然也就没有更多的其他内容了。于是按照这样的原则,仇虎便先"睡"了这时已然成为焦家儿媳妇的花金子,报了"夺妻之恨"。在仇虎进入花金子的卧房之际,他对着焦阎王的画像咬牙切齿地说:"老鬼,我一进你焦家的门,就叫你儿媳妇在你这老脸上打了一巴掌。"仇虎利用了花金子热烈的情欲和对自己的爱恋而实现了复仇的计划。仇虎和花金子本是一对恋人,他们之间的性爱本是常理之事,也是爱情的自然表现。但在家族仇杀的背景之下,却成了另外一场夺妻行动,成了毫无爱情可言的强暴行为。家族仇杀将爱情的重逢变成了一场顺手牵羊的阴谋和大规模屠杀的悲剧前奏。在报了"夺妻之恨"之后,当然更重要的戏就要开场了。仇虎接着在焦大星醉酒之后,毫不犹豫地"杀死"了这个童年时代的伙伴。而对焦大星来说,被虎子哥杀死,是他意料之中的事情,他似乎为了还债而献出了自己的生命。然而,残忍的宗族复仇并没有到此结束,仇虎借助于瞎子焦氏之手,让焦家不但"断子"而且"绝孙",无辜的小黑子死于非命。还有那个瞎眼的老婆子焦氏,因其年老当然是不值得"夺"的,但仇虎明白,在断子绝孙之后,她将生不如死。这又是更深一层的刻毒。在完成了这一切之后,仇虎也就昭雪了家族的"父仇"。仇虎少年时的玩伴焦大星和他的儿子小黑子在作品给定的语境中都是无辜的受害者,然而依照家族复仇的"父债子还"的游戏规则,他们又都是合情合理的复仇对象。即使复仇者仇虎对杀害他们心有不忍,但作为家族英雄,他又不能不执行血缘宗族的律法。因此,在这个意义上,与家族血脉相联系的复仇行为具有神性。

上述的宗法制复仇故事在中国传统文学中是高度的重复,而且往往被处理为一种狂欢性叙事。在诸如《隋唐演义》《三侠五义》等作品中都有着充分的展现,而《水浒传》则最为突出。当黑旋风李逵在江州城等地挥舞板斧狂乱屠杀的时候,人性是处于睡眠状态的,或者说被仇恨所宰制而缺席的。《原野》中仇虎的杀戮与李逵有着某种程度的相似性。既然复仇在伦理上是合法的,那么,通向血腥的大门就已经打开了。更让人惊心动魄的是,如同一头饥渴的狼嗅到了血的气味一样,复仇和杀戮具有极大的诱惑性。曹禺通过一种压抑性叙事,使这样的诱惑不断的膨胀,并化为一种可以毁灭一切的"恶",并由这种"恶"推动着,一步一步地杀人,一步一步宣泄,也一步一步体味着这复仇杀戮所带来的"幸福"和"快意"。感受复仇快意的还包括观众,观众对复仇者有着杀戮的期待。戏剧呼唤着观众内心的关涉暴力的集体无意识。当仇虎以复仇者的形象出场后,他不但自己下了"一项决心,一项判断",同时也下了"一项允诺",对自己的家族也对面前的观众。

但是,《原野》的文本毕竟产生于五四新文化运动之后的现代语境中,现代文明之光就不可能不对它形成聚焦和透视。在新文化土壤中成长起来的作家曹禺面对这样的传统题材也不可能如施耐庵那样去进行狂欢化处理,现代文明在他的书写中起的作用几乎是可以推测的必然。

在广泛的意义上,现代文化以人本主义为基本的指归,即周作人所说的"人间本位主义"。新文化先驱们对传统的家族和家族制度进行了极其全面而深刻的批判。作为家族和家族制度衍生物的家族仇杀自然也在批判之列。还有作为新文化重要组成部分的基督教文明,也对无情的杀戮行为持否定的态度。基督教的博爱和对生命的珍视将传统意义上家族复仇的法理基础给摧毁了。而在文学艺术领域,则表现在家族英雄在现代文学启蒙话语中复仇的"绝对"的伦理合法地位丧失了,变换了背景的英雄,其英雄性在人性道德之下必然要接受新的拷问。

要说明这一点,必须先讨论我们在阅读或观看话剧《原野》时的感受。那就是,当我们/读者/观众在穿越《原野》的文本之时,会强烈地感受到仇虎的"残忍"和焦大星父子的"无辜"。无论是"残忍"还是"无辜"都是观众出于理性的对于剧中主人公仇虎行为的否定,并且这种理性的否定促使观众在情感上将同情由最初的仇虎转移到焦大星一家人身上。而我们之所以有这样的感受,从根底上说则是因为现代化的人道主义精神和非家族观念的作用。新文化运动中出现了具有鲜明西方色彩的人性和人道主义思想。这种思想认同人的存在的权力,大力倡导人性和人权,张扬悲悯和同情,尊重生命权力;对于一切暴虐思想和行为进行激烈的谴责。新文化也同时对家族和家族制度进行了激烈的否定,而且对于几乎一切基于家族利益的准则也都给予了批判,认为家族压抑和扭曲了人性,妨害了人性的自由和发展。而复仇,尤其是基于家族利益的复仇在近现代文化语境中成为人道主义所激烈攻击的对象,因为非理性的复仇和杀戮不但戕害着生命,而且家族利益至上的原则也使复仇者被非人化。

人性和人道主义的思想意识在 30 年代已经成为一种社会的公共意识,影响着知识分子阶层,也影响着他们对于仍然处于宗法制之中的中国乡土社会的价值评判。正是这样的人道主义语境使"父仇子报"和"父债子还"的血缘游戏规则的合法性被否定,使宗法正义的大厦发生了倾斜,使复仇的正当性失却了支撑的理论和伦理的根基。本来复仇行为是与仇恨相关的,但是它逐渐衍变为一种复仇程序。复仇者在这个程序中丧失了主体的能动性,复仇也只是一种形式,它远离了仇恨的内核。最后,复仇者即使想从这个程序中脱身而出,也往往力不从心。在一种现代理性之下,当焦阎王死后,仇虎的复仇注定是要落空了。因为,焦家的其他家庭成员——大星和小黑子,甚至包括花金子——都与仇恨无关,因此,他们都已经不是合法的复仇对象了,也就不应当因之而承受责罚。对于他们的任何责罚和行使复仇都变成了非正义的了,也理所当然成为反人道的行为。

这种文化语境的影响使读者/观众在阅读和观赏《原野》的时候,自然感受了大星和黑子的无辜;当然并非仅仅只有读者有这样的思想意识,作者曹禺也有,他还把它投注到了主人公仇虎的身上。作者不但设置了仇虎与花金子之间的恋爱故事,以此来减弱仇虎对花金子的"睡"的野蛮性,而且在展露仇虎的性格中"蛮性的遗留"①的同时,并没有忘记在其性格中注入"现代情绪"。因此,在剧中我们看到,"复仇之虎"仇虎在对待焦家一家人时,本应是一"睡"或一"杀"了之,但他却没有,而是一直如莎士比亚笔下的哈姆雷特一样犹豫不决。但与哈姆雷特不同,哈姆雷特是为成功与失败与否而犹豫,而仇虎却是在复仇与放弃之间而徘徊,复仇的直接对象的消失,使复仇行为显然失措。当然他最终还是在强烈的复仇欲望的驱使下施行了仇杀行动,但他又为此而强烈自谴、自弃。可以设想,假如说仇虎的性格中没有现代人道精神的因子的话,他此时就会沉迷于复仇成功的极致的血腥的快乐之中,如许多中世纪的复仇者一样把复仇作为唯一的目标指向。但恰恰相反,人性成为他的复仇行动的最大障碍,而复仇行为又反过来考验着他的人性。

仇虎式的犹豫是值得探究的。他的人性在实施仇杀瞬间冲破牢笼而闪现出温暖的光亮,理性由此觉醒:意识到自身行为的罪,并在意识中产生了对于这种罪的冲动的阻止的欲望。两种意识发生冲突,主体处于矛盾的举棋不定之中,这带来了行动的无法确定。而仇虎最终还是杀死了大星和小黑子,在短暂的时间内,他的意识中阻止的力量战败了。这使得这一力量不得不在杀人行为付诸实施后寻求补救,寻求自我的救赎。这就是仇虎的进入黑林子。

仇虎复仇的成功,本来是其性格中人性力量的失败,但文学的吊

---

① 曹禺:《〈雷雨〉序》《曹禺文集》(第一卷),中国戏剧出版社 1988 年版,第 213 页。

诡在于,失败却反成就了失败者。本来,人性的力量是被动的,只是充当着仇虎复仇行动的最大阻碍者的角色,现在却反客为主,反过来考验着他的人性。使其身上的人性力量大放光彩。并以追诉者的身份呈现着惊人的力量。他的身上的现代人道精神,使他的复仇行动陷入非法的困境,也使他在复仇成功之后陷入了深重的罪孽感的包围之中。

恐怖达到了极点,"那是一种因为难以名状的、未加思量的、未经证实的境遇与情绪所引发的恐怖"①。因为对大星和小黑子复仇,他放逐了兄弟情谊;因为对花金子复仇,他放逐了爱情;因为认识到自我复仇的非正义性,他放逐了自我。这个成功的复仇者现在只能孤独地面对自己,面对一系列排山倒海的仇恨,他只有一个方法,那就是逃避,找一个能躲藏的地方。于是,仇虎最后逃入那个迷茫的"黑林子"。并希望通过这座林子,到达一个铺满黄金的"黄金世界"———天国。

但是,到达黄金世界的前提是自我必须先洗脱罪责。而黑林子并不是忏悔的理想场所,在这座"黑林子"里,他遭受到了更多的缠绕,他的发自良知的冤狱和自谴的纠缠。

仇虎身上的现代人道精神,使他的复仇行动陷入非法的困境,也使他在复仇成功之后陷入了深重的罪孽感的包围之中。而他最后逃入的那个迷茫的"黑林子",正是他良心的冤狱和自谴的象征。在西方文化中,"森林"象征着世界的罪恶,而"狼"象征着人性中的贪婪。黑林子这个具有西方文化特征的象征中,仇虎的罪觉醒了。他迷失于森林之中,意味着他的复仇是"没有出路的"。红灯象征的是焦母为小黑子招魂时打地灯笼,它已经不再是一种简单的照明工具,而是一种具有明确含义的意象,象征着神秘的恐怖力量。在黑黑的森林里,恍惚闪烁的红灯,焦母阴森绝望的颤音,伴随着远处隐隐传来的僧人为小黑子超度灵魂的沉沉庙鼓,这一切都构成了仇虎存在的环境。而且应该看到,这已经不是一个具体的环境,而是一个意义的世界:威胁与恐怖。于是,仇虎和花金子在黑森林中左突右冲,但是最后发现仍然在原地打转,一直没有找到出路。也许,曹禺不是一个思想家和哲学家,

---

① President Franklin D. Roosevelt's First Inaugural Address, 1933. In Halford Ryan. The Inaugural Addresses of Twentieth-Century American Presidents. Praeger Publishers. 1993:93.

不是在做形而上式思索;但是作为接受者来说,又完全可以做这样一种理解:人生的存在就是这样一种困境。如果在这一意义上去理解曹禺和奥尼尔的戏剧的精神联系的话,可能更为准确。承受地狱般的烈火的焚烧和良知的煎熬。在这黑林子里,他不但意识到了他的复仇的绝路,而且意识到了作为肉身自我的极顶的困境和绝望。

"火车"和"镣铐"是剧中一再出现的两个象征性的意象,"作者用这两个意象表示人的生存境遇与人的追求之间的矛盾"①。曹禺前期剧作不仅是对旧的文化制度的批判,它更为夺目之处是对人类命运的关怀,对人类意识深处的关注。在他笔下,宇宙像一张大网,人在其中挣扎,永远处在压抑与抗争之中,有无可消除的无望和恐惧,人类的软弱性制造着他们永恒的悲剧人生,"他们怎样盲目地争执着,泥鳅似地在情感的火炕里打着昏迷的滚,用尽心力来拯救自己,而不知千万仞的深渊在眼前张着巨大的口。他们正如一匹跌在沼泽里的羸马,愈挣扎,愈深沉地陷落在死亡的泥沼里"②。

仇虎实现了家族利益的最大化,可以成为一个成功的家族复仇者,一个真正意义上的家族英雄,但他却没有获得成功者的自豪感和血腥的荣誉。

在此,一束基于人道主义的理性精神照彻整个文章,并成为立法者和评判者。尽管仇虎的处境以及这种处境迫使他所爆发出的聪明才智可以为他的仇杀百般狡辩,开脱罪责,但理性所立之道德律保持着自身的终审权。

戏剧是具有仪式性质的,《原野》当然也可以看作是一场现代人性结构嬗变的仪式。它的符号学的意义在于,昭示了复仇观念的现代境遇,昭示了传统宗法制文明与现代人道主义文明交融时期的乡土中国的复仇行为与复仇者的人性困境。

但在中国现代文学的复仇叙事中,仇虎的困境或者说人性道德的律令并不总是有效的。在《原野》中其实自始至终还存在着为复仇者寻找"出路"的线索。这条线索的存在极其吊诡,它既表现了复仇者

---

① 张福贵:《展示灵魂深处的冲突:生命的悲剧与文化的悲剧——重读〈原野〉》,《戏剧文学》2000年第4期。

② 曹禺:《〈雷雨〉序》,《曹禺文集》(第一卷),中国戏剧出版社1988年版,第213页。

的困境,也试图为复仇者寻找一个当下的出路。当阶级斗争理论盛行之际,仇虎就被阐释为一个阶级复仇者,左翼批评家为仇虎的复仇行为找到了极好的辩护理由。人性视域中的不合法被转化为一种阶级准则下的合法。这种转化当然不是简单的回复,而是在批判了家族之后,尽管这样的批判更多地带有置换的意味,但至少在名义上发生了变化。虽然复仇依然是达到对仇恨对象的肉体消灭,但革命/阶级理论已经预设了这样的复仇的道义的正义性。20 世纪 40 年代后的革命文学中,诸如李季的民歌体长篇叙事诗《王贵与李香香》和梁斌的长篇小说《红旗谱》不但把农民式复仇作为近代中国农民革命的原初动力,而且在阶级斗争的意义上为他们的复仇找到了"出路",使他们逃出了人性与人道主义的自我谴责。但是,红色文学虽然倡导对于敌对阶级的复仇,但也并不允许无限制的仇杀。在赵树理的小说《李家庄的变迁》中,恶霸地主李如珍罪大恶极,农民对他进行了触目惊心的血腥的杀戮。于是,出现了党干部站出来对这样的行为进行制止的场面。尽管这样的制止已经无济于事。这同样说明,现代性之光对具有宗法制特点的红色文学也存在着照耀。

[原载《淮北煤炭师范学院学报》(哲学社会科学版)2010 年第 3 期]

乡土乌托邦的破毁与重建

——以《边城》为中心

一、桃源，乌托邦

《边城》是沈从文最负盛名的代表作，也是其所构筑的湘西世界的核心之作。关于这部小说的创作动机，沈从文说："我要表现的本是一种'人生的形式'，一种'优美，健康，自然而又不悖乎人性的人生形式'。我主意不在领导读者去桃源旅行，却想借重桃源上行七百里路酉水流域一个小城市中几个愚夫俗子，被一件普通人事牵连在一处时，各人应有的一分哀乐，为人类'爱'字作一度恰如其分的说明。" ①沈从文的这个创作意图在《边城》中得到了很好的表现。阅读《边城》，我如许多读者一样神往于作家所构筑的理想世界———那个遥远的边地"桃源"。

在"边城"这个颇具原型意味的情境里，清澈透明的碧溪，安闲适居的撑渡人，静寂和平的小小茶峒城，还有那个令人兴奋的热闹欢快的端午佳节，无不呈现着一种原始的古朴之美。陶渊明笔下传说中的"世外桃源"，在《边城》中被沈从文妙笔转化为了活生生的现实，前者那种不食人间烟火味的"原始景状"，也因此而被赋予了生活化的人情美与人性美。小小的渡口仿佛就是专为展现这美好的世界和美好的故事而设置的。在那里时时发生着的质朴的老船夫与善良的渡客之间的渡资之争，实为真心的婉拒和由衷的答谢。河水猛涨时，沿河的吊脚楼有时难免会被意外冲走，这时"便常常有人驾了小舢板"，搭救洪水中落难的妇女与小孩，也顺便打捞起一些东西。几个青年围绕在

---

① 沈从文：《〈从文小说习作选〉代序》，《沈从文文集》(第十一卷)，花城出版社、生活·读书·新知三联书店香港分店 1984 年版，第 45 页。

主人公翠翠母亲的窗前歌唱恋情;翠翠在若干年后又受到两兄弟天保和傩送的热烈追求,歌声再次回荡在山涧溪畔,倜傥风流,富于诗情画意。即使生活中有悲哀,有龃龉,但真情长在,那个不被爱情所钟的杨马兵,最终义不容辞地抚养了绝恋于己的"心上人"的女儿。这些被作者称为"也爱利,也仗义"的诚实勇敢的人,正是用他们强健的体魄、冒险的勇气、朴实的心地,再加上一些可爱的缺点,显示着边地人的善良、淳朴的自然天性。

这是一个典型的乌托邦情境。

一处封闭的边鄙小镇,因与外界交往的断绝,使它没有受到外在文明的侵蚀,而独自保持着一种自足的生存状态。封闭性是乌托邦存在的前提,正是封闭性成全了边城的自足性。在这个意义上,《边城》和《桃花源记》没有什么两样。中国传统的乡土文明秉持着老庄的哲学,对外来文明持拒斥的态度,崇尚小农经济的自给自足,"老死不相往来""鸡犬之声相闻"是其理想中的社会形态。《边城》中的人们对这一方水土的沉浸,都体现着他们的封闭性自足心态。同时要保持和延续这种封闭自足状态,还必须有一套社会道德体系。作家沈从文在《边城》中所提供用以支撑边城这个乌托邦社会的道德准则主要有三个方面:一是义。边城的人们无不轻利重义、守信自约;酒家屠户,来往渡客,人人均有君子之风;"即便是娼妓,也常常较之讲道德知羞耻的城市中绅士更可信任。"二是爱。主人公翠翠就是"爱"的化身。她天真善良,温柔恬静,在情窦初开之后,便矢志不移,执著地追求爱情,痴情地等待情人。大自然既赋予她清明如水晶的眸子,也养育了她清澈纯净的性格。作品中的其他人物,如老船工的古朴厚道,天保的豁达大度,傩送的笃情专情,顺顺的豪爽慷慨,杨马兵的热诚质朴,无不是"爱"的体现。孔子曰:"仁者,爱人。"边城中的人们都是仁者,他们"老吾老以及人之老,幼吾幼以及人之幼"。以亲情一般的真情去对待他人,这正是宗法制乡土中国道德准则中的最高境界。三是美。沈从文说:"我心中似乎毫无渣滓,透明烛照,对万汇百物,对拉船人与小小船只,一切都那么爱着,十分温暖地爱着。" ① 对万汇百物的爱就是

---

① 沈从文:《一九三四年一月十八》,《沈从文文集》(第九卷),花城出版社、生活·读书·新知三联书店香港分店 1984 年版,第 254 页。

美。具体来分析,边城的青山绿水是美的;人事的调和是美的,边城的故事是美的,边城人那种沉浸于生活、融汇于自然的心态也是美的。总之,那种"优美,健康,自然而又不悖于人性的人生形式"是美的。在《爱与美》一文中,沈从文说:"一个人过于爱有生一切时,必因为在有生中发现了'美',亦即发现了'神'.""美固无所不在,凡属造形,如用泛神情感去接近,即无不可见出其精巧处和完整处。生命之最高意义,即此种'神在生命中'的认识"。①他的美很显然就是"美""爱""神"的三位一体,"一种美和爱的新宗教"。作者在《边城》的文本构建中用自然纯净的语言演绎人事,顺乎自然,体念生命,也正是这种"神在生命中"的美的体现。

在上述的支持边城的道德准则中,重义显然是最基本的道德,因为只有重义才能轻利,只有轻利才能顺绥自然人性和不为物欲裹胁,这样才能沉浸于自然与生命之"神性"之中。只有在这样的社会道德体系中,才能出现"一切莫不极有秩序,人民也莫不安分乐生"的理想社会形态。边城人民的乐生安分,使他们处于一种非现代管理(非官僚化的)意义上的自然"秩序"之中,这正是庄子、康帕内拉、圣西门、马克思们所追求的人的生存的最高境界。

乌托邦情境在时序上可分为两种情况:一种是过去时,如陶渊明的《桃花源记》中的"桃花源";一种是未来时,如柏拉图的《理想国》中的"理想国",康帕内拉《太阳城》中的"太阳城"。但沈从文的"边城"却处于现在时,充分的生活化的描述,湘西环境的设置,使读者不能不相信它真实的存在。然而,正如京派的最后一位作家汪曾祺所说:"《边城》的生活是真实的,同时又是理想化了的,这是一种理想化了的现实。"②因为就文本产生的当时的湘西来说,兵乱中的屠戮,穷困中的愚昧都导致了那里的人民对自我实存状态的无知和对自我命运的无从把握。在沈从文的其他小说(如《柏子》《丈夫》和《萧萧》等)中对此都有所表现,而在《边城》中,他却将这些"悲痛"隐伏在文本背后,一味地造"梦"。可以说,"边城"是他将现实用理想化的手法"过滤"后而设置

---

① 沈从文:《爱与美》,《沈从文集》(第十一卷),花城出版社、生活·读书·新知三联书店香港分店1984年版,第376—377页。

② 汪曾祺:《又读〈边城〉》,《汪曾祺文集》(文论卷),江苏文艺出版社1993年版,第100页。

的虚拟情景。在时序指向上,《边城》的现实情景带有作家过去生活的痕迹,是他置身都市社会返观过去生活的结果。因此,它"是一个怀旧的作品,一种带着痛惜情绪的怀旧"①。

二、命运的搬演

然而,小说《边城》尽管给读者提供了一个令人神往的人性乌托邦,但其叙述中却同时存在着一股与乌托邦情境相反的力量,即"人事的谐和"的背面———人事的错位。

《边城》的主体情节是天保、傩送兄弟与翠翠之间的准三角恋爱故事。大老天保看中了翠翠,可翠翠偏偏先遇上了二老傩送。领先一步登门求亲的大老最终却不能得到明确的允诺。假若翠翠从一开始就态度明确,当然也就没有了他的负气般的"出走"了。那样的话,悲剧也就无从发生了。但偏偏翠翠看中了二老,而不是大老,真是天不遂人愿。人事的阴差阳错给命运之神的楔入提供了缝隙。而这一段情恋也终于导致了人生的悲剧在边城的上演。翠翠与二老傩送按理说应是和谐的一对,但偏偏是他们的相恋导致了大老天保的出走。傩送勾起了翠翠的情思,但却未能相与始终。面对着兄弟之情与恋人之情,他选择了前者。对照翠翠的选择,这则又是一个真实的错位。这也许是他在补偿自己夺走大老心上人之后的负疚,但翠翠的人生又有谁来补偿呢。如若大老、二老皆能平安归来,似乎悲剧也就无从谈起了。但他们的归来却并不能弥补错位的遗憾,更何况命运偏偏又让他们永无归期,使可怜的翠翠近乎化作了一尊"望夫石"。

再一层的错位存在于老艄公的愿望与孙女翠翠的悲剧命运之间。在《边城》温暖的话语背后暗含着一个令祖父(老艄公)和所有读者无法平静和忘怀的故事———翠翠母亲那段美丽得令人感动的恋情。从溪头山间互诉衷曲的歌声到私下相爱,直到孕育出爱的结晶,仿佛一个优美古老的爱情传说,但最终的结局却是一个令人断肠的悲剧:一个伴随着自己爱之梦的幻灭而随风飘逝,一个举身让清澈的溪水带自己去实现生无法聚首死终得相依的誓言,留下了一个"可怜的孤雏"———翠翠。

---

① 汪曾祺:《又读〈边城〉》,《汪曾祺文集》(文论卷),江苏文艺出版社1993年版,第100页。

　　这是一出在民间口口相传和反复重演的爱情悲剧。翠翠的母亲是叙述开始时的最近一代的承载者。翠翠的祖父作为亲眼目睹者便一直承受着这样一个凄凉的回忆。这悲惨的爱情结局并非是人为制造的悲剧，因此，祖父将这段伤心的往事归于天意。这种宿命般的感伤以及与之相关的那些凄惨情事，在经过这次重复以后终于在边城人的生命中沉淀下来，成为一个令人畏怖的心灵禁忌。岁月的流逝曾在无意中冲淡着祖父当年的忧伤和惊悸，于是边城便有了一段生命的美好与晴朗。但如同一条潜伏下来的蛇，更确切地说是一段生命的偈语，它自会在可以预言的时刻到来并展示其扼杀生命的本相，对于这种既存的"天意"，作为过去那段情事的亲历者，祖父了如指掌。他深知它必将作祟于人，在时机成熟的时候，再次制造悲剧。但老人或许不想因提及它而伤害了眼前的美好和安宁，或许想通过语言的规避而免除厄运的再次光临。所以，他竭力封锁孙女对于母亲的探究。这个生命的护卫者在危机到来之前也仅能如此尽力而为了。

　　然而命运在到来的时候，人力是无力抗拒和躲避的，翠翠日夜勃发的青春的生命力便是它即将到达的讯号。命运重演的焦虑感和紧张感与翠翠的青春躁动情绪同步递升着。当翠翠越来越大，特别是她的婚事越来越不顺利时，老艄公心中的忧虑也一天天滋长着，因为"他觉得翠翠一切全象那个母亲，而且隐隐约约便感觉到这母女二人共同的命运"。在自然里活了七十多年的祖父出于对命运的本能的直觉，分明听到了它日益临近的足音，心头的那份隐忧也越来越浓而无力挥散，翠翠母亲死后，祖父可以说是为孙女活着，他用心血抚养她成人的同时，也在替她编织着幸福的梦想。而当那"未来不可知"的隐忧渐渐显现为曾经有过的悲剧，且劫数般有可能再次降临时，他不能不作更远的忧虑："如今假如翠翠同妈妈一样，老船夫的年龄，还能把再下一代小雏儿再抚养下去吗？"

　　因此，老艄公晚年最大也是唯一的愿望就是"把翠翠交给一个可靠的人，手续清楚"。这是老人佑护孙女于命运欺凌之外的唯一办法。但当这夙愿被强化为祖父的一份执著的理想时，情形未免变得复杂了。未曾实现的理想/愿望自然是生活的支柱，而一旦理想成为残破的现实，也即理想已不再是一个理想时，这支柱的支撑作用便也告一段落了。叔本华所谓人的愿望实现与否皆为悲剧正含有此意，而且对于老艄公来说,这种伴随理想实现而来的悲剧意味还与老人特有的苦涩的暮年意识直接相通。翠翠获得幸福的生活是他的愿望。

然而造化弄人,祖父的结局却证明他连这样一条出路都无缘走通。一开始祖孙二人就总是所思不同:一个爱提一年前端午节上见到的大老,祖父喜爱他的忠厚温敦;一个心许两年前端午之夕邂逅的二老,翠翠倾心于他的风流。待到祖父明白过来,再去徒劳地为孙女抓取那条似乎伸手可及的红线时,命运之神却早已将它轻轻收起,滑走的线头越来越可望而不可即了。当他从顺顺家回到渡口时,这位明了了命运而又实在无力抗争的老人,便在一个雷雨之夜愤然谢世。若说《边城》中敢于斗胆与天意抗争者,老艄公当属第一人;若说在命运的股掌中失败得最彻底的,仍是他一人。这位几十年在小小渡口为众人摆渡了无数个大大小小的希望与梦想的老船夫,最终却不能把握住自己的生命之舵,一场骤然而至的大雷雨终于将他的渡船与希望连同生命一起冲出了"边城"。

而追溯上述的两个层面的情感错位及其所造成的悲剧的根源,则在于翠翠青春期的躁动与独立意识与宁静和谐而又相对寂寞的边城情境之间的错位。这样的错位其实在翠翠母亲的那一代或更上的一代就已存在,只不过为老艄公所掩盖。但该发生的最终还是要发生。当她还未来得及从祖父口中追问到有关父母的那个故事的结局,她自己便已在青春的催动下不知不觉地步上了母亲当年的生命轨迹。天保的歌声使她春心萌动,而与傩送的邂逅终于使她心有所托。但这段美好的感受随即也使她陷入了与母亲当年一样的情感选择的困境。正如上文所述,祖父是为翠翠而活着的,但翠翠却不能仅为祖父活着,情感依托的错位无可避免地发生了。当翠翠在街上遇到了二老后,她第一次发现自己还有着不应与祖父分享的秘密。情感的成熟和随之而来的个性的成长离间了祖孙间的关系。祖孙之间浓厚的亲情对于从小便与祖父相依为命的翠翠来讲无疑至关重要。只是情窦初开的她还要去寻找一个寄托青春躁动的同样美好的梦。命运无情地把她推向了必须选择的边缘。选择的两端都是人间至情,是与是之间的选择无疑较通常的是非选择更为艰难与痛苦。当初翠翠的母亲也正是不忍"离开孤独的父亲"才没有私奔,并且天意地在自己的身后给父亲留下一个伴儿。但翠翠日趋蓬勃的躯体又在催动着她继续着新一轮的寻找。因此她对于养育了同时又羁绊了自己的渡口不能不生长恨意,那原本"照样的温柔、美丽和平静"的渡口黄昏在她看来似乎"也成为痛苦的东西"。她成熟的心底里萌发的那份青春的渴望促使她冲破眼前早已习以为常的平常的旧有生活格局,去寻找自己也说不清楚的幸福。

生命的躁动使翠翠沉浸于一种亢奋的叛离臆想中,"我要坐船下桃源过洞庭湖,让爷爷满城打锣去叫我……"奇异的遐想给她以莫名的兴奋,以致越发放纵情思,"好象故意跟祖父生气似的,出走后祖父无论怎样都找不到她,气急无奈之下,竟然要拿把刀去找,然后杀了她……"。这是一个由青春期愿望盲目挥发而成的"白日梦"。弗洛伊德精神分析学认为,梦以及白日梦是潜意识的外显,是愿望的达成。在潜意识中,翠翠由身体成熟而带来的性渴求愿望,受到了充满伦理色彩的"过分熟悉而平淡的生活"以及与之依存的祖父的阻碍。因此,一个模糊而无情的逻辑就是:爱欲的满足与亲情的满足不可兼得。梦中的翠翠听从了爱欲的召唤而叛离了祖父,但她也同时意识到自己的"罪过"。"杀"以及与之相关的概念"死"便是梦醒后的她所面临的残酷现实:放弃爱情,则自己就会走向母亲的老路;而放弃祖父,她同样无法想象没有祖父自己将会怎样。端午之夕,翠翠望着黄昏河面上一层银色的薄雾而起的那个可怕的念头——"假若爷爷死了"在小说的后文中至少又出现了一次。臆想把这个少女拉向了一个完全陌生的境地,那太远离既成而坚实的渡口了,所以,她尚未做完自己的梦,就先被吓醒。

加缪说,正是那种美好的东西,而不是丑恶的东西使生活变得真正艰难起来。爱的向往与亲情的依恋同是翠翠所不能无视的生命肌体。偏偏二者在她出生以前从她母亲或更早的时候起就已被推向"二者必择其一"的境地,而放弃任何一方都会造成生命的缺憾。这样的选择对于一个涉世未深的青春少女实在太困难了。但生活需要她面对和承受,并不理会她的心灵是如何的单纯和稚嫩,更不会充分考虑她的意愿和感受。

主人公翠翠鬼使神差般地在母亲当年的心路上跋涉,但她并没有来得及品尝爱情的果实,悲剧便已降临。大老天保走"车路"不通,托人说媒娶翠翠不成,驾油船下辰州,掉到茨滩淹坏了。二老傩送既记忆着哥哥的死亡,且因夜里走"马路"得不到理会,又被家中逼着接受一座碾坊和新的婚姻,因此赌气下行,从此一去不复返。受到顺顺父子的冷淡,又为孙女的终身大事操心的祖父也在一个大雷大雨的夜晚死去了。一段情事终于在命运的作弄下,以悲哀和翠翠的哭声告终。

生命个体间关系的错位,导致了一系列偶然性事件的发生,而这些事件又致使完满与和谐的破碎。"边城"作为创作主体和形象主体共同沉浸其中的乌托邦情境,其永恒的生命力在于人伦的和谐,但前述的种种关系错位恰恰是不和谐的表征。这是中国伦理化的乡土乌托邦相生相克的两面。假如说这"谐和"就是沈从文所谓的"常"的话,那么,这不谐和/错位则是"变"。保持这"常"态是老艄公的愿望,但毕竟"变"已成为生命的一部分,是生命演化的必然。"变"无情地冲击着和谐的乌托邦情境。渴望保持常态,而又无力阻止"变"的到来,这样就形成了《边城》宁静文字下面的危机和悲痛。与小说《长河》有所不同的是,《边城》没有表现"'现代'二字已到了湘西"后对"农村社会所保有那点正直素朴人情美"①的破坏,而是通过较为隐蔽的情节设计,通过人物情感关系的错位来表现"牧歌的谐趣"背后"隐伏的悲痛"②,那对于田园乌托邦必然走向破毁的哀痛。

三、重建人性的神庙

在《边城》中,作家沈从文一方面以记忆中的湘西社会为原型建构了他的田园乌托邦文明,但另一方面,又通过人物悲剧命运的设计,使之被击穿。这两个相反的力的图式的形成,是作家的主观意愿与现实体验这一矛盾心态的体现。

沈从文,这位出生于湘西世界的老实的"乡下人",当他从事创作之时,他所直面的毕竟不是纯净的湘西故土,而是充满了喧嚣与骚动的大都市。在欲望化和功能化的都市文明的气势汹汹的冲击下,古朴

---

① 沈从文:《〈长河〉题记》,《沈从文文集》(第七卷),花城出版社、生活·读书·新知三联书店香港分店 1984 年版,第 2 页。

② 沈从文:《〈从文小说习作选〉代序》,《沈从文文集》(第十一卷),花城出版社、生活·读书·新知三联书店香港分店 1984 年版,第 44 页。

的乡土文明正不可避免地走向衰落。而把自己的价值理想寄托于过往文明的沈从文，不能不产生一种往事不再和故土永失的沧桑感和漂泊感。创作主体对于生命的无把握的感受印入"边城"之中，便成了命运弄人。珍视生命和对美好不能持久的焦虑并存于文本之中，虽然作家试图建构一个细密纯净的理想境界，但起因于堕落现实的忧虑心境，不能不影响他对于"过去伟大处"的经营。同样是出于一个"乡下人"的切肤之痛，沈从文对湘西社会生活中人民的悲惨命运也不能视而不见。这些无力规避的"现实阴影"一直追随着他，深深的渗进了他的优美清雅的文字之中。综观《边城》，作品中的桃源在演述过最初的纯美之后，便很快在不知不觉中摄入了感伤与悲凉的色调与情怀。特别是那反反复复重演的爱情悲剧，更是在人们的心灵中形成了无法抗拒和逾越的心理定数。

但是，尽管人物的悲剧命运和整个作品的悲剧氛围击破了过往的乡土乌托邦，但这似乎并不影响沈从文对它的重建。在《边城》中，作家将人物和环境都作了理想化的处理。小说开头三章集中笔力描绘了湘西山水图画和风俗习惯，呈现出未受现代文明浸透的边城生活风貌。接着叙述的生活在其中的人们，也都如山水般纯净。这些都可以看出作者对主观理想的弘扬。尽管作家必须直面"目前堕落处"，但他仍然沉浸于对于"过去伟大处"①的营造。这位老实的"乡下人"对自己的父母之邦怀有深深的挚爱，甚至情愿把自己沉入童年的梦幻中，沉入湘西那人性纯美的世界。在谈到《边城》的创作时，他说："拟将'过去'和'当前'对照，所谓民族品德的消失与重造，可能从什么方面着手。"很显然，沈从文是要从《边城》所体现出的"义""爱"与"美"着手，来重造民族的精神品格。他期待着这些理想化的生活形式，"保留些本质在年青人的血里或梦里"②，去重建民族未来的价值体系。这是一次失落后的重构，当然也是古典价值的现代重构。

[原载《安徽师范大学学报》(人文社会科学版)2000年第3期]

---

① 沈从文：《〈边城〉题记》，《沈从文选集》(第五卷)，四川人民出版社1983年版，第226页。

② 沈从文：《〈长河〉题记》，《沈从文文集》(第七卷)，花城出版社、生活·读书·新知三联书店香港分店1984年版，第4页。

浮游在梦想与现实的边缘
——论郁达夫的性爱叙述

郁达夫之所以成为中国现代文学史上最受非议的小说家之一，主要在于其作品中的性爱叙述。翻开 20 世纪 20—30 年代的批评史，对于郁达夫的评价，大多以"颓废者""肉欲作家"为主。《过去》曾被视为"狭邪小说"的代表作①，苏雪林曾激烈地谴责郁达夫"赤裸裸描写色情与性的烦闷"，称之为"色情狂"，将他与诲淫诲盗联系在一起②。1930 年的 4 月，华汉在《文艺讲座》中发表《中国新文艺运动》一文，以为郁达夫的沉沦、悲观、消极堕落之根本因为郁达夫是代表着"没落的士绅阶级的意识形态"③。但同时另外一些人与此持相反的意见，周作人认为，它"虽有猥亵分子却并无不道德的性质"，是"一件艺术品"。④ 郁达夫小说中对性爱的描写确实是大量的，约三分之二的小说中有叙述性爱的场面，离开这些性爱叙述就不可能真正认识郁达夫的小说。可以这么说，性爱的叙述不是郁达夫小说创作的全部，但是离开了对性爱叙述的考察就无法全面认识郁达夫及其创作。

一、边缘态的情感和性爱道德观念

郁达夫有着典型的现代作家的经历：出生于江南破落乡绅家庭，家境日下，温饱犹存，从小接受古典文化的教育；但同时，他又进过新

---

① 郑伯奇：《中国新文学大系》，良友图书公司 1935 年版，第 14 页。

② 苏雪林：《郁达夫及其作品》，《苏雪林文集》（第三卷），安徽文艺出版社 1996 年版，第 319—320 页。

③ 华汉：《中国新文艺运动》，载张恩和编著：《郁达夫研究综论》，天津教育出版社 1989 年版，第 19 页。

④ 周作人：《〈沉沦〉》，北京《晨报副刊》1922 年 3 月 26 日。

式学堂,1913 年去日本留学,接受了西方思想文化。弱国子民的地位,发展了他的忧郁的气质,维新以后的日本社会空气,使他特别容易从反封建意义上去接受西方学说。双重的教育和敏感的气质,使郁达夫的情感性质和性爱观念呈现出极其矛盾的复杂状态,他的情爱道德观念和情感并不完全如他自己所表述的那样新潮,往往呈现出新旧杂陈的特点。

郁达夫是一个士大夫习气极为浓郁的现代作家,因此在对待性爱上也带有旧时文人的嗜好和矛盾的性观念。中国传统混乱的性文化中对女性性能力的迷恋和"采阴补阳"观念,以及作为士大夫阶层的"龙阳之好"的遗风,使他听从于本能的召唤,沉迷于肉体的感官满足而不能自拔;但同时其中的性的不洁观念和对所谓的"元阳"的丧失的恐惧,又使他时时感受到对自我的精神和肉体的双重伤害。这二者的矛盾纠结,使他要洁身自好而不能,使他的性感觉始终被置于罪感的泥沼之中。小说《她是一个弱女子》所表现出来的贞操观是十分陈旧的,其中的主人公甚至迷恋"处女"。吴一粟与郑秀岳结婚之时,两人都流泪忏悔自己的贞操。虽然主人公在语词的层面是现代的,但是把贞操作为诉说的焦点,很显然显示了他们对它的高度关注。

而现代教育的影响,尤其是卢梭的和西方文艺复兴时期的人文思潮的浸染,又从另外一个向度去使他认同新的性爱的观念和表现。郁达夫曾经说过:"我们近代人的最大问题,第一可以说是自我的发见,个性的主张。""其次是恋爱——即性的问题——与死——即运命的问题——的两重大难。"[1]而"种种的情欲中间,最强而有力,直接摇动我们的内部生命的,是爱欲之情。诸本能之中,对我们的生命最危险而同时又最重要的,是性的本能。"[2]这种看待爱与死的理论可以追溯到弗洛伊德。弗氏曾把人的本能分为性本能、自我本能和死亡本能,认为人的行为无不源于这些本能;由于本能支配着人生,因而艺术只不过是上述本能受压抑后的补偿和变相的满足。当郁达夫把近代

---

① 郁达夫:《戏剧论》,《郁达夫文集》(第五卷),花城出版社、生活·读书·新知三联书店香港分店1982 年版,第 54 页。

② 郁达夫:《戏剧论》,《郁达夫文集》(第五卷),花城出版社、生活·读书·新知三联书店香港分店1982 年版,第 57 页。

人的基本生活内容归结于性欲和死时,就自觉不自觉地向弗洛伊德靠拢了。但郁达夫不仅从生理学的角度去看待性与死,他更从道德角度去发掘。他说:"人性解放了的现代,个人的自我主张,自然要与古来的传统道德相冲突的。"①因此,文学中关于"肉体上的描写,以及犯罪,性事描写等要指其为不道德之先,我们还须看作者的主意如何而后定。有些事实,平常每认为是不道德的,而事实却俨然存在在那里"②。所以郁达夫只是希望将道德建立在符合人性的根基上,以率真的道德来反对虚伪的道德。

在解读郁达夫的时候,一个无法回避的问题是,在他的情爱/性爱文本中,存在非常强烈的罪感意识。这样的罪感意识从前述的任何一方面来衡量都不会产生。若用古代士大夫的性爱观念来衡量,士子逛妓院或有龙阳之好,都是风流和潇洒,所以不存在罪感。同样的,若用五四的个性解放思想,用西方的现代性爱观念来衡量也不会产生。因为,《十日谈》和《忏悔录》所倡导的正是自由的性爱,而且把这样的性爱作为人本的存在加以崇拜和歌颂,所谓反封建禁欲主义的象征。那么,郁达夫的罪感意识来自哪里,考察上述只能来自一种边缘态的文化心理——新旧杂陈的性爱心态。当他在文化上把性心理的暴露作为反抗封建主义的旗号的时候,他在极难理清的意念中,又把自己的行为归结为封建士大夫的风流;而当他在文化上把自叙主人公的行为阐释为士大夫的风流的时候,他的意念的深处却又向个性解放靠拢。在五四的新旧二元对立的时代,当创作主体动摇于这二者之间的时候,他在道德上就无法给自己找到一个本质性的价值。当然,上述的罪感意识也同样来自儒道性爱意识的矛盾。一方面是潇洒和风流,另一方面却是对作为家族财产的身体的损害。这样的矛盾是无法调和的。一个可能会从五四的个性解放的范畴里寻找到纵欲的支持,另一个虽潜隐或非法却在意识的深处起作用,并导致主体对自身行为的道德上的否定。

---

① 郁达夫:《怎样叫做世纪末文学思潮?》,《郁达夫文集》(第六卷),花城出版社、生活·读书·新知三联书店香港分店 1983 年版,第 288 页。

② 郁达夫:《文艺与道德》,《郁达夫文集》(第六卷),花城出版社、生活·读书·新知三联书店香港分店 1983 年版,第 157 页。

所以,在一个本质(包括性爱本质)离散的时代,作为历史中间物的郁达夫的情爱和性爱道德观念也必然是边缘态。因此也造成了评论者批评标准的迷惘和失度。郁达夫大胆的性描写当然可以把它放在当时的时代背景中看作是个性解放的要求,并确定其对中国文化史的贡献;但是带有中国传统格调(如《金瓶梅》)的表现又很难分清到底是新潮还是旧货。对嫡亲血缘中的乱伦性行为的认同,对于同性恋的表现,都带有狎邪的成分。

因此,我们可以如此表述郁达夫的性爱观念:他对性意识形态上的新旧概念是十分模糊的,当他沉迷于"梦想"时,他所咀嚼的不仅有性的观念享受,还有性爱之后的罪恶感;当他处于清醒的"现实"中的时候,他对于所压抑的性本能又缺乏理性的辨析,在许多时候他将性作为"社会大义"的对立面而加以控制,而这又与他的个性解放和人本解放的理性精神背道而驰。一方面以个性解放来成全个性的觉醒,甚至认同乱伦;另一方面又死守童贞、重视贞操。作者浮游挣扎在西方现代思想与中国传统道德所调和而成的混沌的意识氛围中,忽而沉迷,忽而清醒,始终处于一种边缘状态。

二、欲念的沉迷与理智的控制

尽管在大多数的时候郁达夫将性爱与国家相挂钩,并将其阐述为一种民族寓言,但是在性爱欲念的表达中,他还是无法做到彻底的毫无顾忌。往往既表现出对欲念的沉迷,即毫无顾忌的表达,但就在同时他的理智却又时时反顾,对性爱的表达做出理智控制的姿态,也许在许多时候这样的姿态是无力的。《迷羊》中刘介成为女伶谢月英吸引而抛弃一切,与对方一起私奔。以后的生活黯淡无光,但对欲望的贪恋却毫无减弱。小说表现了人在面对性欲诱惑时理性调节的无力,同时也体现了人格的弱态和沉重压抑下的失度。作品中没有对人物情欲经历的否定,也没有忏悔的含意,它表现了人本能力量的薄弱和渺小。

这种对性欲的沉迷心理不但表现在正常的两性关系上,而且表现在一些非正常的性关系方面,比如乱伦和同性恋。在面对乱伦和同性恋时,作家表现出轻松的心态,并以欣赏的眼光去看待。关于乱伦,人们在现代文学中最熟悉的是《雷雨》中的繁漪和周萍的"继母子"之恋,但这里的乱伦不是真正意义上的对血缘秩序的扰乱,因为周萍和繁漪没有直接的血缘联系,有的只是后天的社会秩序中被赋予的伦理关系,因此这样的故事仍然受到社会的宽宥,就如同《红楼梦》中的贾珍与秦可卿的"爬灰"常被津津乐道,而不是《俄狄浦斯王》中的"弑父娶母"的泣血悔愧。尽管如此其结局还是以周萍的死和繁漪的疯结束,最后匡正了现实的道德秩序。与此母子乱伦相似的是郁达夫笔下的《秋河》。欢爱之后的儿子躺在年轻的继母的床上,望着清淡的天空,念起了诗"七月龙须新卷帘,已凉天气未寒时……水晶帘卷近秋河"。这对"母子"的相恋,作为母亲的是封建军阀专制的牺牲品,被迫嫁与督军的女学生;作为儿子的是督军夫人的私生子。他们的相爱因年龄心境的相似,也是受压抑的群体中个性反抗的结果。他们之间微妙的情欲心理的萌动,欢爱的狎昵,性的媚惑十分生动而并不显得粗鄙,在夜间他们会遥望天河想牛郎织女的故事,情欲的表现清朗而让人悦目。作者试图在一种变态的情欲关系中表现对两性情爱关系的人性探索。作者大段补叙,从社会和家庭的两个角度,介绍两人相爱的原因以及背景,甚至是带着欣赏的眼光去看待这段乱伦情,虽然其中有狎亵的挑逗,但当这"乱伦"被作为是对人性压抑,尤其是对女性压抑的反抗时,在读者眼中不但不显得粗鄙和下流,而且让人们感受到这种"乱伦"是值得同情的。在主题上,这篇小说与《雷雨》相似的是侧重于对封建婚姻制度和伦理道德扭曲和压抑正常性爱的批判,但在描写上却更具有人情味。

除了这段没有血缘关系的乱伦,在《她是一个弱女子》中还表现了李文卿与其生父以及吴世芬与其舅父的乱伦婚恋。前者作者未置可否,而后者作者以革命为借口将乱伦合理化。对直接血缘关系中的性行为,即真正意义上的乱伦,作家却将它作为个性解放来加以歌颂和表现,表面上的"激进"和"进步"正显示了他的性表现中的无原则和无界限。

比乱伦的描写更为犯禁的是对同性恋的描写。作者在描写同性恋时往往把他们作为落魄者相依为命的蔚托和性气质的投合来看待的。从外貌来看,《茫茫夜》和《落日》中的 C 显示出一种阴柔的美,他们纤弱,面貌清秀,眼睛柔媚,"有使人不得不爱他的魔力"。

这种类似女性的柔性美让人不得不去保护他,所以于质夫会升起"一种神秘的感觉,同电流似的"。甚至在拥抱吴迟生时会引起性快感。作者在描写同性之间的性冲动时并没有掩饰。但作者让同性之间呈现出第二性别特征,使得同性恋这种变态的性欲显出模糊性。从性格来看,于质夫和 Y 都是孤独的,对友谊和爱情都绝望了。他们自身敏感脆弱,作为个体存在需要寻求一个依靠。而吴迟生与 C 阴柔的气质正满足了他们保护的欲望,使他们心理和生理上都得到了认可。作者通过于质夫之口称"天地间的情爱,除了男女的真真的恋爱外,以友情为最美"。但事实上于质夫与吴迟生并非简单的友情,因为"他(指于质夫)在日本漂流了十来年,从未曾得着一次满足的恋爱,所以这一次遇见了吴迟生,觉得他的一腔不可发泄的热情,得了一个可以自由灌注的目标"。作者以情的力量先声夺人,然后再回到欲的河流中作艰难的跋涉。所以 Y 会发出这样的感慨:"在这茫茫的人海中间,哪一个人是我的知己? ……我只觉得置身在浩荡的沙漠里!"以孤独个体寻求慰藉之情来缓和变态的心理和情欲。与此相类似的还有《她是一个弱女子》中的郑秀岳对吴世芬的精神依恋和对李文卿的肉体之恋。

这些怀着同样的伤感和悲戚的心态,遭遇着同样不幸命运的青年人,他们变态的心理和行为都在相濡以沫依恋的情感中得到冲淡。作者从自身角度出发去认同这些情感,《茑萝集》自序中郁达夫曾说:"我岂是无灵魂的人? 不过看定了人生的运命,不得不如此自遣耳。"[①]作者也许是意识到了这种表现的"堕落",但他又无法摆脱,于是就想寻求一处寄托,把欲的追求和文本表达作为沉迷的理想去处。

但郁达夫对性和性表现的沉迷,又有着强烈的罪恶感。小说集《沉沦》中三篇文章都有性爱的描写,尤以《沉沦》为甚。而这篇小说始终笼罩在自责自谴的氛围中,主人公"他"在青春期性欲的要求是十分强烈的,"他"手淫且有性窥视的行为,"他"偷窥了田野间男女的偷情,以至于不能自已,不得不到妓院去寻找慰藉。但他对自己的这些行为

---

① 郁达夫:《〈茑萝集〉自序》,《郁达夫文集》(第七卷),花城出版社、生活·读书·新知三联书店香港分店 1983 年版,第 153 页。

是十分痛恨的,他总感到自己罪孽深重。在偷看了房东女儿洗澡后,他认为田间与他打招呼的农夫也知道他的罪恶;他偷看妓女裙子下的腿时又骂自己是"畜生"。这种性罪感,一方面是源于他深受影响的儒家性克制和性不洁观念,另一方面则是源于士大夫的对于国家民族的责任感和自身的对于社会责任的无力的挫折感。正是这种性罪感驱使他力图控制对性的沉沦,而努力将性冲动引向一些类群性欲求。从传统道德来看,无论是手淫还是性窥视都是不道德的。主人公处于新旧思想的矛盾冲突中,既要满足心理生理需求又要维系道德的正统,在无法融合二者的矛盾时,将国家牵扯进来,使得作者因受传统思想的影响而产生的性罪感在爱国的外衣下得以缓解。

当郁达夫将一些类群性的概念与性概念相联系时,往往能够对性的冲动起到克制作用,使理性处于控制地位。《春风沉醉的晚上》就是因为联系到女工陈二妹的无产阶级身份,才克制住了或者说淡化了对她的"性冲动",而将情感定位在纯精神性的友谊和阶级感情上。但更多的时候,郁达夫在强烈的自谴的同时,因为道德使然,又用种种理由去解释情欲的变态,力图使之合理化。当然民族/国家/个性解放/阶级等这些梦醒时的社会现实追求,都是他化解性追求和罪恶感的矛盾焦虑的有力工具。这就形成了一种几乎模式化的沉迷/醒悟/自责的叙事套路。从《茫茫夜》到《秋柳》,于质夫对于妓女的要求是不好看,年纪大一点,客少。这种要求是十分古怪的,但对于于质夫来说,为了避免为人所指的"好色",就使用人道主义的"救个人"和无产阶级的"阶级同情"这样一些冠冕堂皇的借口,不但掩盖而且化解了性行为的道德的罪恶感。在一些完全为表现性欲追求的作品中,作者也会在"后叙"中用道德理念来化解罪恶感,最突出的当属《迷羊》。《迷羊》的题目的含义和作品的《后叙》就把作者的道德态度暴露无遗。《后叙》中通过"我"之口表达了作者的心理"因为我们都是迷了路的羊,在迷路上有危险,有恐惧","只有赤裸裸地把我们所负担不了的危险恐惧告诉给这一个牧人,使他为我们负担了去,我们才能够安身立命"①。作者面对性欲十分矛盾,一方面表现其强大而不可违逆,另一方面又

---

① 郁达夫:《迷羊》《郁达夫文集》(第二卷),花城出版社、生活·读书·新知三联书店香港分店1983年版,第93页。

不得不用贴标签的方法来追加道德论定和劝诫的主题。

从上述可以看出,郁达夫作品中的主人公一旦与作者气质精神相类似时,如于质夫、"我"等,作者都对强烈的性欲持否定态度。郁达夫受儒家思想的影响,对欲望要求克制,因而在类似传统的小说中的主人公都是理智的,以性的理性去克制性的非理性,或作品本身竭力描绘性的渴求,却不得不加入道德理性,因此在描绘时不免首鼠两端,使小说的主题呈现出混沌状态,妨碍了可能表达的确切性和深刻性。作者在创造激情和道德顾虑、在理性和感性的矛盾中动摇,当作家敏锐的感性占了上风时,作品中主人公在受爱煎熬下骚动的心灵,迷狂焦灼的变态渴望就会表现得很真切可感;而作者理性的力量加强时,流露出对道德顾虑的迟疑和表现的彷徨时,作品的"情势"就会大为减弱,对生命本能的开凿也会显得肤浅。

三、性,作为国家寓言

那么,通过考察郁达夫的性爱描写我们发现了什么呢? 我们会发现,郁达夫小说的性爱描写一方面确实关涉着人类的基本的欲望,但是同时在这样的欲望的描写的背后又蕴涵着大量的文化的或者说文化人类的信息。

美国学者詹姆森在《处于跨国资本主义时代的第三世界文学》中指出:"第三世界的本文,甚至那些看起来好象是关于个人和力比多趋力的本文,总是以民族寓言的形式来投射一种政治:关于个人命运的故事包含着第三世界的大众文化和社会受到冲击的寓言",他还特别注意到了该特征在中国的历史深度:"伟大的中国古代帝王的宇宙论与我们西方人的分析方法不同:中国古代关于性知识的指南和政治力量的动力的本文是一致的,天文图同医学药理逻辑也是等同的。西方的两种原则之间的矛盾——特别是公与私(政治与个人)之间的矛盾——已经在古代中国被否定了。"① 在郁达夫的文学叙述中,性这一极其私人化的话语同样是被阐释为公共化的国家民族话语。

---

① [美]弗雷德里克·詹姆森:《处于跨国资本主义时代的第三世界文学》,载张京媛主编:《新历史主义与文学批评》,北京大学出版社 1993 年版,第 237—238 页。

郁达夫生活的年代（20 世纪前 50 年），中国的公共生活的政治主题主要包括三个方面：个性解放、民族解放和阶级解放。这三者彼此包容又彼此消解，彼此借助又彼此存在深刻的悖论。但郁达夫受当时的社会大氛围的熏染，在中国传统文化心理的驱使下，将他创作的性爱描写替换为国家民族叙述。

他首先把性作为个性解放的有力武器。

郁达夫的文学主张是颇受欧洲浪漫主义之父卢梭的思想影响的。卢梭主张毫不掩饰自己的内心，直白地写出自己来。在思想领域内，郁达夫最感兴趣的是卢梭的"返回自然"观，他始终信奉的是人道主义，这种思想成为渗透他的情感的自觉意志。

卢梭个性解放思想的影响使他对人性抱肯定的态度，主张服从人性的召唤，对性采取顺其自然的态度。五四新文化运动打破了封建礼教对于人的束缚，情欲被看作是人性/个性中极为重要的一部分，甚至人本主义还把情欲看作是人的主体性内涵。郁达夫对自己的创作则总结说："我觉得作者的生活，应该和作者的艺术紧抱在一块，作品里的 Individuality 是决不能丧失的"，"作家的个性，是无论如何，总须在他的作品里头保留着的"。①

郁达夫的个性是与性爱的冲动紧密相关的，他认为，个性"最重要的，是性本能"。他的话语中，明显地具有弗洛伊德主义的"泛性论"的色彩，性冲动浸透于人物的关系中。但这些性描写又不是《金瓶梅》的纯动物性的发泄，他总是努力写出性冲动的情感内涵，无论主题是自慰、性窥视还是同性恋、乱伦恋都是如此。这是一种以"人"为中心的个性解放要求。郁达夫在小说创作中大胆暴露自我，把一种新的伦理关系带进了率真的表现之中，浪漫主义的带来了个性的觉醒。仲密在《〈沉沦〉》中这样评价郁达夫的价值："在于非意识地展览自己，艺术地写出升化的色情，这也就是真挚与普遍的所在。"②开放的觉醒意识，贯串在郁达夫的创作之中，最明显的表现为对性的肯定。

郁达夫的放言无羁在五四的文化语境中具有反封建的意义，他

① 郁达夫：《五六年来创作生活的回顾——〈过去集〉代序》，《郁达夫文集》（第七卷），花城出版社、生活·读书·新知三联书店香港分店 1983 年版，第 180—181 页。

② 周作人：《〈沉沦〉》，北京《晨报副刊》1922 年 3 月 26 日。

的创作正如波德莱尔所说是"把人放在他应有的地位,来向自然抗议"①。他将性冲动、个性觉醒与时代苦闷联系了起来。在《沉沦》自序中他这样写道:"《沉沦》是描写着一个病的青年的心理,也可以说是青年忧郁病 Hypochondria 的解剖,里边也带叙着现代人的苦闷,——便是性的要求与灵肉的冲突"②从此,作者一直试图在描写性爱过程中解决"现代人的苦闷",即所谓的"灵肉冲突",性解放与性表达被赋予了反抗和民主的色彩,性被作为体现存在的话语权力方式。他说:"从前的人,是为君而存在,为道而存在,为父母而存在的,现在的人才晓得为自我而存在了。"③正是在这个意义上,郭沫若盛赞《沉沦》:"这露骨的真率,使他们感受着作假的苦难","他那大胆的自我暴露,对于深藏在千年万年的背甲里面的士大夫的虚伪,完全是一种暴风雨式的闪击"。④

其次,性及性的描写还具有国家意义。

爱国精神是中国传统文化的主旨,自小受中国传统文化影响的郁达夫也不例外。早在中学读书时,就因为教务长对洋人卑躬屈膝对同胞趾高气扬,大为愤怒而辍学。1919 年五四运动的爆发,他在日记中写道:"山东半岛又归日人窃去,故国日削,予复何颜再生于斯世! 今与日人约:二十年必须还我河山。否则,予将哭诉秦庭求报复也。"强烈的民族主义观念在郁达夫的创作中在很多时候是借助性爱来表达的。

《沉沦》充斥着大量的性描写,但这里的性心理和性活动又都被置于民族主义的文化语境中。强烈的民族意识使"他"要在性上战胜对手———日本女人。所以当他听到妓女的调笑声时,马上极其敏感地联系到"国辱",认为这是在欺负他———中国人的胆小;妓女无意间的问话——"你府上是什么人?",他认为这是歧视和侮辱。而且,作家将这种青春期的性焦虑与自己在日本的弱国子民地位联系了起来,并将

① [法]夏尔·波德莱尔:《一八四五年的沙龙》,载武蘁甫等编:《西方文论选》(下卷),林同济译,上海译文出版社 1964 年版,第 229 页。

② 郁达夫:《〈沉沦〉自序》,《郁达夫文集》(第七卷),花城出版社、生活·读书·新知三联书店香港分店 1983 年版,第 149 页。

③ 郁达夫:《〈中国新文学大系·散文二集〉导言》,《郁达夫文集》(第六卷),花城出版社、生活·读书·新知三联书店香港分店 1983 年版,第 261 页。

④ 郭沫若:《论郁达夫》,《郭沫若全集》(文学编第二十卷),人民文学出版社 1992 年版,第 317 页。

其情欲的不可畅达归结为祖国的衰败和作为中国人的耻辱。所以,他说:"祖国啊祖国,我的死是你害我的!""你快富起来!强起来吧!""你还有许多儿女在那里受苦呢!"

既然如此,那么作为情欲对象的日本女人,也便具有民族意义的承载,因此成为"他"合理的报复对象。当他进入妓院和妓女性交时,他便把自身受辱的怒气一股脑地发泄在日本妓女的身上:"他就捏了两个拳头向前进去,好象是对了那几个年轻的侍女宣战的样子。"在面对生理与心理的矛盾时,主人公说:"中国啊中国,你怎么不强大起来呢?""罢了罢了,我再也不爱女人了,我再也不爱女人了。我就爱我的祖国,我就把我的祖国当作了情人吧。"

正是经由这一观念的沟通,在面对同性恋的问题上,作者往往十分自然地无拘无束地加以表现。《茫茫夜》中于质夫和吴迟生,相同的精神气质及受女性欺骗而产生的懊恼都化作相宜相爱的感情。但他们相爱的根本原因却在于这两个人都是为社会所抛弃的知识分子,有爱国之心,却无报国之路。在追寻同性恋根源时,作者则认为国家衰败是造成同性恋的主要原因。于质夫和吴迟生分手时,他的悲哀来自"一点一点小下去的吴迟生的瘦弱的影子,觉得将亡未亡的中国,将灭未灭的人类,茫茫的长夜,耿耿的秋星,都是伤心的种子"。

性和性爱描写的另外一个承载物是阶级观念。

国家观念在郁达夫 20 世纪 30 年代的作品中则转化为阶级观念,并在主人公的性爱活动中起着作用。阶级的道德感使主人公在面对性时往往表现出迟疑和向往的双重心态。

《春风沉醉的晚上》是作者少有性爱的作品。但即使是这样,作者也流露出对性的向往和冲动。当陈二妹"颊上忽而起了两点红晕","我看到这样单纯的态度,心理忽而起来了不可思议的感情,我想把两只手伸出去抱拥她一回。"但这股原始冲动最终还是被道德的理性压制下去了。"我"想"你莫再作孽了!你可知道你现在处的是什么境遇!你想把这纯洁的处女毒杀了吗?恶魔,恶魔,你现在是没有爱人的资格的呀!"因为陈二妹是下层劳动者,"我"和她的相互关心便带有了一般无产者之间的友谊;在面对她时,"我"会觉得自己生活的无目的行为是一种罪行。

这种阶级同情或人道主义精神同样表现在狎妓上。狎妓是一般落魄文人反抗社会寻求自我个性的一种方式。早在宋朝便有柳永因

"偶失龙头望"而迷恋烟花地,最后落有"众名妓吊丧"的美名。在郁达夫小说中,作为作者化身的于质夫也在动荡的时局中有着狎妓行为。但作家往往将妓女设置为受压迫阶级,把主人公打扮成下层社会的拯救者。《秋柳》中的妓女海棠身世可怜、相貌普通、愚笨因而客人很少。一个妓女客少就意味着生存出现问题,于是于质夫"心里却起了一种侠义心,便自家对自家起誓说:'我要救世人,必须先从救个人入手。海棠既是短翼差池的赶人不上,我就替她尽些力罢。'"

性的附加承载,无论是国家/民族/阶级还是个性解放观念,又都是在作家的个人境遇的催化下起作用的。《沉沦》中的"他"对日本妓女的"仇恨"是因为自己的落魄;《春风沉醉的晚上》中的"我"对陈二妹的友谊也是以"同是天涯沦落人"为基础的;《秋柳》中的"我"之所以会被"自家的悲凉激越的语气所感动",是因为"可怜那鲁钝的海棠,也是同我一样,貌又不美,又不能媚人,所以落得清苦得很"。"海棠海棠,我以后就替你出力罢,我觉得非常爱你了。侬今葬花人笑痴,他年葬侬知是谁!"于质夫当然不是爱上了海棠,而是自身与海棠境遇的相似,有种"同是天涯沦落人"之感。"貌既不美,又不能媚人"在中国文学中具有双关意义,在乱世作为知识分子不能为国效力,犹如美人不能为人所赏识,实在是件令人失意的事。主人公因是被外在环境隔离出来的一个群体,所以他们之间的相爱就具有同病相怜的意味。

国家/民族/个性解放观念可以沟通一切横亘于性爱中的障碍,无论是同性之恋还是乱伦之恋;无论是正常婚姻性爱还是狎妓,他都可以把它作为"俨然存在那里"的事实,突破"平常认为是不道德的"的语言表述禁忌,进行自由表达。因为,国家/民族观念一旦成为性爱的原因,也就是说当主人公被外在环境视为类群性存在时,性欲、性行为都会脱离形而下的物质性,而转化为值得肯定的存在,并升华为崇高的人道的形而上的终极关怀。

郁达夫的性爱道德观念和情感是边缘的,始终是一种新与旧相反相成的混沌状态。这样的状态,在文本表现上呈现出欲念的沉迷与理智的控制振荡不定的特点;而郁达夫之所以能够成就自己的性爱文本是与将性爱叙述作为国家语言密切相关的。

[原载《安徽师范大学学报》(人文社会科学版)2004年第2期]

爱的黄金分割:三部中国文学作品的精神分析学研究

　　荣格心理学认为,在人类的行为方式中生来即具有某种表现为原始模型意象形式或是原始模型形式的行为类型。而且就原始模型本身来讲不存在时间概念,"它是一种无时间性的状态,其中无论开始、中间和结束都是同样;它们都体现于同一模型中"①。但这种稳定也只是相对的,因为文明的积累虽不可能使之消逝,却迫使其逐步减弱,向更符合人性的方向发展。文学是人学,是一种人的"创造性幻想得到自由表现的地方"②,因此,我们经常能在其中发现这种体现了人类的集体无意识的原始模型运动。

　　由上述的原型理论来考察中国古代民歌《孔雀东南飞》(下简称《孔雀》)、现代作家曹禺的剧作《原野》和巴金的长篇小说《寒夜》等三部不同历史时期的不同体裁的文学作品中的人性因素,我们会发现:首先,从横截面来看,它们都共同存在着一个稳定的模型,即母—子(夫)—媳这样的三角家庭关系。在《孔雀》篇中是:焦仲卿—刘兰芝—焦母,在《寒夜》中是:母亲—汪文萱—曾树生;在《原野》中则是:焦氏—焦大星—花金子。关系是如此的清晰明了,以至在这些作品中很难找出更强有力的人物来冲击它。这三角关系在形式上是平淡无奇的,关键在于隐含其中的人性符码:即由于恋母情结的存在而导致了爱的争夺。而怎样达到爱的黄金分割则成了作品中的主人公和读者、作者共同关心的中心话题。其次,从线性历史来看,这三部作

---

　　① [瑞士]F·弗尔达姆:《荣格心理学导论》,刘韵涵译,辽宁人民出版社 1988 年版,第 184 页。

　　② [瑞士]荣格:《论分析心理学与诗歌的关系》,《荣格文集》,冯川等编译,改革出版社 1997 年版,第 226 页。

品，虽然它们有着几乎相同的情节结构和故事框架即同一原始模型的存在，但其差异性不仅表现在创作时间上，更重要的是表现在时间变迁给三角关系中的每角的地位所带来的微妙变化。从总体上体现了母子情结作为一运动着的原始模型在文明冲击下逐渐弱化的轨迹。

本文将在这横的和纵的交叉点——三角关系上，来具体分析这三部作品中的主要人物性格在人性建构史上的符码意义。

一、母亲：渐弱的人类原生质的象征

母亲是一个很难承担的复杂的角色。埃利希·弗洛姆说，母亲"要求具有'给予'一切，而除了被爱者的幸福外一无所求的精神。也正是在这一阶段，许多母亲没尽到母爱的责任"①，在被考察的三部作品中的母亲们就是这样。《孔雀》中焦母的绝对家庭权威，把一对发誓"黄泉共为友"的恩爱情侣双双送上绝路；《原野》中焦氏对花金子的刻毒也终于把起过誓要好好过日子的一对夫妻中的丈夫（儿子）逼得在临死时只在喉中发出几声怪笑；《寒夜》中汪母的所作所为与以上二者有异曲同工之妙，那正在吞噬着汪文萱生命的病菌与仇虎的刀子没有什么两样，失去了妻爱的死，表现为一种绝望至极后的令人不寒而栗的坦然。从这不同时代的三个悲惨故事中，我们会发现：三位老人都对儿子疼爱备至，但却爱得过了分，甚至违背了儿子的意愿，进行逼迫。她们试图以一种财产所有者的姿态来控制儿子的背离行为。焦母说："小子无所畏，何敢助妇语"；焦氏说："我就有这么一个儿子，他就是我的家当"；汪母更是口口声声以"儿子"来为自己的行为辩护。

这种以母的名进行的对子嗣的独占是与其中母亲角色的独特生存语境相衍生的。这三位母亲的早寡经历使她们把情感完全投注在儿子身上，与之相依为命的儿子不仅被看作丈夫的化身，更是她们因禁锢在家庭而未能实现的自我价值的载体。现在儿子被别的一个毫不相干的女人占去，这一切不仅意味着与儿子的分离，同时也意味着对丈夫的彻底放弃。很显然，儿子在她们那里承担着双重角色，既是儿子又是丈夫，更确切地说是二者的模糊叠影。在正常的情况下，这

---

① ［美］埃里希·弗洛姆：《爱的艺术》，刘福堂译，安徽文艺出版社 1986 年版，第 43 页。

种母子情结的存在所造成的紧张可能因丈夫而得以缓解,但现在是丈夫角色的"缺席",所以母子情结便因母亲的长期守寡而以加倍的能量发挥作用,使正常的母爱呈现出病态。这种爱是那么的自私和富有独占性,以致不允许任何人分享,即使是儿子的妻室也不例外,甚至,儿媳还会因其与儿子的特殊关系而被视作最危险的敌人。因此,无论刘兰芝怎样的躬苦劳作、和气孝顺,只要她与焦仲卿"二情同依依",焦母就一定会对她"久怀忿";无论花金子怎样发誓要好好过日子或是为焦家留下了后代,只要她和丈夫"十分爱恋",焦氏就会对她怀有刻毒的仇恨;同样,曾树生并非没有做出改善婆媳关系的努力,但只要文萱对妻子还是"离不开",汪母便会对她"恨入骨髓"。因此,曾树生对丈夫说:"你越是对我好(你并没有对不起我的地方),你母亲越是恨我。"她的直觉道破了天机。

为了实现对"爱"的独占,母亲们甚至不惜破坏儿子的爱情生活和家庭幸福。于是,母亲们在"娶了美人,忘了母亲"的谴责声中,各显身手。"她们有时以爱的名义有时以义务的名义想把这个孩子、这个青年、这个男子据为己有"①。焦母使出的是赤裸裸的家长制;焦氏和汪母由于时代的原因,明显感到了那古老器械的虚弱,于是又加上了对儿媳的诅咒,前者烧香念佛骂"婊子",后者则在稍微文明一点的代名词"男朋友"之外,添上了"姘头",来了个不承认。真是无所不用其极。并且都信誓旦旦地许诺,只要把这个妖精赶走,一定再给他们找上一个更好的"窈窕艳城郭"的罗敷女。这些未出场的影子媳妇们,实际上是母爱幻化的替身,体现了母亲们心目中理想的妇女人格,母亲们欲藉此引诱儿子们作出有利于自己的抉择。汪母们的愁苦面容和文萱们的厌恶对此适成嘲讽。

然而,虽然母亲们嫉妒儿子对媳妇的亲昵,心中总是想着"压倒那个女人",但是在母子之爱上仍然存在着非常牢固的伦理屏障,严格地围范着人的行动和理性的动机。所以,我们不能简单地用一般的伦理关系妄加衡量,作出道德与否的判断。同时,恋子情结作为一种具有原生性特点的本能因素,是以潜意识的形式存在于人的意识的深层的。对个体来说,它表现为性格的先天性缺憾,因此,个体是不自觉

---

① [美]埃里希·弗洛姆:《爱的艺术》,刘福堂译,安徽文艺出版社1986年版,第81页。

的，也就不存在道德上的自责；对于人群来说，它表现为一种有着深刻悲剧性内涵的文化，在中国则以一种封建礼教的面目出现。因此，母亲们的行为方式在礼教的荫护下，不但她们自己不自责，反而因礼教的存在而显得合情合理。这种个人无意识正好体现了中国人群体的集体无意识。这是人类生命主体在一定阶段上不能反观自身的感性显现，母亲们的个体性格为礼教所裹胁而扭曲、异化，虽然她们的形象在生活中有许多可憎之处，但作为活生生的人来说，又是悲剧性的，值得同情的。

二、儿媳：渐强的人性质的体现

荣格在讨论弗洛伊德的恋母情结时指出："不过他（指弗洛伊德）完全忽视了这样一个事实：即随着恋母情结的提出，他仅只提供了一个相反的事实——就是说，一种对恋母情结的抵制。举例讲，如果恋母情结真是决定一切的，那至少在 50 万年前，人类即已窒息于乱伦之中了。"[①]也就是说，人类要使自身向着"人"的方向发展，就必须在自身中产生出一种抗体，才能对原生质进行有效的抑制。在上述的三部中国文学作品中的"儿媳"这一角色即体现了这种对恋母情结的抵制，主要表现为在三角家庭关系中不断增强的对爱的争夺。

从《孔雀》《原野》和《寒夜》中，我们可以看到：媳妇（同时又是妻子），在这场残酷的争夺爱的冲突中，她们起码具有两方面的优势。其一，人性的发展趋向决定了她们的斗争具有正义性。虽然在礼教上她们始终处于劣势，但每次斗争都取得了道义上的胜利。无论是刘兰芝，花金子还是曾树生都赢得了较为普遍的同情。此一掬同情既是创作主体和欣赏主体透过形象主体对人性价值的确认，也说明了悲剧发生的普遍程度和社会意识基于人性上的同构和审美认同。正因为这样，尽管她们的爱同样具有自私性，受到一定程度的责难，但也是极其有限度的。其二，她们还有着比纯粹精神式母爱更有力的爱的形式——妻爱，一种灵与肉完全胶融的爱。刘兰芝的临别严妆，勇敢地展示了自身的美，对焦仲卿的柔弱抛弃提出了沉默的批评，这种带有

---

① ［瑞士］F•弗尔达姆：《荣格心理学导论》，刘韵涵译，辽宁人民出版社 1988 年版，第 185 页。

炫耀性质的妆扮更是向焦母发出了无言的挑战。一箭双雕,而且皆击中要害。曾树生对汪文萱的温存以及"大小姐似的"打扮,既令文萱柔肠寸断,更令汪母表现出了面对挑战而无可奈何的愤怒。而花金子使用的手法更是赤裸裸的肉的诱惑,那种妖冶的气息,既使焦大星死不甘心,更令焦氏恨得咬牙切齿。而她自己却公然宣布:"我跟我老头子要怎么着就怎么着,谁敢拦我?"这说明她已明确地意识到,这一切都是她作为妻子应得的权利,同时也是爱的竞争中最有力的武器。

因此,正由于这种正义性和自身的优势,所以,在爱的争夺中,媳妇们虽然不是在每一阶段上都取得胜利,但在总的倾向上却是其地位随着时代的变迁而逐步得以巩固。

刘兰芝与焦仲卿两小无猜的青梅竹马之爱,是典型东方式的,她照拂婆姑、辛勤持家,对丈夫也温柔有加,一个中国古典贤妻良母的形象。但作为异化人性的感性显现的封建礼教及其代表焦母并不因其温良而放弃对她的迫害,这体现在对其爱的权利的剥夺上。温顺的兰芝的严妆之别和不卑不亢的别语,可谓锋芒毕露了,但也仅止于此,她毕竟未能与她心爱的人鸳梦重温,最后不得不"举身赴清池",做了病态的母权家长制的牺牲品。斗争因为一方的明显劣势,而并不显得激烈和精彩。她假如要获得爱的话,死几乎是必然的,因为时代还没有给她提供一条现实的生存之路。在"怨而不怒"之中有着人性挫折的玉碎之痛。

到了花金子的时代,中国古老的封建传统受到了现代西方个性解放思潮的强烈冲击。花金子开始用较为现代的眼光来审视现实:在仇虎未归之前,她别无选择,受气包式的老好人焦大星虽然懦弱无能又不能满足她强烈的爱欲,但仍不失为一个百依百顺的好丈夫。在这个时代里,掌握着家庭经济权力的焦氏虽然仍颐指气使,但已不如她的前辈那样对自己的权威深信不疑了,这个瞎了眼的凶险老太婆已深感到礼教大厦将崩的恐怖,仇虎的出现无疑给了她最后的一击。同时,现实也给花金子指明了一条出路——出走,让她感受到一种更为强悍的爱的召唤,并促使她为此而赴汤蹈火也在所不惜。但在这样的时代里,妇女同样缺少出走后生存的现实性:中国的传统意识虽受冲击仍很强大,妇女虽开始了自觉,但经济上仍不得独立,而且由于长期的压抑所塑成的扭曲的妇女人格还没有被彻底打碎和重塑,也就是说，个体的伦理道德观还没有摆脱旧有观念的束缚，个体灵魂还因自己的行为而充满了自责。所以花金子虽然出走了，但迎接她的却是那充满厄运的、地狱般神秘恐怖的大林莽——个体自身观念的冤狱。金子虽然经历了"梦醒后无路可走"的失败，但却迫使自己的对手与自己同归于尽，因此，这是一次势均力敌的较量。更何况花金子"毕竟是走了的"。

花金子的行动给予了我们一个可贵的启示，即妇女要在家庭中取得地位，就必须在家庭以外的社会先获得立足的权利。到了曾树生的时代，社会的前进已进一步打碎加于女性身上的封建链条。曾树生和汪文萱的爱情相较于前两者更加现代化：共同受过西方现代新思想的教育，在个性解放的信念下自由结合（甚至蔑视婚姻的礼教形式），又共同追求过"教育救国"的理想。儿媳已经实现其角色位置的突破，不仅在家庭把男欢女爱视作理所当然，不屑于与嫉妒的婆母争夺，更把触角伸向丰富多彩的外部世界，寻找家庭以外的温馨。曾树生不但可以自立，而且还可以养家活口，使得文萱们自惭形秽，就是那个深以为耻的汪母也不得不低头来用她赚得的钱。这表明曾树生们在这场爱的争夺中，已因经济地位的变迁，由劣势而转变成优势。有人以所谓东方式女性道德为标准，指责其为享乐至上主义。按照这种思想，那么曾树生就只能重新回到那充满着妒忌与仇恨的寒夜般阴冷沉闷的小屋里，去做她的贤妻良母，去忍受婆婆凭借着财产权、监护权和封建礼教对她们应得的爱的权利的剥夺，如封建时代的绝大多数媳妇们一样，扭曲自己的人格在无爱和寂寞中打发自己的青春；反之则如刘兰芝们那样走向死地。由此可见，那田园诗般的东方女性美是多么的虚伪。

由上述可见："儿媳"这一角色，在三角家庭关系的爱的争夺中，由于其自身的优势和社会文明的发展，而逐步确立自己在家庭中作为平等的"人"的地位。这是人性发展的方向，也有力地抑制了原生质因素的作用力。但是，她们是否已经获得安宁地享受夫爱的权利了呢？回答是否定的，焦仲卿死了，焦大星、仇虎或是汪文萱都死了，何爱之有?!

三、丈夫—儿子：
永不消解的主体困惑的感性显现

爱的对象的毁灭，提出了一个问题，即怎样达到爱的和谐，实现爱的黄金分割？这是作为主体的人类不可能一劳永逸但又必须解决的问题。于是出现了在三角家庭关系中作为人类主体精神感性显现的"丈夫—儿子"这一角色，在多种先天的与后天的、理性的与非理性的力的旋涡中，对人性矛盾进行痛苦思索与挣扎。

在所述的三部作品中，男主人公们的处境是极其窘迫的，他们始终被置于无可选择但又不得不选择的两难境地。妻爱，在这里不仅体现为种族延续的需要、性的满足，更是他们所处的生存环境里极珍贵的纯洁高尚的情感。焦仲卿与刘兰芝相敬如宾的爱，花金子的野性十足的爱，以及汪文萱、曾树生之间的志同道合的爱，都是男人们自立为人的依据，是其生命的一部分。而母爱，也是人伦秩序不容割弃的天然情感。在母爱与妻爱之间，作为人是无法决定取舍的。

于是，男主人公们的情感天平出现了妻、母之爱交替升落的现象。为了妻爱，焦仲卿不顾严母的斥责而维护妻子的名誉，即使被拆散仍相约以后再相见；焦大星不顾母亲的反对，屡屡放弃生意不做而跑回来和花金子相聚，甚至不惜忍辱求欢；汪文萱也是一再在母亲面前为妻子辩护、说情，做事也处处为她着想。但另一方面，为了母爱，焦仲卿最后舍弃了爱妻，焦大星和汪文萱也像贼一样处处掩饰自己对妻子真诚的爱恋。他们虽然觉出母爱中的某些不合理性的存在，但却屡屡屈从其下，如弗洛姆所指出的："他自身不愿独立呼吸而要通过她们呼吸；他自身不愿有能力去爱，除了表面上的性爱——蔑视所有的其他女人，他不愿独立自主，而愿永远象个罪犯或象个残废人"①。对母亲的由早年即已培养出的本能上的依恋与惧慑，湮灭了他们自我的个性光彩，而丧父的经历，更加深了这种母子恋情，而使其成为畸形母爱的附庸。

但是，矛盾的双方都极其自私，且试图独占，将"他"据为己有；外力的加入（如礼教的偏见、世代血仇及战争的压榨等）无疑起了催化剂

---

① ［美］埃里希·弗洛姆：《爱的艺术》，刘福堂译，安徽文艺出版社1986年版，第81页。

的作用，所有的人的活动空间都最大限度地被压缩了，本来不宽敞的家庭，就更加拥挤，矛盾就更激化了。这一切都迫使主人公面临着抉择，而任何一种选择都注定是错误的。但作为主体性体现的人的"自由的自觉活动"（马克思语）不会因困境而停止不前。正如黑格尔所说："生命在他的演进中必然要达到人的形象，因为人的形象才是唯一的符合心灵的感性现象。"①

所以，汪文萱们对于困境和走出困境的途径的思索是必然的。汪文萱曾对天发问："她们究竟为着什么老是不停地争吵呢？为什么这么简单的家庭，这么单纯的关系中间都不能有着和谐的合作呢？为什么这两个他所爱而又爱他的女人必须像仇敌似地永远互相攻击呢？"这是一个简单而又复杂的关系，问题的中心是爱，正是因为有爱的存在，才产生了恨。为了消弭这因爱的纠纷而引起的恨，他企图寻求出两全其美的方法，努力着要说服母亲留下妻子。对着母亲苦苦哀求着的焦仲卿、夜梦中要救母与妻于敌机下的汪文萱和"白日梦"中要带着母与妻一起过河的焦大星，他们的心理动机皆同出一辙。如焦大星所设想的那样：左手拉着金子，右手牵着母亲。也就是说，他要以自己的爱来兼顾这互不相容的两方面。但他们的愿望破灭了，即使在梦里也没有达成的机会。因此，他们只能被动地在两者之间寻求平衡，但平衡乏术，他们既"没有方法把母亲和妻子拉在一起，也没有毅力在两个中间选取一个"。采用了"永远是敷衍和拖"的策略。这无论是对于母或妻，或对于社会，都表现得相当的软弱无力。对生活缺乏坚强的自信心和有力的决断，懦弱无能是他们共同的性格特征。焦仲卿并不如他自许的那样"磐石方且坚，可以卒千年"，而正由于他的羸弱，才把刘兰芝送上了黄泉路，焦大星和汪文萱也并不比他强多少，他们作为生活中的人缺少富有决断力的个性，因此才把花金子推进了仇虎的怀抱，把曾树生推向了陈主任。对于女人们来说，她们是人，更是有个性的女人，她们把选择强悍的爱看作是自己的权利。太守令郎、仇虎和陈主任是焦仲卿们的竞争对手，是妻子们心目中理想男性人格的感性显现，但作为现实的存在，它激发着丈夫们在妻爱与母爱中作出抉择，如同母亲们的"罗敷女"。

---

① ［德］黑格尔：《美学》（第一卷），朱光潜译，商务印书馆 1996 年版，第 98 页。

选择既不可能,努力也是徒劳,拖的结果只有夹在两者中间受更多的气,承受着两方面甚至更多方面的压力。个体的精神意志在寻求自足的探索中遭致挫折,表现为人格崩溃,因而最现实的路只有一条——死。焦仲卿的"自挂东南枝",焦大星的安然就死和汪文萱的病痛而死都没有多少差别,只不过形式不同而已。

但是,焦仲卿们的萎琐,并非他们自身的责任,正如俄狄浦斯王不可能摆脱"命运"的播弄一样,他们也不可能摆脱人性困窘对自己的作弄。他们只不过是人类主体精神困惑的象征符号而已。只要人类存在,其困扰就不可能彻底消解。

在分析了上述三角关系所体现出的人性内涵之后,我们面临着一个弗洛姆的问题,那就是看来很有必要为人性的归宿设计一个"理想的王国"。但是,假如那样做了,也将与弗洛姆陷于同样的空洞。因为,这一切的实现还有待于作为广泛意义上的人的自我调整,因此,任何理论都不可能给这种爱的黄金分割的最终实现确立明确的期限。处于这种境况下的生命个体,其处境是值得怜悯的,正如巴金所说:"三个人都不是正面人物,也都不是反面人物;……我全同情。"[1]

[原载《阜阳师范学院学报》(社会科学版)1994 年第 1 期,中国人民大学复印资料《中国古代、近代文学研究》1994 年第 11 期]

---

[1] 巴金:《谈〈寒夜〉》,《巴金选集》(第十卷),四川人民出版社 1982 年版,第 233 页。

第二辑

新文学的叙述策略与文化立场

叙述祛魅:科学语境中的中国新文学

一

中国传统文学中尽管存在着大量的神话、志怪和神魔文学,但中国文化中的求实的"历史化"倾向却是非常严重的。

中国的传统文化有着历史与神话相混融的特征。从封建社会初期的一些典籍如《山海经》《庄子》和《淮南子》中所保留的一些神话传说来分析,纯粹幻想和虚构性的神话和具有历史事实的影子的传说,往往交织叙述,历史给虚构提供了契机,而神话幻想通过对历史的加工,把那些历史内容大大地充实了起来。而这种历史与神话的交融,正反映了中国人的"天人合一"观念。《诗经》中的《生民》叙述传说中的周人的始祖后稷的母亲姜嫄,因踏了神的脚印而怀孕,生下后稷不敢养育,把他抛弃。被遗弃的后稷遇难不死,得到牛羊的喂乳,飞鸟的保护,见出灵异不凡。这个故事在《史记》中又被附会于汉高祖刘邦的身上,形成了"皇权神授"的思想,以至于中国历代帝王都被称为受命于天的"天子"。神话在此被历史化了。

这种"天人合一"思想在封建专制制度和强大的不可征服的自然力之下又演化为"天命"观念。天命难违的宿命论在神话和历史分离之后,仍然影响着文学的创作,特别是民间形态的文学创作。因为民间不但要直接面对强大的封建专制制度和自然力的压迫,容易产生宿命思想;而且中国社会小农经济发展缓慢,也使得上古神话和多神教观念都得以很好地被保存。中国古典小说具有显在的民间特性。班固《汉书·艺文志》说:"小说家者流,盖出于稗官,街谈巷语,道听途说者之所造也。"这就是说小说来自于民间的口头传说,是与居于正统的文人写作，即诗文创作是有所不同的。就是文人创作也仍然受到中国小说发生的民间本性的影响。《隋唐演义》的作者褚人获曾指出，他的创作是"取正史及野乘所纪隋唐间奇事、快事、雅趣事，汇纂成编"①的。显然，这些作品必定受到长期存在于民间的"天人感应"人生观的影响，遗留着古神话的痕迹。考订其结构，一般都有一个共同的情节特点，即在历史故事的基础上套上一个神话的套子，使历史与神话、传说合一，历史在神话系统的有序演进中得到表现。如《水浒传》《红楼梦》和《封神演义》等，都是在神话的结构上，把人与神相对应，把人间生活视作神界的再现，神界与人界的混合叙述，以神界作为主宰，以人界作为叙述主体，历史本事被创作主体的"天命"观念化解为亦真亦幻的象征世界。就是那些被尊为信史的所谓"正史"，如司马迁的《史记》、班固的《汉书》等也同样具有一定的民间性，它们也都喜欢利用民间话语来确定自己在民间的权威，但却无意中使自己成为民间的话语资料。也就是说，刘邦式的故事（其原型应是姜嫄生子）本来自于民间，为文人所采集，又加以敷衍连缀，再流入民间时，这种民间性的神话特性得到了进一步的强化和系统化，《岳飞传》和《杨家将》的民间原生态，就是历史与神话的胶着态。民间文学的创造性、中国古典小说创作家的想象力，也就是在这种亦神亦人的模糊态中得以实现的。

然而，这种民间话语形态却历来受到正统儒家文化的排斥。儒家文化重实绝虚，孔子曾反问他的弟子"未知生，焉知死"，同时还定下戒律"不语怪力乱神"。与这种重实绝虚哲学相一致的，是对"历史"的极度尊崇和膜拜。在文史哲不分家的中国，"历史"作为文学叙事评价自身的唯一尺度长期支配着中国文学理论的发展，文学叙事只有不断证明自己的"历史性"才有存在的理由。汉魏六朝不少小说都列入史部。唐朝刘知几《史通》中《采撰》《杂述》等篇把小说分为十种，概之为"史之杂名"一类。小说与史并提，用以补充正史，古谓之"野史""稗史""异史"。所谓"文参史笔""班、马史法"和"良史之才"乃是对文学叙事的最高评价。"历史旨趣"向来是文学叙事的最高标准和目的。这种"依史论文"的倾向在相当长的时期内支配着人们对传奇、戏曲和小说

---

① （清）褚人获编撰：《四雪草堂重编〈隋唐演义〉发凡》，《隋唐演义》，侯会校点，人民文学出版社2007年版，第3页。

的看法和鉴赏。诚如夏志清在《中国古典小说导论》中所言:"在中国的明清时代,如同西方与之相应的时代一样,作者与读者对小说里的事实都比对小说本身更感兴趣。最简略的故事,只要里面的事实吸引人,读者都愿意接受。……职业说书人总是诚心恪守视小说为实事的传统看法。"三言"中没有一个故事里的人物没有来历,作者还特地要交待清楚他们是何时何地人,并保证其故事的历史真实性。……讲史小说自然是当作通俗历史来写,也是当作通俗历史来读,……他们不信任虚构的故事表示他们相信小说不能仅当作艺术品而存在:不论怎样伪装上寓言的外衣,它们只可当作真情实事,才有存在的价值。它们得负起像史书一样化民成俗的责任。"① 这种重实尊史的传统自然是与活泼的、想象性的民间话语相排斥的。而民间的被统治地位势必导致不可避免的话语的被修正。

改编行为正是儒家知识分子利用儒家文化的霸权地位对民间话语进行修正的体现。儒家虽然重民本,却拒绝民间的神话想象。明崇祯年间于华玉就曾对于《岳飞传》与正史相违而提出非议。他认为此书"鄙野齐东","无当大体",并曾"正厥体制","芟其繁芜",使其"一与正史相符"②,重订成《按鉴通俗演义精忠传》。于华玉把历史小说改成史传的复述,自然失去了小说的真趣,显得枯燥无味,自然不能为读者所喜爱。而金丰在整理《说岳全传》时则较为持中,他认为:"从来创说者,不宜尽出于虚,而亦不必尽由于实。苟事事皆虚,则过于诞妄而无以服考古之心,事事忠实,则失于平庸,而无以动一时之听"③。这倒多少切中了历史小说的肯綮,所以他在整理中基本保持了原貌。但他以服"考古之心"来作为衡量创作的标准之一,还是多少照顾到了尊史的传统。换言之,他对于文学创作的虚构本性也只说对了一半。

由上可知,"文史哲不分家"的中国传统文化,在文学、神话与历史实际上形成分工以后,仍然无视这样的事实,仍然依史论文,混淆了文学的神话性思维和历史的真实性思维的界限,并以历史的真实性强加于文学,从而造成神话结构的解构,造成了文学幻想的干涸。

---

① 夏志清:《中国古典小说导论》,胡益民等译,安徽文艺出版社 1988 年版,第 15—16 页。

② 郑振铎:《岳传的演化》,《郑振铎全集》(第四卷),花山文艺出版社 1998 年版,第 281 页。

③ 郑振铎:《岳传的演化》,《郑振铎全集》(第四卷),花山文艺出版社 1998 年版,第 282 页。

二

中国文化中的历史化倾向，在 20 世纪初期的新文化运动中则被转化为科学主义精神。历史主义的崇实绝虚，与科学主义的实证精神具有着几乎完全相同的价值取向和对世界的观照方式。中国现代文学是现代启蒙文化的主体，而现代启蒙文化所着眼实现的目标是政治的民主化和思想意识的科学化。在启蒙话语中，专制、家族制度以及鬼神信奉都是蒙昧的象征，因此都是科学所应开启的对象。这样的科学启蒙观念不但在现实生活中而且在所有的意识形态领域（包括文学）内，对传统的鬼神文化采取了敌视和解构的态度。

文学乃至文化领域中的反迷信运动，是晚清维新运动的一个主要潮流。"这运动的发展，当然是科学输入的结果，同时，也是由于迷信不打破，宿命论的思想不会从中国人的头脑中赶掉的原故。在提倡科学运动和要求中国变成一个文明进步的国家上，在当时，反迷信运动，必然是会展开的。"①在文学领域内，在反迷信上作出卓越努力的，是李伯元和他主编的《绣像小说》。其中的作品主要有壮者的《扫迷帚》、嘿生的《玉佛缘》、吴趼人的《瞎骗奇闻》和李伯元的《醒世缘弹词》等。其中最为优秀的是《扫迷帚》。这是一部带文化剖析性质的启蒙小说，从主干线上说，这是可以称作"苏州迷信风俗志"②。整个作品，没有小说的结构，只是通过兄弟两人的辩论，来说明迷信的害处，从他们所见所闻的许多片段的迷信事实，逐一加以说明和反对。《瞎骗奇闻》和《醒世缘弹词》也基本走的是同样的揭密故事加现身说教的套路，和尚、佛婆和算命瞎子一个个都成为骗子，而那些信神礼佛的人一个个不是害了性命就是家破人亡。

晚清小说的反迷信运动，是与当时的西学东渐和救国启蒙意识相伴随的。但是晚清时期具有现代意识的知识分子并没有在理论上给予这样的反迷信运动以强有力的支持，因此，这样的反迷信运动几乎被那个时代喧嚣众声所淹没。这样的思想和声音到了新文化运动

---

① 阿英：《晚清小说史》，东方出版社 1996 年版，第 134 页。

② 阿英：《晚清小说史》，东方出版社 1996 年版，第 134 页。

中，进一步地与现代科学启蒙思想交融，演变为一股强大的社会文化和文学潮流。

　　五四新文化运动的主导思想是科学与民主，其中的科学思想被看作是民主实现的必要前提，那时存在着这样的三段论推理：只有科学才能开民智，而只有民智才能行民主，所以，要实行民主就必须首先使科学精神深入人心。陈独秀、鲁迅、胡适留学东洋、西洋，始而学理，继而学文、作文，其志向不但要用科学疗救国人的躯体，而且要用科学"疗救国人的灵魂"。虽然如鲁迅这样的先驱看到了科学的局限性，看到了宗教致人心灵的作用，看到了科学对宗教有着不可替代的作用①，但基于中国几千年封建迷信思想对国人的愚弄，他们还是不遗余力地提倡科学精神。陈独秀在《敬告青年》中要求青年要"科学的而非想象的"。周作人在他那篇著名的论文《人的文学》中，曾经称《西游记》《封神演义》是"迷信的鬼神书类"，称《聊斋志异》是"妖怪书类"，称《绿野仙踪》等是"神仙书类"，是"这几类全是妨碍人性的生长，破坏人类的平和的东西，统应该排斥"，都是"非人的文学"②。鲁迅说"苟欲……导中国人群以进行，必自科学小说始"③。正如胡适所指出："这三十年来，有一个名词在国内几乎做到了无上尊严的地位，无论懂与不懂的人，无论守旧与维新的人，都不敢公然对他表示轻视或戏侮的态度。那个名词就是'科学'。这样几乎全国一致的崇信，究竟有无价值，那是另一问题。我们至少可以说，自从中国讲变法维新以来，没有一个自命为新人物的人敢公然毁谤'科学'的。"④

　　早期的新文化先驱，如周作人，虽然认为精灵信仰（Animism）"事实上于文化发展颇有障碍"，但他们又能够将信仰与文艺进行明确的区分："科学思想可以加入文艺里去，使他发生若干变化，却决不能完全占有他，因为科学与艺术的领域是迥异的"⑤。但是，科学毕竟在那

---

　　① 鲁迅在《科学史教篇》中，一方面指出："中世宗教暴起，压抑科学"，且"盖使举世惟知识之崇，人生必大归于枯寂，如是既久，则美上之感情漓，明敏之思想失，所谓科学，亦同趣于无有矣."见鲁迅：《坟》，人民文学出版社 1973 年版，第 20—21、28 页。

　　② 周作人：《艺术与生活》，河北教育出版社 2002 年版，第 13 页。

　　③ 鲁迅：《月界旅行·辨言》，《译文序跋集》，人民文学出版社 2006 年版，第 2 页。

　　④ 胡适：《科学与人生观·序》，《科学与人生观》，亚东图书馆 1923 年版，第 2 页。

　　⑤ 周作人：《自己的园地》，河北教育出版社 2002 年版，第 30 页。

个时代处于话语强势,科学与文艺的区分被湮没了。因此,这里的理论区分没有能够阻止科学在强大的理论惯性中自然也成为文学创作的准则,所以,文学叙事也成为当时需要启蒙的文化的一部分,成为启蒙和反迷信的话语场域,正是在这样的情况之下,中国现代文学中出现了大量的解构"迷信"张扬"科学"的作品。

现实的文学资源主要来自于两个方面:一方面是作家的当下创作;另一个方面则是对文学传统的再利用。首先我们来考察现代文学创作中的对神话的解构。

五四时期的文学创作对神话的解构往往具有很显在的启蒙目的。其中一种方式是在带有自叙性的作品中加入鬼神迷信害人的情节。它的作用主要表现在两个方面:一是作为国民性的象征。鲁迅的《祝福》中祥林嫂虽然捐了门槛,但是当她痛苦不堪的时候,还是对地狱的有无产生了疑问;其中具有自叙色彩的主人公"我"虽对地狱有无不置可否,但是态度却是明确的,那就是地狱其实是不存在的。祥林嫂和柳妈正因为信仰了鬼神,所以才遭受作弄,她们都是蒙昧者。信仰鬼神被鲁迅作为了国民的劣根性之一种。二是作为旧时代旧家族罪恶的象征。在巴金的长篇小说《家》中反迷信的现实社会吁求还被直接结构进故事之中,作家设计了觉慧反"闹鬼"的故事:陈姨太为了拯救高老太爷,请神汉下神,但遭到了觉慧的斥骂。反迷信也因此成为觉慧这个新人物性格的重要组成部分。如此还不够,作家还设计了瑞珏受难的情节:高老太爷生病,而正赶上瑞珏临产,因此,为避免"血光之灾",瑞珏最后死于郊外的破庙之中。瑞珏这一美丽女性的死,显然对于封建迷信的罪孽是很好的揭露和批判。

无论是《祝福》还是《家》中的鬼神迷信都不构成中心情节,而在20世纪20—30年代的叙事文学中同时出现了类似传统文学中《聊斋志异》这些作品的以鬼神故事笼罩全篇的情节模式。只不过这样的鬼神架构往往在故事的演变中被击穿,在效果上以达到启蒙为目的。吴组缃的短篇小说《箓竹山房》以《聊斋志异》式的鬼狐故事开头,叙述知识分子"我"回故乡,应邀到二姑姑的"箓竹山房",听说那里"闹鬼"。"我"和妻子到半夜时分果然发现"有鬼"。不过,故事的最终结局却是以破除"迷信"结尾:"鬼"原来是二姑姑和她的女佣。二姑姑和她的女佣的行为被进行了科学主义的阐释:原来她们是弗洛伊德意义上的性压抑者，两个封建礼教压迫下的性变态者。其中的带有自传性质的"我"具有启蒙者的形象特质。通过情节的设计，作品非常显豁地标明它的反封建迷信的主题。在情节的设计上同样具有对迷信的贯串作用的是新感觉派小说家施蛰存的《塔的灵验》和《鸠摩罗什》。他们讲述的都是相似的揭秘故事。对于佛的灵迹的揭秘，在新感觉派小说家那里也许是出于一种恶作剧式的娱乐的需要，但同样也会起到对"迷信"的反动的作用。

这种解谜式的故事在后期浪漫派小说的代表作家徐訏的作品中再次出现。长篇小说《鬼恋》在开始部分设计了一段"人鬼之恋"，但最后读者的《聊斋志异》式的阅读预期没有得到满足，因为这个"鬼"同样是人，是隐世的人，一个爱人和同志被叛徒出卖的革命党人，她之所以扮成鬼是为了复仇的需要。科学思想使传统的"志异"文本被解构，并被赋予了科学的解释。这样的创作虽立意不在于启蒙，但无疑有着启蒙的作用，就像吴组缃们所期望的那样，新文学的创作基本着眼点在于揭示鬼神/迷信的虚假性。情节和主题上具有相同趋向的是电影文学剧本《夜半歌声》。它写的是剧院舞台闹鬼，"鬼"在夜半的时候唱着凄凉的歌，令人感到恐怖惊惧。但是最后却发现，他是被军阀迫害的演员宋丹萍。这二者都是利用传统的鬼故事，来达到充分张扬主题的目的。

与那些具有显在启蒙目的的文学创作如《家》有所不同的是，神话与鬼话在徐訏等人的作品中，主要的作用是审美方面的，因为它的存在主要是为了渲染恐怖的、神秘的气氛，直接的目的却不在启蒙。尽管如此，这样的对鬼神故事的贯串模式，还是在客观上造成了启蒙的效果，或许，启蒙就是这些小说的深层动机。

既有着启蒙的目的，又有着张扬革命意识形态目的的是出现于40年代解放区的新歌剧《白毛女》。《白毛女》等延安时期的新秧歌剧和新歌剧都是经历了收集、整理、改编和演出这样一个过程。在这个过程中，原作中的"封建性糟粕"（依据五四新文化的准则当然包括鬼话和神话）自然要被"改编"和"剔除"掉。新歌剧《白毛女》，它原是40年代流传于河北阜平一带的有关"白毛仙姑"的民间传说。这个带有神话性质的民间故事，经过贺敬之等人的多次处理，原来的神话结构获得了科学化的解释，"白毛仙姑"被戏剧性地转化为被逼进深山老林中的村姑喜儿,神话于是成为一场"误会"。原作的超越性、神秘性就这样被世俗化了,人生化了,也即现实化历史化了。它张扬的是"旧社会把人变成鬼,新社会把鬼变成人"的主题,而在实际的生活中又解构了鬼神传说,起到了启蒙的作用。除了《白毛女》之外,如赵树理的《小二黑结婚》等众多的解放区文学作品,在涉及落后农民的生活时,一般都让他们有着崇拜鬼神的"落后表现"。显然,革命文学延续了五四新文学的启蒙精神。假如说五四先驱要将人(国民)从鬼神迷信那里解放出来交给"个人"的话,革命文学则是要将人(国民)从鬼神那里解放出来交给"革命"。

当时的武侠神怪小说与新文学有所不同,即在相当大的程度上还保持着鬼话的特征,还珠楼主的《蜀山剑侠传》走的是神魔一路,其中的剑仙们大多能够上天入地,口吐白光,杀人于千里之外。但是由于受到新文学界的激烈抨击,因此也处于萎缩的状态。

再来考察对传统文学的改编。前述的鬼怪神仙故事被改编为阶级/人生故事,后来成为民间文学搜集整理的行为典范。延安时期的"旧戏改编运动",把封建迷信作为改编删除和抨击的首要故事元素。旧的秧歌、社火和其他的戏曲往往带有原始宗教的色彩,生活历史与鬼神崇拜是二位一体的。但经过改编和重新创作的旧戏曲,要么完全脱离原始宗教题材,新创与现实生活贴近的故事;要么把它改编成反迷信故事。这一时期出现的诸如《算卦》《神虫》等短戏都是指向"算卦敬神之类的迷信活动的,揭露这些在长期的封建宗法社会中形成的旧风俗旧习惯如何继续毒害群众。"① 大部分戏曲中的神话情节是被删除了的。《十五贯》根据传奇《双雄梦》改编而来,改编者删去了其中巧合的情节与神明破冤狱———况钟以拆字奇招破案———的思想,从而成了一出比较纯粹的"公案戏"。50 年代初在改编神话剧《天河配》中,有人用大量政治话语来取代神话话语,让老黄牛唱出鲁迅的诗句,又用和平鸽与鸥枭来影射抗美援朝,过分暴露了"把一个原来很美丽的神话加以任意宰割的野蛮行为"②。再如黄梅戏《天仙配》这样优美

---

① 唐弢、严家炎主编:《中国现代文学史》(三),人民文学出版社 1980 年版,第 248 页。

② 关于杨绍萱新编《天河配》引起的争论,可以参见于可训等主编:《文学风雨四十年———中国当代文学作品争鸣述评》,武汉大学出版社 1989 年版,第 459—463 页。

的神话故事,虽然允许上演甚至被拍成影片,但是它也曾被批判为宣扬封建迷信。同样,萧乾在 1978 年翻译出版的《莎士比亚戏剧故事集》时,也把《仲夏夜之梦》中的众多神话想象说成是"迷信",他一方面意识到了"这样安排也有意识地在行使诗人的'特权',是从艺术效果出发的";但他同时指出"有些故事中还出现一些精灵或鬼魂。十六、十七世纪的英国距离中世纪还不远,科学还未昌盛到使剧作家和读者能够全部摆脱这类超现实的东西"[①]。这样的祛魅在 60 年代初期与政治运动相联系了起来。廖沫沙在看了孟超改编的昆曲《李慧娘》之后,发表了《有鬼无害论》一文,对其中的"厉鬼"李慧娘给予了肯定,指出戏剧舞台上出现"鬼"不一定就是宣扬封建迷信,像李慧娘这样的反抗者形象反而能够鼓舞人们的斗志,在舞台上出现这样的形象不是有害而是有益。但江青对这部戏一直很反感。1963 年 5 月,江青授意《文汇报》发表批判《李慧娘》的长篇文章,题目是《"有鬼无害"论》[②]。文章批判孟超的《李慧娘》鼓吹推翻无产阶级政权,"向共产党复仇"。戏剧界开始批判"鬼戏"。在极左的政治语境中,鬼神成为文艺创作的话语禁忌,是任何文艺家都不敢触及的。

80 年代前后,出现了刘兰芳的《岳飞传》、袁阔成的《杨家将》和单田芳的《隋唐演义》等评书。这些评书整理的共同特点,就是消解原作中的神话结构,即取消那些被称为"封建糟粕"和"封建迷信"的神话部分。无独有偶,在 80 年代进行四大古典名著改编中也存在着同样的倾向:《红楼梦》在被改编为电视连续剧和电影时,原作者曹雪芹所设置的"通灵宝玉"这样的情节框架除在片头有所暗示外,几乎全被删除;《三国演义》中的诸葛亮的能掐会算也被充分地人化处理为对自然和人情的适时估测。整理者认为"旧评书中精华糟粕并存",因此,"整理本对原书中宣扬封建迷信、因果报应……的章节和词句做了必要的删改"[③]。鬼神迷信被进行了充分的科学化处理。

前述的文艺的科学主义,在现代文化语境中并没有实现彻底的

① 肖乾:《译者前言》,载查尔斯·兰姆、玛丽·兰姆改写《莎士比亚戏剧故事集》,肖乾译,中国青年出版社 1956 年版,第 9 页。
② 梁璧辉:《"有鬼无害"论》,《文汇报》1963 年 5 月 6 日。
③ 刘兰芳、王印权编:《岳飞传评书·前言》,春风文艺山版社 1981 年版,第 2 页。

贯彻,多元文化所造成的缝隙,使现代文学中并不缺乏鬼话和神话作品(只不过在新文学史往往被作为封建的东西而加以批判,或者进行话语忽略),科学主义在文艺上的话语霸权的形成,是当代政治文化的强制性力量促成的,尤其是在 1949—1978 年这一前当代时期,鬼话和神话几乎从文艺文本(官方的)中完全销声匿迹了。需要说明的是,50 年代具有神话特色的黄梅戏《天仙配》、越剧《白蛇传》等戏剧的上演和上映,并不能说明话语缝隙的存在,一则是它被按照当时的政治话语充分阶级化了;二是它也很快被批判和禁止。例外的是,在最贫穷的乡村中,在一种秘密状态下,传统的民间艺术还保存着这样的神话甚至鬼话的传统。

三

文学的科学化局面促成了对于神话和鬼话的全新的美学意义的形成。马克思在论述人类的起源时曾经指出,神话是原始人类在无力战胜自然的情况下,"用想象和借助想象以征服自然力,支配自然力,把自然力加以形象化" [1],随着人类科学的进步和发展,神话也就消失了。但神话创造的消失,并不等于神话文本的消失,在科学时代鬼话神话已经蜕变为纯文本的结构性因素或娱乐性因素。三四十年代出现的一些寓言体小说就完全采用了全鬼神式的结构。老舍的《猫城记》、钱锺书的《魔鬼夜访钱锺书先生》、张恨水的《八十一梦》和《牛马走》、陈白尘的话剧《升官图》都将佛教中的地狱作为设想的空间来演绎故事。但这也不是"鬼话"小说,因为鬼话小说所引导读者的是对鬼话本身的确信,而这些作品的超现实空间的设计明显地是在隐喻现实,文本的超现实内容与现实生活的对应性已经使其脱离了"鬼话"和"神话"对文本故事的信任,"鬼话"于是只是作为作家借用的一个故事的框架或故事套。就是沈从文的神话小说《神巫之爱》也被作为"人性小庙"而受到特殊对待。

正如周作人后来在《文艺上的异物》和《神话与传说》中所指出的:

---

① [德]马克思:《〈政治经济学批判〉导言》,载中共中央编译局编:《马克思恩格斯选集》(第二卷),人民出版社 1972 年版,第 113 页。

"科学与艺术是迥异的"，"文艺不是历史或科学的记载，大家都是知道的。便如见了化石的故事，便相信人真能变石头，固然是个愚人，或者又背着科学来破除迷信，断断的争论化石故事之不合真理，也未免成为笨伯了。"①

因此，在这样的情况下，文艺作品对于鬼话和神话的表现就不应该出现像50—70年代那样只要出现鬼话故事就加以阻止和禁止。而且由于现当代科学语境的形成，就是那些在文化史具有鬼话特征，也就是那些带有"迷信"色彩的故事，当它进入现实的接受语境的时候，全新的接受语境对它自然具有祛魅的作用。所以，正如克罗齐所说的"在审视一件艺术品时，谁要是问艺术家所表现的东西从推理上或历史上说是真的还是假的，那他就是问了一个毫无意思的问题"②。

[原载《文学评论》2007 年第 2 期]

---

① 周作人：《自己的园地》，河北教育出版社 2002 年，第 30、34 页。
② ［意］克罗齐：《美学原理·美学纲要》，朱光潜译，外国文学出版社 1983 年版，第 216 页。

现代化进程中的新文学叙事成长

文学理论大多探讨文学的生成与时代文化之间的关系,经典的文学理论认为每个时代都有那个时代的文学。但是,综观世界文学史,文学的想象与文学的叙述也存在着一个周期的问题,即存在着一个由发生到成长到鼎盛到衰落的过程。这个过程中可能与时代与文化的转型有关,但它自身也往往呈现出一个脱离时代的发展演变的轨迹,尤其文学叙事更多的时候存在着一个从不成熟到走向成熟的过程。

中国现代文学是新文化运动这一时代潮流所创造的,新文化运动是中国现代历史的青春期,也是中国现代文化的幼年时期。中国现代新文学诞生在数千年的文学传统的废墟之上,一切都需要重造,文学的叙事也是如此。就如同一个人的成长一样,新文学也经历了一个从童稚走向成熟的过程,文学的叙事也经历了一个从散乱的抒情性叙事到整一的故事性叙事的过程。

一、20 年代:青春期的迷乱

在新文化运动中,中国传统的文学形式,诗歌、散文,包括戏曲都受到了新文化先驱的激烈的攻击。新文化先驱们认为,这样的文学形式包含了太多的封建主义因素,因此需要彻底的废弃。就是他们认为比较具有平民意识的小说,也受到了较为彻底的改革。而戏剧更是将传统的戏曲彻底地废弃,而改为从西方舶来的话剧。

新文化运动是中国现代新文学的肇始期,旧的文学形式在激烈的话语革命中走向了崩溃和死亡,而新的文学形式——一种与西方现代思想意识形态和文学话语有着血缘关系的文学——被大规模地引入中国。一切都是稚嫩的,一切都处于初创期,对人和社会的理解是浅豁的,新的形式新颖而又具有吸引力。因此,一切都正处于操练之中,包括诗歌、散文、小说和戏剧等文学门类，尤其是话剧这种形式更是如此。在新文学初期，林纾甚至质疑白话是否能够写出美文，以至周作人反复倡导美文，甚至给美文定了几个标准，希望新的美文在怀疑中急速诞生。

新文化时代的文学是抒情化的，新文化的作家是不善于叙事的。在近现代的交替时期，小说家们对新文学完全没有具体规制的章法可寻。他们得心应手或可资模仿的是现有的文学资源。一个是对旧文学叙事进行模仿。张资平的《冲击期的化石》和张恨水的《啼笑因缘》试图建构叙事秩序，但建构起来的叙事秩序与中国传统的言情叙事是如此的相像，以至于有着太多的陈腐气息。再者是对外国文学（主要是西方文学）进行模仿，但对西方的古典主义和现实主义叙事手段一开始却并不能得心应手，所以幼稚期的对叙事手段的生疏使他们自然而然地选择了对叙事手段要求比较自由的浪漫主义和现代主义（或后浪漫主义）。

于是，我们看到了被命名为"现代主义"和"浪漫主义"的散乱的叙事风格。被称为新文学"第一篇白话小说"的鲁迅的《狂人日记》由疯子"狂人"的十三则日记构成，由于逻辑的混乱和思维方式的荒谬，使得整个叙事完全没有理性时空的顺序；而《阿Q正传》的"序"和第二章《优胜记略》和第三章《续优胜记略》实际是众多的故事的堆砌，叙事是如此的散乱，以致没有多少秩序性的流程可以把握；只是到了第四章《恋爱的悲剧》之后，才显示出叙事的情节性。《阿Q正传》是新文学叙事探索过程的一个缩影。

革命文学的初期，携带着新文化的传统，尽管它们拒绝新文化传统，但却无法摆脱这样的知识积累。所以，革命文学在叙事上仍以"散乱"为其主要的风格特征。20世纪20—30年代红色浪漫主义在故事的叙述上，除了少数的作品如蒋光慈的《冲出云围的月亮》是以人物命运为中心的历时性叙事外，大多是以空间性的共时性叙事为主。作品如巴金的《新生》《雾》《雨》《雷》《电》《萌芽》和蒋光慈的《咆哮了的土地》《冲出云围的月亮》等，多的是场面性的描述和众多人物行为的陈列。这种特征在茅盾的《幻灭》《动摇》《追求》中表现得尤为显著。《追求》就写了王仲昭、章秋柳、曹志方、史循、徐子材、龙飞等人的故事，很像《水浒传》的前半部。过去，学者们一般同意茅盾关于《蚀》在结构上的"缺点"的说法，即三部曲之间人物和事件不连贯，因此整个小说没有成为统一的整体。如茅盾谈到《动摇》时说："因为《幻灭》后半部的时间正是《动摇》全部的时间，我不能不另用新人;所以结果只有史俊和李克是《幻灭》中的次要角色而在《动摇》中则居于较重要的地位。"他而且说"即在一篇之中,我的结构的松懈也是很显然"①。但是我们换一个角度来看这样的不连贯,似乎就不那么简单了。的确,《幻灭》写的是从 1926 年 5 月至 1927 年夏季的事,地点是从上海到武汉;《动摇》写的是从 1927 年 1 月至 5 月以湖北省的一个小县城为背景的故事。描写同一时期的"革命",将场景从中心移到地方,就像看一座巨型的群像雕塑,换了一个角度,李克和史俊是代表"中心"的指符,但周围出现了更多新的人物。散乱的人物,散乱的故事,叙述视点的不断的变换和转移,共同交织出革命者的革命和力比多冲动的多向迸射。这样散点叙述手法过去也不是没有,而像这样的共时性的空间展示,则体现了现代意识———一种动摇、迷惘、危机四伏的情感状态。其实这也像模特儿写生,同一个描画对象取了另一个视点,也即茅盾说的:"《动摇》里只好用了侧面的写法"。是用各种散乱的故事强行拼凑起来的统一性。

相对茅盾叙述的散乱,蒋光慈和巴金的某些小说中故事的叙述和展开显得相对的集中,虽然《冲出云围的月亮》在叙述革命者王曼英在城市中的对资产阶级的复仇行为,《萌芽》写工人小刘对矿主的反抗和对工人遗孀的恋爱,主要是以人物为核心结构故事,但也是多个故事的累积或并列,很少是写出人物的成长历程。蒋光慈的《短裤党》同时塑造了金贵、翠英、直夫、月娟、秋华等既平凡又普通的民众形象。作品中没有一个振臂一呼应者云集的个人英雄形象。作者显然是要平均分配笔墨,以避免因对一个人的浓墨重彩,而造成英雄群像的偏离。丁玲的《水》放弃了个体艺术典型的精细刻画,放弃了结构形式的严谨布局,而去追求对农民英雄群体反抗行为的宏观描述。这些作品正如冯雪峰所描述的,这是描写"重要的巨大的现实的题材"的作品,用"新的描写手法","不是个人的心理的分析,而是集体的行动的开展"②。在这样的叙事中,故事的时间往往被阻抑在那个特定的历史

---

① 茅盾:《从牯岭到东京》,载北京大学、北京师范大学、北京师范学院中文系中国现代文学教研室主编:《文学运动史料选》(第二册),上海教育出版社 1979 年版,第 138 页。

② 冯雪峰:《关于新小说的诞生——评丁玲的〈水〉》,《冯雪峰文集》(上),人民文学出版社 1981 年版,第 72—73 页。

时间段中,处于停滞状态。这些作品也相应地具有了写实与表现交织的特征。

需要注意的是,尽管这一时期出现了"同声合唱"的叙述,但这一时代的左翼作品中,仍然保留着五四的遗风。这主要表现在两个方面,首先,人物形象的知识分子身份。文学作品大量地塑造知识分子的群体形象。无论是巴金的还是蒋光慈的和茅盾的都是如此。其次,巴金和茅盾们的讲述虽然带有革命性,但是却是非常个性化:众多人物形象的塑造,使叙事视点处于动摇不定的状态之中,形成了散点的场面性透视;还有诸如意识流手法的运用,人物的颓废的情志等,都显示了知识者的个性讲述特征,一种自由主义意识形态在文本上的反映。

在戏剧方面,传统旧戏消亡了。相对于其他文学种类,中国作家对以对话为主要艺术表现方式的话语形式更加的生疏,尝试的痕迹就更浓重。新文化时期所出现的话剧大多是类型剧,都是一种机械性极强的,缺少艺术灵活性和创造性的戏剧形式。作家们向西方现实主义戏剧学习,将他们的作品从思想到故事进行抽取,然后加入中国的社会生活内容;而且都是简单的家庭格局和明晰单纯的叙事。原因在于这样的类型剧形式是容易模仿和练习的。就是比较成熟的胡适的《终身大事》也有着显著的模仿的痕迹。而且都是独幕剧,戏剧的规模极小,内涵简单浅豁。丁西林的话剧可能是那个时代最具有戏剧意味的作品了,但是很显然他的创作又带有对戏剧手段进行尝试性试验的味道。《酒后》之类的作品都是在玩弄着某一方面的技巧,而不是成熟话剧的对于多种艺术手段的综合的不露痕迹的运用。

散文作为一种文体虽然被周作人定义为应该具有"叙事"性,但是散文可以叙事,而叙事却不是散文的优长所在,它显然是一种界于小说和诗歌之间的边缘性文体。也如周作人所说是小说和诗歌之"余",是边角余料的产物。20年代的散文,朱自清的一部分散文具有叙事性,但他的大部分散文却是抒情的。就是那些具有叙事性的散文,如《背影》也不具备逻辑严密的叙事链条,而是在"我"的情绪之下的对于若干叙事片段的剪辑组合。而鲁迅的散文,《野草》以抒情为胜场,而他的小品文则大多以议论见长。周作人的散文擅长于"掉书袋",古今中外历史资料的堆积使叙事时间流程消隐于无形。而天才散文家梁遇春则"更洒脱,更胡闹些吧!"①他的作品都是一种漫话絮语式的散文,这些文章语调舒缓迂回,它像茶余酒后、炉旁床侧的闲话,又像挚友对谈,把酒言谈,推诚相与,只见衷曲,而不见赘语、套语、酸语、道学语。全是一位有美好性格的人的真性情的自然流露。这种漫画絮语式的散文,其结构是松散的,也是开放的,它能摄大入小,小中见大,纳天地于须弥,虽心细如发,却气雄宇宙,虽无遏云之响,却有绕梁之韵。特别是那种行云流水般的叙述气势,跌宕多姿,"快谈、纵谈、放谈"②,全无顾忌,读来令人酣畅淋漓。京派小说家废名曾经称赞梁遇春的散文不但"有一树好花开",而且"酝酿了一个好的气势"。废名称其散文"玲珑多态,繁华足媚,其芜杂亦相当,其深厚也正是六朝文章所特有……有喜巧之处,幼稚亦自所不免"③。

与叙事的散乱形成鲜明对照的是抒情的绮丽迷人。

在这样的时代,具有诗人气质的小说家郁达夫是如此的得心应手。自叙性小说作品的大量存在,决定了五四后文学创作的抒情性。在叙事上,自叙小说一般都是以第一人称"我"的面目出现,就是出现"她/他/它"也仍然脱不了第一人称的叙事格调和叙述视角的有限性。郭沫若的小说如《行路难》《歧路》写主人公爱牟在日本留学期间的苦难生活,是以自我的人生经历写成的。《牧羊哀话》《喀尔美萝的姑娘》等小说虽然演绎古代朝鲜王子和现代青年的曲折的爱情,故事也不能不谓之曲折。但自我人生经历虽然曲折,但记录下来的人生并不一定就是整严的叙事;无论是书写自我人生还是关涉历史的,这些在叙事上都有着共性的弱点,那就是故事的单纯甚至叙事语言都很单薄枯燥。很显然作家所擅长的不是叙事,而是抒情。这些小说是诗意化的,在艺术上带有浪漫的感伤情调,善于书写女性的美和这种美的被毁灭的悲剧。它们具有很强的抒情性,具有诗一般的格调和情境。郁达夫的小说创作也具有同样的优长和弱点。他以留学日本期间创作的《沉沦》为代表,除此之外还有《银灰色的死》《茫茫夜》等,主要写知识分子灵魂和肉体的沉沦,性心理描写比较多,且带有变态特征。显示

---

① 梁遇春:《〈小品文选〉序》,《梁遇春散文全编》,浙江文艺出版社1992年版,第435页。

② 唐弢:《两本散文》,《晦庵书话》,生活·读书·新知三联书店1980年版,第43页。

③ 废名:《〈泪与笑〉序一》,开明书店1934年版,第3页。

出士大夫的放浪形骸和理性节制之间的矛盾,而思想的意义和艺术的魅力都来自于这样的矛盾的张力。作为这种风格的延续和强化,他30年代创作了《出奔》《迷羊》和《她是一个弱女子》等洋溢着肉欲情绪的作品。30年代曾经有向客观化方向转变的趋向,主要有《春风沉醉的晚上》和《迟桂花》等。《春风沉醉的晚上》写主人公知识分子"我"与烟厂女工陈二妹之间从相识到误会到相知的过程,虽然戏剧性的成分增加了,但仍然脱离不了郁达夫小说散乱的情节和以抒情性见长的特点。

在文学作品中,抒情的强盛必然带来叙事的弱化。抒情是诗歌的本质。在这个抒情的时代里,产生了中国现代最优秀的诗人郭沫若和徐志摩。尽管也出现了一些叙事诗,但是其"叙事"的幼稚自不待言。

新文化文体的散乱还与个性主义思潮相关。尽管新文化个人主义的惯性和知识分子的习惯使个性叙述得以在左翼文学中延展,但集体理性已经得到认同,并被自觉张扬。所以,革命文学在尽量追求着集体性。天才的无产阶级诗人殷夫说得好:"我们的意志如烟囱般高挺,/我们的团结如皮带般坚韧,/我们转动着地球,/我们抚育着人类的运命!/我们是流着汗血的,/却唱着高歌的一群!(殷夫《我们》)"我们"即意味着众多,"我们"体现出了无坚不摧的力量,较之个人当然是无可比拟的,诚如殷夫在另一首诗中描述过的那样:在"我们"之中,"我已不是我,/我的心合着大群燃烧。"(殷夫《一九二九年的五月一日》)新文化的个体性叙述似乎正在被逐渐地代替为集体性的叙述。奇怪的现象是,这一时期的集体性话语与后来的高度权力集中的左翼话语显然是不同的,此时的集体是多声部的同声合唱,它杂乱,而又个性化。不像后来的集体话语,它的权力被如此地集中在若干人物或偶像的身上,显示出专制文化的痕迹。

这些被称为"新"的叙事范式虽然和后来的现代主义的空间叙事有着相似性,但是又未尝不是幼稚时代的不得已的选择。

二、30年代:叙事的盛年

詹姆斯·乔伊斯在分析现代艺术的走向时认为,现代艺术的根本精神是由抒情而叙事最终进化到戏剧性的艺术,形式复杂的戏剧性的艺术才能囊括和包容现代社会人生的复杂内容。布托尔说:"不同的叙述形式是与不同的现实相适应的。叙述这一现象大大超过文学的范畴,是我们认识现实的基本依据之一。"①这正是维特根斯坦所要表达的,一种新的语言游戏处处体现着一种新的"生活形式"。② 还有个问题是,经过约十年的"修炼",包括思想的深刻化和艺术手段运用的熟练程度都大为提高。

首先,文本规模上巨制化。大量的长篇小说出现了,巴金、老舍、茅盾都以长篇小说的写作见长;话剧进入了多幕剧时代,曹禺、夏衍、田汉写作了大量的多幕剧。相当长度的故事情节和相当复杂的故事内容的安排是需要驾驭能力的,而所谓的驾驭能力就是情节安排和内容思考的技巧和才能,而技巧和才能都是需要锻炼的,正是约十年的整体性的练习,到 30 年代作家们才具备了这样的技术和才能,才写出了《家》《子夜》等经典性的作品。

其次,叙述技术的熟稔。早期文学中模仿的痕迹是浓重的,比如《尝试集》《终身大事》《狂人日记》。而 30 年代文学,尤其是叙事文学脱离了早期的模仿,而走向了艺术的炉火纯青。沈从文虽然没有写过多少长篇巨制,但是他以短篇的多产而著称。这还不是重要的,关键在于,他对与多种艺术手段的融会贯通,以及在运用中的不露痕迹,从而形成了成熟的艺术风格。后人称之为"沈从文体"。巴金的小说就是以抒情见长,没有多少现成的规制的痕迹,却自成一体。30 年代的散文在表象上出现了休闲小品和杂文小品的对抗。但不管是休闲的还是战斗的其老练都是 20 年代所无法比拟的。散文的艺术性在鲁迅、林语堂等人的手里获得了极大的提高。

第三,主题的丰富和复杂化。经过十多年的社会历练和思考,文学家对社会和人的看法显然获得了长足的进步。尽管仍然存在着五四式的激进主义,如左翼文学,但总的方面,创作家们的思考获得很大的深化。这促使他们对文学作品的主题的理解也获得了不同于五四

---

① 转引自陶东风:《文体演变及其文化意味》,云南人民出版社 1994 年版,第 124 页。

② [美]诺尔曼·马尔康姆:《回忆维特根斯坦》,李步楼、贺绍甲译,商务印书馆 1984 年版,第 115 页。

的观念。左翼文学概念化的倾向受到新人文主义的批评和来自左翼内部的反省都是这种审美观念嬗变的结果。

具有丰厚的思想内涵的作品出现了。这在曹禺的创作中表现得特别的明显。从思想内涵方面来考察,曹禺的剧作《雷雨》就具有了主题的多义性。可以说是一部道德剧,因为它谴责了人伦上的乱伦;可以说是命运悲剧,因为它揭示了命运对人的主宰;也可以说性格悲剧,因为作品中的每个人物在性格上都有缺陷,而正是这些缺陷的媾和造成了悲剧;甚至还有人认为它是表现阶级斗争的,因为从周萍和大海、大海和周朴园的关系上确实看到了超越人伦之上的利益对亲情关系的损害。30年代虽然还是出现了不少带有五四倾向"社会问题剧",但是文学作品总体上更加注重表现人和人性的复杂性,脱离单面主义倾向。夏衍的《上海屋檐下》从社会问题出发,却揭示了有关国家、社会、亲情的诸多伦理悖论。这很显然不是主题内涵比较单一的社会问题剧可以概括的。

还有现代主义的小说创作。新感觉派的实验使小说从外在的社会反映进入了对内面灵魂的观照。

第四,叙述的戏剧化。30年代,文学正在由抒情时代向戏剧化时代转变。而茅盾的长篇小说《子夜》就是这样由抒情时代向戏剧化叙事时代转变的标志,当然也是革命文学转变和秩序化的标志。

革命现实主义作为一种意识形态化的创作方法,它在本质上是革命理性主导,在创作上体现为对历史整体性和文学整体性的追求。齐格蒙·鲍曼说:"典型的现代型世界观认为,世界在本质上是一有序的总体,表现为一种可能性的非均衡性分布的模式,这就导致了对事件的解释,解释如果正确,便会成为预见(若能提供必需的资源)和控制事件的手段。控制('征服自然','规划'或'设计'社会)几乎总是与命令性行为相关联,或与其同义,这种命令性行为被理解为一种对于可能性的操纵(增大或减小事件发生的可能性)。控制的有效性依赖于对'自然'秩序的充分了解。"[1]

马克思主义对自然秩序的"预见"理论对20年代的革命文学创作

---

① [英]齐格蒙·鲍曼:《立法者与阐释者:论现代性、后现代性与知识分子》,洪涛译,上海人民出版社2000年版,第4页。

的影响是处于初始期。因而这一时期的革命文学创作中革命理性是微弱的。但论定革命文学早期的创作是绝对的"非中心"叙事是不完全正确的,因为蒋光慈的《少年漂泊者》就是这样的作品。《少年漂泊者》以及散文《从牯岭到东京》这样的对于时间长度的历史纵深感的追求,就已经包含了中心化的诉求。但需要指出的是,这样的具有中心化叙事的作品在那个时代是稀少的,在革命文学中是非主流的。这样的非主流的诉求在 30 年代终于演变为时代主流,那种分散的诉求和言说被革命现实主义的对历史秩序的深刻自信之下的整体化所整合。

在从知识分子的话语向纯粹的无产阶级的话语的过渡中,在从场景的散点展现向史诗叙述的过渡中,茅盾的长篇小说《子夜》有着标志性的意义。《子夜》从话语的本质上说,它是知识分子的,但是它的人物的"类型化",正体现了革命的历史预见对形象主体品质的直接干预,体现了"革命现实主义" ①对左翼的知识分子话语的权力实施,用基于社会进化论的史诗观念整合混乱的素材,使之呈现出一个整严的流程。革命现实主义的整体性整合冲动,表现为茅盾创作中的坚强的理性动机。早在《蚀》三部曲中,那种将三部作品顺序命名为"动摇""幻灭"和"追求"就显示了这种对历史整体性的带有进化论特征的想象性逻辑预设。但是《蚀》三部曲从表现的内容上,虽然表现了当时中国历史的演变的状况,但是并没有依据创作主体的想象而进入进化链条。这样的进化逻辑在《子夜》中终于得以实施,但是这样的实施仍然是一个充满危险的实验。

《子夜》采取了纵横交错的结构方式,从横的方面来说,它采用了网状结构的方式,尽量地铺展场面,写了五条线索:买办资本家赵伯韬、金融资本家杜竹斋、民族资本家吴荪甫等人的公债交易,民族工业的兴办和挣扎,工人的苦难和反抗,农村中的革命和地主的生活,城市知识分子的空虚庸俗生活。在具体的表现手法上,《子夜》对曾沧海在农村革命中的行为以及对城市中的迷惘、颓废的知识分子的生活和心理采用了具有现代主义特征的表现手法,带有很明显的情绪化特征。这很显然是对 20 年代末期红色浪漫主义风格的继承,或者说是那一时期革命浪漫主义风格的余绪。

---

① 茅盾:《创作生涯的开始——回忆录(十)》,《新文学史料》1981 年第 1 期。

但同时,作者又对这样的场面和情绪表现进行了约束,一个是选择了以城市为主要的场景,一个是选择了吴荪甫为主要表现的人物。最重要的,他写出了吴荪甫性格和命运的变化过程,也写出了 30 年代中国社会的发展趋势。作者把这样的"史"作为作品的铺展的骨架,很显然找到了场面铺展的主心骨。可以说,茅盾的对中国历史和革命的历史进行编年的想法在写《蚀》时就已经产生了。《蚀》就是为了记录大革命失败前后中国的历史。综观茅盾一生的创作可以说是中国革命史的艺术的大事记,是中国革命的编年史。

这样的理性整合,或者说整体性整合还表现在"一个阶级一个类型"的特征上。这是作者所企图实施的写作战略,或者说革命的话语战略。正是依照着这样的战略意图,茅盾详尽地构思了自己的写作框架,并依照这样的方向去体验生活,并忠实地将经过自己修剪的材料"填充"进入框架之中。革命意图一开始就控制了话语的表述者。后来的,特别是延安后期的带有史诗性质的叙事文学创作都以它马首是瞻。罗兰·巴特将长篇小说看作资产阶级整理经验世界以构成有序体系的工具。①30 年代的长篇热正是中国现代知识分子整理经验世界以构成有序体系的体现。

上述的情绪呈现、场面展现的自然主义与追求权力核心的革命现实主义是分裂的,个人记忆和整体性记忆是冲突的,二元意义上的冲撞体现了知识分子在自觉整合个性中的复杂纠结的状况;而在文本上,使我们看到革命现实主义并没有如后来的创作那样建立严密的符号象征体系,但这样的体系显然已经在建立之中。因此,这样的分裂和矛盾暴露了革命现实主义的过渡阶段的轨迹。但从当时的大量的对于这部作品的赞扬来看,左翼评论界认同的是前者,这样的赞扬体现了左翼知识分子对于整体性的理论共识。作为一个反面的例证是,当左翼评论界盛赞《子夜》的时候,萧红的《生死场》等作品却被包括鲁迅在内的左翼知识分子批评。这样的批评当然不是对于它的思想倾向,而是对于这些作品所体现的散文化的艺术风格。鲁迅、茅盾、胡风都曾在《序言》或者专评中指出了它们的这些所谓的"缺陷"。胡风说:"对于题材的组织力不够,全篇显得是一些散漫的素描,感不到向着中

---

① 转引自黄子平:《"灰阑"中的叙述》,上海文艺出版社 2001 年版,第 83 页。

心的发展,不能使读者得到应该能够得到的紧张的迫力。""在人物的描写里面,综合的想象的加工非常不够。个别地看来,她底人物都是活的,但每个人物底性格都不凸出,不大普遍,不能够明确地跳跃在读者底前面。"①无论是对于情节发展还是对于人物形象,胡风很显然所着眼的是"中心"的构筑,而萧红恰恰在这一方面能力不够,所以受到批评。

此后,曹禺的《雷雨》等话剧创作以极为缜密的构思而使 20 年代的散乱书写相形见绌,尤其《雷雨》可以说是叙事极端化的体现,它因其结构的丝丝入扣而被称为"佳构剧"。

同样,诗歌在 30 年代也出现了戏剧化局面。戏剧化是 40 年代由袁可嘉等人提出的,其实这种倾向在 30 年代就已经出现。抒情诗人徐志摩的浓情蜜意已成强弩之末,那首《我不知道风是在哪一个方向吹》虽然情感揪心,但单调的形式已经没有了《再别康桥》《雪花的快乐》那样应付裕如和意象优美了。随着他的坠落和朱湘的投水,抒情诗歌在某种程度上已经走向了死胡同。实际上,30 年代是现代诗歌的天下。戴望舒经历了《雨巷》而走向《我的记忆》,他开始摒弃早年的精致和典雅而走向带有叙事性的"生活化"。

三、结 尾

中国现代文学从一般意义上,它可以划分为三个历史时段,即五四时代(即 20 年代)、30 年代和 40 年代。但 40 年代由于严峻的抗战形势,导致文学被强烈的现代民族国家诉求几乎彻底地覆盖。国难之下的民族叙事,化入了太多的苦难痛感和生命的脆弱无常之感,呈现出一种逼仄而诡异的戏剧性风格。

在这个时代里,叙事作品魅影飘荡。巴金的小说《憩园》在叙事上多重叙事主体的疏离和多重叙事语调迭声,都造成了一种新文化时代所望尘莫及的叙事风格;路翎的小说《财主的儿女们》外在的成长历程中包含了太多的意志较量,小说不仅是情节的,也不仅是抒情,更是意志的对垒和跌宕;而李季的长诗《王贵与李香香》则运用陕北民歌信天

---

① 胡风:《〈生死场〉后记》,《胡风评论集》(上),人民文学出版社 1984 年版,第 398 页。

游的手法叙述了一个曲折的爱情故事和阶级斗争故事。老舍的长篇小说《四世同堂》似乎是那个时代的意外,散点透视的叙事手法造就了它的散文的风格,散文的体式更多的时候具有叙述时间上的悠闲性,但考察这部作品会发现,内在的紧张是诙谐所无法冲淡的。相较于30年代,那已经是充分戏剧化之后的具有了充分叙事自信之后的文本。就是带有抒情性的后期浪漫派,他们的作品如《鬼恋》,更在抒情中兑入了诡异的戏剧化叙事元素。40年代最负盛名的戏剧家陈白尘和郭沫若等人的作品,出人意外的戏剧情节和诡秘的情节设计把戏剧的戏剧因素推向了极端。

在这个时代里,诗歌和散文更是被充分戏剧化了。七月派诗人的作品追求"直接的抒情",但这些"人民之子"的诗歌话语的戏剧性来自于其诗歌作品与国难语境的呼应。具有现代主义倾向的《中国新诗》诗人群的作品更是强调抒情的戏剧化。穆旦的"火车轧在中国的肋骨上"的想象,是个性经验与时代痛感的戏剧化的蒙太奇组合。众所周知,现代主义诗歌所追求的是意象或心理的历险。卞之琳的《断章》可能是那个时代最具有戏剧意味的诗歌作品了。多重视角的不断转换导致了太多的意外的产生。40年代的散文,沈从文的作品在实验着"抽象的抒情"。废名则是小说散文化,而散文小说化。较之于沈从文更加晦涩的抽象哲理和人生感悟,使他的作品在规避中寻求一种艺术历险的高峰感受。这诗歌的境界有着奇妙的同构性,那个时代的文学想象已经堕入了内面的玄想之中。

这样的叙事把30年代已经建立起的文学的叙事主流推到了戏剧化的时代。

中国现代历史的现代化进程是在军阀混战、党派斗争和民族血战中完成的。中国现代文学叙事也就在这样的历史中完成了自己的成长。中国现代文学30年的叙事演变史,就是中国现代文学的成长史。这样的成长才使中国现代文学成为有别于中国传统文学,也有别于其后的中国当代文学,并成为具有自身知识系统和独立个性的文学。正是这样的成长使中国现代文学走向了成熟,也才造就了中国现代文学的伟大传统。

[原载《长治学院学报》2008年第3期]

论报纸副刊连载体式与张恨水小说
章回体选择的关系

一

　　报纸是现代社会的产物,大量报纸的出现是中国社会进入现代的一个标志。现代报纸最重要的功能在于传播新闻消息,因此,后来出现的副刊不是报纸的最为本体的部分。也正因为如此而被称为"副刊"。据后来的文学史家考察,中国报纸的副刊起源于清末,最初称"副张"或"附张"。1897 年 11 月 24 日,英商字林洋行创办的《字林沪报》出版附张《消闲报》,随报附送,这是最早的副刊。1875 年上海《申报》公开征求"骚人韵诗"的"断什长篇"以及"竹枝词及长歌纪事之类",报纸登载"说部"已经成为报纸的重要思路,1900 年《中国日报》辟《鼓吹录》专栏,在功能上相当于后来的"副刊"。创刊于 1916 年 8 月的《晨钟报》创刊伊始,便重视文艺副刊。五四运动前后,该报开辟了"劳动节纪念""俄国革命纪念"专号和"马克思研究"专栏,这些"专栏""专号"实际就是副刊。1921 年 10 月 12 日,由孙伏园主编的《晨报》(由《晨钟报》改名)第 7 版改出 4 开 4 版的单张独立发行,报眉印有鲁迅拟就的"晨报附刊"字样,报头定名为"晨报副镌"。

　　在新文艺风起云涌之时,报纸的副刊对于报纸的发行量起到了巨大的推动作用。所以,当时的报纸纷纷设置副刊。以至于出现了后来被新闻史和文学史称为四大副刊的《晨报副刊》、《京报副刊》、《时事新报》副刊《学灯》、《民国日报》副刊《觉悟》。由此而形成了中国的报纸副刊传统。报纸有各种各样的副刊,但是在民国初期以文学副刊最为著名。早期报纸副刊的内容,主要是旧体诗词、小说、笔记等,多属"消闲文字",与报纸总体报导内容无直接的关联。后来,有些报纸副刊加入了新闻性,这是报纸副刊和其他专门发表文艺作品或理论文章的出版物的主要区别。很多读者阅读文学作品,享受文学生活都是通过报纸副刊这一媒介的,也就是说市民学生读者"日常的文学生活是以期刊为中心开展的"①。报纸副刊培养自己的读者群体,反过来促进了以新闻为主体的报纸的销售和传播,因此,民国时期的报纸大都设置很多副刊,也很重视副刊。

中国现代作家的成长大多得益于报纸副刊。据孙伏园回忆,鲁迅的作品除发在《新青年》外,大都寄给《晨报副镌》了,计有 50 余篇,除《阿 Q 正传》外,还有《不周山》《肥皂》以及其他的杂文、学术论文和译文。还有沈从文的处女作《一封未曾付邮的信》,冰心的"问题小说"和《寄小读者》的篇什,朱自清、刘大白等的新诗,瞿秋白的"旅俄通讯",周作人的杂文,孙伏园的游记及戏剧介绍,汪静之等湖畔派诗人的诗作,徐志摩的诗论,陈西滢的"闲话"等也都发表于《晨报副镌》。五四时期影响最大的诗人郭沫若也是从报纸副刊崭露头角的,他的长诗《凤凰涅槃》就发表在宗白华主编的《时事新报》的副刊《学灯》上。苏雪林早年的社会杂文则大量登载于《京报副刊》。"清末民初的小说有80%登载在报刊上,民初的登载率又远高于清末。"②报纸副刊作为当时最为重要的文学传播媒介,它在作家作品的发表和作家获得社会认同上起到了决定性的作用。同样,张恨水的出场也得益于报纸副刊,他的成名也得益于报纸副刊。张恨水不但主编了诸如《世界晚报》之《夜光》等副刊,而且他非凡的小说写作才能也是在副刊上连载小说的过程中展现出来的。

报纸连载小说这种形式,可以说是中国报纸副刊的一种传统,有人甚至说中国近现代小说是报纸副刊的刊物。夏敬渠的长篇白话小说《野叟曝言》在《字林沪报》上的成功连载,开了长篇小说连载的先河。鲁迅也在《晨报副刊》上连载了他的长篇章回体小说《阿 Q 正传》。1907 年黄摩西指出"新闻纸报告栏中,异军突起者,小说也";而 1908

① ［德］本雅明:《发达资本主义时代的抒情诗人——论波德莱尔》,张旭东等译,生活·读书·新知三联书店 1989 年版,第 44 页。

② 郭浩帆:《清末民初小说与报刊业之关系探略》,《文史哲》2004 年第 3 期。

年耀公猜测"小说一门,隐与报界相维系"。①张恨水正是因为在《世界晚报》上连载《春明外史》受到读者欢迎才一举成名的。此后,他的小说也大都采用这种报纸连载的形式发表。在张恨水的一百一十多部小说中,可能最初没有在报刊上发表的只有他给上海世界书局"专写"的《满江红》《落霞孤鹜》《美人恩》及《天河配》等几部。就其最具代表性的长篇小说而言,无不首先在报纸上连载并引起轰动,一般小说连载两到三年,《金粉世家》则在北京《世界日报》副刊《明珠》连载了五年零三个多月,期间因为女儿夭折停刊一天;《春明外史》也在北京《世界日报》副刊《明珠》上连载了近五年时间。报纸副刊成为小说家张恨水的福地。

二

张恨水的小说不仅大多在报纸副刊上连载,而且连载的长篇小说如《春明外史》《金粉世家》等也大多是章回体小说。文学史上空前绝后的"张恨水现象",一直联系着报纸副刊连载小说和章回体。张恨水的长篇章回体小说与报纸连载到底存在着何种关联性? 这是一个值得探讨的问题。

在报纸小说的连载中,则主要是长篇小说的连载。而且,"在19世纪末20世纪初,连载成为小说的标准发表形式"②。小说的发展与报纸的兴起发生着必然的联系,而且报纸连载也影响了小说的审美形式。

长篇小说在报纸上连载,因为受到报纸受众群体的趣味、报纸的版面和发行周期的影响,逐渐形成了一种被称为报章体的长篇小说。报纸是连续性出版物,尤其是日报,其出版周期是日出一份。小说若在报纸上连载,也必须跟随报纸的发行周期而每日一"段"。报纸出版的周期性,在分割了出版时间的同时,也分割了叙述的时间并相应地造成了对于作家表现空间的分割。这就说在作家写作故事的时候,就必须将一个完整的大故事划分为若干篇幅相当的段落,每日登载。同

---

① 黄伯耀:《小说与风俗之关系》,《中外小说林》,1908 年第 2 本第 5 期。
② [美]韩南:《中国近代小说的兴起》,徐侠译,上海教育出版社 2004 年版,第 128 页。

时,小说和故事与新闻不同,新闻可以每天都不一样,或者干脆完全没有联系;而小说和故事却是连续性的。这就必须考虑每天登载的这个段落的独立性和连续性,也就是说既必须照顾到故事的特点又要照顾到报纸发行的特点。

连载小说是报纸媒体与长篇小说的写作和阅读的结合体。报载小说是适应报纸每日出版,面向大众读者的新文体,它改变了中国小说传统的思维模式和表现手法,简化了创作过程,采用了边写作边发表的新方法。报纸带来读者阅读形式的变化,同时也带来了作者写作形式的变化和文学叙事形式的变化。正如阿英所分析的,作家们"为着适应于时间间断的报纸杂志读者,不得不采用或产生这一种形式"①。也就是说,报纸连载的"标准发表形式"促生了小说叙述的"标准的故事形式"。而这种标准的故事形式就是"松散的连环式结构"。正如有的学者所看到的,"明末清初长篇小说的普遍性的松散连环式结构,也即鲁迅所说的'虽云长篇,实为短制'的结构形式,其实都是由于报章连载的形式所产生。"②

张恨水的报纸副刊连载长篇小说,在副刊时代的语境中,他的长篇小说写作也必然要受到副刊连载的影响。为了适应报章审美的需要,张恨水的长篇小说创作选择了章回体小说的形式。

章回小说是中国古典长篇小说的主要形式。其形式特点是分章叙事,标明回目,故称为"章回小说"。章回小说是在宋元讲史话本和折子戏的基础上发展起来的。宋元"讲史"开始是口头讲述为主,分节讲述,连续讲若干次,每节用题目的形式向听众揭示主要内容,这就是章回小说分章叙事、标明回目的形式起源。宋元说话人演说长篇故事,非一天一场所能了结,每场讲演一段。因为每场讲演的时间大致相同,所以每回故事的长短也大致相等。讲史演出的时间分段的特性,造成了故事演出时间的被分割,同样分割的时间也必然影响到故事表现空间的被分割。尤其需要注意的是,口头文学的不同时间的连续分段讲述的特点,使得说话人把一个完整的大故事分割成若干个小

----

① 阿英:《晚清小说史》,东方出版社 1996 年,第 6 页。
② 温奉桥、李萌羽:《现代报刊、稿费制度与张恨水小说——张恨水小说现代性的一个侧面》,《海南师院学报》(社会科学版)2005 年第 6 期。

故事,每天晚上(每场)讲一段。讲史是口头文学,而它的脚本就发展为章回小说。但章回小说的形式依然保留着口头文学的特点。

在考察说话人或说书人的讲述方式的时候,也就是考察章回小说的叙述方式的时候,我们会发现,它与报章体的长篇小说连载在语境、讲述方式和故事叙述方式上有着惊人的一致性,小说连载的报章体与传统讲史体存在着契合。换句话说,张恨水时代的报纸连载小说实际上在承担着传统语境下的说书人的功能。只不过,由过去的每晚"听"一段故事,演变为现在是每晚"读"一段故事。

章回小说的来源体"讲史"的讲述周期性与由这种周期性造成的章回性,与报纸副刊的周期性和由于副刊版面的有限性所造成的段落性都是相契合的。也就是说,两种媒体在分割语境时间和由此而造成的对于表现时空的分割上都是一致的。可能正是这样的"契合",导致了张恨水在报纸副刊上连载长篇小说的时候,或者说他在写作长篇小说的时候,选择了章回体这种传统的小说表现方式和故事讲述方式。

张恨水在报纸副刊上连载小说,采用章回体形式,既是选择了一种文体形式,同时也是选择了一种与报纸周期性相一致的分载形式。

三

章回体的选择,其章回的段落叙述的特性可能是重要的方面,但是这种选择毕竟只是一种表象。若仔细考察古代章回小说的源本讲史和现代报刊的小说连载,其实更重要的还在于它们的营销策略的一致性。

章回小说的源本"讲史"或"折子戏"都是文学市场化的产物。讲史的说话人为了能够糊口,就要吸引听众或观众;他不但今天要吸引住听众还要让这些听众明天再来。因此,说话人不但要讲精彩的故事,比如让故事曲折动人,以情节抓住听众;而且,还有意将完整的故事分拆成许多段落。为了吸引观众,讲到紧要关头,就宣称"欲知后事如何,且听下回分解"。"下回",也就是下一个时间段。每次讲当场的故事的时候,说话人需要充分发挥"起承转合"的艺术:既需要照顾上次讲的故事,即在情节人物上对上次的故事要有所回应,又要在当场讲述的时候给观众(听众)一个相对完整的故事,同样他还要埋下扣子,吸引观众下次继续来听。

通过故事的分割,达到对于听众时间的分割,这样就增加了听众入场的次数;同时,由于每一段故事的相对完整性,也方便吸引中途入场者,以达到增加听众人数的目的。因此,讲史的分段讲述的策略实际上是一种市场营销策略。这种营销策略实际上是口头文学所独有的。当讲史演变为话本或章回小说以后,虽然由这种营销策略造就的讲述策略在书面纸本的小说中还有存留,但是显然纸本的章回小说再也无法实现对于阅读时间的分割了。读者可以一口气读完一个完整的故事,也就是读完一本小说。

这种在纸本语境中已经消失的由时间分割所造就的诱惑性,在新闻纸时代却实现了复活。

现代报纸绝大多数都是民办的,为了生存,它必须要考虑发行量。早期的报纸收费广告很少,因此,报纸的生存主要靠的是卖出报纸的数量。就是当代的报纸不再靠卖报纸生存,依然需要发行量来维持广告的价格。发行量实际上就是读者数量(经常性的读者数量大于发行量)。这就需要报纸使尽浑身解数来吸引读者。即时新闻是报纸吸引读者的一大法宝。但即时性新闻具有确定性,因为爆炸性新闻毕竟不是天天都有的。于是,报纸副刊成为报纸吸引读者的一个重要途径。副刊中单篇的文章是可以吸引读者的,但它却很难造就忠诚的读者,因为优秀的单篇文章可以给予某个读者当时阅读的理由,却没有给予这个读者下次再读的承诺。为了维持住读者的忠诚度,长篇小说连载是最好的形式。报纸出版的特点,是周期性出版,每天出一份,或每周出一份等。相邻的两期之间,就存在着一个时间差。于是报纸副刊就利用这个时间差,将长篇小说分割连载。因此,作家在写作连载故事的时候,为了适应报纸连载的需要,在段落的设计上,某一天发表的段落,既需要与上一期的情节有所关联,又必须成为一个大体独立的故事。这样才能兑现上一期故事中所埋设的对于读者的承诺,同时还要保证读者能够在这一段中能够读到相对比较完整的故事,而且他还要照顾到下一期,也就是说故事还要启发下一段,诱导读者继续读。与讲史非常相似的是,报纸连载故事也要求每期刊登的故事有相对完整性,也就是方便新的读者加入阅读。当读者被故事"吊着"的时候,他就必须每天去买报纸。这就增加了报纸的发行量,同时,由于在一个故事连载的时间段里,读者群相对稳定,报纸也就维持了相对稳定的发行量。

尽管张恨水这样的选择还可能考虑到了当时市民社会的阅读习惯和阅读趣味,但无疑这样现实的需要和最适合的形式的契合才是最为重要的原因。作家在进行表达的时候,总是拿他认为最适合最顺手的工具。章回小说就是张恨水从他的知识储备中随手拿到的最顺手的工具。报纸连载这一形式对张恨水小说体式选择的影响是相当关键的。

文学史家陈平原说:"记录工具和传播媒介的每一次大的突破,都不能不或隐或显地影响文学形式的发展",这种生产工具的变革,"直接参与了转变中国小说叙事模式的历史进程"①。但是,在考察张恨水选择章回体的过程中,我们却发现,虽然报纸这一新兴的传播媒体将"听"故事变成了"读"故事,但由于报纸连载周期对于语境时间的分割,实际上现代传媒在连载小说中却并没有发生作用,反而是通过对章回体的选择回到了讲史的说话人时代。

四

考察中国近现代小说尤其是报纸连载小说,我们会发现选择章回体的作家大有人在,但为什么在那个时代只有张恨水取得几乎是独一无二的成功?

考察现代时期报纸连载的章回体小说,我们很容易发现其艺术上的致命弱点。这些艺术上的弱点之所以产生,原因是多方面的。首先是近现代的报纸副刊的休闲性和趣味性追求使然。一则是为了使副刊区别于新闻时事性的正刊;二则是为了营构一种日常生活的氛围,吸引市民读者群。因为,"读小说者,其专注在寻绎趣味"②。这导致了副刊小说一般不屑于表现庄重严肃的民族国家的政治主题,而专注于表现细碎有趣的生活故事。这种审美倾向导致了报刊连载小说一般不太注重构建具有宏观性的同时又非常严密的情节结构。其次

---

① 陈平原:《中国小说叙事模式的转变》,北京大学出版社 2003 年版,第 255 页。
② 吴沃尧:《月月小说·序》,载上海《月月小说》1906 年第 1 号。

是连载体制本身也造成了故事的破碎化。因为,报纸连载小说这一体式,是报纸副刊的大众化传播的产物,它所追求的是读者的兴趣需要,而不是小说的艺术性。梁启超身处当时,深有体会地说:"一部小说数十回,其全体结构,首尾相应,煞费苦心,故前此作者,往往几经易稿,始得一称意之作。今依报章体例,月出一回,无从颠倒损益,艰于出色。"①报纸出版的周期和版面篇幅决定了小说段落的篇幅,而段落篇幅反过来又促使小说的表现形式和故事结构乃至于更深层的人物塑造细节描绘等的展开。一个简单的道理是,有充裕的时间当然可以对小说进行更完美的构思,有更宽裕的版面当然就可以对人物进行更细致的刻画,对景物进行更精微的描摹。再次是中国章回小说传统的影响。中国传统长篇章回小说在情节构建上大多采用"珠链式结构"。无论是《西游记》《水浒传》还是《儒林外史》《红楼梦》大多都是由若干独立的精彩的短篇组合而成,缺少贯穿的情节和缺少整一的结构是它们的共同特点。这种特点在近代的小说创作中得到进一步的发挥。发端于近代的报纸连载长篇小说也难以有多少改进。正如胡适所批评的那样:"没有布局,全是一段一段的短篇小品连缀起来的;拆开来,每段自成一篇;斗拢来,可长至无穷。"②

鲁迅所批评的中国传统小说的特点,在以上诸种合力作用下形成了的现代报纸连载小说中也同样存在,甚至在报纸这一新媒体出现以后还有所放大。这种"传播方式所衍生的负面效应"③,在晚清民初甚至五四以后的章回小说以及报纸连载小说中比比皆是。鲁迅的小说《阿Q正传》就是一部报纸连载的章回体的长篇小说。这部小说的"序""优胜记略""续优胜记略"以及"恋爱的悲剧"等部分,堆积了众多同质的趣味小故事,细碎而散乱,没有情节贯串,只有一个人物将故事串联起来,完全谈不上什么结构的力度。所谓"往往嘴在浙江,脸在北京,衣服在山西"④的"杂取种种人,合成一个"⑤的典型化手法,只不

---

① 梁启超:《〈新小说〉第一号》,载横滨《新民丛刊》第20号,1902年,第99页。

② 胡适:《五十年来中国之文学》,《胡适文存二集》(卷二),亚东图书馆1924年版,第173页。

③ 刘少文:《传播方式衍生的负面效应——张恨水报纸连载小说病因分析》,《中国现代文学研究丛刊》2006年第1期。

④ 鲁迅:《我怎么做起小说来》,《南腔北调集》,人民文学出版社1980年版,第102页。

⑤ 鲁迅:《〈出关〉的"关"》,《且介亭杂文末编》,人民文学出版社1973年版,第47页。

过是把发生在不同地点的同类故事的主人公的名字都改成阿Q而"拼凑"串联起来罢了。也许正是因为洞察了自己运用传统章回体进行报纸连载的无力,所以鲁迅从此以后再也没有使用过这种体式发表报纸连载小说了。张恨水的报纸连载章回小说也存在着这样的"弊端"。早期的连载小说《春明外史》,就兑入了大量的即时新闻,以至于被认为是新闻版外的"新闻";大量伤感、柔美的诗词章句的插入,也具有明显的卖弄文采迎合遗老遗少的嫌疑;在结构上,松散、枝蔓;在题材上,言情加黑幕,等等。那个时代报纸连载章回小说所有的弱点这部小说中都有。

但是,总体上张恨水在报纸连载小说中对于章回小说体式的选择和运用是得心应手的。他将章回小说体式的特点与报纸连载的发表体制极好地结合了起来,并内化为自己的一种构思谋篇的形式和写作形式。他既依照传统章回小说的体式以适应报纸连载的需要,又吸收西方现实主义和古典主义小说的结构形式,加强了对于长篇小说结构布局的组织。在小说的章回篇幅上分章独立,而在小说的情节结构上又能做到主干统摄下叙述的连绵不断;既能够使读者"日阅一页,恰到好处。此中玩索,自有趣味"①,又能够在结集出版后仍然不失有机的艺术整体感。最值得称道的是长篇小说《金粉世家》。这部小说在报纸上每天连载不到五百字,而又能够让读者五年如一日地读下去,相当困难,没有非凡的艺术才能难以做到;"更令人佩服的是,就《金粉世家》结构上的同一性和艺术上的完整性而言,根本看不出报章小说的痕迹,没有断裂、破碎和前后矛盾的现象。"②《金粉世家》的成就说明,张恨水在传统章回小说、报纸连载小说的分割性和现代文人小说对于情节结构的完整性之间,已经找到了一个可以使自己游刃有余的途径。也许正是出于这种能够把握的才情和自信,张恨水才在新小说已经出现的后五四时期选择章回小说体式,并在以后的创作中长久地坚持下去。

---

① 徐枕亚:《答函索〈玉梨魂〉者》,载《民权素》二集,文海出版社有限公司1914年版,第11—12页。
② 温奉桥、李萌羽:《现代报刊、稿费制度与张恨水小说——张恨水小说现代性的一个侧面》,《海南师范学院学报》(社会科学版)2005年第6期。

结　语

　　张恨水从传统章回小说继承了对于读者情境的充分重视和掌控,并在结合现代报纸副刊连载体式的特点中进行了成功运用,其效果是良好的。张恨水在《世界晚报》上连载他著名的作品《春明外史》,一天五六百字,读者"看上了瘾,每天非独读不可"。《金粉世家》更是从 1927 年 2 月 13 日起开始,连载了 2196 次,长达 7 年之久,成为风靡一时的小说。这部连载小说的流行促进了《世界日报》和《世界晚报》的发行,很多读者"买报,并不看新闻,只看副刊"。"在报社门前等候,并不是关心国事,而是要看小说。"①张恨水选择章回体,在报纸副刊的连载中建构了一种既传统又现代的小说生产和阅读的互动模式,在读者受众化的现代语境中极大地动员了受众的阅读激情。为现代的文学生产提供了成功的案例。但是,张恨水通过对读者时间控制以动员读者或受众阅读激情的营销策略,最终必然造成对于读者主体精神的掌控;在农耕时代末期,当然可以达到最大限度地吸引读者的目的。但在现代主体美学的价值视野中,张恨水及其报纸连载章回小说也无可避免地会面对"愚弄"读者的批评,以及对于其文学体式的"趋旧"的历史定位。

［原载《池州学院学报》2011 年第 1 期］

---

　　① 左笑鸿:《张恨水》,载张占国、魏守忠编:《张恨水研究资料》,天津人民出版社 1986 年版,第 98 页。

叙事·时代与性别政治

——《莎菲女士的日记》与《红楼梦》之比较

俄国理论家普洛普(Vladimir Propp,1895—1970)"从一组拥有近似造型的一百个故事中,他努力抽取一个原始故事的结构。这个原始故事所具有的三十一个功能包括了在这整组故事中所发现的全部结构可能性。"普洛普"关注故事的形式特点,它的基本单位以及制约这些基本单位的组合的那些规则。他实际上是在为某种叙事体裁制定一部语法和句法。"[①]文学(特别是叙事文学)在其漫长的发展中,逐渐形成了一些相对稳定的情节模式(如"三角恋爱"模式和"英雄+美人"模式),从叙事学的角度来说,这些情节模式也是相对稳定的叙述方式,也即叙述模式。

但是从"简单的形式"上说,"变化的是登场人物的名字(以及每个人的特征),但行动和功能却都没有变"。[②]也就是说相同的叙述模式在某些方面(如情节发展或主体)有类同的因素存在,但由于作家的创作是高度个性化的,因此,在处理同一主题或情节的故事时,由于采取的姿态和灌注的情感的差别,相同的叙述模式也会呈现出不同的价值和审美倾向。

中国小说经典《红楼梦》(以下简称《梦》)与《莎菲女士的日记》(以下简称《日记》)是由两位不同时代(古代的和现代的)、不同性别(曹雪芹,男性;丁玲,女性)的作家创作的两部优秀小说。但是,这两部作品的叙事模式却是相同的:《梦》著于中国封建社会尚且强盛的清朝乾隆

---

① [美]罗伯特·休斯:《文学结构主义》,刘豫译,生活·读书·新知三联出版社 1988 年版,第105—106 页。

② [苏]V·普洛普:《〈民间故事形态学〉的定义与方法》,载叶舒宪编选:《结构主义神话学》,陕西师范大学出版社 1988 年版,第 5 页。

年间,它以封建大家庭贾府的兴衰为背景,以贾氏"人望"贾宝玉为主人公,以"金玉良缘"和"木石前盟"之争(即林黛玉和薛宝钗这两位女性对贾宝玉的争夺)为叙事骨干。假如用 M 代表主要角色贾宝玉,用 W_1 和 W_2 代表次要角色林黛玉和薛宝钗,那么《梦》的叙事结构和角色模式就可表述为:

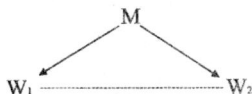

$$M$$
$$W_1 \longrightarrow W_2$$

《日记》作于 20 世纪 20 年代,那是民主与科学昌明的时代,是妇女解放的时代。作品以知识青年莎菲女士为主人公,以她对于两个男人凌吉士和苇弟的情爱选择为中心线索。假如用 W 代表主要角色莎菲女士,用 M_1 和 M_2 代表次要角色凌吉士和苇弟,那么它的叙述结构和角色模式可表示为:

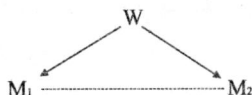

$$W$$
$$M_1 \longrightarrow M_2$$

从上述的两部作品的叙述语法的分析中,我们可以发现,这两部小说的叙述结构和角色模式是完全相同的,在抽象的、数理意义上的力的图式是相同的,都表现了主要角色对次要角色所具有的双重选择的权力,而次要角色的存在意义是被作用、被选择、被观看,是处于被动的、依附的地位。从表现内容来看,它们都是表述了一个一般意义上的三角恋爱故事 ①。

然而,当我们将上述抽象的符号还原为性别角色时,即将 M 还原为英文 Men,而将 W 视为英文 Woman 的缩写,将 → 视作用力的作用方向,就会发现这一符号系统将发生性别意义,即它们表述了两种不同的性际关系。

首先需要关注的是中心性别。在《梦》的叙述图式中,Men(男性)处于引力的中心,并以 Men 为基点构筑了一个完整的性别关系体系。这与《梦》的男权主义话语实质是相吻合的。在这部作品中,作者曹雪

---

① 《红楼梦》的中心角色贾宝玉与薛宝钗、林黛玉之间构成了一个稳定的三角恋爱格局。尽管钗黛之外,宝玉还与众多女子有着情爱关系,但这些关系都是次要的,不影响钗、黛对宝玉的争夺。

芹虽然用了大量的文字来表现女性的才干和人性的美好,为她们构筑了女儿国——大观园;虽然他将女人颂为"水做的骨肉",而将男人贬作"泥做的污物",但这并不能改变其作品的男性话语实质。因为尽管"水"是女儿国的象征,"园中诸景最要紧的是水"①,但在"水"的世界中,则以"土"为中心,为赋形的规则"土则兼管中央与四季。作为地上及地上皇权的代表,土在天人关系中,实际是人的代表"②。在两性关系中,泥/男性主宰着水/女性。大观园的成立,原就有它依附于父权制的基础,也就是说,只有在父权制的一定条件下,方才有所谓的女儿国的出现。父权是女儿国的筹建者和控制者。贾宝玉虽然以叛逆的面目出现,但正是依靠父权制他才成为大观园中不落的"恒星",而使那些才貌双全的女人们如"行星"般环绕在他的周围。处于主子地位的秦可卿、薛宝钗、林黛玉和贾母、王夫人和众姊妹,处于仆人位置的有花袭人、晴雯等众丫头个戏子,她们众星捧月般将贾宝玉环护在中心,听从他的召唤,服从他的权威。也就是说,围绕着 M(男性)这个中心的不仅有 W_1、W_2 还有 W_n。然而,世易时移,当丁玲写作《日记》的时候,却将中心角色 M 置换为 W,即将男性置换为女性,莎菲女士悄然走进了叙事的中心,代替了过去只有贾宝玉们才能占据的位置,围绕着她的是诚笃无用的苇弟和潇洒而卑劣的凌吉士。

在中国文化史上,男权至上,向来都是女人围绕着男性争风吃醋,而在丁玲的本文中却让男人围绕着女性相互竞争,这不能不说是个天翻地覆的变化。但需要特别说明的是,仅有男人围绕着女人转并不能说明女性具有了女权。无论是古典文学还是在现代文学中,都大量存在着"多个男人争夺一个女人"这样的准三角恋爱故事。例如《三国演义》中的貂蝉之于董卓和吕布,就属于这种情况。很显然,貂蝉毫无女权可言,她只是任人抢夺的物品,是政治家王允手中的棋子。而之所以如此,关键在于她没有自由选择的权利。

选择权是中心角色最重要的权力。存在主义者认为,人是绝对自由的,他可以通过选择来创造自身。人面前有着充满各种可能性的

---

① 甲戌本、庚辰本脂批。

② 金春峰:《"月令"图式与中国古代思维方式的特点及其对科学、哲学的影响》,深圳大学国学研究所主编:《中国文化与中国哲学》,东方出版社 1986 年版,第 129 页。

括弧,每个人都可以通过"自我选择"、"自我设计"来填充这一括弧 ①。然而正如马克思所说:"人是社会关系的总和。"当存在主义的个体在最大限度地行使自己的天赋的"选择权"时,个体间的冲突便发生了。因为自我设计是以包括他人在内的客体世界为内容的,当某一特定的个体选择时,其他的个体则处于被选择的地位。个体的选择必然涉及他人,个体间的冲突也就在于争夺选择权。两性间的权力关系也在这种冲突与选择中得以构成。《梦》的男权中心就是通过对女性的选择加以体现的,而《日记》的女性中心则是通过女性对男性的选择来体现的。主角(即选择者)由 M(男性)变成 W(女性),而体现选择过程的力的作用方向→也由作用于 W(女性)而变为作用于 M(男性)。这种变化也就是意味着选择权和控制权的变化。在人类社会中,人是以行动来表明立场的,而行动即面临着选择,选择即体现了主体意志的挥发。虽然这两部作品的中心角色都没有最终确定选择的对象,但选择谁并不重要,关键在于谁选择,谁被选择;选择者是主体,而被选择者是客体;更何况"在某种意义上,选择是可能的,但是不选择却是不可能的,我是总能够选择的,但是我必须懂得如果我不选择,那也仍就是一种选择" ②。作品中的中心角色贾宝玉和莎菲女士拒绝选择,同样是行使了他/她们的权力意志,即分别表达了其对异性的选择和选择的失望。当他/她进入选择的行为程序时,就已经在行使权力了,而所谓的拒绝最终的选择则已是权力行使告一段落了。《梦》和《日记》就是从选择权开始来建构其男权或女权中心秩序的,正是选择权所赋予的对象的不同才使它们同构而异质。

选择的实质是意志加予,是权力的体现。但在文学作品的情感文本中,选择则被"公认合理"地诠释为一种恩惠的加予。假情感之名,选择/控制者成为带有伦理色彩的施惠者。情感使选择/控制权力由中心角色发射,作用于"他者",完成施惠的行为过程,也完成一个伦理的秩序过程。被施惠者将为施惠者的垂怜和情感施与而感恩戴德,并为获得施与而荣耀,并自觉自愿地以精神和肉体的奉献去争取

① 朱立元主编:《现代西方美学史》,上海文艺出版社 1996 年版,第 536 页。

② [法]让-保罗·萨特:《存在主义是一种人道主义》,周熙良、汤永宽译,上海译文出版社 1988 年版,第 24 页。

被施与。在《梦》中,贾宝玉是大观园的国王,他对他身边的女人们施以恩宠,以各种各样的方式来表达他的怜香惜玉之情,从她们之中选择所好者为妻、为妾。他的最大的忧虑就是不能利用伦理名分将他的恩宠(或曰爱)均施与每个女子。而那所谓的爱的承受者则对他的施与感激涕零,他的一块汗巾、一方手帕、一首诗、一次性的占有都会被视为神圣而倍加珍惜,并为此或哭、或笑,或死亡。同时,她们为了能争取或长久最大限度持有这种恩惠,各显所长,或以容貌,或以才智,或以驯顺,或以性的给予,去讨好他,去回报他。尤其是林黛玉和薛宝钗这一对势力相当的受惠者,更是不惜血本,以致两败俱伤。宝黛之争实际是为了争夺恩宠的分享权,争夺"正妻"的名分,因为她们的门第和才情的高贵,都不可使任何一方委身为妾,所以一旦失败,便彻底丧失了对宝玉之爱的分享。宝黛及众女子的争宠正反衬了宝玉之爱的珍贵和重要。不能"兼美"使施惠者和受惠者都大感遗憾。对施惠者所持有的恩惠/爱的竭力推崇和膜拜,使贾宝玉成为至高无上的主宰,情感财富的绝对拥有者,一位护花使者,一位能普济天下女子的男神。而《日记》采用了几乎同样的方法塑造了一位"女神"。莎菲女士是爱的持有者,她不失时宜地施与一些予苇弟和凌吉士,她的一颦一笑一温柔都被两个男人全身心地接受,并获得了更加热烈的回报。苇弟用柔的方法(诸如哭泣、下跪)去乞求,而凌吉士则用刚的方法(诸如体魄的强悍、姿态的潇洒和财富的巨多,当然在莎菲女士的眼中还有"樱红的嘴唇")去巴结。在被施惠者的卑躬折节和施惠者的高傲的对比中,《红楼梦》时代的男性尊严彻底崩溃了,代之而起的则是女性的权威。

选择者的另一项权力就是对被选择者/选择对象进行评价,以确定为什么选择和为什么不选择,以确定选择对象在选择者心目中的价值。评价发生于选择的过程之中,选择者通过评价过程体现其价值观念,同时也通过评价权的实施,中心角色赤裸裸地向选择对象显示了其控制功能。《梦》从男性价值观念出发,着力呈现了众多女性的美好:薛宝钗健康练达,林黛玉多愁善感,花袭人柔婉顺从,晴雯泼辣任性……然而贾宝玉最终还是拒绝了选择,因为这些都有着"美中不足"的缺憾:薛宝钗世故,林黛玉多病,花袭人俗气,晴雯脆弱……而贾宝玉所追求的理想中的女性美则是大观园中众女子品格的综合体,即是一个"兼美"的形象。也许秦可卿(表字兼美)可算一个,她作为贾宝玉进入太虚幻境的"引路人",其形象值极其类似于但丁的长诗《神曲》中的贝尔特丽丝,她的身上寄托了男性对女性美的期望,但她却过早地夭亡了。还有那些有着"兼美"的某一方面特点的女孩子也或远嫁他乡,或遭遇不幸,即便剩下的几个(如花袭人、薛宝钗)也变得俗不可耐。完整的大观园正是贾宝玉理想的女性美的体现,但它终究要离散,宝玉的"兼美"理想也就必然要幻灭,男性的价值理想也必然要落空,这同时也等于宣布:这世上没有"兼美"的女子。这也就是俞平伯所谓的"色空"了。贾宝玉的这种令人失望的评价,使他最终放弃了选择的权力。然而这种结果一经得出,他就已经行使了评价权,也完成了选择的过程。同时评价的如此结论一经得出,也实施了对女性本真状况的歪曲,也从某种程度上起到了贬低女性的作用。评价是挑剔的,但它是男性中心角色的特权。而丁玲的《日记》则反其道而行之,使女性——莎菲女士成为评价者,使两位男性——苇弟和凌吉士成为被评价者。苇弟诚实、笃厚,但缺乏男子气概,他的乞求、哀怜的形态着实让人看不起;而南洋华侨凌吉士俊美,潇洒,富有,成功,但却是个精神躯壳,满脑子都是玩弄女性的市侩思想。这二人的品德和身体的优点若能重新组合,那一定是个很理想的男性形象,然而现实中却是不可能发生的。"好男人不潇洒,潇洒男人不好",这是莎菲女士对男性评价后得出的结论。就如同贾宝玉对"兼美"女性美的幻灭一样,莎菲对理想男性的寻找也失败了。她以自己失败和拒绝选择的行为证明:这世上没有真正的男子汉。《梦》和《日记》中的中心角色各从极端的自我出发,在评价中贬低了异性,并以此为衬托确立完美的自我形象。

当选择者/评价者处于选择和评价的位置上,而被选择者/被评价者处于被选择和被评价的位置上时,他/她们之间就完成了"看者"和"被看者"的地位确认。在《梦》的男性视角下,女性美的着力渲染正好使女性成为男性所设置可控制的舞台上的表演者和被看者,而作者/本文的控制者和中心角色贾宝玉(人物关系的控制者)则成为看者和欣赏者。在看与被看的语境中,那些极能表现女性个性的"场面"(诸如晴雯撕扇、黛玉葬花),都成了这些美丽女子为娱乐男性所作的精彩的表演;她们的颦笑歌哭都是为了博得观看者宝玉的喝彩。"大观园"正是父权文化为女性设置的理想的被娱乐场所。而在《日记》中,女性的第三人称的全知视角,将凌吉士和苇弟的行为完全置于"被看"之中,中心角色莎菲女士的情绪波动正是由两位男性"演员"的表演行为所引起的,是对表演的反应。只不过,在《梦》中,由于作者与其所设置的中心角色对女性都采取了赞美的姿态,因此,男性趣味表现得较为隐蔽;而在《日记》中,由于作者与其所设置的中心角色对男性采取了嘲讽和怜悯的姿态,因此,女性趣味/女权意识表现得较为直露。但无论是隐蔽还是直露,都表现了他/她们对异性的娱乐倾向。

对同一叙事模式的上述两种不同的阐释,从而建构了两种完全不同的性别文本。曹雪芹以男性为中心对"三角恋爱"模式的演绎,形成了他的父权制文本。他也许创作观念中存在着女性崇拜意识(如许多研究者所反复论证的那样),但在实际创作中却无力摆脱强大的男权话语权力对他的控制。这是一种时代的局限性。然而,曹雪芹时代那种封建家族化的男权中心政治在五四新文化运动中受到了前所未有的剧烈冲击。妇女解放、个性解放使中国的一些先进的知识分子从父权制的阴影中走了出来,女性在中国文化史上第一次开始摆脱了"被书写"的地位,摆脱了"被动他者"的身份。丁玲的小说《日记》正是这一女性觉醒时代的代表性文本。创作其实就是一种命名活动,西方女权主义者认为:"有权力命名世界的人就有权力影响现实。"①《日记》对女性文本的建构,即是赋予了女性对世界的命名权。这是一种真正的女性写作,在以往的文学典律形成的过程中,由于男性独占了论述权,使得女性往往不容易成为"有效的发言肢体",而现在,女性(如莎菲女士)不是以男性的眼光(如《后汉书》的女作者班昭那样),而是以女性自己独立的标准来衡量世界,在这种女权化的文学象征域中,男性话语秩序遭到了颠覆。然而,我们必须同时看到,无论是曹雪芹(隐蔽式的)还是丁玲(直露式的)都表现了性别的极权意识,这显然是不可取的。人类的情感表述("三角恋爱"模式只是其中之一种)应该超越性别歧视,而成为双性共存的途径。这才是一种理想的性别表述期望。

[原载《盐城师范学院学报》(人文社会科学版)2010 年第 3 期]

---

① Kramrae Cheris : Discourse structure analysis of women and men, Rowley ,Mass:Newbury House,1981: 165。

戏仿中的颠覆:《阿 Q 正传》的
反传统修辞策略

西班牙著名的批判现实主义作家塞万提斯在创作的当时,所面对的是流行欧洲的中世纪骑士文学,他厌恶其虚伪和陈套,于是创作了模仿骑士文学的反讽小说《堂·吉珂德》,从而导致了整个中世纪文体的颠覆,和文艺复兴启蒙主义文本的建立。鲁迅在他创作的当时,所面对的也是欧洲文艺复兴之初一样的历史局面,一方面,虽然新的白话文运动正轰轰烈烈地广泛展开,但新的白话文文体却没有建立起来,或虽有成果却不是法定的文体;另一方面,虽然旧的文言文体在新的启蒙语境中受到了狙击,但在广大的社会应用领域却仍然受到亲睐,正是为了颠覆旧文体,建立一种"新鲜的立诚的写实文学" ① 文体,鲁迅创作了小说《阿 Q 正传》。

鲁迅在写作《阿 Q 正传》的时候,他的情绪多少有点儿游戏冲动,正如他所写的《野草》中的那首《我的失恋——拟古的新打油诗》一样。但他没有想到,游戏之下的这部小说作品会给中国传统文化,包括传统的思想和文学话语带来如此巨大的打击。那么这样的"打击"是通过什么样的手法来达到了呢? 那就是戏仿,是面对强大然而又是虚张声势的对象所采用的一种使其致命的方法。就像《黔之驴》中的老虎对待驴子一样。正是通过戏仿的手法,鲁迅达到了解构中国传统文化和传统文体的目的。

在这部作品中,鲁迅先生首先选择的颠覆对象是封建传统文学中的"史传"文体。

中国传统文学中,"传"的种类很繁多,如本纪、列传、自传、外传、

---

① 陈独秀:《文学革命论》,《新青年》第 2 卷第 6 号(1917 年 2 月 1 日)。

内传、大传和小传、家传,等等。这些所谓的"传",不但等级森严,如皇帝用"本纪"体,大臣则用"列传"体,而且血缘意识浓厚,如家传、家谱专叙家族衍传家族行状,专为后代"寻宗问祖"服务;更有甚者,中国史家虽然都崇奉"秉笔直书"的修史之德,但这些"帝王将相的家谱"中却充斥着歌功颂德粉饰传主的虚浮之词。另外,封建社会中,书写语言为地主知识分子所垄断,一般市民百姓本无缘入"传",如阿Q就不但被剥夺了姓赵的权利,而且连名字也不甚了了。海德格尔说,语言是栖息的家园。不掌握语言文字,又没有在历史的语言中得到书写的百姓,当然也就在历史的时空中被湮灭了。所以鲁迅说,中国的历史都是替"帝王将相作家谱"[1]。

鲁迅先生将一个无姓无名、上无片瓦下无立锥之地,而且还带有无赖性质的乡村流浪汉入"传",显然是"有乖史法的"。尽管小说的"正传"是取自"不入三教九流的小说家所谓'闲话休题言归正传'这一句套话里",但这名目与古人所撰《书法正传》的"正传"字面上相混,而真正具有了史传的含义。它的语义实际上暗示了传统文化的所有的"传",皆是"歪传"。给阿Q这样的悲剧小人物作传,体现了鲁迅先生写作的人民性特征。

鲁迅不但给小人物阿Q作传,而且他的创作姿态也很"不恭"。过去的中国史传,每叙述到传主,必正襟危坐,一副恭敬的姿态,语言的叙述语调也因而显得滞重呆板。特别是那些所谓的"家传"更显示出祖宗崇拜和血缘家族制度的偏执个性。鲁迅先生借用史传的物质外壳,采用诙谐、戏谑的反讽语调来写阿Q,将传主置于被解剖客体的位置,从而调整了创作主体与形象主体的位置,使二者不仅以平等对视,甚至从更高角度来进行俯视,这样就消解了史传的崇拜意识,因而也使作家的文笔获得了更为广阔的游动空间。正调和反调皆相宜,就打破了传统史传僵硬的文本外壳,史传也就成为一种活泼灵动的文体了。这样史传的使用范围也被拓宽了,它不仅适用于帝王将相,也适用于贩夫走卒。在鲁迅的仿制中,文体的血缘等级性也因而被解构了。

鲁迅对中国传统文化的戏仿是全方位的。

---

① 鲁迅:《中国人失掉自信力了吗?》,《鲁迅全集》(第六卷),人民文学出版社1981年版,第121页。

　　鲁迅在《阿Q正传》中还对传统的章回体的结构和大团圆的形式进行了模仿。章回体小说是中国晚近时期流传最广的一种文学叙述形式,它吸取了中国知识分子文化的诗词化的特征,追求一种平衡的对仗。这种章回体在近代为鸳鸯蝴蝶派小说大量运用,成为阻碍新文化传播的一种形式。鲁迅在小说中,采用章回体分章分回的形式,来讲述阿Q的生命历程。鲁迅对章回体的模仿,并在模仿中加以拆解,既达到了借助它流传的目的又在使用中使之被解体。

　　中国传统文学陈套,喜欢营造善有善报恶有恶报的大团圆的结尾,喜欢在"皆大欢喜"中使弱者得到麻醉的欢欣;文化中喜欢奉承别人福禄寿喜,喜欢用"九"象征长寿。中国传统小说的喜剧性的大团圆结局,是中国国民"十全十美"心理的表征,精神胜利法的典型体现。在艺术上,它形成了中国文学的悲剧精神的长期匮乏。鲁迅对此所进行的仿制,使读者在截然相反的结局中,在欢乐和悲哀的巨大落差中,在实际的悲哀与叙述的幸灾乐祸中,让阿Q被绑缚杀场砍头,并设计出阿Q为圆圈——画押没有画圆而遗憾的细节;尤其是结尾,他故意将悲剧性的结局写成喜剧,让读者看到如此的"大团圆"和如此的"九"是多么的可怜和可悲。

　　辛亥革命前后,中国社会革命和反革命、洋和中、真洋和假洋以及种种新旧现象鱼龙混杂:大字不识的流浪农民阿Q向吴妈求婚,居然像时髦的青年男女一样"跪下"求婚,但说出的却是"我要和你困觉",粗俗直接无比。反差极大的行动和语言的剪接,使时髦的骑士求婚风度顿时灰飞烟灭。团总带人捉拿犯人,是生活中常见的场景。但弱小的阿Q本就手无缚鸡之力,团总却带一队人架设了机关枪来捉,明显是小题大做。作家在描绘的时候,对捉拿阿Q的场面煞有介事。

　　作品采用了第三人称的旁观者的叙述角度,使故事与叙述主体处于分离的状态,使读者在感受客观性的同时,也感受到了创作主体对所要表现和叙述的对象的游戏般的"学嘴学舌"。

　　模仿,从文艺学的角度来说,有两种形式:一种是庄严的模仿。模仿者要尽量与模仿的对象保持一致,使自己的特质泯灭,而使对象的特质通过它而获得再生。这样的模仿不会产生新的意义。另一种模仿是游戏式模仿,简称戏仿。它是在外表上尽量做到对模仿对象的逼真再现,但是它总是在模仿的过程中加入自己的理解,并且由于它对所模仿对象的戏弄的立场,使它在模仿的过程中拆解了模仿对象,从而建立起自己的意义和价值。

从美学上来说,正是戏仿导致了叙述的戏剧性的产生。戏仿是对某种已然发生的生活场景的再现,可以说是一种"重复"。在戏仿的过程中,戏仿者一方面尽量做到"逼真",即所谓的"仿";另一方面又对戏仿对象的某些方面进行客观之外的处理,可以是"夸张的",也可以是"缩小的",还可以通过微妙的叙述语调来对仿的对象进行"调情"。这样就使戏仿成为戏仿者为了达到自己的目的而进行的一场表演。由于戏仿者和戏仿对象之间距离的存在,使读者可以明显地看出二者之间的观念的差距,以及戏仿者对模仿对象的嘲弄,以及对戏仿对象所代表的价值的否定或肯定。也使戏仿者脱离了模仿对象的束缚,而获得了更大的表达的自由。

这样的戏仿的效果是,在戏仿的戏剧性之中实现了对权力中心的"延异"(德里达语)。很显然,戏仿属于民间老百姓自己的意识形态的一种表达方式,按照巴赫金的说法,它"在充满官方秩序和官方意识形态的世界中仿佛享有'治外法权'的权力"。在这种狂欢节性质的广场空间中,形成了狂欢节的形式和象征的特殊语言,一种非常丰富,能够表达人民大众复杂统一的狂欢节世界感受的语言。"这种世界感受与一切现成的、完成性的东西相敌对,与一切妄想具有不可动摇性和永恒性的东西相敌对,为了表现自己,它所要求的是动态的和变易的、闪烁不定、变幻无常的形式。狂欢节语言的一切形式和象征都洋溢着交替和更新的激情,充溢着对占统治地位的真理和权力的可笑的相对性的意识。独特的'逆向'、'相反'、'颠倒'的逻辑……各种形式的戏仿和滑稽改编、降格、亵渎、打诨式的加冕和脱冕,对狂欢节语言说来,是很有代表性的。"①

鲁迅戏仿在当时文化的语境中,其直接效果是非常显著的。就如同当年西班牙作家塞万提斯的《堂·吉可德》对骑士文学仿制后所造成的骑士文学的没落一样,《阿 Q 正传》造成了中国传统的文体——章回小说的没落,造成了传统的史传文学和名人行状文本的衰落。任何话语形式和修辞形式都是权力的延伸,同样,传统的章回

---

① [俄]巴赫金:《拉伯雷研究》,李兆林、夏忠宪等译,河北教育出版社 1998 年版,第 13、174 页。

小说、名人行状和史传文本也是封建的权力的载体，而鲁迅的戏仿则在语言的狂欢中，通过这样的戏仿解构了传统的文本的同时，也解构了封建的权威和中心。这种带有民间性的语言摆脱了既存社会规范秩序与等级的束缚，故意破坏了长期以来主流意识形态所形成的各种秩序，打破高高在上、神圣不可侵犯和亵渎的语言禁忌，以一种毫无顾忌的、戏仿的方式表达创作主体对于现存社会现象、社会问题的朴素看法，在这种类似于尽情狂欢的广场式语言中，取消了交往者之间的一切等级界限，也弥合了人为建构的神圣与卑俗之间的等级秩序。卡罗尔·阿诺德说："修辞是改变现实的一种方式，它不是通过将能量直接应用到物体上，而是创造话语，通过调节人们的思想及行为来改变现实。"①鲁迅的这部小说也正是通过这样的一种修辞从而改变了中国的文学情状。这是一部"反史传"（反传统）的文本，是在史传的内部行瓦解的诡计（轨迹）。史诗是对"绝对的过去"的书写，史传更是古典时期的一种正统文学样式，其功能是对遥远的过去记忆式的投射。鲁迅的伟大就在于通过解构叙事而解构传统记忆，从而达到了在小说领域从任何角度对专制等级意识的自觉的颠覆与解构！

　　《阿 Q 正传》中的戏仿手法，在鲁迅的创作中不是特例。其他的作品，诸如《故事新编》中的《理水》以及《野草》中的《拟古的新打油诗》很显然都具有戏仿的性质。鲁迅的这种戏仿对现代文学以至 20 世纪中国文学的影响还在于，他提供了一个全新的对待历史/现实的姿态和处理的方法。郭沫若在 40 年代创作的《屈原》《孔雀胆》等剧作，以及在 90 年代出现"戏说"历史风，都有着这样的痕迹。而且香港的一些影片，比如《大话西游》等更是把这样的戏仿之风推到了登峰造极的地步。从这样的文化现象可以看到，《大话西游》的后现代主义其实早在鲁迅的作品中就已经包涵着了。

[原载《学语文》2007 年第 6 期]

---

① Lloyd F. Bitzer：Rhetorical Situation，Philosophy and Rhitoric1968 年第 1 期。

现代"革命文学":别一种意义上的启蒙修辞

　　新文化运动的主导精神就是启蒙。什么是启蒙？从其语词上看，启蒙就是启发人于蒙昧之中的意思。近代西方哲学大师康德认为，启蒙是获得了勇气的个人运用理性反思并且走出传统束缚的过程。法国当代思想家福柯则认为，启蒙乃是一种哲学的气质或态度，"它可以被描述为对我们的历史时代的永恒的批判"①。在启蒙的传统中，"启蒙思想总是被理解为神话的对立面和反动力量。之所以说是神话的对立面，是因为启蒙用更好论据的非强制的强制力量来反对世代延续的传统的权威约束。之所以说是神话的反动力量，是因为启蒙使个体获得了洞察力，并转换为行为动机，从而打破了集体力量的束缚。启蒙反对神话，并因此而逃脱了神话的控制"②。新文化启蒙解放了个性，也使知识主体获得了新的主体性。

　　但当新文化落潮，新兴的无产阶级文化在 20 世纪 20 年代末期兴起之后，启蒙在无产阶级文化中成为反思的对象，但反思者也并不能对启蒙进行真正的彻底的否决。因此，他们对启蒙思想进行了"革命化"改造。成仿吾说："将贡献全部的革命的理论，将给与革命的全战线以朗朗的光火。""这是一种伟大的启蒙。"后期创作社成员要贡献的"革命的理论"就是他们在日本接受的马克思主义。他们将马克思主义的传播看作是"一种伟大的启蒙"，以区别于新文学运动那种"浅薄的启蒙"。③在这场伟大的启蒙中，知识主体有着怎样的文本语境呢？本文将从革命启蒙主义语境可能涉及的诸种对象，如启蒙者、被

---

① ［法］M·福柯：《什么是启蒙?》，汪晖译，《天涯》1996 年第 4 期。

② ［德］于尔根·哈贝马斯：《现代性的哲学话语》，曹卫东等译，译林出版社 2004 年版，第 123 页。

③ 成仿吾：《祝词》，《文化批判》创刊号(1928 年 1 月)。

启蒙者和启蒙效果等方面进行论述。

———

启蒙，是一个动宾性修辞结构。在这一结构中，最重要的是作为主语和施动者的启蒙主体。

在新文化语境中，新知识分子几乎成了启蒙的别名。知识分子在近代和现代社会，因其是知识的拥有者、解释者、传播者与创造者，所以，唯有知识分子才是启蒙者。他们受过良好的教育，并在人格上达到自我觉醒，以求知为目的，不断创造、传播文化，忧国忧民，对社会发展极具责任心，对现实社会不断加以反省批判，以自己的良知作为社会良心和评判社会进步或落后的标准。而在中国，现代知识分子与传统的士大夫一样，起着远比西方知识分子更大的先锋者的作用。在现代社会里，谁拥有知识谁就拥有一种"权力"。而这种以"知识"及"知识分子"的权力为中心的话语无疑是现代包括启蒙文化在内的整体文化的基本阐释框架。这是一种令民众肃然起敬的文化权力。精英意识知识分子要运用启蒙工具对于下层民众——国民进行精神的启蒙和拯救。

从现代传播学的视角看，启蒙乃是一种文化传播行为或过程。而作为知识分子的启蒙者就是传播者和舆论领袖，他们通过媒介向公众进行权威性的宣传，以此来实现其启蒙的志业。公众作为启蒙思想的受传者，他们所受到的启蒙效果或大或小，并不完全取决于他们自己。

但新文化启蒙存在困境，由于大众的文化知识水平不高，加之启蒙知识分子话语的抽象性、专业性和传播的单向性，决定了即使在革命运动中所采用的灌输方法，也很难收到理想的效果。①

而新兴的无产阶级文化的倡导者，认为"当时那种有闲阶级的'印贴利更追亚'（Intelligentsia ＝ 智识阶级）对于时代既没有十分的认识，对于思想亦没有彻底的了解，而且大部分还是些文学方面的人物，所

---

① 刘桂芳、唐魁玉：《启蒙、启蒙文化及其现代性——兼论 21 世纪中国启蒙文化的建构》，《东方》2000 年第 4 期。

以他们的成绩只限于一种浅薄的启蒙"①。因此,他们理直气壮地反思和反对新文化启蒙,而倡导无产阶级启蒙。阿英的《死去了的阿Q时代》和成仿吾的《从文学革命到革命文学》可以说是革命文学反新文化的一个宣言,宣告了新文化启蒙运动的"死亡"和新的无产阶级启蒙的到来。阿英反的是新文化式的个性启蒙的精神内涵,但却继承了新文化的启蒙的方法论。他们不愿意用科学和民主精神,用人本主义精神启蒙,因为那些都是封建主义和资产阶级的。蒋光慈的"反个人主义"、反"英雄主义"都直接指向新文化以凸显个性、自我的文学。冯乃超明确反对"失望于现实","而在空虚的神秘的王国中寻找理想"的象征主义文学。郭沫若主张"包括帝王将相宗教思想的古典主义主张个人主义自由主义的浪漫主义,都已过去了。"②

在否定了五四新文学之后,关于革命的任务,蒋光慈说:"中国社会革命的潮流已经到了极高涨的时代","为着要执行文学对于时代的任务,为着要转变文学的方向,所以也就不得不提出革命文学的要求"。③"革命文学应当是反个人主义的文学,它的主人翁应当然是群众,而不是个人","我们的革命文学应极力暴露资产主义的罪恶,应极力促进弱小民族之解放的斗争"。④除了暴露的任务之外,它还负有"教育人民"的职责。而这就是启蒙,用革命的观念去启发和引导"人民"。他们在继承了启蒙的方法论之后,置换了其中的启蒙内涵:他们认为只有用无产阶级革命的思想,用马克思主义和列宁斯大林的思想去启蒙才是正确的。⑤

但是,阿英时代的无产阶级创作,虽然在理论上叛逆了新文化,但是在创作的精神本质上却与新文化具有鼻息的相通。席扬先生认为:"大部分作家在认同于'革命现实主义'的口号下进行着'启蒙叙事'与'阶级叙事'的结合的创作。"⑥蒋光慈的《咆哮了的土地》、茅盾的《蚀》

---

① 成仿吾:《从文学革命到革命文学》,载北京大学、北京师范大学、北京师范学院中文系中国现代文学教研室主编:《文学运动史料选》(第二册),上海教育出版社1979年版,第16页。

② 郭沫若:《文艺家的觉悟》,《洪水》第2卷第16号(1926年5月)。

③ 蒋光慈:《关于革命文学》,《太阳月刊》1928年第2期。

④ 蒋光慈:《关于革命文学》,《太阳月刊》1928年第2期。

⑤ 尽管这样的理念可能只是名义上的,而不是实质上的。

⑥ 席扬、吴文华:《20世纪中国文学思潮史论》,时代文艺出版社2001年版,第63页。

三部曲等作品对工农革命的引导和领导以及革命过程中对于工农群众的启蒙仍然还是由知识分子去承担的。从上述可以看到,与新文化知识分子一样,他们的启蒙带有明显的贵族气息。

但到革命的延安时期却有所不同。革命文学在这一时期不再像他的前辈那样一味地排斥新文化,排斥启蒙,而是把启蒙作为自己的旗帜。毛泽东评价鲁迅的一系列文字以及《在延安文艺座谈会上的讲话》都是这样。但是这样的启蒙不但与鲁迅的启蒙大异其趣,而且也与30年代的革命知识分子的启蒙有所不同。无论是新文化启蒙还是30年代革命启蒙都是以知识分子为主体的,而这个时候,知识分子却退隐了。在延安的启蒙中,毫无疑问地存在着这样的一个等级:革命领袖是革命理论的掌握者,他不但具有对民众启蒙的能力,而且负有对民众启蒙的责任。也就是说启蒙者的角色被革命领袖所垄断。

二

在启蒙这一动宾修辞结构中处于宾格地位的,就是启蒙的对象。革命文学启蒙修辞的宾格是农民和小资产阶级知识分子。

革命文学,主要是40年代之后的革命文学强调老百姓喜闻乐见的"民族形式"、为工农兵服务的"大众化"方向,但是并不代表革命主流话语放弃了对于大众的启蒙冲动。早期的带有新文化启蒙和40年代的启蒙虽然在内涵上不同,但是启蒙的对象却有着一致性。

从启蒙的对象来说,在革命的理论中有着明确的所指。工人阶级是革命的主力军,而农民是同盟军,再次一级的同盟者是城市中的小资产阶级知识分子。既然工人阶级是领导阶级,当然他就不再需要启蒙。所以在文化和文学领域中,被启蒙者就是农民和知识分子。

首先需要被启蒙的是农民。在革命的社会学话语中,农民是小生产者,具有天然的自私性和无组织性。也就是说,农民是蒙昧者,他们身上有着许多"弱点",也就是小农意识。这些意识包括:对鬼神的迷信;对封建地主的屈从;家族亲情意识的浓厚;对私有财产的贪恋;等等。因此他们需要启蒙。延安革命文学在阐释农民的启蒙时,将"启蒙"阐释为"解放",显然,革命党人就是启蒙者和解放者。

赵树理的作品是革命启蒙的集大成者。《小二黑结婚》中,二诸葛和三仙姑迷信鬼神,占卜算卦;二诸葛见到自己的儿子被人迫害不敢与恶势力斗争,只是奴隶般地屈从,只求"恩典恩典"。三仙姑好吃懒做,甚至性变态。在赵树理后来的作品中,类似的农民形象反复出现。并形成一种较为固定的编码方式。赵树理的《小二黑结婚》《李家庄的变迁》、丁玲的《夜》、姚雪垠的《差半车麦秸》和阮章竞的长诗《漳河水》都带有革命启蒙的性质。其中所出现的诸多人物形象,如"差半车麦秸"(姚雪垠《差半车麦秸》)、老孙头(周立波《暴风骤雨》)、梁三老汉(柳青《创业史》)和糊涂涂(赵树理《三里湾》)虽然自私的表现各有不同,但都是典型化的。

同样被包涵进封建意识的还有家族意识。五四文学话语中的宗法血缘意识一直是被批判的对象,曹禺的《原野》就对血缘家族英雄仇杀意识进行了现代性观照。到了革命文学中,这样的血缘困境被转化到阶级语境中,并把这些血缘英雄塑造成阶级战士的形象。这样的转变导致了血缘意识的退却。这是新文化精神的成果。《小二黑结婚》赓续这样的思想成果,小说中的金旺、兴旺兄弟和他们的父亲在作品的语境中构成了一个完整的家族利益集团。所以被革命的政权和意识形态毫不犹豫地摧毁了。而另外一种家族意识,《红旗谱》中的家族意识,因为具有复仇的基础,所以就被导向了阶级斗争。

而革命文学语境中,农民身上的蒙昧意识与新文化的国民性有着文化的血缘关系;这样的意识之所以被确定,很显然是五四的精神和价值标准衡量之下的结果。因为正是新文化的个性解放思想以及科学民主思想,才使这样的农民意识被确立为"蒙昧"。这样的思想需要启蒙,也就是这样的"人民"——农民需要启蒙。用鲁迅的话语表述就是,他们的身上还有国民性的弱点需要被清除,被"疗救"。

延安革命文学具有独特的启蒙方式,这可以举赵树理的小说《小二黑结婚》和李季的叙事长诗《王贵与李香香》为例进行分析。这两部作品都采用了民间性的讲述方式——情节化和大团圆。在中国传统文学中,爱情故事的进程延宕往往出自两个方面:一是封建家长的阻挠;二是封建恶势力的阻挠。前者如司马相如和卓文君,他们的爱情受到了父亲卓王孙的反对,因而无限延期;后者如王老虎抢亲,相爱的两方因为女方被抢亲,因而无限延期。在这些传统爱情故事中,当爱情处于最低点的时候,往往是皇帝来拯救,因此,传统的民间故事就利用皇权对婚姻爱情的最后一分钟拯救，表达对皇权意旨的感戴。很显然它弘扬了皇权意识。《小二黑结婚》中的小二黑和小芹的结婚同样受到了封建家长和封建恶势力的阻挠，但是在这样的阻挠中，家长的阻挠是不起关键作用的，当二诸葛要给小二黑找个童养媳的时候，小二黑竟然大逆不道地说，给他父亲留着；而小芹得知其母收了别人的彩礼时，也说："谁收了别人的东西，谁自己跟人走好了"。因此真正给予婚姻阻挠的是金旺和兴旺这样的恶势力。同样的《王贵与李香香》中的王贵与李香香之间的爱情因为他们父母的死亡，更加显得自由；因此延宕他们婚姻的"任务"自然落在了崔二爷这一人物角色身上。恶势力，在传统的文学话语中，虽成为男女主人公的对立面，但一般不成为阶级的代言人；而到了延安时期，恶势力就成为了阶级的象征，成为了农民阶级的对立面。于是，爱情故事就从过去的个性解放转化为阶级斗争故事。从这样的故事元素的置换，可以看到革命文学存在着启蒙，但是这样的启蒙是阶级的启蒙，而不是个性启蒙。这与胡适的《终身大事》是大大不同的。

再一个层次，在上述的两篇革命文本中，一般的民间故事中爱情处于最低点的时候，过去拯救的是皇权，而现在却是党。《小二黑结婚》中是党代表区长，他到达刘家蛟之后，立刻发现了坏人并将他们逮捕，找到了小二黑和小芹的父母做通了他们的思想工作，并最终促成了小二黑和小芹的婚姻。《王贵与李香香》中党的队伍到达死羊湾解放了王贵，王贵与李香香胜利结婚。党，在婚姻的关键时刻充当了拯救者的角色，这一方面显示了党的超越力量——是非分明、力量强大，另一方面也为小二黑和小芹、王贵与李香香最后的感戴指明了对象。所以，当传统的拯救者被置换的时候，故事的意义也发生了变化。

亲情伦理同样需要转换为阶级斗争。《艳阳天》中，在马翠清个人，其日常话语向阶级斗争话语切换的完成在小说第63章得到了象征性的体现。在团支部大会上这位宣传委员"嘴里的词儿全变了，调门也高了"以至"有的人想笑，又不敢笑"。她企望"咱们以后看问题都能用阶级斗争的眼光"，说到这里并企图得到焦淑红的认可："淑红姐，啊，淑红同志，我没丢下吧？"这里从"姐"到"同志"的称呼切换，消退了前次所流露的戏谑倾向，也潜在意味着乡亲伦理向阶级伦理切换的完成。

　　但是作为启蒙客体,农民却有优越性,在延安政治理论和文学理论的表述中,农民是中国革命的重要力量。这些被毛泽东称为"泥腿子"的人群,他们有着勤劳、朴实、勇敢等素质。他们和他们的文艺形式是知识分子学习的样板,知识分子要"接受贫下中农再教育"。也就是说在某种程度上,他们又充当着启蒙者的角色。

　　在启蒙的角色等级中处于最底层的是被定性为"小资产阶级"的知识分子。

　　在新文化运动时期和 30 年代充当启蒙主体的都是精英知识分子,但是在延安,他们都成为被启蒙者,不仅仅是一般的被启蒙者,而是处于最需要接受启蒙的群体。他们不但要受到革命领袖的启蒙,而且还要接受那些已经被革命领袖启蒙的"贫下中农的再教育"。尽管贫下中农需要启蒙,但是他们却可以启蒙知识分子。毛泽东在《大量吸收知识分子》一文中指出:"对于一切多少有用的比较忠实的知识分子,应该分配适当的工作,应该好好地教育他们,带领他们,在长期斗争中逐渐克服他们的弱点,使他们革命化和群众化"。①

　　在延安及五六十年代的革命文学语境中,知识分子被描述为被启蒙者,而且处于最需要启蒙的群体。因为,依照革命的话语,这样的知识分子身上的资产阶级的思想感情,是与新兴的无产阶级意识形态相抵触的,如同农民身上的封建意识一样,更主要的是他们的思想意识比农民的意识更加危险,甚至到了不可救药的地步。他们具有个人主义、自由主义、散漫、动摇、不能容忍、自私自利、片面性、狂热性、寂寞、苦闷、悲哀、忧郁、凄清、温暖等等"小资产阶级的劣根性","这种劣根性如果任其横行,必使任何无产阶级的革命运动一败涂地。"②这是无产阶级革命最直接的启蒙对象。因此,他们不但不能充当启蒙者的角色,而且要受到双重的启蒙——领袖的和"人民"的。在《太阳照在桑干河上》中,丁玲塑造了两个半知识分子,他们动摇、软弱、可疑。《圣地》中,知识分子更与革命工作者不断发生着抵触情绪。这一切都直接危害到了革命和革命的成功。再者,既然革命无力在城市中对小

---

　　① 毛泽东:《大量吸收知识分子》,《延安文艺丛书·文艺理论卷》(第一卷),湖南人民出版社 1984 年版,第 40 页。

　　② 《列宁斯大林等论党的纪律与党的民主》,《解放日报》1942 年 4 月 18 日。

资产阶级进行启蒙，于是知识分子就成为小资产阶级的全部。因此，他们都成了嘲讽和打击的主要对象。刘流的长篇小说《烈火金刚》中的齐英"是个小资产阶级出身的知识分子"，他说话空洞，做事犹豫不决，感情丰富。虽然不是负面形象，但身上的小资产阶级知识分子的弱点却很多。

为什么知识分子在革命话语中会由启蒙者而转变成被启蒙者？其原因很简单，革命话语对于被启蒙的农民的个性的占有，以及造神运动，都是与新文化的个性解放精神相违背的，与科学和民主精神相违背的。而知识分子群体是最有可能在话语上洞察这样的意图，并最终对它形成威胁，并阻止这样的行为。因此，作家／批评家就必须为自己的洞察力付出代价。假如他要被允许发出声音，他们就必须进行思想改造，在观念上——世界观上清除知识分子的个性意识，把自己变成与农民具有同等智力水平的群体，或者一张"白纸"。显然，只有有了革命思想的作家才能创作出真正的革命文学。这也是为什么经典的左翼理论家在进行创作理论探讨的时候所反复申明的这一主张的理由。创作主体的主观情志对作品的巨大影响力是所有的文艺理论家都心知肚明的。

但是在 1949 年之前的社会文化语境中，无论是在国统区还是在解放区都无法做到对知识分子及其意识的彻底扫除，也就是无法彻底禁止知识分子作为启蒙者发出自己的声音，这样的禁止即使到了50 年代也不是百分之百的有效。只有到了 1957 年，大批的知识分子变成了"右派"或者随后去了"五七干校"，才彻底将知识分子变成了被启蒙者，这实际上是一种强制性的启蒙行为。在这样的情况下，知识分子作为启蒙者的批判行为才会在主流话语中消失。

三

任何动作都追求效果，革命启蒙也是如此。对农民和小资产阶级进行革命的启蒙，这样的启蒙要达到一个什么样的效果呢？

延安文学的启蒙，在思维模式上与新文化启蒙是相同的，但是却是同构而异质的。革命文学延续了五四新文学的启蒙精神。假如说新文化先驱要将人（国民）从鬼神迷信那里解放出来交给"个人"的话，革命文学则是要将人（国民）从鬼神那里解放出来交给"革命"。电影《红色娘子军》中，琼花伤愈后再次要求冒险去抓南霸天，洪常青启发她要克服狭隘的复仇观念，树立消灭封建剥削制度、解放全中国的崇高理想。《红旗谱》中的朱老忠最初也是沉湎于个人的复仇，而革命者的启发使他意识到个人复仇的狭隘，最终把阶级的解放作为崇高使命。《铁道游击队》中的林忠和鲁汉们，最初也都是些具有狭义精神的民间好汉，但经历了"进山整训"之后，经过山里的一番洗礼之后，思想和精神品格都获得质的变化。五四文学的启蒙行为是由精英知识分子执行的，而延安文学的启蒙则是由党——一个具有先验性圣明的政治团体去执行的。而这样的政治团体的工作人员，又是领袖思想的传达者和执行者，也就是说是由领袖的特使去执行的。但是需要指出的，这样的反迷信、反家族是为了把大众从神和家族的手里解放出来，但是却不是给他以个性和自由，而是夺到自己的手里。所以，在革命文学中出现了一方面驱逐迷信和宗法制，但是另一方面，当文学话语在阶级斗争中获得纯洁化以后，也就是文学话语阶级化以后，实际上形成了劳动血统人物形象对文学话语的霸权，这形成了在更大的范围内的家族分割，实际上又使文学话语重新陷入了血缘化的境地。这形成了左翼文学的一个有趣的悖论，即血缘文本的双向演进：血缘意识在知识话语中的退却和革命话语中的递进。

　　而在这样的情况下，文学的文学性也就空前地减弱了。阿多诺在《美学理论》中说："通过凝结成一个自为的实体，而不是服从现存的社会规范并由此显示其'社会效用'，艺术凭藉其存在本身对社会展开批判。"①知识分子的批判精神的消弭使文学丧失了自身的独立性，也就是说它已不再是一个"自为的实体"，文学性当然也就消失了。革命的启蒙就如同革命的历史一样滚滚碾过20世纪中国社会的红尘。关于革命启蒙所带来的后果，不仅是社会而且是审美的后果，陈晓明曾经说："'五四'时期中国社会经历了一场'新情感'的冲击，'新情感'所具有的'新启蒙'（例如反封建）的意义引发了中国现代社会的思想意识的深刻变化。'新情感'不仅给予了一代知识分子以非同凡响的精神气质，而且在某种程度上唤醒了一代民众认同知识分子的价值观

---

① ［德］阿多诺：《美学理论》，王柯平译，四川人民出版社1998年版，第386页。

念。当这种'新启蒙'终于被改造成一种具体的革命理想时,'新情感'也就发生相应的变更,这种变更的后果令几代中国人激动不已也疲惫不堪。"① 其审美的后果是:革命文学从创作主体到形象主体充分的观念化,并在政治文化的逻辑上,建构起了抽象的观念神话和道德理想主义的人物神话。革命的理念彻底地通过创作主体的自觉服从而演化为形象主体的内在品质。这正是其神话行为的一般性表现。正如哈贝马斯所说:"神话具有一种总体化力量:它把一切表面上可以感知的现象结合成一个普遍联系的网络,其中充满了对立关系和一致关系。"②《红岩》中江姐宁愿牺牲也不屈服,这一坚定的意志显然来自于"解放全中国""解放全人类"之类美好愿望;而且,她的"这种崇高的理想已内化为她一切幸福感、荣誉感、自尊自爱的源泉,随着血液循环而在体内流淌、沸腾,提纯、凝结为个体性的主动追求。"③ 道德理想主义已然内化为烈士们的道德本能。通过政治伦理化、意识形态道德化,尔后经过从道德形而下到道德形而上的层层转化递进,站在人们面前的那些视死如归的英雄形象,那种蔑视一切与自己信念敌对的事物的崇高精神,业已成为自由的象征,人类灵魂的终极诉求。恩格斯曾说:"观念的力量就是这样:凡是认识这种力量的人都情不自禁地谈到它的庄严并且宣布观念的万能;如果观念需要,他就会心甘情愿地抛弃其他所有的一切;他准备把生死置之度外,准备献出自己的财富和生命,只要观念而且仅仅只要观念实现。"自然,这种观念早已不仅仅是观念,它"最后深入这一斗争并成为它的最深刻、最生动、进入自我意识的灵魂,——这是一切救世和赎罪的源泉,就是我们每一个人应当在自己的岗位上进行斗争和发挥作用的王国。"④

启蒙转而成为神话,正好证实了哈贝马斯的话:"在启蒙的世界历史过程中,人类不断远离它的源始,但并没有摆脱神话的不断施压。彻底合理化的现代世界只是在表面上实现了解神秘化;恶魔般的物化

---

① 陈晓明:《无边的挑战——中国先锋文学的后现代性》,时代文艺出版社1993年版,第160—161页。

② [德]于尔根·哈贝马斯:《现代性的哲学话语》,译林出版社2004年版,第132页。

③ 张光芒:《道德形而上主义与百年中国新文学》,《当代作家评论》2002年第3期。

④ [德]恩格斯:《谢林和启示》,载中共中央编译局编:《马克思恩格斯全集》(第四十一卷),人民出版社1982年版,第267—268页。

和沉闷的孤立等诅咒还是萦绕不去。这种解放是空洞的,是麻木不仁的现象,但它们表现出了源始力量对必须解放却又没有得到解脱的人的复仇。"①

[原载《学术界》2011 年第 3 期,合作者马怀强]

---

① [德]于尔根·哈贝马斯:《现代性的哲学话语》,译林出版社 2004 年版,第 127 页。

从宗法叙事到阶级文本

——论 20 世纪 30—60 年代的红色浪漫主义

　　中国前当代长篇叙事文学深受中国民间文化的浸染，民间文化和民间叙事文本是它的肌理和筋骨。但民间话语的表达是在革命语境中进行的，虽然革命将民间文化视为自己的母壤，但革命在表达自己的声音之时，也对民间话语形式进行了创造性的转化。考察中国前当代长篇叙事文学(20 世纪 30—60 年代红色浪漫主义文学)，我们很容易发现这样的转变轨迹。

　　中国宗法制的民间叙事中所盛行的故事有两种：一是复仇故事。在经典性的《三国演义》《忠义水浒传》以及唐宋时期的一些传奇和话本中，充斥着这样的农业意识形态文明。宗法制的社会中，以血缘为亲疏的标准，宗族竞争是社会发展的重要动力。汉末魏、蜀、吴三国的争斗，实质上是血缘的竞争，刘备的伐魏、讨吴都具有血缘复仇的性质。这种血缘复仇的观念沉淀在民间，成为民族的集体无意识。虽至现代社会，但因中国乡土社会的与世隔绝状态并没有在历史的演进中被打破，被销蚀，而且还得以很好地保存。并且时常在文学的叙事文本的构成中充当缺席的在场者，影响它的表达。二是爱情故事。这同样与田园宗族观念相关，男女情爱的最终结果是子嗣的诞生，而宗族社会唯一关注的就是宗族血缘的衍衍不绝。爱情的浪漫传奇虽然对于血缘宗族具有超越的性质，但在宗法制意识形态的视野中，它仍只是宗族生殖的前奏。在上述的意义上，爱情故事和复仇故事都只不过是宗法制语境中的血缘意识的不同表述形式而已。在文学叙事上，假如说复仇表达了阳刚之美的话，那么爱情则恰恰表达了它的另一面，即阴柔之美。而刚柔相济才是民间话语所推崇的上等文本。

　　在中国现代文学史上，宗法叙事并不鲜见。曹禺的剧作《原野》就设计了这样的复仇与爱情交织的故事。这样的宗法叙事同样为革命作家所延续。李季的长诗《王贵与李香香》从文本分析角度,它至少有两个叙事元素:一是爱情故事。这一线索叙述王贵与李香香从恋爱到经历波折,到最后成功的过程。"有情人终成眷属",这是中国乡土社会所喜爱的一种表现方式,这部叙事诗也重复了这样的"大团圆"模式。二是复仇故事。此线索叙述王贵与地主崔二爷之间的仇恨缘起、复仇与反复仇以及复仇成功的过程。王贵的复仇具有明显的宗法制特点,其主要内容有二:一是杀父之仇。王贵的亲大(父亲)被崔二爷活活打死。二是夺妻之恨。李香香虽与王贵没有成婚,但在乡间习俗中,订婚即是未婚夫妻,与已婚夫妻具有同等的法律意义。崔二爷看上了李香香,并强迫她与自己结婚,很显然是在抢夺别人的妻子。杀父之仇,夺妻之恨,是宗法制乡土中国中最大的仇恨,所谓"不共戴天之仇"。作为儿子,父仇要子报;作为丈夫,即意味着血缘家族人格和族格的受辱。中国谚语曰:"有仇不报非君子",君子的重要职责就是对家族荣誉的捍卫。因此,当王贵在父死、妻被夺的时候,复仇就成为了他人生的唯一使命。

同样的复仇故事也出现在集体创作的歌剧《白毛女》(丁毅、贺敬之执笔)和梁斌的长篇小说《红旗谱》中。在《白毛女》中,作为父亲形象出现的杨白劳,他的被逼自杀,诠释的是"杀父";而喜儿的被黄世仁奸污,诠释的则是"夺妻"。虽然剧中次要人物大春仅仅被演绎为杨家的乡邻,但他因年龄与喜儿相仿,他还是被观众指认为喜儿的未婚夫,他在最后的出场显然充当了家族复仇者的角色。① 《红旗谱》中,农民朱老巩在大闹柳树林后被杀,其子朱老忠被迫走关东。若干年后朱老忠卷土重来,培育了一文一武两个后代,为复仇做准备。而此时,杀害朱老巩的地主冯老兰已经死亡,于是上一代的仇恨就在他们的儿子辈朱老忠和冯兰池之间继续搬演:一个是"父债子还",一个是"父仇子报"。显然朱老忠与此前的王贵和大春一样是作为家族英雄而被红色浪漫主义文本而衍述的。

上述的宗法制复仇文本既然处于五四新文化运动之后的现代语境中,就不可能不受到现代文明之光的聚焦和透视。这表现在家族英雄在现代文学话语中并没有获得"绝对"的合法地位。现在我们来分

---

① 在最初的版本中,大春就是喜儿的未婚夫。

析曹禺的剧作《原野》。作品中仇家与焦家的仇恨起源于焦阎王杀害了仇虎的父亲,囚禁了仇虎并迫使他的未婚妻花金子成为自己的儿媳妇。这同样是一个"杀父之仇,夺妻之恨"的家族血仇起源模式。依照家族血缘复仇的"父仇子报"的游戏规则,仇虎从监狱里出来之后,便先"睡"了这时已然成为焦家儿媳妇的花金子,报了"夺妻之恨";接着又用极其残忍的手段"杀死"了焦大星和他的儿子小黑子,让焦家"断子绝孙",从而昭雪了家族的"父仇"。仇虎少年时的玩伴焦大星和他的儿子小黑子在作品给定的语境中都是无辜的受害者,然而依照家族父仇的"父债子还"的游戏规则,他们又是合情合理的复仇对象。即使复仇者仇虎对杀害他们心有不忍,但作为家族英雄,他又不能不执行血缘宗族的律法。当我们/读者在穿越《原野》的本文之时,我们强烈感受到了仇虎的残忍和焦大星父子的无辜。而之所以我们有这样的感受,是因为现代化的人道精神和非家族观念已使我们否定了"父仇子报"和"父债子还"的血缘游戏规则的合法性。当然并非仅仅只有读者有这样的思想意识,作者曹禺也有,他还把它投注到了主人公仇虎的身上。他在展露仇虎性格中的"蛮性遗留"的同时,并没有忘记在其性格中注入"现代情绪"。因此,在剧中我们看到,复仇之虎仇虎在对待焦家一家人时,本应是一"睡"或一"杀"了之,但他却没有,而是一直如莎士比亚笔下的哈姆雷特一样犹豫不决。但与哈姆雷特不同,哈姆雷特是为成功与失败与否而犹豫,而仇虎却是在复仇与放弃之间而徘徊,当然他最终还是在强烈的复仇欲望的驱使下施行了仇杀行动,但他又为此而强烈自谴、自弃。可以设想,假如说仇虎的性格中没有现代人道精神的因子的话,他此时就会沉迷于复仇成功的极致的血腥的快乐之中,如许多中世纪的复仇者一样把复仇作为唯一的目标指向。但恰恰相反,他的身上有着现代人道精神,这使他在复仇成功之后陷入了深重的罪孽感。而他最后逃入的那个迷茫的"黑林子",正是他良心的冤狱和自谴的象征。他迷失于森林之中,意味着他的复仇是"没有出路的"。仇虎可以成为一个成功的家族复仇者,一个真正意义上的家族英雄,但他却没有获得成功者的自豪感和血腥的荣誉。

　　然而,20 世纪集体主义的阶级斗争话语则为家族英雄的复仇之路找到"出路"。那么,前当代长篇叙事文学又是怎样将家族叙事转化为阶级斗争的革命文本的呢? 在前当代长篇叙事文学中,除了前面已经述及的两个叙事单元——爱情故事和复仇故事之外,这里又引入了第三个叙事单元——革命故事,叙述革命的历程,也即阶级斗争故事。在宗法叙事向阶级/革命文本的转换中,前述的主体的困境为文本/叙事的嬗变创造了条件,即主体吁求使得阶级文本得以介入叙事话语之中。阶级/革命理论既为宗法英雄找到了出路,也为宗法叙事开辟了新的话语境界。

首先,我们来看复仇故事是怎样向阶级故事转化的。在传统文学的复仇故事中,复仇者和仇家之间的关系,是家族之间的,血缘的鸿沟使他们之间形成了对立的局面。在复仇中,是以血缘的亲疏(特别是父系血缘)来选择和确定复仇对象的。进入现代社会,由于阶级意识的注入,文学话语中的复仇故事便具有了阶级斗争的性质。特别是在革命文学中,复仇行为至少在理论上是以财富状况来划分亲疏与敌我的。依照这样的逻辑,复仇者和被复仇者各被设定为本阶级的"代表"。传统宗法社会中的父子关系也不再是人伦血缘中的长幼,而是"阶级兄弟"或"战友"。血缘准则在厘定亲疏的时候被财富等级准则所替代。但在红色传奇中,血缘和阶级准则往往同时起作用,形成了血缘—阶级准则。原因是,当通红崭新的以财富状况为标准的阶级学说在 20 世纪初被引入中国后,古老的家族血缘制度虽然在现当代的左翼文化语境中一直是批判的对象,但中国独特的田园经济所产生的强大的文化场,却又使血缘意识在阶级划分的任何场合均以"隐身人"的身份出现,并具有"缺席的在场者"的话语表达权,——在无言状态中实现对阶级论的重构 ①。于是在前当代长篇叙事文学中,对于家族复仇有了一种悖论性的评价:一方面血缘复仇在理论上是非法的;另一方面又将其作为作品阶级斗争故事的前表述,同时将故事设置为被压迫阶级/弱势群体向压迫阶级/强势群体的复仇。这样的单向性的复仇故事的设置,实际上使复仇故事中的血缘宗法制内涵逃避了现代人道精神的检查机制的审查,并在道德上被合法化。另外,由于任何由家族血仇讲起的故事,最终都被指向了阶级斗争,因此血缘复仇的意义被放大或提升,复仇行为也具有了原初阶级斗争(即所谓的"自发阶段")的意义。

---

① 方维保:《阶级神话与血缘叙事——前当代中国文学之一解》,《东方丛刊》1996 年第 3 期。

　　其次,再来看爱情故事是怎样向阶级斗争故事过渡的。在传统的才子佳人文学中,爱情的冲突虽然有外在原因,如来自父母的阻碍、等级的差异等。但《杜十娘怒沉百宝箱》中的李公子与杜十娘的爱情阻力却最终不在外面,而在内部,即那些外在阻力还是通过人物主体来起作用的;即使如《西厢记》中将落魄书生张君瑞与相门千金崔莺莺置于同一"阵线"中,但文本的中心仍在叙述男女主人公两个个体之间的冲突。但五四新文学中涉及情爱题材的叙事文学作品,为了实现反封建的时代主题,如胡适的独幕剧《终身大事》则有意消弭男女主人公之间的纠葛,并使之结成同盟,合力与外在力量形成冲突。红色叙事延续了五四新文学的这种冲突设计,为了表现爱情外的主题,而将男女主人公设计为同一血缘阶级的成员,他们之间的爱情延宕的原因,一般都被阶级迫害的内容所取代。丁玲的长篇小说《太阳照在桑干河上》中的农会主席程仁与地主的侄女黑妮本来不是同一血缘阶级,但后来却被证明那是一场"误会",即黑妮虽长在地主钱文贵/他的叔叔家里,但仍然是被压迫者。丁玲设置的这个误会故事昭示:血缘—阶级准则在红色爱情故事中已经上升为第一律令,同一血缘—阶级才能被允许通婚。因此,《王贵与李香香》中的王贵与李香香、《白毛女》中的喜儿和大春都统属受压迫的农民阶级,是"阶级兄妹"。他们的爱情被预设为一种理想化的情感形式,因阶级质在的纯净,内部将不会再形成真正的波折。于是依照主题表达的需要,将他们爱情延宕的原因由内部移至外部。程仁与黑妮的爱情波折是由于地主钱文贵的狡计,王贵与李香香的婚姻也是由于地主崔二爷的干扰。这种阻隔/冲突中的反向力的设置是与创作主体的主题表现倾向紧密相关的。《西厢记》重在表现崔、张之间的爱情,所以其阻隔的设置是为了检验张生的感情的纯度;冲突中反向力的目的在于完善爱情,这里的阻隔只起到了反衬的作用。而《终身大事》则重在表现反封建的个性解放的主题,对阻隔的叙述才是故事的重心之所在。同样,《王贵与李香香》虽讲述了爱情故事,但主题的重心很显然不在于王、李爱情,而在阻隔自身,因为正是通过对"阻隔"的详尽叙述才表现了阶级斗争主题。也就是说,无论是《终身大事》还是《王贵与李香香》,他们所表现的都不是爱情主题,而只是借用了爱情故事的一般模式。就《王贵与李香香》来说,阶级斗争主题第一,其次是复仇故事,再次是爱情故事。王、李的爱情延宕因搀入阶级斗争的因素,那么爱情故事的结果也最终只能在阶级斗争的框架内解决。个体通过阶级斗争实现了家族复仇,达成了爱情善果,爱情和复仇这样的宗法叙事于是成为阶级故事/革命文本中的子元素,它们的存在都在于演示母元素的意义。个体的爱情与复仇与集体的/阶级的斗争相连接,因而也具有了象征性和寓言性。

阶级意识由于在红色叙事文本中被置于凌越所有叙事单元/元素之上的地位,以至于爱情故事、复仇故事都只成了它的一部分,即子元素。在许多文学作品中,如《红旗谱》中,家族复仇也因此只成为革命故事演绎的前奏。这样,红色创作主体就实现了由带有民间色彩的爱情故事、复仇故事的宗法制叙事向阶级斗争文本的转化。

在上文中,我们看到了宗法叙事向阶级文本的演变的轨迹。追究这种转化的原因,当然是复杂的。首先,中国传统文化的精髓——宗法制血缘意识由于它的封闭和狭隘性,导致了近代中国的被动挨打的局面,这使它在现代社会民主、科学与开放的潮流中已经陷入了空前的困境,它必须进行转化才能获得新生。从仇虎和朱老忠最初的尴尬,可以发现最后转化的必然性。这是宗法叙事向阶级文本过渡的最主要的动因。其次,在近现代中国社会文化语境中,宗法制已经成为社会主流文化抨击的对象,虽然人们在意识的深处仍然对它怀有深深的迷恋,但在理智上决不会使它合法化。在这样的情形之下,即使是表现宗法制内容的作品也会被社会大众舆论在阶级论的范畴中进行阐释。这在很多时候甚至不以创作主体的意志为转移,在曹禺的《原野》发表、演出后,还形成了由阅读主体参与剧情完成转化的现象。曹禺,从身份上来说,他并不是一个左翼作家。它的《原野》很显然不是革命的罗曼司;在文本中,作家也没有把仇、焦之仇有意上升到阶级的高度来处理。但却由于其中人物仇、焦两家的社会地位的强弱差异,接受主体在前当代"无产阶级革命"的文化语境的影响下,遂将个体的、宗法制的爱与仇阐释/误读为集体的农民与地主之间的矛盾。美国学者詹姆森在《处于跨国资本主义时代的第三世界文学》中指出:"第三世界的本文,甚至那些看起来好象是关于个人和力比多趋力的本文,总是以民族寓言的形式来投射一种政治:关于个人命运的故事

包含着第三世界的大众文化和社会受到冲击的寓言。"①阶级斗争是
30—60 年代社会的主流意识形态,不管是什么样的个人文本都会被
归结为阶级的寓言。但同时我们也必须看到即使在理论上宗法制文
本已经完全实现了向阶级文本的转化的 20 世纪 60 年代,血缘意识
也不可能彻底隐退,而是以"隐身人"的身份继续在发挥着作用,因此
在《三家巷》和后来的绝大多数小说中主人公的身份被反复在阶级的
名义下强调,甚至被"纯无产阶级化",宗法制叙事终于最后篡改了阶
级文本,或者说中国现代文学叙事终于在转了一个大圈子以后又重新
回到了世纪之初的原点。

这种情况一直延续到 80 年代,直到这种以阶级名义出现的血缘
宗法制被再次解构为止。

[原载《东方丛刊》2002 年第 2 期]

---

① [美]弗雷德里克·詹姆森:《处于跨国资本主义时代的第三世界文学》,载张京媛主编:《新历史
主义与文学批评》,北京大学出版社 1993 年版,第 235 页。

第三辑

现代左翼"革命文学"的情感伦理

论左翼文学的人民伦理秩序及其
道德情感的形成

文学作为一种"人学",情感性是其主体与生俱来的表现形式。而且这种情感是有倾向性的,即有伦理性和道德感。无产阶级革命文学强调文学不仅要求建构文学的阶级主体,从文学的主体性上设置文学的创作法则,而且还要从主体(创作和批评主体)上设置情感的阶级道德规范。这种伦理性的情感倾向性,它用"人民性"来进行表述。

"人民"以及"人民性"是无产阶级革命文学的一对重要概念。作为一对有着丰富的历史积淀的概念,"人民"可以被阐释为"公民"、"民族"、"人类"和"工农兵"等;同样,"人民性"也有着"公民性"、"民族性"、"阶级性"与"人性"等多重内涵。①在"人民性"的文化阐述中,它显然来源于"人民",可以看作是对于"人民"(实体)集体本质特性的概括;但"人民性"作为一种文化想象的共同性,它更多地取决于其想象主体的情感和道德倾向,因此其涵义就更具有了想象主体的道德主体性。20 世纪中国革命文学主体,在无产阶级革命的政治维度上,重新对"人民"和"人民性"进行了阶级论阐释。作为革命文学的政治倾向性的表现,"人民性"主要是"从社会主义这种意识形态对文学的要求引申出来的"②。它所表述的是革命文学主体面对"人民"在进行叙述时的情感、立场以及叙述中的道德伦理机制。"革命文学"观念在政治和文学范畴内建构了

---

① 方维保:《人民、人民性与文学良知——对王晓华先生批评的回复》,《文艺争鸣》2005 年第 6 期。
② 陈顺馨:《社会主义现实主义理论在中国的接受与转化》,安徽教育出版社 2000 年版,第 43 页。

一套有别于经典人道主义和启蒙主义人民性思想的价值伦理体系。

一

  伦理起源于血亲宗法制社会的家族内部秩序。"伦",次序之谓也,"伦理"似乎便是指长幼尊卑的道理,比如中国有"天地君亲师"的古训。现代社会重建伦理秩序,将情感与道德建构于正义公平之上。但阶级社会并不具有伦理的超越性,它将传统的血亲伦理置换为阶级伦理,并将公平和正义与阶级伦理结合,形成了阶级论背景下的伦理秩序链条。

  中国古代文化很早就建构起了有关"人民"的知识系统。《尚书·五子之歌》中说:"民惟邦本,本固邦宁";《孟子·尽心(下)》中孟子也说:"民为贵,社稷次之,君为轻"。在这里,"民"是国家社稷的基础,是国君之外的所有的国民。同时,古代文化中还将"民"与"君""仕""士"相对提出。也就是说,国君之外的人群又被划分为几个社会阶层:"民",就是"黎民""百姓";而知识分子则是"士",并且"学而优"则成为"仕"(官僚)。知识分子和人民分属于不同的社会阶层,知识分子当然不是"民"。在"民"之外,中国古代又提出了"人"的概念。孔子说:"仁者,爱人";又说:"仁者,人之所以为人之理也"。这里所说的"人"则是比较抽象的人群合称,"爱人"也就是对人的生命的关爱,孔子并且把"仁爱"看作是"人之所以为人"的本体特征。自唐太宗以后,为避其"世民"之讳,在其后唐代大部分时间内,论者都以"人"替"民"行文。柳宗元在其名篇《捕蛇者说》中就说"以俟观人风者得焉"。这一改变使自先秦以来本来就相通的人本说和民本说合为一体。并经常在同一意义上使用"民本"和"人本"两个概念的。在现代汉语中"人民"作为一个合成词,在意义上也已经紧密结合。但中国儒家哲学提倡"民本",是要求统治者施仁政,有体念生命的哲学维度,在政治法则层面上重视人民对政权的作用,但却没有将其上升到主体地位,更不要说民权意识了。因此,在文化上,无论什么时代君主与知识分子与人民之间的尊卑秩序一直都是存在的,所谓的"父父子子""君君臣臣"就是这种秩序的表达。

  "人民"是文艺复兴运动以后的现代西方知识界的理论聚焦点。

14 到 16 世纪的意大利文艺复兴运动,最早关注的是从宗教桎梏下解放出来的"人"的权力,从而开启了伸张个体人性和生命意志的人本主义思潮。但作为集体意义上的"人民""人民性"则来源于十八世纪的关于"民族"的讨论。德国学者赫德(Johan Gottfried Herder)将民族(nation)视为一种"具有特殊性的语言和文化的有机体",而法国人则认为,它是一个争取政治自主性之特殊社群,"具有主权之人民(a sovereign people)"。①从 18 世纪后半叶开始,经由启蒙时代和法国大革命,"nation"一词事实上和"人民"(peuple,Volk)、"公民"(citoyen)这类字眼一起携手走进现代西方政治词汇中。对"人民"进行系统阐释的是法国人卢梭。他将"人民"阐释为"公民"。卢梭从"社会契约"这一角度论述了"人民"的公民特征,他说:"这一由全体个人的结合所形成的公共人格,以前称为城邦,现在则称为共和国或政治体;当它是被动时,它的成员就称它为国家;当它主动时,就称它为主权者;而以之和它的同类相比较时,则称它为政权。至于结合者,他们集体地就称为人民;个别地,作为主权权威的参与者,就叫做公民,作为国家法律的服从者,就叫做臣民。"②卢梭在现代的时间维度上将公民的共同体看作"人民"。这样的"人民"是"公民"的理论在俄罗斯民主主义理论家别林斯基那里得到了一定程度的延续。别林斯基认为:"'人民'总是意味着民众,一个国家最低的、最基本的阶层,'民族'意味着全体人民,从最低直到最高的、构成这个国家总体的一切阶层。"③别林斯基将人民作为全体民族成员的概称,人民当然也就是具有现代性意义的公民了。波斯波洛夫和列夫·托尔斯泰也倡导过"真正的人民性就是全民性"④。这与中国传统儒家的将"民本"看作是"国家之本"的观念倒是有相似之处,但在民权观念上当然是大异其趣的。

"人民"和"公民"显然是相对于国家而言的权力主体。所谓的"人民性"也就是公民性,一种有关基于现代民族民主观念的公民实体的建构

---

① 李宏图:《西欧近代民族主义思潮研究——从启蒙运动到拿破仑时代》,上海社会科学出版社1997 年版,第 125、153 页。

② [法]卢梭:《社会契约论》,何兆武译,商务印书馆 2003 年版,第 21 页。

③ [俄]别林斯基:《别林斯基论文学》,梁真译,新文艺出版社 1958 年版,第 82 页。

④ 刘宁主编:《俄国文学批评史》,上海译文出版社 1999 年版,第 504 页。

想象，界定的是人民与国家之间的关系。但是，"nation"所指涉的是一种理想化的"人民全体"或"公民全体"。在此意义上，它又是和"国家"非常不同的东西：nation 是（理想化的）人民群体，而"国家"是这个人民群体的自我实现的目标工具。于是，"人民"与"民族"一样都被定义为"想象的共同体"。①但俄罗斯知识分子所界定的"民族性"则更多地带有乡土情感，别林斯基就将它理解为"某一民族，某一国家的风俗、习惯和特色"②。在这里，民族性就是民族基于共同的语言、地域文化、政治信仰、风俗习惯甚至种族的共同性。而这一切的特点都是从人民的生活中提炼出来的，因此，人民性也就是民族性。从文化本质上来说，前者基于启蒙伦理，而后者则基于乡土情感。更为重要的是，现代文化中的"人民"的公民观念和"人民"的民族观念确实打破了宗法制社会的等级尊卑秩序，建构了一种基于"天赋人权"之上的新的伦理秩序。

俄罗斯民粹主义对"人民"有着自己的一套价值体系。从卢梭开始，"人民"的"公民"的意义就包含着对社会底层社会的倾斜的人道主义倾向，包涵了人本主义的生命哲学。从文化史来看，"可以肯定的是，民粹主义的始作俑者是卢梭，不是俄国那批'要做鞋匠'的青年军官和平民知识分子。法国人说，谁也没有像卢梭那样，给穷人辩护得那样出色。"平民知识分子别林斯基、杜勃罗留夫、赫尔岑等人"在睡觉以前不是祈祷，而是阅读马拉和罗伯斯庇尔的演说"。俄国革命党人"用俄语复述当年卢梭以法语呼喊过的一切，让·雅克的平民社会观才获得了一个举世承认的学名——hapoghuiocmto'民粹主义'。"③虽然如此，真正的民粹主义不是出现在法国，其真正的代表也不是卢梭，卢梭思想代表的是启蒙主义，其"回到自然"说并不是民粹主义所理想的农民"村社"，而是抵制异化的策略。法国不是民粹主义的"故乡"，倒是俄国一大批平民知识分子将民粹主义发扬光大，形成一种有着广泛影响的社会政治运动。

---

① 吴叡人：《认同的力量：〈想象的共同体〉导读》，载本尼迪克特·安德森：《想象的共同体：民族主义的起源与散布》，吴叡人译，上海人民出版社 2008 年版，第 18 页。

② ［俄］别林斯基：《论俄国中篇小说和果戈里君的中篇小说》，《别林斯基选集》（第一卷），满涛等译，上海译文出版社 1979 年版，第 190 页。

③ 朱学勤：《道德理想王国的覆灭——从卢梭到罗伯斯庇尔》，上海三联书店 1994 年版，第 111 页。

从俄罗斯民粹主义那里,知识分子与人民一直是两个各自独立的主体。他们的"人民"虽然在启蒙理性之下有时候被指向"全体人民",但大多数的时候则被倾向性地指向那些"鞋匠",那些生活在社会下层的贫民,尤其是那些处于苦难中的俄罗斯农民。正如有的学者所看到的,"知识分子受到两种力量的压迫:沙皇政权的力量和人民自发的力量。后者对知识分子来说是一种隐秘的力量,知识分子自身与人民是截然不同的,它感到自己有负于人民,它希望为人民服务。'知识分子与人民'这一命题纯然是俄罗斯的命题,西方很难理解。"①在绝大多数俄罗斯民粹主义理论家的表述里,人民和知识分子都是分裂的两个方面,从来就没有成为一个整体。正因为这样,才有知识分子的自卑意识和对人民的崇拜,知识分子普遍地产生了"人民化"的思想,也就是试图通过某种方式以转化自我的身份。跻身人民的行列,获得"人民的身份",这是一种焦虑和渴望。

俄罗斯民粹主义是一种知识分子哲学,它站在同情农民的立场上,来想象人民及其集体品格;但同时也将人民(农民)与知识分子之间进行了隔离,使人民和知识分子成为不同的两个社会群体和阶层;而且由于它的自我罪恶感,也使它调整了传统宗法制社会中的知识分子与人民之间的伦理位序。

中国新文化知识分子以及后来的革命知识分子在对"人民"及其伦理位序的理解上有着同构性。他们把知识主体和"人民"看作是两个各自独立的主体,而且"人民"优于知识分子。

新文化先驱最初都有着启蒙政治的"公民"观念。陈独秀所谓的"国民",周作人所谓的"平民"都具有现代西方的"公民"之意;鲁迅等人的"树人"的观念以及国民性批判思想,也基于对于国民素质的塑造②。但是,中国文化传统中的"人民"是"黎民百姓"的基本理解,被新文化知识分子所继承。蔡元培的"劳工",李大钊的"庶民"所指都鲜明地指向了"下层民众",即穷人、劳工阶级和农民③。在鲁迅等激进知识分子的话语中,

---

① [俄]尼·别尔嘉耶夫:《俄罗斯思想》,雷永生、邱守娟译,生活·读书·新知三联书店 1995 年版,第 82 页。

② 参见陈独秀的《文学革命论》、周作人的《平民文学》和鲁迅的《狂人日记》等。

③ 参见蔡元培为 1920 年第 7 卷第 6 号《新青年》"劳动节纪念号"扉页题字、李大钊《庶民的胜利》等。

"智识阶级"是不同于统治阶级也不同于"民众"的一个特殊的阶层。鲁迅小说《祝福》和郁达夫小说《春风沉醉的晚上》中的那个"我"就是这样的一个处于两个阶级夹层中的"中间物"。新文化知识分子的对人民的主流思想显然与俄罗斯民粹主义有着不谋而合之处。

五四新文化先驱对于人民人格的想象是双重的：一方面模糊地宣布"劳工神圣"，鲁迅的小说《一件小事》中的车夫也有着令人崇敬的高贵人格；另一方面，又有着愚弱国民性的阿Q式的人格。"人民"既是崇高的神祇，又是需要教育和启蒙的"大众"。"人民"是需要教育的，显然使人民脱离了神祇的地位。其实，这个时候的人民是现实层面的"群众"。群众脱胎于"群氓"，这是一个没有方向的需要引导的大众群体。五四前后的一批知识分子都曾陷入启蒙主义与民粹主义相互纠缠、对立的矛盾深渊。中国左翼知识分子也存在着这样矛盾。在对待人民主体上，胡风、丁玲等一方面对人民主体有着无限的崇拜和景仰之情，但又难以忘怀人民几千来的"精神奴役的创伤"。同时，产生于人本主义背景下的五四人民性，本有着人性的维度。民粹主义的人民同情思想，蕴含着丰富的人性内涵和生命意识。这是与五四新文学的"人间本位主义"是一致的。五四一代文学家通过大量的创作展现了人性的丰富性。但是，新文化启蒙思想的矛盾性在于：一方面它力图展现了人性的"内面的深"，另一方面在政治策略上又强化着国家意识形态的整体性。这造成了集体意义上的国家启蒙伦理的对于个体人性伦理的优越性。

中国革命文学理论话语继承了俄罗斯共产主义人民性的文化遗产，将人民性表述为阶级性。在将人民定义为无产阶级的基础之上，确定阶级性就是无产阶级的阶级共同性，一种阶级实体的社会公共属性。在30年代文坛所爆发的左翼文学界与新月派等社团流派之间的有关文学的阶级性与人性的剧烈的论战中，鲁迅的《文学与出汗》《论文学的阶级性》以及瞿秋白、成仿吾、周扬等人的一系列文章，通过对阶级性的重要的内涵和政治文化特征的归纳，对"五四"遗产进行了选择性认同和伸张：

首先，革命文学，在批判五四的时候，直接将启蒙转化为了阶级革命；并进一步强化了革命的集体理性对于个体人性的压抑。它将阶级性从人性的社会属性中抽出，并把人民性等同与阶级性，最终人民性被简单化为一个与人性观念相对立的概念。无产阶级的人民性被革命理论描述为一种集体主义的社会共同性,它排斥个体性,尤其是个人主义。虽然鲁迅等人并不排斥吃喝拉撒睡等人的基本属性,以及诸如情感、性爱等人性需求,但是,无产阶级的人性却与资产阶级的人性有着决然的区别,所谓"从喷泉里淌出的是水,从血管中流出的是血"。

其次,启蒙意义下的国民性弱点受到压抑,人民的崇高性得到张扬。人民的形象和人民性成为单纯到透明的革命本质理念的载体。无产阶级因为自己的社会财富状况、社会地位、语言、习俗以及精神和物质诉求都不同于资产阶级,因而具有类似于民族性的阶级共同性。在这样的阶级共同性之中,无产阶级因为受压迫而具有强烈的改变自己处境的欲望和现代社会中才能具有的组织性、纪律性和斗争精神。而且,苏联和中国马克思主义者在历史唯物主义的理论背景之下,认为在历史进化的链条中,人民、阶级是"先进生长力的代表",符合历史发展的趋势,必将成为历史的主宰和未来历史的主人。

但作为非主流的革命文学理论对于人性和个人性的包容,以及启蒙诉求依然存在。左翼小说创作中的所谓"革命罗曼蒂克"模式,是对僵化的人民阶级性的突破。在蒋光慈、茅盾等人的小说中,诸如个体的冲动以及个人主义,单纯幼稚的社会理想,爱情的力比多的纷乱等等丰富和复杂的人性因素得到了全方位的表现。在这个意义上,左联文学家又继承了五四新文学的人民性。同时,革命文学领域的人民性与阶级性在理论上也曾经存在着"沟通"。40年代的人民派诗人尤其是理论家胡风有着鲜明的人民阶级性思想,但他在强调人民性作为阶级的集体品格的同时,他也张扬个人意志的作用,他将鲁迅的"创作总植根于爱"作为一面旗帜,领悟和创构了"主观战斗精神论"。"伟大的作品都是为了满足某种欲求而被创造的。失去了欲求,失去了爱,作品就不能够有真的生命。"①他的"主观战斗精神"和与之相应的"自我扩张"和"自我斗争",显然带有很浓厚的生命哲学的色彩和个人主义精神痕迹。胡风企图用生命哲学来构筑自己的诗学理论体系,并且试图调谐生命哲学的人本思想和抗战国难时代强烈的人民性诉求之间的矛盾。他在某种程度上触及了人性和人民性之间共同的生命本

---

① 胡风:《为初执笔者的创作谈》,《胡风评论集》(上),人民文学出版社1984年版,第224页。

质。但是,胡风矛盾的是:一方面是对僵化的阶级性的坚持,另一方面又试图发掘文学的个体性和生命意志。这就使他无法在理解人性和人民性、阶级性的关系上获得合逻辑的理论支撑。

正是在这样的背景之下,当俄罗斯民粹主义思想和马克思主义的阶级论进入中国后,"人民"迅即被阐述为底层阶级或者无产阶级。

早在苏俄时代,列宁就把"民族文化"划分为两个对立的文化:一种是"民主主义的社会主义的",另一种是"资产阶级的"。①前者属于工人和农民阶级。老牌的革命家托洛茨基就认为:"人民是谁? 首先是农民,部分地是城市的市民群众,其次才是工人,因为可能还无法从农民的原生质中把他们区分出来。""我们的艺术是一位知识分子,他摇摆于农民和无产者之间,既不能与农民,也不能与无产者有机地结合。"②中国左翼文化中,"人民"的界定是与左翼的民族国家想象和政党策略密切相关的。在中国左翼文化最大的代表毛泽东的词典中,"人民"这个概念是变动不居的。第一次国内革命战争时期,国内的资产阶级和小资产阶级被纳入"人民"的范畴;第二次国内革命战争时期,他们又被驱逐了出去,变成了人民的对立面———"敌人";在抗日战争时期,在抗日民族统一战线的前提下,他们又回到了人民的行列之中来;及至第三次国内战争和 1949 年之后,他们再次变成了"敌人"。在这样的政治言说中,"人民"确实具有"公民"的涵义,它是在公民的意义上确立哪些人具有公民资格,哪些人不具有公民资格。"人民"是对那些在现代国家中享受权力的人群的誉称。但在这样的政治言说中,人民作为一个集体概念,它对人群的覆盖是随着政党政治的不同历史时期的策略变化而或大或小的。"人民"外延的伸缩又说明了它的非"公民"特性,因为在现代意义上,除非在法律上被剥夺了公民权,否则并不因为他是政治上的"敌人"而不享有公民的资格。

在这样的政治言说中,知识分子的处境与资产阶级非常的相似。在国内政治处于激烈残酷的二三十年代,作为小资产阶级的知识分子,他是"人民"的一部分;而当国内的资产阶级和地主阶级都被"消

---

① 〔俄〕列宁:《关于民族问题的批评意见》,载陆贵山等编著:《马克思主义文艺论著选讲》,中国人民大学出版社 1982 年版,第 444 页。

② 〔苏〕列·托洛茨基:《文学与革命》,刘文飞等译,外国文学出版社 1992 年版,第 3 页。

灭"之后,知识分子于是就成了"敌人",1957 年的"反右"运动和十年"文化大革命",知识分子实际都充当了"敌人"的角色,而被专政。1978 年后,随着改革开放,才重新界定了知识分子的"人民"身份。而这样的界定的一个基本前提就是,体力劳动是劳动,精神劳动也是劳动。在"劳动"这一共同属性的认同之下,知识分子才变成了"人民"。概念是历史界定的,知识分子与人民的关系也是在历史中确定下来的。从中国革命史中"知识分子"与"人民"的关系来说,知识分子在中国红色革命的政治言说中,一直是一个很特殊的社会阶层。所谓"小资产阶级",既不是大地主大资产阶级,当然也不是劳农阶级,而是一个介于二者之间的一个社会中间层。这一阶层在政治上有可能倒向资产阶级,因为他本就是资产阶级的边缘人;但其被压迫的地位,又决定了其有可能是劳农阶级和革命政党的暂时"盟友"。因此,这是一个"动摇的""依附的""防范的"对象。他们的人民权的获得,是随着革命政党不同历史时期的策略变化而变化的。

在革命的政治言说中,惟一不变的"人民主体"是农民和工人,尤其是城市里的产业工人,即所谓的"无产阶级"。早在苏俄时代,"列宁的名言'艺术是属于人民'中的'人民',指的正是这些'广大的劳动群众'" ①。毛泽东的《中国社会各阶层分析》和《湖南农民运动考察报告》中对此也有着很明确的界定。因为人民是被剥削的"无产"阶级,他们是创造历史的动力,是拥有未来社会的人群;尤其是他们因为处于社会的最底层而爆发的不满和仇恨是革命政党取得政权的依靠。人民与"历史趋势"和"历史必然性"相联系,并成为历史进化链条上的"先进力量",成为历史车轮的推动力量和决定力量,"人民"被崇高化为神圣的神祇。

从上述的中国现代左翼语境中的知识分子与"人民"之间的关系历史看出,知识分子在中国左翼语境中,他们从来都只是"人民"中的特殊的"一部分",从来就不属于"人民"——社会底层。"人民"在新中国建立以后的阶级论框架中,"人民大众""人民群众"既不是指全体国民,同时也不是先天上具有种族特征的群体。从阶级尺度看,人民是无产者("资产阶级"的对立面);从文化尺度看,人民则被界定为"知识

---

① 陈顺馨:《社会主义现实主义理论在中国的接受与转化》,安徽教育出版社 2000 年版,第 58 页。

阶层"的对立面。这是中国左翼革命出于革命的需要所设定的 ①。相对于人民的稳定的文化内涵,知识分子则是一个招之即来挥之即去的主体,一个在阶级分层中角色级位游移不定的主体。作为中国革命文学的一个基本范畴,"人民"在长期的演变中形成了复杂的内涵,但是其对下层劳动主体的指称却从来都没有缺席。

同时,在人民、民族和革命政党之间,建构起一种以人民替代民族、以革命政党代替人民和民族的结构。"人民"也就是工农兵,本是民族的一部分。无论是中国传统文化的所谓"民本"观念,还是西方的现代民族观念,都将民众作为"国家之本"。现代中国革命的知识分子混合地继承了这样的观念,他们"把'民众'一词界定为以新民族国家为蓝图的、哲学上的和理想主义的含义,如赞美民间诗歌是探索民众精神的取之不尽的源泉等,接下去推理,'民众'就成了'民族'的代名词",依照这样的逻辑他们"便呼吁抓紧抢救民众的文化,主要是农民和其它下层阶级所享用的文化,搜集他们记忆的口头资料,并把它们看作是整个民族的财产。" ②在 40 年代的文学的民族形式问题的讨论中,这样的替代结构在左翼理论家的话语中是最常见不过的了。在同样的替代逻辑中,将革命政党论证为人民的代表和人民意义上的民族的先锋队。因此,人民、民族和革命政党经常会出现三位一体的现象。

现代革命政治的阶级论,继承了五四的对于人民和知识分子的二分观念;但却"扬弃"了其具有阶级超越性的"公民"观念,而且批判了基于精英知识分子优越立场的启蒙思想。瞿秋白等革命理论家还从艺术方面将五四新文化的参与者(主要是学生和大学教员)界定为"小资产阶级"的或封建主义的知识分子,将其在文学界定为小资产阶级的知识分子的"贵族文学",并进行了激烈的批判。这种对于五四的"反动",在俄罗斯民粹派之后,再次调整了"人民"和知识分子的伦理序位,不仅使人民优越于知识分子也优越于一切社会阶层,成为伦理序列中的最高"尊格"。这一方面是由于中国现代知识分子,包括革命

---

① 陶东风:《大众化与文化民族性的重建——社会理论视野中的 1958—1959 年新诗讨论》,《文艺研究》2002 年第 3 期。

② 董晓萍:《民族觉醒与现代化——西方民俗学 30 年回眸》,《民俗研究》1998 年第 2 期。

知识分子的自我罪恶感、自卑感，另一方面也是由于无产阶级的阶级论使"人民"（主要是工农大众）被赋予了先进生产力的代表的历史先锋地位。在阶级的立场之下，结合着社会进化的理论，最终在"人民""领袖"、革命政党、知识分子和"反动派"之间形成了一个尊卑有序的等级序列，也在人民（实体）性与人性之间安排了一种伦理序列。

中国现代无产阶级革命文学，是阶级论在文学领域的衍生物，由现代无产阶级革命政治所确立的伦理秩序也自然地成为其文学想象中的人与人关系的伦理秩序。也就是确立了仇恨和赞颂的对象，确立了其在文学想象和文本表述中的份额及其角色地位，甚至于修辞色彩。

二

无产阶级革命政治和文学对卢梭时代的启蒙主义和俄罗斯民粹主义的"人民"和"人民性"进行了重新阐释，确定了"人民"的伦理内涵。因为有了"人民"而衍生出了"人民性"。"人民性"可以指称人民集体的共同品性。但，它更多的时候是用来指称对于"人民"的情感立场和道德反应。

道德与情感，起源于对于传统血亲宗法制社会的伦理秩序的认同和反应。在阶级论的伦理秩序中，则是基于阶级立场的对于无产阶级的情感皈依和对于敌对阶级的情感憎恨。道德不是有关对错的，而是有关善恶的现象。"人们称某些品质和行为为道德的或不道德的，正当的或错误的，善的或恶的，他们对它们表示赞成或反对，对它们进行道德判断和评价。他们感到自己在道德上必须做某些事情，或不能做某些事情，他们认识到某些规范或法则的权威，承认它们具有约束的力量。"①而感情就是良心，是道德感。"道德感，即是一种对于正邪是非的感觉，一种所有理性生物的自然本性。""感情的对象不仅包括呈现给感官的外部存在，而且包括这些感情自身。怜悯、仁慈、报恩的感情以及相反的感情，都通过反省带到心灵前面，成为心灵的对

---

① ［美］弗兰克·梯利：《伦理学导论》，何意译，广西师范大学出版社 2002 年版，第 4 页。

象。"①

在中国古代,也有所谓的"民为贵"和"民惟邦本"等思想。正如有的学者所看到的,这是"一个关于价值法则和政治法则的判断",也许"在价值法则方面,民本和人本是相通的,它们都把尊生爱人、保民养民作为最高价值,把有利于人民作为最终的判断标准"②。但是,作为一种贵族知识分子的言说,对于"苍生"的体念,总体是站在统治主体的立场所作出的价值选择和在生命的意义上所作的道德选择,这也并不排斥中国知识分子面对"人民"所焕发出的道德使命感。

文艺复兴的人民—公民思想,在伦理秩序上具有超越性;但这一人权平等思想正是对于中世纪伦理秩序反叛的成果,它在建构新的伦理秩序的同时,焕发了强烈的道德正义感以及对于下层社会的人道主义同情。所以,在雨果的《巴黎圣母院》等作品中,才出现了强烈的美丑对照和分明的爱憎。俄罗斯民粹派在崇拜人民的同时,情感倾向性也表现出强烈的人民同情思想。民粹主义的人民性思想的产生源自对俄国乡村人民苦难的深切关怀;它所要表达的是资产阶级知识分子对晚期沙俄统治下人民苦难生活的深切同情。人民性是资产阶级人道主义在社会意识形态上的表现。人民性思想具有人本的精神,它产生和成熟于激烈的社会对抗中,因此,人民性包含着生命主体的平等意识,包涵着人性的因素。正如别尔嘉耶夫所说:"全部的俄国民粹主义都起源于怜悯与同情。在70年代,忏悔的贵族放弃了自己的特权,走到人民中间,为他们服务,并与他们汇合在一起。"③

基于对人民实体的倾向性想象,俄罗斯民粹主义者将人民性赋予了"人民精粹"的思想。他们将它与人民的优良品行相联系。别尔嘉耶夫说:"民粹主义是俄罗斯的特殊现象……斯拉夫主义者、赫尔岑、陀思妥耶夫斯基和70年代的革命者都是民粹主义者。把人民看作真理的支柱,这种信念一直是民粹主义的基础"。民粹之意,乃是人民的精粹,谁是人民的精粹呢? 民粹派知识分子认为自己是人民的精

---

① [美]弗兰克·梯利:《伦理学导论》,何意译,广西师范大学出版社2002年版,第24页。

② 夏勇:《民本与民权——中国权利话语的历史基础》,《中国社会科学》2004年第5期。

③ [俄]尼·别尔嘉耶夫:《俄罗斯思想》,雷永生、邱守娟译,生活·读书·新知三联书店1995年版,第87—88页。

粹,农民也是人民的精华,①在民粹主义者那里,人民是一个活在精神中的形象,它是浪漫主义想象的成果,带有强烈的情感皈依的色彩。这种引申义上的民粹主义表现为把没有知识文化的底层劳动者(不仅仅是农民)无条件地神圣化,认为只有他们才是道德高尚、心地善良、灵魂纯洁的。

在俄罗斯民粹派那里,人民是想象的共同体,而人民性则是想象共同体的德性,也是知识分子与人民之间的关系德性,是知识分子与人民之间的情感伦理问题。文学的人民性观念,也就是在此基础上建构起来的一种道德美学。在文学想象中,人民性思想体现在对人民(主要是底层农民)的现实主义观照和人道主义同情。它是社会阶层的贫穷和富裕的巨大反差之下,知识分子的基于人道主义精神的同情和悲悯。它不仅仅是政治法则上的权力伸张,更主要的是价值法则下的道德追求和伦理追求。俄罗斯民粹派批评家斯卡比切夫斯基将文学的"人民性"定义为对人民共同利益的现实主义式的反映:现实的诗人的真正任务是要研究人民,深刻地体验人民的共同利益、他们的欢乐和忧虑。而要做到这一点,就要做一个人民的诗人。因此文学中的现实主义和人民性这两个概念是完全一致的,它们之间只有一点差别,那就是:文学中的现实主义是一条人所共知的道路,而这条道路的目标就是人民性。② 从艺术创作的角度来说,人民性是艺术家的道德存在。尤其在俄罗斯民粹主义理论家那里,它不是对人民特性的具体的概括和描摹,它是作家的价值姿态,是一种作家的题材选择倾向和情感表达倾向。人民性所要表达的是作家对人民的一种深刻的"悲悯和同情",正是这种深刻的道德情感使人民文学具有神性的光辉。从美学的角度来说,正是深切的同情和怜悯使文学具有了诗性的异彩。勃洛克说:"即便我们久已不再对人民顶礼膜拜,我们也不能背弃或不再关心人民,因为我们的爱和思想素来倾向人民。"③

---

① [俄]尼·别尔嘉耶夫:《俄罗斯思想》,雷永生、邱主娟译,生活·读书·新知三联书店 1995 年版,第 104 页。

② 刘宁主编:《俄国文学批评史》,上海译文出版社 1993 年版,第 452 页。

③ [俄]勃洛克:《人民与知识分子》,《知识分子与革命》,林精华等译,东方出版社 2000 年版,第59 页。

　　中国新文化知识分子将中国传统的苍生体念、俄罗斯民粹派的道德情怀与西方的启蒙道德相结合，形成了其对于人民的双重情感。

　　一方面是同情和悲悯，所谓"哀其不幸怒其不争"。他们以贵族的姿态，观照人民的生活，并对底层人民的生命境遇表现出深切的同情。五四新文学奉行"为人生"的创作理想①。这种"人生"其主流显然是"贫民的"而不是"平民的"，即表现底层社会的生存和生命状态。它可以分为两个方面：一是贫民阶层的人生状态的表现。鲁迅的《阿Q正传》《祝福》等小说和被称为"抹布主义"的文学研究会作家叶圣陶等的创作，都展现了底层社会尤其是农民的悲惨的生活状态。二是对作为贫民的知识分子的生活状态的表现。鲁迅的《伤逝》《孤独者》、郭沫若《行路难》以及郁达夫、庐隐等的创作，则关注知识分子的贫民生活和自我人生困境。这两个方面的创作，无论是对非知识阶级的贫民还是对知识自我的观照，都着眼于"贫民"的阶级考量之上。在两个方面的创作中都充满了人道主义的同情。五四新文学的基于"贫民"阶级之上的对于知识分子和农工阶层的包容，与俄罗斯民粹派与农民的"同是天涯沦落人"的"人民"立场是相似的。也正是基于这样的包容，形成了五四新文学的人民性政治立场。

　　另一方面，他们又将劳工阶级作为顶礼膜拜的神祇，作为情感救赎的恩主。新文化知识分子有着俄罗斯民粹派相似的救赎冲动。俄国知识分子群体的一个传统是怀有强烈的自省和自责意识，受俄国民粹主义思想的影响，在十九世纪俄国社会生活与文学艺术中，一直存在着一种"忏悔的贵族"，它们一方面为俄国的严重落后和下层人民的悲苦境地而悲哀，一方面又为自己的渺小无力而自责，俄国白银时代著名宗教哲学家布尔加科夫说："俄国知识阶层，特别是它们的前辈，在民众面前固有一种负罪感。"②这一种"社会的忏悔"，当然不是对上帝，而是对"民众"或"无产者"。五四时代的中国知识分子，深感自身的脆弱和无能，希望通过人民，以救赎国家民族，也自我救赎。中国现

---

　　① 即使是创造社的唯美主义"为艺术"创作观，在实际的创作中所表现的仍然是现实的人生，是小资产阶级的人生状态。因此，它的本质仍然是"为人生"的。

　　② 张建华：《恋女与情郎的永恒对话——俄国近代知识分子的觉醒与群体特征》，《俄罗斯文艺》2002年第3期。

代也存在着这样的一个"忏悔贵族"。蔡元培提出了"劳工神圣"的口号,鲁迅面对着人力车夫的"仰视"的崇拜感受,郁达夫甚至为自己接触了一个烟厂女工而沾沾自喜,感到灵魂受到了洗礼。40 年代张申甫提出"反哺论",在"智者对于愚者,富贵者对于贫贱者,实在都是欠有债的"的逻辑前提下,他把知识分子与民众定位为母子式的关系,认为知识分子对于无知、穷苦的人民大众,必须饮水思源、感恩图报。①中国现代红色知识分子,尤其是 1949 年后的历次政治运动中受到整肃的知识分子,更是有着自我作践的"臭老九"意识。人民,作为一种形象,它一方面是听取知识分子忏悔的牧师,另一方面也承担了知识分子实现现代国家理想的责任。"人民"与"知识分子"之间形成了伦理的尊卑关系。而这一切,这种替代或篡改都是由知识分子自己完成,究其原因,则是二十年代开始的对五四知识分子改造社会困境的深切体察:他们需要一股更为有力的力量或者说社会阶层来改变自己的软弱无力的处境。②

阶级论背景下,"人民性"被阐述为知识分子言说的价值倾向和道德立场。30 年代的左翼革命家和文学家是五四新文学的激烈的反抗者甚至是埋葬者。他们厌恶五四知识分子对于人民大众的"廉价"的同情,在理论上将无产阶级与小资产阶级知识分子进行了阶级的隔离,严格区分了人性与阶级性,并倡导无产阶级文学的基于阶级论意义上的人民性。它激烈地否定了五四文学的情感模式,严厉地斥责它的小资产阶级的个人主义和人性,将资产阶级人道主义的人民同情视作自私无聊和庸俗。用诸如"卑鄙""肮脏""杂种""自恋狂"等道德语言来评价和攻击它,强化知识分子的道德自卑感和不洁感。在将知识主体的贵族道德伦理妖魔化的同时,马克思主义文艺理论在创始期就注意到了人民的被表述特征,因此,它极为强调作家知识分子的阶级立场和阶级情感,正如鲁迅所说的,要做革命文学首先要做"革命人"。而所谓的"革命人"和阶级立场和情感的塑造,最主要的还是建构一种道德的自觉。革命文学的人民性思想,主要在"无产阶级阶级性"方面

---

① 张申甫:《知识分子与新的文明》,载蔡尚思主编:《中国现代思想史资料简编》(第五卷),浙江人民出版社 1983 年版,第 720 页。

② 钱理群:《我的精神自传》,广西师范大学出版社 2007 年版,第 102 页。

重建知识主体的价值认同和道德良知。

阶级论的道德哲学,把无产阶级及其理想追求作为"至善"的道德目标,作为知识主体投注道德情感的对象。

作家的德性,主要体现在"为人民服务"的"为"字上。在"立场"上,正如《在延安文艺座谈会上的讲话》所说"就必须站在无产阶级的立场上,而不能站在小资产阶级的立场上。今天,坚持个人主义的小资产阶级立场的作家是不可能真正地为革命的工农兵群众服务的。"在"方法"上,采取"人民大众所喜闻乐见的形式";在姿态上,先要"做农民的小学生","在教育工农兵的任务之前,就先有一个学习工农兵的任务。提高的问题更是如此。" ①作为一种叙述伦理,革命文学的伦理倾向性在于站在无产阶级和革命政党的立场对人民进行正面的浪漫想象并认证对于它的历史推论。它要求革命文学家在对民众进行表现的时候,主张从"历史的必然趋势"去表现民众。人民的形象必须被塑造为有"自信力"的高大的"工农兵"的形象。人民不再是懦弱的子民,而且具有斗争精神的社会集体。因此,知识话语中,人民同情的思想消失了,剩下的只有人民精粹的思想。在伦理化的理论背景下,出现了典型的民粹主义的人民优越论。它只允许对人民进行精粹想象,而不能对人民进行"落后"想象。"人民"都是符合民粹主义理想的文学艺术"人物",伟大的具有道德优越性的"人民新人"的形象。知识主体首先要摆正自己在革命伦理中的位置,其次要调整好自己的情感倾向。这样才符合革命文学的叙述道德,符合无产阶级文学的阶级立场和道德观念。

在对待民族的情感上,由于前述的对于人民和民族的替代性结构的存在,对人民的情感也就是对无产阶级或工农的情感,也就是对民族的情感。中国无产阶级具有乡土特性,有着农耕文明的排外性和对于现代都市文明的道德憎恶,不过,它又是具有现代性的阶级理论及其道德规范的压抑对象。但是,当把"人民"/无产阶级视作民族的惟一主体的时候,中国乡土文化的道德傲慢就转换为一种有着现代性名号的阶级正义,并借助于"人民""民族"所唤起的情感激流而受到赞美。一种有关民众的民族的情感模式得以建立:对民族传统的赞美甚至形式的使用就是

---

① 毛泽东:《在延安文艺座谈会上的讲话》,《毛泽东选集》(第三卷),人民出版社 1991 年版,第 856、859 页。

一种道德行为了,相反,对于民族传统的批判就是一种不敬和冒犯,并成为道德的瑕疵。至此,阶级人民性的世界性也被转换为民族的地缘性文化崇拜,并被顺理成章地表述为"爱国主义"。

在对待革命政党的情感上,由于前述同样的替代结构的存在,对人民和民族的情感也就是对革命政党的情感。革命的人民道德倾向性,被阐述为党性。苏联文学理论家日丹诺夫就认为,存在着一种"布尔什维克文学",这种文学"在巩固人民的道德和政治的统一上面、在团结和教育人民上面的伟大历史使命与作用"①。中国现代革命文学的人民性向党化的转换,在 30 年代就已经开始,左联对文学创作的干预,充分体现了党作为社会组织对文学的要求以及实现。而真正完全的实现则是在延安的 1942 年以后。袁盛勇认为,延安的文学实质是"党的文学",是"党的齿轮和螺丝钉"。② 毛泽东继承发扬了列宁在《党的组织和党的文学》中所阐述的"党的文学"原则,对文学/文艺的党性原则做出了最具有影响力的强调,他在《在延安文艺座谈会上的讲话》中,不仅提出了文艺服从于政治,而且具体化服从于党在一定革命时期内所规定的革命任务。文学在表现人民和无产阶级的时候,作家要以党员的身份,站在党的政治利益的立场上,依照党的人民想象进行复制和想象。文学党性的重要表现之一,是为党"教育人民"服务。通过党—人民叙事和人民—领袖叙事,以体现党和领袖的领导、引导的先锋队地位和伦理长者地位。文学表现的人民情感,就是一种"齿轮和螺丝钉"的归属感,就是一种文学对于党的利益的服从意识,就是一种对于革命政党主体及其领袖的伦理崇拜。

因此,在人民性就是阶级性的前提之下,文学的人民性因此成为知识分子与无产阶级阶级关系之中所呈现的情感德性,也就是民族道德情怀和革命政党道德情怀。

在阶级论之下,人民性道德,也就是一种利他主义的情感状态。瞿秋白早在 30 年代就提出了"为什么而写?"的命题③。正如他所说,

---

① [苏联]日丹诺夫:《关于〈星〉与〈列宁格勒〉两杂志的报告》,《苏联文学艺术问题》,曹葆华等译,人民文学出版社 1953 年版,第 69 页。

② 袁盛勇:《"党的文学":后期延安文学观念的核心》,《中国现代文学研究丛刊》2005 年第 3 期。

③ 瞿秋白:《普洛大众文艺的现实问题》,《瞿秋白文集》(文学编第一卷),人民文学出版社 1998 年版,第 472 页。

这是一个"艺术内容上的目的"问题。毛泽东的《在延安文艺座谈会上的讲话》中也提出了"为什么人服务？"的问题。他们的回答是共同的，就是为"无产阶级"，为"人民"，为"工农兵"和为"民族"、为"党"。在这样的问答中，创作主体自己是被排除在外的，个人也是被排除在外的。因此，阶级论道德是一种集体主义和集团主义哲学。它所建构起的是对于集体、集团的情感依附和归属感；而对于个人及其情感生活，它所建构的则是一种道德的背离感。通过中国革命文学论争和革命文学创作史可以看到，由于阶级性是相对于人性而提出的，它对于具有个体私人性的诸如情爱、亲情等人性，一直持敌视的态度。在二元对立的阶级论框架中，人民性中的人性元素受到理论狙击，文学艺术中，包括革命文学中的人性表现丧失了伦理的合法性。人民性历史上的人本性和体念生命的人道主义精神，以及相关的人类生活也因此都被归属于资产阶级的文化范畴和生活态度，属于一种"堕落"的道德，创作主体在情感上则施之以厌恶和丑化。阶级性范畴内的无产阶级情感只有在"同志式"的前提下才具有合法性。只有那些被认定为无产阶级取得政权必不可少的"暴力"行动，才具有书写和褒扬的道德性；创作主体则施之以赞颂和美化。

同样，在阶级论之下，人民性的文学道德还是一种对于无产阶级艺术形式的情感状态。艺术形式，包括语言、结构以及叙述等，本有其阶级的超越性，也同样有着伦理道德的超越性。但是，阶级论认为，艺术形式也有其阶级性。瞿秋白认为，五四的自叙体就是一种小资产阶级的自言自语；侠义文学，则是封建阶级的"毒素"。他将五四文学看作是"神奇古怪的怪现象"，是"第一个等级"的"'五四式'的白话文学和诗古文词——学士大夫和欧化青年的文艺生活"①他更在《大众文艺的问题》中把五四以来的白话文称为"新文言"和"野蛮的""龌龊的"文化而加以全盘否定。而大众语，则因为其为大众所使用，并与无产阶级生活和生命状态相关，因此它就是一种无产阶级的语言。在40年代的民族形式讨论中，传统的民间的艺术形式，被定位为民族的也就是工农兵的形式。因此，作家的人民性还表现在使用"老百姓所喜闻

---

① 瞿秋白：《普洛大众的文艺生活》，《瞿秋白文集》（文学编第一卷），人民文学出版社 1998 年版，第462 页。

乐见"的语言和形式,这样才是符合其无产阶级道德准则的。许多作家因为没有使用这种语言形式,而产生强烈的反省意识和道德不安。革命文学叙述需要设置苦难的最初情节,这是埋设拯救的期待;它设置最终的"胜利"的传奇,这是在文学幻想中完成对许诺的兑现。没有这样情节,拯救、承诺和感恩将无从着落。设置这样的情节,正是革命文学家在实现其对于革命及其未来梦想的承诺。正如罗兰·巴尔特所发现的,革命文学"通过一整套互相依赖的术语把明显的科学描述功能和一种价值判断结合在一起(无产阶级/资产阶级、进步的/反动的)","语言过程中的命名就意味着同时下判断,并且是不可废除的判断。善与恶成为语言本身之内的末日审判式的分离,语言变成净化的工具并且作出审判。"①

至此,文学作为一种社会生活的政治伦理责任被扩张,并建构了一套集体性的人民伦理,一种忠诚于人民、忠诚于党、忠诚于领袖的道德观念体系——人民品格优越论。在多重主体的交流中,一切的所谓生活、创作、接受以及文化的源和流都围绕着"人民"这一伦理的尊格;作家的立场、姿态、艺术形式等都被伦理化为一种道德文本,并在整个的人民话语的语境中,接受社会政治和自我的道德监督机制的审视。别林斯基在谈论"道德良知"的时候说,"人是为自觉而生的,因此,只有有了自觉,他才可能是幸福的;因此,自觉是他的正常的、自然的、从而是怡然自得的状态,表现为人和他自己之间的平衡,他和他自己之间的平衡与和谐。""善的良知是自觉的状态"②革命文学的人民性观念,所要建构的就是作家的对于人民及其表述形式的政治和文学的"自觉"和"良知"。文学中是否表现了"人民"? 在什么样的立场上表现"人民"? 用怎样的艺术方式表现"人民"? 艺术的"人民"表现是否符合阶级性、民族性、党性和政策性? 文艺具有怎样的价值? 文学艺术涉及的所有环节所有元素都不仅仅是文学的问题,而是有关政治伦理和文学伦理的问题。这种"良知"会形成革命作家的道德自律,一种自我约束机制:"艺术的,也就是道德的;反乎艺术的,可能不是不道

---

① 方生:《后结构主义文论》,山东教育出版社 1999 年版,第 85 页。

② [俄]别林斯基:《〈道德哲学体系试论〉》,《别林斯基选集》(第一卷),满涛译,上海译文出版社 1979 年版,第 430 页。

德的,但不可能是道德的。"①

阶级论观照下的人民和人民性,文学想象中的社会各个阶层,构成了一个社会伦理序列,资产阶级、知识主体与人民——工农兵在文学想象中享受不同伦理地位,并接受不同的情感待遇;创作主体也在文学的表达中依照这一伦理序列,而施以不同的情感立场,或爱或憎;同样,文学的叙述和表达也都有一个价值目标问题和道德情感问题。写什么还是不写什么,这样写还是那样写,都不仅仅是创作方法和表现内容的问题,而是情感立场的道德与否的问题。人民性作为一种想象共同体的德性,由知识分子实现自我救赎和投射安慰情绪的精神象征物转化为革命政党实现文化和政治目标的道德戒律。

道德有其约束和褒扬机制。在文学的人民性道德中,它往往体现为通过对创作主体道德情感的唤醒以实现对叙述内容和表达方式的抑制和张扬。于是,文学叙述成为一种道德化的叙述。在道德的视野中,在内容方面,最具有道德两极性的是阶级性和人性,人民和反动派;而在叙述方面,最具有道德两极性的是散乱的叙述和整体性叙述。体现为内容和叙述相结合的叙事,主要抑制个人性的人性的内容和张扬集体性的暴力性的内容;建构人民与敌人的对立二元结构和人民与领袖的同位二元结构,以抑制个人性的散乱的叙述和结构而张扬集体性的整体性的叙述和结构。"道德规则是无条件的规则",它所规定的是"作为有限理性主体的人无条件地应当做的事情"。②

[原载《文史哲》2011 年第 2 期]

---

① [俄]别林斯基:《孟采尔,歌德的批评家》,《别林斯基选集》(第二卷),满涛译,上海译文出版社1979 年版,第 62 页。

② 童世骏:《没有"主体间性"就没有"规则"——论哈贝马斯的规则观》,《复旦学报》(社会科学版)2002 年第 5 期。

文学书写的情感祛魅与知识分子的主体隐身
——对 20 世纪红色罗曼司的一种理解

左翼文学在 20 世纪 20 年代末期出现以后,无论是当时的文坛还是左翼文学批评,几乎都不约而同地注意到了它的"革命＋恋爱"的模式。"革命"为什么会与"情爱"同时出在现代左翼的本文之中? 而且为什么以后两者形成了长久的胶结? 也就是说,在研究左翼文学(狭义的)和其后整个 20 世纪的革命文学(广义的左翼文学)不能不注意到二者之间的关系,以及这二者的消长与创作主体情致表达的关系。

关于革命与情爱之间的关系,美国学者詹姆森在《处于跨国资本主义时代的第三世界文学》中指出:"第三世界的本文,甚至那些看起来好像是关于个人和力比多趋力的本文,总是以民族寓言的形式来投射一种政治:关于个人命运的故事包含着第三世界的大众文化和社会受到冲击的寓言。"① 中国文化的"家国一体"观念使中国人将个人性的情爱观念与国家的、民族的吁求相混合,在文学话语中以情爱话语表达国家意念。中国现代情爱文学承载着现代知识分子关于国家民族的集体意念,中国现代作家无论写什么题材都忘不了使其载有国家民族内容,郁达夫写性爱将性爱处理为国家寓言,张恨水写情爱、金庸写武侠也将它负载上国家民族信息,使武侠与情爱故事成为民族神话的一部分。② 同样的,现代左翼文学③中的情爱文学也尽力承载着革

---

① ［美］弗雷德里克·詹姆森:《处于跨国资本主义时代的第三世界文学》,载张京媛主编:《新历史主义与文学批评》,北京大学出版社 1993 年版,第 235 页。

② 方维保:《情爱与国家——论张恨水的小说创作与接受》,《淮北煤炭师范学院学报》(哲学社会科学版)2001 年第 2 期。

③ 左翼文学在本文中被作广义的理解,它不仅包涵 30 年代的左翼文学而且包括后来延安时期的文学,直到 1949 年之后的革命文学,它等义于"二十世纪红色浪漫主义"。

命的意识形态(无产阶级)的吁求。

尽管现代左翼文学承载了无产阶级革命意识形态的吁求,但在文学话语中革命意识形态与情爱力比多的关系却是复杂的。情爱力比多与革命的意识形态有着什么样的关系? 西方的精神分析学派认为,情爱与革命是出于同样的力比多的爆发。文学作为力比多受压抑的宣泄,革命与情爱也应该有着同样的力比多的根源。革命与情爱在文学的关系上,詹姆森通过对中国古代文化的考察后认为:"伟大的中国古代帝王的宇宙论与我们西方人的分析方法不同:中国古代关于性知识的指南和政治力量的动力的本文是一致的,天文图书医学药理逻辑也是等同的。西方的两种原则之间的矛盾——特别是公与私(政治与个人)之间的矛盾——已经在古代中国被否定了。"①但詹姆森只是指出了其中之一的情形。在中国古代文化中也同样存在着将情爱力比多与"道"的实现和存在对立的倾向。中国古代道教与佛教以及宋明之际程朱理学的禁欲思想就是表征。在情爱力比多与革命意识形态的关系上同样并非总是并行不悖的关系。在革命的意识形态中,情爱与革命虽然在有的时候是相互融合的,但在许多的时候却又被看作是相互制约的,看作是相互抵制的对立关系。在带有新旧文学过渡特征的鸳鸯蝴蝶派小说那里,革命的意识形态(早期国民革命时期的革命)与情爱的力比多是相互促进的,但中国现代的革命罗曼司却是在近代俄国革命(无产阶级革命)和文学的影响下成熟起来的。在俄国的带有民粹派色彩的小说家如普希金那里,无产阶级革命的意识形态与情爱的力比多往往是决然对立的,尽管在表达自己的主体意愿的时候作家不得不借助于情爱话语以实现目标。综合上述,我们可以看到现代左翼文学中的情爱力比多与革命意识形态的关系是复杂的、多变的。

再看革命与情爱的消长与知识个性之间的关系。革命是集体意义上的,而情爱则是私人性的,在五四以后,它涉及个性权力,并几乎成为知识个性的一个象征。因此,革命与情爱在叙述中的关系以及文本量的变化其实涉及知识个性的地位。

---

① [美]弗雷德里克·詹姆森:《处于跨国资本主义时代的第三世界文学》,载张京媛主编:《新历史主义与文学批评》,北京大学出版社 1993 年版,第 235 页。

本文试图对中国现代文学史中的革命罗曼司文学中的革命与情爱的关系发展进行一次梳理,力图使之呈现出一个大致的脉络;并试图通过这样的梳理窥视知识个性在现代革命中地位的演变。

一、20—30 年代:
情爱力比多与革命意识形态的矛盾共存

20—30 年代,左翼文学尤其是叙事文学中普遍存在着革命加恋爱的模式,这样的革命与恋爱双线交错发展的故事被如此多地重复,以致被瞿秋白总结为"革命的浪漫谛克"模式 ①。

关于"革命",在巴金、蒋光慈和茅盾那里,绝大多数的时候其实都有着切实的指称,即是指一种对于黑暗社会的剧烈地反抗。对于茅盾和蒋光慈则是指北伐革命、农民革命,如《短裤党》《动摇》《咆哮了的土地》;当然也是指那些在乡村中或者在城市中用自己的方式剧烈反抗惨厉社会的举动,如《冲出云围的月亮》。但在有的时候,"革命"也指称那些带有冒险性的行为,如曹志方的参与街上的演说,要去当土匪的理想(茅盾《追求》),王曼英的性报复(蒋光慈《冲出云围的月亮》);在巴金早期小说中的"革命"是无政府主义的社会团体和个人的冒险行动,如陈真、杜大心的暗杀行动(《新生》《雾》《雨》)②。当然,"革命"还可指称那些在黑暗窒息的社会中不丧失自己生命意志的行为,如《追求》中的王仲昭对报纸的改革、章秋柳的对于怀疑论者史循的拯救,甚至包括王仲昭的恋爱追求。这时候的"革命"概念则是宽泛的。前者的革命意味着猝烈的鲜血和死亡,如陈真、杜大心、李杰的死亡;后者虽没有可见的鲜血,但也到处可见血色,如王诗陶的为娼、史循的以药自杀。

30 年代左翼创作在表现革命的同时还表现着青年革命家的恋爱(即具有所谓的革命加恋爱的模式)。20—30 年代的左翼作家在书写

---

① 瞿秋白:《革命的浪漫谛克——〈地泉〉序》,载华汉:《地泉》,湖风书局 1932 年版。
② 巴金不是严格意义上的左翼作家,但他所信奉的无政府主义的暴力革命在革命这一点上与左翼革命有着很大的相似,而且由于与左翼文学家的创作具有共同的二十年代末期的文化背景,因此他的创作也具有革命罗曼司的模式和格调。

革命的同时大量地书写情爱以至于性爱。蒋光慈小说《冲出云围的月亮》中,李尚志与王曼英的恋爱;《咆哮了的土地》中李杰对毛姑、对何月素的恋爱。胡也频小说《到莫斯科去》《光明在前》都表现了革命者纯情的恋爱,一种诗情画意的恋爱。

但情爱既可能是胡也频式的纯情,也可能蕴涵着丰富的力比多的冲动,蕴涵着丰富的生物学意义上的性的原始冲动。茅盾对女性的身体美有着特别的兴趣。革命同志之间的爱情,与其说是革命志向的相互吸引,不如说是男性革命者对有着革命思想的女性革命者身体的迷恋。《动摇》中的方罗兰对孙舞阳;《追求》中的王仲昭对陆女士。作家对女性身体以及性爱情感给予着特别的关注,也有着大量的这样的描写。这样的情爱力比多的宣泄还表现在对女性复仇者形象的塑造上。在茅盾的笔下,这些女性她们都有着美丽性感的肉体:如苗条的腰肢、红艳的嘴唇、漂亮的脸庞、性感的身体,具有热烈的情欲、毫无顾忌的野性。某种程度上可以说是革命时代的"尤物"。这些都是些"很倔强的人,旧道德观念很薄弱,贞操思想尤其没有,然而有一种不可解释的自尊心,和极坚固的个人本位主义"(《追求》)的女性。她们有着向"善"(革命的或者有意义)的要求,但是在许多的时候又跟着肉体的感觉走。她们可以用身体去进行革命行动,《冲出云围的月亮》中的王曼英,对资产阶级进行性的复仇,甚至引诱一个十几岁的富家少年,甚至狠毒地要把梅毒传播给所有的资产阶级男人。可以用身体对男性进行性别报复,如《幻灭》《动摇》中的孙舞阳、惠女士对男性的性报复。《追求》中的章秋柳说:"女子最快意的事,莫过于引诱一个骄傲的男子匍匐在你脚下,然后下死劲把他踢开去。""再也不能把我自己的生活纳入有组织的模子里去了;我只能跟着我的热烈的冲动,跟着魔鬼跑"①。当然,这样的身体也在苦闷和彷徨之中寻找着刺激,寻找着异性的刺激,希望在这样的刺激中排遣自己的郁闷,用性爱驱逐苦闷,也获得短暂的温暖,同时在混乱动摇中、在生和死的边缘获得一点切实的把握,在喧嚣纷扰窒息中显示自己的存在。所以在自己的同伴中可以有着毫无顾忌的性生活,因此章秋柳甚至想到去做妓女。

而正是通过这些性感的和冲动的女性形象的描写显示了作家的

---

① 茅盾:《追求》,《茅盾选集(下)》,山东文艺出版社 1997 年版,第 903、906 页。

对于力比多的关注和沉迷。就如同作家对于革命的关注和沉迷一样。20—30年代的这些革命罗曼司，是在革命的挫折年代写下的，郁闷的社会政治氛围，使革命和性爱成为那个时代具有同样力比多根源的宣泄方式。所以革命和情爱是等量齐观的，人们谈恋爱和进行革命是一样的排遣生命苦闷和压抑的需要，是本能的需要，是一种我们笼统地称之为"性力——力比多"的欲望冲动的需要。"物质的享乐""肉体的狂欢"与革命的冒险都是为了寻找新鲜的刺激。所以对于章秋柳来说曹志方的去当土匪的理想和自己的性爱玩笑具有一样的理由。这非常类似于法国大革命时期的文学家法朗士的作品如《诸神渴了》（在《动摇》之前茅盾就用了法朗士的《伊壁鸠鲁的花园》中的三句诗作为"题记"）与海明威描写西班牙革命和欧洲战争的作品，如《太阳照样升起》《丧钟为谁而鸣》《别了，武器》对革命/战争与爱情的关系的处理。

但是情爱与革命之间的关系却是复杂的。

在中国现代早期的革命罗曼蒂克文学中，情爱与革命的意识形态关系是对立的。巴金是较早的革命罗曼司作家。他曾塑造了一系列带有无政府主义倾向的革命英雄形象，在这些英雄的形象质中，情爱力比多与革命意识形态是相互冲突的。《灭亡》《新生》《爱情三部曲》中的杜大心、陈真、李佩珠等青年革命家，都只把自己的身心献给"革命"，而把情爱的力比多冲动看作是对革命意识形态有害的一种"小资产阶级情调"———一种可能将革命者引向私人生活、身体快乐而使他们放弃拯救人民的精神宏愿的东西。尽管《雾》中的陈真希望用爱情来激发"思想的巨人，行动的矮子"的周如水丧失了的革命激情，但从根本上说，他们都把革命看作是理性的抑制力量，而把情爱看作是对革命行为起负面作用的非理性冲动。也就是说情爱力比多与革命意识形态是相互对立的。就是《电》中，承认了吴仁民与李佩珠之间的爱情，但也是基本抽干了其中的情爱成分，而使之成为单纯的意识形态的符号。巴金早期的作品带有明显的禁欲倾向。从后来的历史发展来看，巴金早年对于革命者的情爱关系内涵的理解在若干年之后盛行一时。

但从文本的总体表达上来看，革命与情爱仍然是其作品中青年革命家们惟有的两种生活，因此这些小说所渲染出来的仍然是情爱力比多与革命意识相混合的青春话语场。这样的对革命意识与情爱力比多的关系处理方式,与俄国作家普希金的小说《前夜》中的主人公英沙洛夫是一致的。从这一点我们可以看到中国五四作家与俄国民粹派在精神血脉上的共通性。同时,巴金的禁欲倾向也是模糊的,而且是不彻底的,这不仅是指他的早期小说在总体上是充满着情爱力比多的青春话语场,而且在他的长篇小说《萌芽》中,工人领袖小刘和死去的矿工的妻子之间的恋爱又是不被禁止的,而且以完满结局。

但在有的时候,情爱力比多与革命意识形态又是共振的。

同一时代的一些左翼作家如茅盾和蒋光慈就能将革命意识与情爱力比多很好地结合起来。蒋光慈的革命罗曼司《少年漂泊者》《咆哮了的土地》《冲出云围的月亮》中,革命和情爱力比多是和谐一致的。《冲出云围的月亮》中的主人公王曼英走上革命历程和从肉体复仇的沉沦中能够"冲出云围",都是爱情的力量。《咆哮了的土地》中的李杰和毛姑、何月素之间的感情纠葛也没有丝毫影响到革命的成功,相反,他们之间的情爱关系还促进了革命力量的形成和聚集。茅盾的《蚀》三部曲(《幻灭》《动摇》《追求》)、《多角关系》、《三人行》中的主人公大多是一边革命,一边恋爱,甚至是"性关系非常紊乱"。《幻灭》中的惠女士、《动摇》中的孙舞阳,都是同时与多个男性恋爱和发生着性爱关系。《子夜》中甚至写到了女党员之间的同性恋。从当时的革命的知识分子的实际状况来说,那时革命的意识形态与情爱利比多是相互激发的,性的能量与革命的能量是一致的。可以看到,正是革命的风潮使新女性走出了性的压抑,同时义无反顾地以自己的身体加入到革命的行动之中去了。《追求》中的王仲昭,当他的"改革"或曰"革命"处于挫折中的时候,他的恋爱对象陆女士一封信就"给他希望,给他力",他"一想到爱人是如何地信任着他的能力,便从心底里发出骄傲的笑声来了",正是在陆女士"醉人"的"亭亭玉立的身段"的鼓舞下,他义无反顾地"追求"着。章秋柳也是用着恋爱的手段要"改造"怀疑论者史循。而作者也在"高举'浓郁的社会性'的革命大纛,写'性'说'欲'的合法性于焉建立"。①

不过,与巴金的创作姿态非常相似的是,一方面革命的左翼作家在书写着恋爱,另一方面又在某种程度上对这样的恋爱持有怀疑的态

---

① 黄子平:《"灰阑"中的叙述》,上海文艺出版社 2001 年版,第 55 页。

度。从《动摇》中，读者可以发现，正是在革命者方罗兰的情感的动摇中，革命走向了失败的边缘。

革命意识形态与情爱力比多的一致性在胡也频的《到莫斯科去》、田汉的《丽人行》、夏衍的《上海屋檐下》中也得到了很好的表现。胡也频的长篇小说《到莫斯科去》描写一个"新女性"素裳，厌恶金玉满堂的资产阶级生活，追求有意义的人生，但对当时各种思潮感到惶惑。共产党员施洵白的出现，使她在迷途中找到了指南，坚定了革命的信念，两人产生了感情，并决定一同到莫斯科去。这时她的丈夫官僚许大齐却捕杀了施洵白，新的仇恨加深了素裳对旧的生活的憎恶，她终于毅然独自出发。而《丽人行》的前半部分讲述了一个与夏衍的《上海屋檐下》相似的故事：革命者章玉良与女知识青年梁若英结婚后，章玉良很快就因为参加革命活动而杳无音讯。梁若英因为不能经受生活的重压和资产阶级生活方式的诱惑，而与汉奸王仲原同居。因为党组织的安排，章玉良又回家探视，使梁若英陷入了情感和生活方式的两难选择之中，但她最终还是无法放弃舒适的生活，于是和章玉良分道扬镳。但作品的结尾却显示了革命意识形态的作用。因为就在此时情节却发生了变化：汉奸王仲原另有新欢，没有归宿的梁若英只好自杀，但最终在党的感召之下，她毅然与过去的生活决裂而获得了新生。这个故事的情节相当的复杂，但它借助于当时的时代背景，将战乱与家庭、国家观念与家庭道德联系起来进行了综合的考察论析。在这里，革命的意识形态对女主人公的力比多的指向具有至关重要的引导作用。《上海屋檐下》讲述革命者匡复因参加革命而被逮捕入狱，他的妻子杨彩玉在他入狱后与好友林志成同居。在作品中，林志成被处理成了一个"二工头"的形象，是受到嘲弄而痛苦不堪的一个人物。当匡复被释放后，杨彩玉与林志成都处于痛苦之中。在这个故事中，革命的意识形态在作品的结尾受到弘扬，但它与个人情爱力比多的关系基本处于对立状态，因为它是革命者匡复所要挣脱的对象。尽管如此，就这个故事的整个的文学场境来说，这个"革命 + 恋爱"的故事所体现的仍然是对立互激的。

从上述可以看到，革命与恋爱的关系是一种矛盾与共振并存的局面。而且，从文本的比重上来说，尽管不乏蒋光慈的《短裤党》式的革命的大篇幅书写，但在大部分作品中革命的比重是小的，或者说文本的大部分是在书写情爱和情欲。甚至有的作品如蒋光慈的《少年漂泊者》只是加上一个革命的尾巴，或者如夏衍的《上海屋檐下》那样革命只是一个背景。

二、40—50 年代：
革命意识形态对情爱力比多的整理

但情爱话语从某种意义上来说是个人性的，它又与革命所强调的集体主义精神有所悖离。因此尽管蒋光慈的小说受到了身份为青年知识分子的读者的热烈欢迎，使他们浪漫的革命热情得到了极大的满足，但还是受到了左翼意识形态的抑制，从而直接导致了这种革命与情爱的互激模式在创作的当时就受到了激烈的批判，就像巴金的主人公批评那些恋爱中的女青年是"小资产阶级女性"（《雾》）一样，当时的批评者也批评蒋光慈是小资产阶级的"狂热"与"幼稚"。[1]从五四就已经确立起来的革命与情爱的对立的思维定势在 30 年代并没有发生质的变化。只不过在文本的表现上发生了一些变化而已。

革命意识形态对情爱和情爱力比多的抑制在 30 年代后期更出现了微妙的变化，主要是革命理念的变化。20 和 30 年代的革命带有个性主义和民粹主义色彩，而进入 30 年代后期，革命意识形态在激烈的阶级冲突和战争形势中渐趋被体制化，个人主义色彩被大大地削弱，并成为体制化革命打击的对象。也就是说，在革命尚未成功之时，革命与恋爱尚且可以组成一个罗曼蒂克的公式，但革命从本质上是排斥带有个人化色彩的情爱内容的。所以当革命即将成功时，革命了就不能恋爱了。40—60 年代就是这样的既排斥情爱的宣泄而情爱的内容又时时显露的时期，是一个革命的意识形态对情爱和情爱力比多的整理时期。

在丁玲的小说中出现了对欲望的表达和对欲望的最终抑制这样的矛盾和矛盾之后的服膺。丁玲创作于 30 年代的小说如《莎菲女士的日记》《韦护》等作品带有很强烈的女性个人主义倾向，这些作品对女性的情爱欲望表达的直接，在现代文学史上也是首屈一指的。就是

---

① 唐弢主编：《中国现代文学史》（二），人民文学出版社 1982 年版，第 201 页。

她到延安初期的作品,如《我在霞村的时候》也仍然没有完全放弃这样的表达。这一时期的短篇小说《夜》更是对情爱力比多的表现进行了丰富的表达。小说中用了很大的篇幅叙述了村指导员何华明对地主的女儿清子和对妇联委员侯贵英的性爱欲望。作品对有关何华明的欲望写得生动而真切:清子是"发育得很好的""高大的",这给予何华明"一种奇异的感觉";而何华明对投怀送抱的侯贵英,"他讨厌她,恨她,有时就恨不得抓过来把她撕开,把她压碎。"

从 30 年代走到延安的丁玲的创作,延续了带有精神分析特征的私人情感和情欲的表达的个性。而丁玲以外的其他的作家作品,虽然也讲述情感甚至是情欲,但更多的是带有社会属性的情感。孔厥、袁静的《新儿女英雄传》中对牛大水和杨小梅的爱情和孙犁的《荷花淀》中夫妻的情感的讲述都具有这样的特征。最突出最著名的是闻捷的那部采撷了民歌的汁液而又非常个性化的诗作《天山牧歌》。它把劳动爱情写得感人至深,《苹果树下》很细致地描摹了姑娘情爱心理在劳动中的变化过程:当苹果树开花的时候,小伙子的歌声使姑娘的"心跳得失去了节拍";当树上苹果还没有成熟的时候,姑娘反感小伙子的求欢,说:"别用歌声打扰我","别像影子一样缠着我";而当苹果成熟的时候,爱情也走向了成熟,姑娘说:"有句话儿你怎么不说"。情爱在革命中成熟,而革命也促进了情爱的成熟。显然,情爱在闻捷的诗歌作品中,成为激发革命——劳动的一种有力的工具。在这样的情爱讲述中欲的成分被淡化,也就是说情爱中强烈的力比多趋力已经消隐。显然,在一个革命走向成功的岁月中,革命已经不需要借助于个人的力比多趋力来激励革命的进程。

在这一阶段中,情爱的社会属性上升,但并不绝对地驱逐欲的成分,文学作品往往在非常压制的语境中表现情爱与情欲。这样的情形在曲波的长篇小说《林海雪原》中可以得到印证。卫生员白茹对二〇三首长少剑波的感情虽然仅仅是很短的一个插曲,但也写得非常的细腻。白茹在剿匪斗争中爱上了年轻能干的少剑波,而少剑波也在这样的过程中爱上了她。这样的情感高峰戏是在少剑波看见白茹"两只静白如棉的细嫩的小脚"之时,那样的场景使少剑波"脑子里的思欲顿时被这个美丽的小女兵所占领"。这样的不可遏止的"思欲"显然已经超出了"精神恋爱"的范畴。但情爱力比多对革命行为的激励作用并不明显。

一方面是革命的话语在那一时期仍然允许在"革命"家族内部挥发情爱的力比多,但另一方面40—50年代也是革命的意识形态借助于政权的力量对于革命与情爱的关系进行整理的时代。

"座谈会"之后,丁玲的作品中就出现了抑制情欲的倾向。40年代的何华明在夜里对异性欲望即将要得到发泄时,他突然想到了自己的"干部"身份,从而克服和放弃了自己对欲望的追寻,最终服从了革命的大局的需要。这篇小说的文本虽然极其真切地表达了指导员的欲望冲动,但革命的话语最终显示为一种改造性的强制权力,通过作家的倾向性而显示其威力。丁玲的《夜》中这样的收尾,后来发展为千篇一律的情节模式。路翎的小说《洼地上的"战役"》讲述了志愿军战士王应洪在朝鲜战场上与朝鲜姑娘崔英姬之间的感情波折。一方面作品写出了小王对崔英姬的爱情的冲动,但这样的冲动却最终是男性主人公的对部队纪律的自觉服从,也就是自觉割断了与女主人公的情感联系。《小二黑结婚》中虽然谈到了小二黑与小芹的恋爱,但是从文学的表述来看,重在表现小二黑和小芹对坏分子的斗争,表现人民政府在恋爱/婚姻自由中的作用。情爱内容在叙述中只是革命内容的铺垫。而表现出强烈个人情欲的三仙姑却被丑化,她为了吸引男人而精心作出的打扮,被描绘成了"好像驴粪蛋上下了霜";而且最后还不可避免地得到了"改造"——花衣服和绣花鞋都不穿了,也就是说她不再风骚,而真正成为一个"母亲"和"长辈人"。在这里,革命化之中不但包含着男权的诉求,而且显示了革命话语对情爱力比多的丑化倾向。假如说丁玲还只是将情爱力比多作为一般意义上的对立面的话,而赵树理则将中国传统文化中的女性情欲污秽的思想与革命意识形态结合起来,并且以革命的名义进行了排斥。这样的倾向在后来的文革文学中还将有着进一步的发展。

这样的情节发展模式是具有相当的象喻意义的。它体现了革命的意识形态对情爱力比多的控制和消解的过程。正是意识形态的变化才使文学作品出现了这样的"理性战胜情感"的叙述模式。当这样的意识形态模式发展为一种文学的审美定势的时候,它就可以行使对已有作品进行修改的权力。著名的歌剧《白毛女》的情节在演出的过程中不断的被"修改"就是这样的权力的体现。贺敬之等人集体创作的《白毛女》开始时并没有回避爱情的表达,最突出的例子就是对喜儿与大春情爱关系的设置上。而演出和改编的过程中,爱情的内容逐渐被淡化以至完全被取消,尽管大春与喜儿是青梅竹马,但就是不让他们恋爱;到后来的革命舞剧《白毛女》则将仅有的一点暗示也进行了阶级脸谱化处理。杨沫的《青春之歌》中所讲述的主人公林道静与余永泽和卢嘉川的爱情故事,与丁玲的作品《夜》有着相似的情形,一方面讲述了情爱与情爱力比多的冲动,另一方面又表现了创作主体对情爱力比多与革命意识形态关系的矛盾,即:一方面她将情爱和情欲看作是革命的抑制力量,如在林道静参加革命之前与余永泽的爱情就被进行了这样的处理;而另一方面则极力渲染情爱对革命意识形态的推动作用。正是卢嘉川对林道静的爱情,才诱导林道静最终义无反顾地走上了革命的道路。尽管如此,无论是《林海雪原》还是《青春之歌》在发表的当时都受到了"诟病",被指称为表现了小资产阶级情调。50 年代表现夫妻冲突的著名短篇小说萧也牧的《我们夫妇之间》就张扬了革命与革命对被抑制的夫妻生活/私人情爱的矛盾。"我们夫妇之间",因为丈夫进城市后看不惯妻子穿着打扮,导致妻子在革命意义上的对丈夫的反感。而妻子的反感是革命的表现,而丈夫的思想则是小资产阶级知识分子的情调的体现。从创作主体的意识导向上,否定了情爱的追求。即使表现爱情,爱情也缺少30 年代的罗曼蒂克的力比多冲动。在革命的意识形态的宰制之下,情爱成为一种纯精神性的存在。这表现在对情爱的表达上往往将爱情与其他的一些意识形态的观念挂钩,如将爱情与劳动相结合。豫剧《刘巧儿》中的刘巧儿所唱的那句"我爱他身强力壮能劳动",几乎成为那时的一句流行语,也成为文学作品的普遍主题倾向。劳动中的爱情在 50 年代被作为最高尚的情感。闻捷的《舞会结束以后》中的小伙子向姑娘求爱,结果姑娘向他要求"军功章"。同样,《苹果树下》和《吐鲁番的葡萄熟了》以苹果和葡萄的成熟过程来比喻爱情的成熟过程,讲的还是爱情在劳动中开花结果。在这些作品中,情爱的力比多内涵被"劳动"这一具有革命意识形态指向的概念所置换。

　　还有一个层面,这就是到了 50 年代的末期,情爱变成了与革命迭加在一起的东西了,最典型的就是《青春之歌》的主人公林道静的道路。如果有了个人问题 ,那就与他决裂,革命压倒一切。在革命意识形态与情爱话语的关系上,追求的是革命的志同道合的爱情。卢嘉川与林道静的爱情是建立在革命的基础上的,而林道静的前夫余永泽因为一心只读胡适的书,而厌恶革命,所以林道静离开了他的怀抱。这就是郭小川所歌咏的"新美如画"的"战士的爱情"(郭小川《团泊洼的秋天》)。情爱中有着社会志趣的影响,但同样的情爱中也有着大量的非志趣的因素,而这里却将志趣因素作为情爱的唯一内容,那么情爱就不再是情爱了,情爱成为被阉割了力比多内涵的空壳,成为政治话语的代言符号。尽管如此,《青春之歌》还是因其小资产阶级情调而受到了批判,革命的意识形态威力正以气势汹汹的姿态向情爱力比多宣战。

三、60—70 年代: 革命意识形态对情爱力比多的彻底驱逐

延安时期和"十七年"时期,情爱话语尽管受到抑制,但仍然可以是文学表达的话语成分,但到了 60 年代,情爱力比多终于完全被驱逐出文学的话语,文学的空间于是完全成为革命意识形态显示自己权力的专有场所,文学也因此成了无情的与无性的文艺。

"文化大革命"中的样板戏,从中心人物,即那些在众多英雄人物中被突出的英雄人物("三突出"规则之一)的性别来考察,绝大多数是女性,如阿庆嫂(《沙家浜》)、江水英(《龙江颂》)、李铁梅(《红灯记》)、方海珍(《海港》)、吴清华(《红色娘子军》)、柯湘(《杜鹃山》),还有此前的《洪湖赤卫队》的主人公韩英,《江姐》中的江雪芹。但是这只是一般的性别划分,因为这些女性主人公的性别特征并不明显。一是她们的穿着打扮大多没有传统意义上的女性服饰特征。她们剪着短头发(俗称"二道毛",是五四时期女学生头型的延伸),腰间勒着军人一样的腰带(或是为了打仗或是为了上工的方便)。二是在她们的行为举止是刚性的,都是举手向前指示方向的造型,如柯湘、方海珍的一手叉腰,一手高举,目视前方,很有自信的造型,都绝对不会有女性的诸如妩媚、柔婉之类的性别特征,更不要说情欲意义上的性征了。三是在语言上,都是很豪迈的壮语和革命的哲理,绝不会出现女性的卿卿我我的语言形态。总之一句话,她们都从头到尾被"武装化",真正像毛泽东在他的诗中所说的那样"中华儿女多奇志,不爱红装爱武装"了。她们

与男性做着一样的革命的事情/事业,她们满口说的是革命的语言。在设计这些女性主人公与社会的关系时,她们只与当时社会的主流政治话语发生关系,即她们只被作为革命理念的代表与反革命的理念发生斗争,而绝对禁止她们与生物学意义上的男人接触(尽管她们不可能不与男人接触,但那些男人也不是生物性,而是政治性),所以就出现了这样的现象:《红灯记》中,家里都是没有亲人的,李玉和没有老婆,李奶奶没有丈夫,李铁梅没有父亲,更是没有未婚夫;《龙江颂》中的江水英、《杜鹃山》中的柯湘、《洪湖赤卫队》中的韩英都没有老公;《海港》中方海珍则只知道革命不知道恋爱;革命舞剧《红色娘子军》中的吴琼华(后被改名为吴清华)只是个童养媳,但给谁做也不知道;《沙家浜》中的阿庆嫂倒是有着丈夫,但却"跑单帮去了"。上述的一些作品最初是有着情爱内容的,但后来却都被革命化/非性化了。如《白毛女》最初包含了大春与喜儿相爱的内容,但是在后来的"三突出"的改编中这样的内容也就被剔除了。总之,"凡是出现女人的地方,都不许她接近、亲近男人" ①。

当然,并不是说凡是有男有女的文学作品中就一定要恋爱,但在所有的作品中都没有恋爱,或者刻意回避,那就不正常。这种现象只能说明一个问题,那个时代对性是持着彻底的排斥态度的。由于革命意识形态对情爱力比多的严密抑制,这些女性主人公形象作为人物存在的唯一理由就是为了体现革命的理念。在那个时代的主流话语中,她们的性别特征被抽干,并都实实在在地成为革命意识形态的代码。

革命文学话语排斥革命的女性主人公表露情爱,但并不排斥在某些时候文本情爱力比多作一些挥发,只不过那是反面人物,如资产阶级分子、地主分子、特务的"专利"。如《智取威虎山》中的坐山雕可以有蝴蝶迷做伴;《沙家浜》中的胡司令也可以结婚;电影《黑三角》中的国民党特务更可以有骈妇。一写到地主反坏右的生活总是歌舞婉转,于是性与情成为糜烂生活的代名词。这从另外一个角度反证了那个时代对情爱的态度,情爱是腐朽的,甚至是反动的。这比巴金当年把它看作是"小资产阶级情调"要极端许多倍。

文革时期,这是革命意识形态对情爱力比多的彻底驱逐时代。

---

① 谢冕:《文学的绿色革命》,贵州人民出版社 1988 年版,第 27 页。

四、尾　声

综合上述,我们可以看到,现代左翼文学语境中的情爱表达走了一个由粗变淡的倒三角轨迹。30 年代革命语境中的情爱,情感与情欲的成分共存。而到了 40 年代之后,情爱中的情感的因素上升,而情欲的成分则下降;而且情感的内容减少,且被置换。文革时期则连最后的剩余的纯情感的情爱也被取消。与此相反,革命的因素则在不断的上升,并最后成为文本的唯一元素。

情爱(包括精神性的情感与人本意义上的情欲),是人的个性的最具有本质性的组成部分。它是私人的,也是个性的。而中国现代左翼革命,倡导无产阶级革命,倡导阶级斗争,这都显示了它的集体主义的本质。并不是说集体与个人具有天然的对立,但在革命中,更需要对个人与个性进行战时的"征集",因此,革命中的集体与个性就具有了矛盾与对立的性质。中国现代社会中的红色革命从 20 年代肇始,一直到"文革"时期,就一直没有停止过。连续的革命,造成了对个性与个人的连续的征用。30 年代上海时期的左翼作家,由于特殊的社会环境,使革命作家虽然意识到了个性对于革命的"危害",但文学想象的个性却并没有受到伤害,而且在文本上占据了绝大的优势。但延安时期,有组织的体制化革命,使革命有条件对个性进行调整。所以,作为个性的重要组成部分的情爱内容虽然受到了压抑,却仍然能够在文本中呈现,但这一时期,最初的文本的比重已经大大下降。"文革"时期,革命集体主义的极端的提倡,导致个性文本与情爱文本的最终的完全被驱逐。

从中国的文化传统来考察,文人知识分子天然地与情爱有着密切的关系,中国传统的文化作品中充斥着知识分子的情爱故事。尽管五四一开始就把情爱内容交给了鸳鸯蝴蝶派,主流的知识分子社团对此进行了大规模的批判,但是不容否定的是,参与情爱事件和书写情爱是中国传统文学的"风流"的最重要的内涵。驱除了知识分子的情爱参与,实质就是阉割了知识分子的本质。所以尽管情爱不断地被批判,不断地被国家意识和政治意识所篡改,但是对于知识分子情爱事件的表现,新文学就从来没有停止过。且不说张恨水、张资平、蒋光慈、徐訏、无名氏这些情爱小说专家的创作,就是具有强烈的入世倾向的文学研究会和创造社作家,也写作了大量的情爱文学作品,甚至毫不比那些情爱小说家逊色。在那些爱情作品中,虽没有那种救民于水火的国家知识分子的壮怀激烈,但是却看到知识分子的儿女情长中的人道情怀。中国现代知识分子的个性在情爱书写甚至是带有人本倾向的情爱力比多的张扬中得到确认的。情爱和情爱书写是中国现代知识个性的重要内涵。知识主体与情爱似乎天然地结合在了一起。所以,文学文本中的情爱内容的演变过程恰恰显示了知识主体在中国现代社会中命运的浮沉变迁。在 30 年代左联时期,正是知识个性得以张扬的时期,尽管革命的批评话语对于这样的知识个性进行了多次的反复的纠正;40—60 年代中期,知识个性虽受到压抑却没有完全失语;在"文革"期间,情爱内容被彻底驱逐出文学本文的时候,也恰是中国知识主体的主体性完全湮灭之时。中国现代左翼文学对文学本文的情爱祛魅,其实质就在于知识个性的消泯。当文学中的情爱内涵被消除殆尽的时候,文学的知识个性也就消失了。

情爱力比多与革命意识形态的再次耦合,并成为革命中的原始动力,则是在 20 世纪的 70 年代末到 80 年代。在伤痕文学潮流中出现的鲁彦周的《天云山传奇》、张贤亮的《绿化树》等小说作品中,革命被作为主导性的表现内容,但是这样的表现内容又是在两性关系的框架内进行的,革命者罗群和冯晴岚的恋爱无疑对于罗群抵御来自革命阵营内部的无情斗争和因这种斗争而产生的自我内心的孤独感受是至关重要的,革命信仰在小说给定的场境中起到了相互促进的作用。当然这样的书写也是中国现代左翼知识分子写作重新回归的产物,因为只有知识分子写作的回归,才有知识分子意识和生活情趣的回归。

革命意识形态与情爱力比多的分裂/悖离是发生在 20 世纪 80 年代末期,虽然一大批先锋小说家如莫言、余华、潘军也进行着对革命历史中情爱与革命的表现,但是在他们那里力比多对于革命往往成为一种结构的力量。潘军的小说《结束的时候》就把一个革命者的牺牲与两个革命者之间的情爱与性爱的纠葛,甚至与儿子对于母亲的情人的天然敌视联系了起来。当革命与情爱力比多被作如上处理的时候,中国 20 世纪的革命文学也就被淹没于现代主义的叙事张力和存在思考之中了。

[原载《海南师范学院学报》(社会科学版)2007 年第 1 期]

左翼文学的血统化和知识分子的隐退

左翼文学贯穿着整个 20 世纪中国的文学的发展,作为这个世纪最大规模的文学思潮,知识分子意识和知识者形象在其中经历了曲折的演变。考察 20 世纪左翼文学(从 20 年代到 70 年代),我们会发现在各种现代和传统的意识形态的支配之下,它经历了一个血统化的过程;而这也正意味着知识分子形象的被迫退场。

一、初始期:知识者造访彼岸的梦想

中国现代左翼文学是现代左翼激进知识分子大力倡导的产物,但是在左翼文学之初,文学文本不但不拒绝知识分子形象,而且把知识分子形象作为叙事的中心,并使文学成为整个五四自叙性文学运动的一个重要的组成部分。

中国知识分子在近现代社会中面对着国家的危亡所表现出的软弱无力,使他们在五四之初就对自我的行动能力持深刻的自我批判的态度,也使他们内心中毫不犹豫地接受了来自苏俄的"劳工神圣"思想。可以说,中国知识者在接受阶级斗争学说之初,即已经明确了资产阶级、封建阶级和无产阶级分别指涉此/彼两岸的宗教特性,并且都自觉地把自己归入封建阶级和资产阶级的罪恶的此岸。这一时期的文学话语中已然出现了自卑的知识分子的形象,如鲁迅的《一件小事》和郁达夫的《春风沉醉的晚上》中的"我"都将劳动者的形象塑造地很高大,并以劳动者的形象衬托知识分子自我的卑琐。

在现代文学史上,最为完整地表达了这种知识分子对劳动者的崇拜意识的是左翼作家的创作。中国现代左翼文学第一次大规模地开始表现中国农民和农民革命。在蒋光慈的《短裤党》《咆哮了的土地》、叶紫的《丰收》和茅盾的《春蚕》《子夜》等作品中出现了大量的劳动者和劳动革命者的形象。《咆哮了的土地》中革命的工人张进德耿直勇敢,冷静机智,从工人运动岗位转到农村,讲究革命策略,善于联系群众,启发群众,显示了比较优异的领导才能。《短裤党》中的李金贵和邢翠英表现出勇往直前、不畏牺牲的英勇气概,作家歌颂了无产阶级的革命坚定性。在这些作品中,作家赋予了这些劳动革命者以反抗黑暗社会的强力和热情。但是,在这些作品中,创作主体对劳动革命者的革命的幼稚性也有着大量描述。时代使革命的知识分子把革命的希望寄托在劳动革命者身上的同时,也对他们的革命的前途持怀疑的态度。与五四初期的左翼作家对待劳动者的概念化的崇拜有所不同的是,20—30年代的革命知识分子是在革命的实践中来看待农民和工人的革命的,而且还带着革命知识分子的贵族意态。

与此相映照的是,革命的知识分子形象却被塑造得相当的生机勃勃,并在那个时代的文学中占据了主导的地位。蒋光慈的《少年漂泊者》所写的主人公汪中虽然是出身农民,但从作品的语境来看,他却是个典型的知识分子。主人公的烦恼和痛苦是少年维特式的。他的人生虽然充满了苦难,但也是知识分子的感受和苦难。因此,汪中从一个孤儿到革命战士并为革命牺牲这样的成长历程,就是知识分子的成长。《冲出云围的月亮》中的王曼英是个典型的出身于旧家庭的知识女性,在她参加革命以及革命失败后的对"资产阶级"的报复中,她完完全全站在革命阶级的立场上。在她由旧阶级向革命阶级的过渡中,几乎没有什么障碍。另一位左翼文学巨匠茅盾在这一时期创作了《蚀》三部曲。其中《幻灭》中的静女士、惠女士,《动摇》中的方罗兰、孙舞阳和方太太梅丽等人物形象的塑造中,作家虽然凸现了他们/她们的动摇、幻灭和追求的情绪,但并没有显示身份在其革命中的作用。左翼英雄具有知识分子的精英意识。

但是,"左联"时期并没有出现真正意义上的革命英雄传奇,究其原因,"就在于从'五四'知识分子精英转向而来的左翼作家只不过是将原先的'五四'精英意识主观地转换成为'左翼'精英意识,将强烈的个性主义价值理念人为地涂抹上了鲜红的政治革命色彩。现在我们重新去阅读那些左翼红色革命文学作品,很容易就能发现个性主义的任意张扬调和着时髦的政治革命词汇,使其不过是对民间传奇中个人主义英雄的精神特质作了现实政治意义上的艺术诠释。这不仅使其根本无法进入到无产阶级革命英雄主义的艺术范畴,而且更没有完成左翼文学曾经为自己制定的用革命英雄主义去教育人民大众,并使其成为革命战斗英雄的历史使命。英雄传奇真正由民间概念转变成现代政治意识形态观念,并形成文学创作的主流艺术倾向,起始于解放区文学时期。"①

但是,这一时期已经开始出现"一个阶级一个典型"的创作现象。最为典型的当属茅盾的长篇小说《子夜》。在这部长篇中,由于阶级的差异,吴荪甫便具有民族资产阶级政治上的两面性,即革命性和反革命性,而且在品格上也是好坏参半;而赵伯韬由于是买办资产阶级,于是无论是政治品格还是个体品格都是极度堕落和反动;而工人阶级则是虽幼稚但思想和品德高尚。"对于这些人物,作者是怀着一种坚固的并不十分正确的观念,即'一切资产阶级的妇女,必定是放荡的,而资产阶级的生活'必定缺少不了这些色情的女人的点缀。"②韩侍桁这里所说的并仅仅是女性的形象,当然也包括茅盾所塑造的男性形象。这样的将个体品格与阶级身份相挂钩的类型化的手法,是茅盾实践"革命现实主义"③的结果。而这样的结果恰恰是血统化了的。

不过,虽然《子夜》将不同的阶级的品质进行了血统化的处理,但这部知识分子的小说并没有涉及知识分子向劳动者阶级转化的问题。但是,这一时期的作品并非完全没有触及知识分子在走向革命中所遇到的血缘"障碍",也就是说知识分子在革命中的身份焦虑已经开始萌芽。蒋光慈的长篇小说《咆哮了的土地》就是这样的标本性的作品。作品中的李杰和何月素都是出身于地主家庭,一个是"李家老楼"的大少爷,一个是何家的"亲侄女"。因为在血缘上他们与地主家庭的天然联系,使他们反抗地主阶级的行为一开始就受到了农民们的怀疑,即由地主阶级的"逆子贰臣"向无产阶级的战士的血统鸿沟的跨越中存

---

① 宋剑华、戴莉:《传统与现代:论革命英雄传奇对民间英雄传奇的历史演绎》,《社会科学辑刊》2002年第4期。

② 韩侍桁:《〈子夜〉的艺术,思想及人物》,《现代》1933年第1期。

③ 茅盾:《创作生涯的开始——回忆录(十)》,《茅盾专集》(第一卷上册),福建人民出版社1983年版,第613页。

在着一定的障碍。在作品的语境中，这两位革命者在少许经历周折和考验后，就被农民接受了。知识分子李杰始而和农民吃饭在一起、睡觉在一起、斗争在一起；在关键的时候——暴动的农民要烧毁"李家老楼"烧死自己生病的母亲和自己幼弱的妹妹——也仅仅在稍许的痛苦之后，毅然接受这样的结局，和自己的血缘家庭彻底决裂；终而为革命献出了自己的生命。在经历了这样的重重考验之后，他们始而顺利地成为了农民运动的"参谋长"和"妇女部"主任，并最终成为为革命牺牲自己生命的革命家——游击队的队长。

在李杰的"成长"过程中，血缘身份已经成为受到追问的因素，并成为延宕李杰成长过程的决定性的因素。但是，这样的因素虽然存在，却没有能够最终阻遏他的成长。早期的鲁迅、郭沫若等人无不为先天血统的卑劣而忏悔不已。但是两岸之间虽然存在着一条翻涌着血统乌云的鸿沟，但并非不可逾越。因为中国知识分子所秉承的是儒家的血脉，崇奉的是孟子式的现世救渡思想，即用"苦其心志，劳其筋骨，饿其体肤，空乏其身，行拂乱其所为"，所谓"动心忍性"的方式来脱胎换骨。这为他们提供了一条通达彼岸的捷径：要蜕变为新的阶级，走向无产阶级所居住的彼岸世界，不必经过血统的现实转换，只要作一次类似于基督教"复活"、佛教"涅槃"的现世赎罪旅行，就能获得再生和踏入"乐土"。在阳翰笙的《地泉》三部曲之《转换》中知识分子身份也顺利地实现了向无产阶级的"转换"。虽然那时已经形成了知识分子和劳动者形象质的定型化，但是丁玲的《田家冲》中的三小姐的家庭出身和环境虽使她与贫苦农民之间的交流有着某种程度的障碍，但对于一个革命者来说，这样的障碍又很容易被打破，所以在作品的结尾，她终于实现了在农民中传播革命思想的目的。这些形象的塑造很显然对当时已经开始形成的"一个阶级一个典型的作风，实际上是有力的否定与冲击"①。这很显然是那个时代的知识分子（包括作家）的创作意态作用的结果。

由上述可见，在红色30年代，虽然左翼文学和左翼文化中存在着对劳动者血统的崇拜，但是并不排斥知识分子的参与，并不拒绝知识分子通过自身的行动以实现向无产者彼岸的过渡。究其原因，在

----

① 唐弢主编：《中国现代文学史》（二），人民文学出版社1982年版，第240页。

30 年代的上海，左翼文化虽然崇拜工农，但是对左翼创作并没有形成类似于延安时期的文化强制，也就是说，血统意识在那一时期没有付诸实践，而左翼知识分子在这一时期仍然掌握着表达的话语权。他们不可能在话语空间中阻断作为自我的新生之路。

这样的再生梦幻虽然在后来遭到狙击，但还是一直延伸到 50 年代，杨沫的长篇小说《青春之歌》就是这样的代表作。尽管作品的主人公林道静有着一半的劳动者血统（她的母亲是雇农的女儿秀妮），但因其生父为剥削者（大地主林伯唐），并且她还在地主家庭中长大，受的是地主—资产阶级的教育，因此，无论是按照传统的父系宗族制度惯例，还是依据唯物主义的社会环境决定论，我们都完全有理由对她的前一半血统视而不见，那么，呈现在读者面前的主人公基本上是剥削阶级的后裔，林道静开始了再生的旅程：她首先悖离了自己的血统源——家庭，这不仅是门庭的改换，而且意味着对原血缘的憎恶和遗弃。林道静的这次行动从表面上看是没有什么大惊小怪的，与迫害自己的所谓"亲情"划清界线理所当然，但问题在于阶级论并不强调这一点，而真正对此极为敏感的惟有血统意识，所以，林道静的"改造"一开始即被导入血统的秩序。遵循这一种族语言所给定的规则，她紧接着抛弃了自己与小资产阶级知识分子余永泽所缔结的婚姻，因为既然已自诩为新的"血统"阶层，就必须维护这个宗族的利益，而与劣质血统阶层通婚则无疑有损于血脉的纯洁。在这里，我们分明感受到中世纪种姓制度对现代生活的强烈辐射，林道静要实现向优等血统的归附就必须割断与自己本阶级的姻缘关系，而与她所崇拜的血统阶级的人联姻，才能实现血统的转换，于是，作品中有了她与卢嘉川之间的同志式的"爱恋"。这如同一个法国平民小姐嫁了贵族，而获得了那个标志着高贵血统的"德"的姓氏。而仅此是不够的，她必须经历更深刻的生与死的磨难，才能在死亡之后完成对血统的转换。死亡无疑是更换血统的最好的方式，但对于现实的愿望主体的生存是毫无意义的。因此，林道静受愿望主体的佑护，通过"假死"的方式经过"痛苦的城"（见但丁《神曲》）的洗礼，而完成了对父辈罪责的偿付，最终成长为新质的人，即由"绅士阶级的逆子贰臣"成长为"无产阶级和劳动群众的真正友人,以至于战士"①,从而取得了与优等血统阶层平等的话语权,林道静在作品的最末部分成为"领导者",并有着较之于她所归附的血统更多的自豪感和优越性。在这样的故事中,带有剥削阶级血统的主人公依据创作主体的"愿望因果链",顺利地经历了孙悟空式的"九九八十一难",终于修成了正果,再造了自我的血统。

这一时期的左翼文学虽然崇拜劳动血统,但并不排斥知识分子的个性张扬,甚至还表现出了知识分子的贵族的高贵气息。

二、过渡期:两难中的矛盾整合

知识分子在文学话语中表达对劳动血统的崇拜,并通过幻想性的文学话语得以实现自己的再生愿望,这样的文本大多出现在左翼文学的初期。而当左翼作家进入解放区之后,新的环境下,这样的愿望首先就是带有血统化倾向的延安文化整合的对象。

面对着这样的强力整合,知识分子不得不加强自己在红色 30 年代中就已经形成的自我卑贱感受,并最终确认,在阶级划分上的超越血统行为是非法的。如此,则那些隶属于剥削阶级血统的前当代中国的大部分作家均不得不约束主体性,放弃展现自我的欲念。但是,无论是外在环境还是作家自己都不可能完全强迫他们远离对血统的关切。这就形成了一种具有过渡性质的小说叙事形态,即具有相当挑战性的杨沫式的"两难故事"和带有自我解颐性质的丁玲式的"误会故事"。

丁玲在 20 世纪 40 年代创作了长篇小说《太阳照在桑干河上》,那时候她还为政治误会的阴影所追随:一是因为 30 年代在上海被国民党逮捕入狱的经历而被怀疑为"叛徒",这在鲁迅的信件中曾提到过;二是 40 年代初延安发生的王实味事件使她卷入更深。这促使她急于在作品中洗刷自己,昭示清白。她在当时的情势下,既不能怀疑革命同志的"怀疑"的正确性,又不能就此埋葬自己,因此,"误会"也就成为上述逻辑推演的必然结果。而驱除"误会"迷雾最有力的依据就是

---

① 何凝(瞿秋白):《鲁迅杂感选集序言》,载北京大学、北京师范大学、北京师范学院中文系中国现代文学教研室主编:《文学运动史料选》(第二册),上海教育出版社 1979 年版,281 页。

证明自己血统的纯洁性,因为对于血统/阶级话语来说,这才是真正的本质的解释。对于作家来说,要杨沫式地设计出"两难故事"那样的结构是非常危险的,因为在血统功能作用活跃的社会语境中,以作家自身的复杂阅历便会知晓,任何"脚踏两只船"的具有自我表现性的形象塑造,都会被视为狡辩。生存的本能终于促使丁玲把作品初始的"两难故事"演绎为后来的"误会故事",从而实现了对血统/阶级戒律的彻底归顺。

具有作家自我投射性质的黑妮的形象可以看作上述创作心态的体现。在暖水屯最初的阶级划分中,黑妮的叔父钱文贵理所当然地因其财产的数量而成为地主阶级的一员。假如说血统意识没渗入这部作品的话,那么一贫如洗的黑妮也就成为农民阶级了,也就不存在她与程仁之间的婚姻障碍了。但是,恰恰相反,正是她的"地主侄女"的身份才导致了这一婚姻的被拒绝。这似乎暗示了以血缘关系为标准的血统论和以财产关系为标准的阶级论之间冲突的存在。然而作家回避了这一矛盾,放弃了对双重血统的黑妮命运的衍述,转而讨论起黑妮"地主侄女"身份这个问题。这时候作家的主体意愿很自然地化入了黑妮的情绪之中,血统意识浮现为具体的基本情节结构——辨别真伪"阶级身份"。作者巧妙地避过了有关血统在现实政治话语中的禁忌,把血统对爱情的阻抑转化为由于"阶级身份的误会"而带来的延期。丁玲本人在谈到黑妮这个人物的原型由来时提到,她在土改中曾经见过一个名为"地主侄女"实为"地主丫鬟"的姑娘,并因其成分上的暧昧和矛盾而萌生了写作的欲望:如何澄清其"生活于那个阶级并不属于那个阶级",澄清"她是受压迫的"[①]。这段话的兴奋点很显然在于"地主侄女"上,作家所传达的意思是明确的:即使黑妮"生活"于那个阶级,但如果血统不是那个阶级的,那么她仍然"不属于"那个阶级,因为血缘是决定属性的本质。小说的澄清无疑是成功的,一经转化为"真假身份问题",虚名血统对阶级确认的可能阻碍就随着身份的明确和故事的铺展而成为一场虚惊,黑妮因为实际上不属于那个阶级的真实后裔而被当作小说中的"被愿望客体"而保住了她血统的纯洁性,程仁这个革命阶级主体也因此得到了清白的证明。实际整个暖水

---

① 丁玲:《谈自己的创作》,载袁良俊编:《丁玲研究资料》,知识产权出版社 2011 年版,第 185 页。

屯的"阶级斗争"似乎便是黑妮故事的放大,这里的土改能否取得成功,完全取决于"革命主体"能否正确地从复杂的亲缘关系中,辨认出血统意义上的"阶级"身份。而土改运动的第一次失败就是文采作为一个领导,不能从共产党员的背后看出"地主女婿"的"真阶级身份"或"军属"身份下看出"真地主"。因此,土改中的阶级斗争实质上亦即一场由血统出发的"身份"大辨认运动。

这样的误会故事其实质是在边缘化状态中考验血统的反应机制,并灵活地表达了知识分子的再生愿望。但是在理性上,作家丁玲还是将一切优美的品德都赋予了农民出身的干部如程仁、张裕民甚至是小学校的看门人老吴,而作品所涉及的所有知识分子(两个半)都具有知识分子的弱点甚至不值得信任:工作队队长文采是一个"有着绅士阶级的风味"、华而不实、脱离群众的人,小学校教师任国忠则是一个鬼鬼祟祟地和地主坏分子串通一气的特务一样的人,那总写出错别字的刘老师(半个知识分子)虽然和革命保持着一致,但却是一个形容委琐的人。不过,这种知识分子的再生愿望在稍后的《青春之歌》中仍然被延伸了下来,并在类似的双重血统人物的设置上把这样的考验和愿望推到了极致。

《青春之歌》中的主人公林道静的血统是双重的:"我是佃户的女儿,又是地主的女儿。""我身上有黑骨头,也有白骨头。"①她的父亲是地地道道的官僚地主,由父权血统语言规则来衡量,她应归属剥削阶级的血统阵营,所以,她就应该在优等血统者——无产阶级的社会文化中被虢夺话语权和生存权,当然也就失去了成长的可能性。小说对这一血统渊源的叙述在很大程度上应归结为作家对事实的尊重和无可奈何的承认,林道静也许是应该成为一个无产者血统的人物,但可惜她不是,而如果是的话也就取消了故事。然而,这一主体愿望并未因事实而消逝,生存的渴求迫使她必须拥有一定的优质血统,于是,林道静又成为仆女——劳动者的女儿。林道静的母亲是一个雇农的女儿,是被地主强抢做姨太太的被压迫阶级的劳动妇女,这种血缘关系决定了主人公天然地具有了农民阶级的"遗传基因",这是她具有优秀先天质的无可辩驳的事实。因此,她也就有权力在前当代文学中呈现

---

① 杨沫:《青春之歌》,人民文学出版社 1960 年版,第 247 页。

自己的成长历程。

我们毋须讨论"父亲是地主,母亲是女仆"这一故事发生起因的生活与历史的偶然性和必然性,关键在于它的存在给予林道静所施加的影响仅仅在于血统/阶级范畴之内。这一简单的被创作和评论一再强调的事实存在,把林道静抽象为血统/阶级的符号,并把她的个性理念地塑造为双重血统/阶级的叠合体。

这种同一个体内相悖的两极血统/阶级人格结构的设置,暗示了机械血统观念对于个性的车裂,这似乎是一个冷峻的诘问,即为造成这种状况的上述观念提出了一个不得不面对的两难选择。但假如把创作主体放入当时的历史文化背景中去考察,这种诘问的挑战性是很微弱的,或者说即使具有挑战性也是潜意识的。因此,这种双重血统/阶级性格最为重要的还是表达了创作主体自我救渡的愿望。假如没有"劳动人民"血统的话,那么林道静也就理所当然地成为铁杆地主阶级了。但作者却在上述两难命题的掩护下,巧妙地利用双重血统给血统/阶级的成分界定和人格定位所造成的标准失衡,而给自我重新再生找到出路。于是,农民阶级的一脉血统被愿望主体主观地(也是符合逻辑地)确立为形象个体性格的本质构成;地主阶级的另一脉血统却被功利地视为弱点,被定为可改造的附带性格因素。既然如此,就为林道静最终成为共产主义的忠实战士找到了血统依据,正是这种创作主体顺势的愿望化解了诘问的挑战意味。

同时,虽然误会故事和两难故事已构成了对血统阶级价值标准的冲击,但是,如我在"再生故事"的分析中所揭示的那样,劳动者(优秀血统)在人物后来的性格发展中却被先验地放入括号略而不谈,而把林道静质定为小资产阶级知识分子。这种对劳动者血统的遗忘取消了小说初始的两难结构,与此结构并存的挑战性也就不复存在。这种与创作主体对小说的最初的设计构想相违背的结果发生的原因,在于父系家族制对母亲血缘的漠视。正是男性中心主义对女性的骚扰,消解了两难结构所带来的对血统本体的诘难,扭曲了最初存在的性别平等意识。林道静被归入父系种族,承嗣父亲(地主官僚阶级)的血统,由最初的双重血统个体而单一化。这一个过程是由不情愿的创作主体在半清醒状态中完成的,也是得到社会阅读主体普遍认同的。由此而导致的结果是:林道静不但应该为其父赎罪,而且还要为其母(因为正是她玷污了自己的血统)经受惩罚,这双重的十字架都要由她来背负,因为"父债子还"同样合乎血统原则。这就是作品中河北农村那个被称作德富爷爷的老农民所说的"为自己的父母赎罪"的全部含义。

同时,这样的"再生故事"毕竟只是基于"进化"愿望的一次先验性逻辑推演,其本质在于掩饰自我的他者性,重新取得平等的对话者的地位。这样的故事显然违反了血统语言的"不可换"原则(即血统具有先天的无可改变的继承性),必然地要引起血统监视系统的排异功能发挥作用;作为"缺席的在场者"的血统意识在愿望主体之后显示了其强大的阻遏现世救渡的力量,"阶级斗争"再次成为其掩盖本质和实现目的的工具。所以,尽管林道静受到处于同一血统阶级和具有同一愿望的作家(如杨沫)和批评家(如茅盾)①的庇佑,但因她的存在触犯了血统的禁忌,决不可能为她所归附的那个血统的社会公众所接受。她只能停留在阿·托尔斯泰《苦难的历程》、路翎《财主底儿女们》和电影《早春二月》等作品早已为他们树立的界碑前,即只能停留在受难的历程中,而不能获得真正的超越,只能满怀歆羡地向往"革命的彼岸世界"。他们的前途是命定的,只能终其一生为家庭或者说为血统"赎罪"。其接受改造的历程是没有尽头的。所以,尽管林道静经历了种种情感和意志的磨难,她还是被认为"自始至终没有认真地实行与工农大众相结合","她的思想感情没有经历从一个阶级到另一个阶级的转变","她也只是一个较进步的小资产阶级的知识分子"②。

概而言之,尽管在前当代中国社会中知识分子的"成长"道路被神赐般地指向了"光明",并曾在某个特定的历史阶段中成长为社会政治文化的中心话语,但在血统阶级的权力语境中却没有可能成为文学的主流文本。1962年,电影《早春二月》等的被批判,实际已经明确宣告了小资产阶级知识分子只能怅立于血统裂谷的另一侧畔,诚实地去接受肉体消灭式的改造,而再没有"再生"的机会了。海德格尔说:"没有

---

① 茅盾:《怎样评价〈青春之歌〉?》,《中国青年》1959年第4期。另外一部分读者也写信称赞作者提供了一个"知识分子走向革命道路的榜样"。参见《青年们爱读〈青春之歌〉》,《中国青年报》1958年5月3日。

② 郭开:《漫谈对林道静描写中的缺点——评杨沫的小说〈青春之歌〉》,《中国青年》1959年第2期。

了言语也就失去了存在""言谈对此在的生存具有构成作用"。① 失却了话语权的知识者只能面对高贵的劳动者血统顶礼膜拜,在《青春之歌》之后,连生存的再生梦想也一并丧失了。

上述的误会故事和两难故事结构的设置和扭曲显示了同场中两个方向相反的力相互作用的图式。这两个方向的力同居于主体之内,一方面要求它借助劳动者血统绕过血统戒律设置的障碍;另一方面迫使它重返血统原则。这不但造成故事结构的断裂,更造成了主体精神的分裂,即潜在动机与外在理性(血统化的)的矛盾纠结。但是,由于这两个作用力都企图借助于血统原则来达到目的,因此,也就在两难故事启动的当即,它就失去了他者性,主体也与其一起成为血统观念的俘获物。但是,我们同样可以见到,知识分子的再生愿望在这一时期并未彻底隐退,而是采取种种方式试图表达自己的愿望。

但我们必须看到,剥削阶级血统出身的知识分子终于被阻隔在自我救赎的另一侧畔这样的残酷事实,上述的创作主体及其制导之下的形象主体的向血统旋涡深处的潜入行动,增强了她们作为客体存在的生存能力。但也使血统意识在未遇到任何冲击的情况下即顺利取代财产尺度,最终成为生效的阶级意义体系;而阶级的本体内涵却因受到血统本位观念的悬置,变为一个空洞的现代神话。

三、完成期:血缘家族的浪漫传奇

随着劣等血统者/剥削阶级出身的知识分子的生活/话语权的逐步丧失,《青春之歌》式的再生梦想也就为优等血统/无产者的浪漫传奇所取代,血统阻隔下的各阶级之间也就不再有彼此间的现世的门庭转换了。作家只能扮演对于业已确立的神话谱系的崇拜者角色,一心一意地向血缘意识形态中心归附,在创作中充当名义上的阶级代言人,实质上的血统传声筒,把自己的个性与血统尽可能一致定为生存的目标。至此,肇始于现代史的中国知识者自我表现的文学母题也就寿终正寝了。

---

① [德]海德格尔:《人,诗意地安居——海德格尔语要》,郜元宝译,广西师范大学出版社 2000 年版,第 24、54 页。

这样的血缘家族的浪漫传奇始于 40 年代初的延安时期。到延安文艺座谈会之后,工农兵渐趋成为文学作品表现的中心,并享有了话语的霸权。这一时期出现的且后来被作为经典的叙事文学作品,如李季的长诗《王贵与李香香》、赵树理的《小二黑结婚》《李有才板话》等都把文学话语关注的焦点集中在劳动阶级出身的人物身上,而且一个阶级一个典型,每个阶级人物的道德品质和性格都天然地被确定。对非劳动阶层的人物或进行丑化处理或对文本进行简略化。总之,其他阶级出身的人物开始在作品中淡出中心的地位,即使有,也正在走向边缘化。这样的传统被延续到了当代(1949 年以后),从而形成了以孔厥、袁静的《新儿女英雄传》、李英儒的《野火春风斗古城》、刘知侠的《铁道游击队》、茹志鹃的《百合花》等为代表的一大批带有浪漫传奇色彩的"革命史"文学。

在这样的话语氛围之中,"种什么树儿结什么果","老子英雄儿好汉"已经成为文学作品塑造人物的千篇一律的规则。孔厥、袁静的《新儿女英雄传》中"破落户"的儿子张金龙于是成为永远无法重塑的汉奸坯子,而杨小梅和牛大水则虽然有许多的缺点,但是终究是要成为优秀的革命工作者的。按照同样的血缘规则,欧阳山的《三家巷》理念地设计了三条泾渭分明的故事演进线索:周、何、陈构成了奇特的多元原初并存的三家巷,一个手工业工人家庭,一个官僚地主家庭和一个买办资本家庭。既然革命初期的历史特征是"统一战线",那么,这三家经济和社会地位悬殊的"阶级"也就亲如一家无间无隙地共处一巷,血统因为当时政治语言阐释的空白而晦暗不明。当历史的板块在那个被假定的阶段中发生裂变时,三家巷掩盖在血统/阶级差别之上的温情脉脉的面纱随即被撕裂得七零八落,三家的子一辈由于各自家庭的社会地位的不同,在继承了父辈血缘的同时,也理所当然地承续与之共生的情感与政治观念,毫无疑问地成为他们各自特定家庭所属阶级的继承人。周炳,作为工人阶级的儿子,势必成为无产阶级的革命英雄;陈文雄,这个资本家的后代,肯定成为资产阶级的代理人;而何守仁,这个地主阶级的嫡裔,也就成为资产阶级的同路者。在这幅"阶级起源图画"中,既然他们分别承接了不同的"阶级血脉",也就先天地具有了那个阶级的一切命运:周炳,作为工人阶级的儿子,势必成为无产阶级的革命英雄;陈文雄,这个资本家的后代,肯定是资产阶级的代理人;而何守仁,这个地主阶级的嫡裔,也就成为资产阶级的同路者。在这幅"阶级起源"图中，既然他们分别承接了不同的"阶级"血脉，也就先天地具有了那个阶级的一切性格：周炳有着无产阶级的爱憎分明的感情及勇敢、刚毅与智慧的性格；陈文雄则有着资产阶级的诡秘狡诈和卑鄙无耻；何守仁作为资产者的同盟人也显示了地主的凶狠、势利与动摇。他们之间的以阶级的名义所进行的你死我活的斗争，实质上只不过是一场残酷的血统生存权的竞取。作家在作品中所倾注的情感倾向，为主人公制定了先验的血统优劣的标准。无产阶级的血统中心意识使周、何、陈三家的兴衰故事被取向为血统语言编码的秩序演进。

　　尽管如此，陈文雄和何守仁们还是幸运的，因为他们虽受歧视但仍被视作独立的他者倍受重视，并在篇幅上基本取得了对等地位。而在《一代风流》的后几部及前当代文学的其他作品中，他们作为劣等"种族"不再拥有与优等血统（无产阶级）同样的本文地位，在具体的叙述结构中沦为后者的陪衬。无论是初期的《暴风骤雨》《红旗谱》《白毛女》，还是后来的电影《闪闪的红星》和京剧《红灯记》等八个样板戏都在叙述着同一的根红苗正英雄"天然"成长的故事。由于这些人物如朱老忠、李铁梅等都拥有优等的血统，他们的性格也失去了后天质的递升的意义，假如说他们的生活过程对于其性格有所助益的话，那也只起到了磨光毛坯的作用。在这无"质变"的成长故事中，进化链已经被彼岸化的现实所肢解，时间、空间的历史流已经凝滞。以中世纪的田园风光与英雄传奇为基本语言单位结构而成的故事本文播散着血统自我爱恋的亢奋情绪，享受着血统崇拜下宗教般的迷醉与狂喜，作家沉迷于血统因果链所制造的"阶级"神话之中，而迷失了智者纵览历史和个体存在的智性，也流失了作为人的主体性。所有的人物形象（包括作家）都在慷慨悲歌中将自我肉身与主体清醒献给至上的父——血统的祭坛。

　　左翼文学在20—70年代被逐渐的血统化，而知识者的身影也同时逐渐地隐退。但是这样的血统化随着"文革"的结束和新时期的到来，而受到了某种程度的终止，知识分子形象在新时期的伤痕反思文学和朦胧诗潮中重新成为叙事的中心。历史和文学话语几乎在同时爬出了血统的泥潭，迎来了一个全新的局面。

［原载《中国现代文学研究丛刊》2003 年第 3 期］

普罗文学的建构焦虑与创作主体的再造

一切都源自一个社会梦想。五四前后的中国知识分子在苏联的影响之下，试图建立一个无产阶级的国度，一个普罗大众的理想国，共产主义和社会主义的社会。而作为这一诉求的自然延伸，普罗文学的梦想也在这样的社会冲动中诞生了。

这是一个顺乎自然的逻辑：要建立社会主义社会，建立一个无产阶级"劳工神圣"的社会主义社会，当然需要无产阶级的文化，以及作为这个文化的一部分的无产阶级文学。1922年1月，中共领导下的社会主义青年团机关刊物《先驱》开辟了"革命文学"专栏，发表了富有"革命"精神的诗作。1923年3月，中共党的理论刊物《新青年》季刊在《新宣言》中提出，中国的文学运动"非劳动阶级之指导，不能成就"。1923年5月27日，郭沫若在《创造周报》第3期上发表《我们的文学新运动》，提出："要把一切的腐败的存在扫荡尽，烧葬尽"，要"反抗资本主义的毒龙"，要"在文学之中爆发出无产阶级的精神"。在同一期上，郁达夫发表了《文学上的阶级斗争》，说"世界上受苦的无产阶级者，在文学上社会上被压迫的同志，凡对有权有产阶级的走狗对敌的文人，我们大家不可不团结起来，结成一个世界共同的阶级，百屈不挠地来实现我们的理想，我确信'未来是我们的所有'"。同年12月22日，邓中夏在《中国青年》上发表《贡献于新诗人之前》，主张以文学为工具，新诗人要从事于革命的实际活动，做革命的诗歌。他实际上已经提出了"革命文学"的口号。1924年5月17日，恽代英在《中国青年》第31期上，再发表了《文学与革命（通讯）》，正式提出"革命文学"的口号，激励一般文学青年能够做脚踏实地的革命家，第一件事是要投身于革命事业，培养革命的感情，创作出"革命文学"来。1924年8月《新青年季刊》第3期发表了刚从苏联留学归来不久的蒋侠僧（光慈）的文章《无产阶级文化与革命》，他介绍了苏联的无产阶级文化的论争，并指出："无产阶级既成为政治上的一大势力，在文化上不得不趋向于创造自己特殊的（文化），而与资产阶级相对抗。"1924 年 11 月 6 日，沈泽民在上海《民国日报》附刊《觉悟》上发表《文学与革命的文学》，更明确地提出了时代对于革命文学的需要。他呼吁："起来，为了民众的缘故，为了文艺的缘故，走到无产阶级里面去！"1926 年初，郭沫若在日本人办的上海同文书院中国学生班做的《革命与文学》的讲演中，给"革命文学"下了定义："表同情于无产阶级的社会主义的写实主义的文学。"茅盾在 1925 年发表了《论无产阶级艺术》（5 月 2 日、17 日、31 日和10 月 24 日出版的《文学周报》172、173、175 和 196 期）、《告有志研究文学者》（7 月 5 日出版的《学生杂志》第 12 卷 7 号）、《文学者的新使命》（9 月 13 日出版的《文学周报》第 190 期）。《论无产阶级艺术》和《告有志研究文学者》阐述了苏联无产阶级艺术的产生条件、艺术特点，和旧世界艺术的区别，还谈到了无产阶级文学运动中存在的问题及其解决的办法。茅盾明确指出，在阶级社会里，艺术是带有阶级性的。无产阶级艺术是为了助成无产阶级达到终极的理想的一种工具，是以无产阶级精神为中心而创造一种适应于新世界（就是无产阶级居于统治地位的世界）的艺术。《文学者的新使命》则试图运用马克思主义阶级论的基本原则，结合中国文艺界的实际情况，提出了革命文学的努力方向。他说，革命文学的使命就是要抓住被压迫民族与阶级的革命运动的精神，用深刻伟大的文学表现出来，使这种精神普遍到民间，深印入被压迫者的脑筋，因以保持他们的自求解放运动的高潮，并且感召起更伟大更热烈的革命运动来。

　　无产阶级革命汹涌澎湃，普罗文学的梦想与社会主义理想国一样势不可挡。普罗文学（无产阶级文学）作为中国左翼革命和左翼文学观念在文学创作实践中最早也最为重要的一个实践范畴，并由于左翼文学和革命的不间断的倡导，从而使之成为一个流传时间长久的文学和文化现象。但这一范畴具有天生的内在悖论，左翼革命和左翼文学为消除悖论和实现这一文学理想进行了不懈的文学实践。

一、普罗文学的建构焦虑

文学话语的实现无非涉及两个方面,一是话语的实现者,主要指表达主体;二是话语的表现内涵,所谓的被表达主体。就表达主体和被表达主体的关系而言,表达主体可以与被表达主体施行合一,即进行自叙性创作,在这样的情况之下,表达主体可以对被表达主体主体进行最大限度的介入;表达主体也可以与被表达主体实现分离,即他只把它作为表现的客体,在这样的情况下,表达主体的介入是有限的,他的书写行为会经常受到被表达主体自身逻辑的牵制。考察早期左翼知识分子所倡导的普罗文学的理想,我们会发现,他们所倡导的文学形态非常特殊。因为他们都是作为无产阶级的代言人的身份在言说,所以至少在理论上可以看作是无产阶级是通过他们在表达自己的文学理想。在这样的文学理想中,无产阶级既是表达主体又是被表达主体。通过这样的理论形态以最大限度地保证和实现无产阶级在文学中的话语权。

但无产阶级文学作为一个社会阶层的文学在理论上至少受到了两个方面的质疑:

首先是无产阶级革命理论自身悖论的质疑。

在阶级论的框架内,封建时代和资本主义时代,地主阶级和资产阶级是文化的拥有者,所以他们很自然地建立起了地主阶级的和资产阶级的文学及其表意系统。建立无产阶级文学,从某种程度上来说,应该和建立地主阶级文学,建立资产阶级文学是一样的,既然资产阶级依靠自身就可以建立自己的文学,那么无产阶级为什么不可以呢。

但是问题远比这样的想象要复杂,这种复杂性来源于无产阶级作为一个阶级的特殊质性。和地主阶级和资产阶级相比,无产阶级不仅缺少的是财产,更主要的缺少的还有文化。文学是一种特殊的文化,它不但需要生活经验,还需要文化修养。文化修养对文学创作来说是至关重要的,因为不识字或者没有文学素质,作品是断然写不出来的。在无产阶级革命的经典理论里,比如托洛茨基的理论里,都认为要创作出无产阶级文学首先必须使无产阶级接受教育。但在封建主义和资本主义时代,无产阶级因为"无产"所以缺少接受教育的权利和机会。只有等到无产阶级革命都取得了胜利以后，无产阶级才能有受教育的机会。但是依照马克思主义的经典理论，无产阶级革命的胜利就是共产主义的到来，而在共产主义社会中，阶级是已经被消灭了的，既然阶级已经被消灭了，无产阶级当然也就不复存在了。无产阶级都不存在了，皮之不存，毛将焉附，无产阶级文学当然也就不再需要了。

因此，托洛茨基在本质上认为写作尤其是创作是带有资产阶级特征的知识分子的特权，严格来说是剥削阶级的特权。他在《文学与革命》一书的《引言》中谈到了这个问题，他说："资产阶级的文化和资产阶级的艺术，与无产阶级的文化和无产阶级的艺术相对待，是根本不对的。后者是决不会存在的，因为无产阶级统治是暂时的，过渡的。无产阶级革命底历史的意义，与道德的伟大，是在于他正在为那种将要超过阶级，将要为初次真正人类文化打基础。"①这种对无产阶级文化和艺术的取消主义是与托洛茨基的"无产阶级把它底专政看为一种短促的过渡时期"的理论是一致的。当无产阶级处于"无产"地位的时候，因为不能受到很好的教育，所以他们内心所有艺术的冲动，都因无法表述而流产。就像马克思所说的那样，他们只能被表述。而当无产阶级翻身解放之后，无产阶级也就不再无产，他能够受到很好的教育，也能够表述自己的情感和情志了，但是到那时，无产阶级也就不能再叫无产阶级了；到了那个时候，无产阶级和他所立志要消灭的阶级一起消逝了，那也就无所谓无产阶级写作了。在过渡时期内，无产阶级还在巩固政权，搞经济建设，让大家有饭吃，做文化科学知识的普及工作，在这些"短促"的过渡时期的总任务下，无产阶级无法与有几百年历史的资产阶级在文化上进行抗衡。而且托洛茨基认为："过渡时代在艺术上的政策，只能去，而且必须去，帮助各种艺术派别正确地了解革命底历史的意义，而且把赞成革命与反对革命的绝对标准放在他们面前之后，允许他们在艺术上有完全自决底自由。"②

依照这样的理论，无论是在无产阶级革命胜利之前还是之中，创作主体一直是缺席的。在之前，无产阶级缺乏表达自身的能力；而在

---

① ［苏］列·托洛茨基：《文学与革命》，李霁野、韦素园译，北京未名社 1928 年版，第 8 页。

② ［苏］列·托洛茨基：《文学与革命》，李霁野、韦素园译，北京未名社 1928 年版，第 8 页。

之后,无产阶级自身已经消失,无论是表达主体还是被表达主体也都不复存在了。无产阶级这种特殊历史境遇都使无产阶级文学的梦想受到阻击。

还有一个理论可以造成对无产阶级文学的取消,这就是人性论。

人性是站在普遍人性的立场上来看到无产阶级和无产阶级文学的。右翼文化人梁实秋说:"文学的国土是最宽泛的,在根本上和在理论上没有国界,更没有阶级的界限。一个资本家和一个劳动者,他们的不同的地方是有的,遗传不同,教育不同,经济的环境不同,因之生活状态也不同,但是他们还有同的地方。他们的人性并没有两样,他们都感到生老病死的无常,他们都有爱的要求,他们都有怜悯与恐怖的情绪,他们都有伦常的观念,他们都企求身心的愉快。文学就是表现这最基本的人性的艺术。""我们估量文学的性质与价值,是只就文学作品本身立论,不能连累到作者的阶级和身份。一个人的生活状况对于他的创作自然不能说没有影响,可是谁也不能肯定的讲凡无产阶级文学必定是无产阶级的人才能创作。"①论者梁实秋还说:"其实翻翻字典,这个字的涵意并不见得体面,据韦白斯特大字典,Proletary 的意思就是:A citizen of the lowest class who served the state not with property,but only by having children. 一个属于'普罗列塔利亚'的人就是'国家里最下阶级的国民,他是没有资产的,他向国家服务只是靠了生孩子'。普罗列塔利亚是国家里只会生孩子的阶级!(至少在罗马时代是如此)"②梁实秋由他的"资产是文明的基础"的观点出发,根本否定无产阶级从事于文化创造的可能性,他关于无产阶级的表述充满了蔑视,把文化看作一部分人的特权,根本否认社会平等要求的正当性。"第三种人"胡秋原也发表了《勿侵略文艺》《阿狗文艺论》等文章,批评左翼理论和作品的标语口号的作风,认为文学艺术应该具有艺术性。反对阶级斗争思想对文学的侵略。苏汶发表《"第三种人"的出路》等文章支持胡秋原的观点。人性论认为文学的根本任务在于呈现

---

① 梁实秋:《文学是有阶级性的吗?》,载北京大学、北京师范大学、北京师范学院中文系中国现代文学教研室主编:《文学运动史料选》(第三册),上海教育出版社 1979 年版,第 49—50 页。

② 梁实秋:《文学是有阶级性的吗?》,载北京大学、北京师范大学、北京师范学院中文系中国现代文学教研室主编:《文学运动史料选》(第三册),上海教育出版社 1979 年版,第 47—48 页。

人性,而这人性则是超越阶级之上的,既超越于资产阶级之上,也超越于无产阶级之上。站在人的高度上来看问题,文学于是就成了人学。无论是表达主体还是被表达主体,他们都丧失了阶级身份的对文学介入的特殊权力。因此,无论是从那个方面说,无产阶级文学都是不存在的。

无产阶级文学理想就这样处于理论上的双重狙击之中。

二、小资产阶级知识分子缔造普罗文学

但是,既然无产阶级作为一个阶级已经被发现,而且一场革命运动也已经被以这个阶级的名义加以命名,并正创造着历史,那么,这个阶级和以这个阶级的名义命名的革命运动就必然会产生巨大的利益诉求。它需要建构一种文化以证明自己的历史内涵,并以此证明自己的历史存在和参与历史的合法性;而在文化之中,文学在近现代以来就已经被论证为最具有历史内涵的也是最具有想象力的形式,因此,建立无产阶级革命文学势在必行。

建立无产阶级革命文学的历史使命天然地落到了当时的左翼知识分子的身上,梳理当时左翼知识分子的文化工作,他们主要做了三个方面的工作:

首先是对无产阶级文学取消论的批判,也就是对托洛茨基文艺思想的批判。

托洛茨基对无产阶级文学的论述影响了中国左翼文艺家,但是他的对于无产阶级文学的取消态度,又为革命文学论者所拒绝。鲁迅公开说托洛茨基"没落"是在《我的态度气量和年纪》一文中,时在1928年4月,但也正是在这篇文章中还赏识托洛茨基的文艺应当讲功利的观点,直到1930年写《"硬译"与"文学的阶级性"》时提到《文学与革命》也是作为马克思主义文艺理论著作之一。鲁迅翻译了批判托洛茨基的文章。在《文艺政策》一书中收入了两个决议,一个是同意同路人的政策的决议;另一个《观念形态战线和文学——第一回无产阶级全联邦大会决议》,其中指出"无产阶级文化和文学的最彻底的反对者是同志托洛茨基和沃朗斯基"。这两决议批判的就是《文学与革命》一书中的无产阶级文艺取消论。1929年鲁迅所翻译的日本片上伸的

《无产阶级文学的理论与实际》也批判了托洛茨基。左翼的这种批判后来被毛泽东所接受和认可。在《在延安文艺座谈会上的讲话》（1942年5月）毛泽东也谈到托氏，他说："党的文艺工作，在党的整个革命工作中的位置，是确定了的，摆好了的；是服从党在一定革命时期内所规定的革命任务的。反对这种摆法，一定要走到二元论或多元论，而其实质就像托洛茨基那样：'政治———马克思主义的；艺术———资产阶级的。'" ① 毛泽东所说的就是，托洛茨基对于无产阶级文学的取消的态度。

托洛茨基受到批判的原因，一是建立无产阶级革命文学已经成为当时中共的基本革命策略之一；二是那些反对国民党黑暗统治的左翼作家也需要无产阶级革命文学这样的大旗，以号召同志，凝聚力量。托洛茨基的无产阶级文艺的取消主义态度显然不利于正在建立的无产阶级革命文艺，也理所当然地受到了正在提倡左翼无产阶级文学艺术的左翼作家的反对和批判。

其次是对人性论的批判，以确立无产阶级革命文学的哲学的基础。鲁迅发表了《论文学的阶级性》《文学与出汗》等文章，他用焦大的"臭汗"和林黛玉的"香汗"的不同，来类比资产阶级和无产阶级文学的不同，论证了"文学的阶级性"。周起应的《文学的真实性》、易嘉（瞿秋白）的《文艺的自由和文学家的不自由》、鲁迅发表《论"第三种人"》等文章倡导文学的阶级性，反击文学的人性论。

但这些理论批判都不能解决根本问题，这就是普罗文学的表达创作主体问题。这也是当时左翼文学所需要做的第三个方面的工作。

无产阶级还不具有文学创作的素质，"无产阶级文化派"和"拉普"都承认并强调，只是由于十月革命，无产阶级文化才获得了表现和发展的必要条件。在30年代的上海乃至中国，工人要求生，农民不识字。毛泽东在《湖南农民运动考察报告》中指出："中国历来只是地主有文化，农民没有文化。" ② 从左翼作家夏衍的《包身工》和茅盾的《春蚕》《秋收》等来看，工农大众不但不能创造文艺，连阅读、欣赏文艺的

---

① 毛泽东：《在延安文艺座谈会上的讲话》，《毛泽东选集》（第三卷），人民出版社 1991 年版，第 866 页。

② 毛泽东：《湖南农民运动考察报告》，《毛泽东选集》（第一卷），人民出版社 1991 年版，第 39 页。

条件也不具备。无疑的,工农大众的生存状况应当得到文艺表现,大众的文艺趣味也应当受到尊重,但主要从事生产劳动的工农大众却不可能转向以文艺创作为主,即使被鲁迅称为"中国无产阶级革命文学"的左联五烈士的创作,其实也是激进知识分子"为工农"的创作而不是工农创作。"无产阶级文学"其实就是小资产阶级知识分子在革命狂热下所进行的具有文学实验性的激进想象和局部实践。

怎样建立无产阶级革命文学,资产阶级是不可能帮助无产阶级建立的,无产阶级自身又不会,于是只有一种办法,这就是借助于无产阶级的盟友———小资产阶级知识分子来建立。

由小资产阶级来建立普罗文学,有种种的理由:依照中国马克思主义的经典论断,小资产阶级的阶级地位决定了他与无产阶级必须保持"同盟者"的关系;而且小资产阶级在中国现代社会的资产阶级下游的地位,也使他们对无产阶级在共产革命的某一阶段里,会同情支持无产阶级革命的。尽管小资产阶级知识分子具有政治上的动摇性,是不可信任的,但是在万般无奈之下,也只好借助于他们了。在这样的背景下,出现了瞿秋白的关于鲁迅的"转变"说。瞿秋白证明"鲁迅从进化论进到阶级论,从绅士阶级的逆子贰臣进到无产阶级和劳动群众的真正的友人,以至于战士,他是经历了辛亥革命以前直到现在的四分之一世纪的战斗,从痛苦的经验和深刻的观察之中,带着宝贵的革命传统到新的阵营里来的。" [1] 瞿秋白的"转变说"对于小资产阶级来说具有象征性意义,因为通过这样的"转变"小资产阶级顺利"成长"为无产阶级的"友人",这样的准无产阶级身份的获得,使他获得了无产阶级革命文学创作的主体资格,也使他能够顺利地承担起了缔造无产阶级文学的责任。

三、主体再造与知识分子思想改造

当时(30 年代)的所谓无产阶级文学其实质就是小资产阶级创作的。小资产阶级知识分子虽然可以同情和支持无产阶级革命,甚至是

---

① 瞿秋白:《〈鲁迅杂感选集〉序言》,《瞿秋白文集》(文学编第三卷),人民文学出版社 1998 年版,第115 页。

无产阶级革命的坚定盟友,但是他们毕竟不是无产阶级。要这些小资产阶级知识分子创造出理想形态的无产阶级革命文学是不现实的。这可以从 20 年代末期到 30 年代上海的小资产阶级革命作家的创作中见到。蒋光慈、茅盾、丁玲等人的创作虽然大量地摄入了当时无产阶级革命的元素,但是其中充斥着小资产阶级的情调,诸如温柔的恋爱、躁动的革命、幼稚的想象等,这一切都在当时左翼文学中流行的"革命罗曼蒂克"中得到了集中表现。在对《地泉》进行批评时,钱杏邨认为"革命加恋爱"是传统的"才子佳人英雄儿女"的现代版:"书坊老板会告诉你,顶好的作品,是写恋爱加上革命,小说必须有女人,有恋爱。革命恋爱小说是风行一时,不胫而走的。我们很多的作家欢喜这样干,蒋光慈当然又是代表。在这里,我只要说孟超。他的一部《爱的映照》,就是这一映照。外面在暴动了,我们的男英雄,正在亭子间,拥抱着女志士热烈的亲嘴呢。革命的青年,一面到游戏场去玩弄茶女,一面是不断的诅咒资本主义社会,要求革命呢。至于那些因恋爱的失败而投身革命,照例的把四分之三的地位专写恋爱,最后的四分之一把革命硬插进去。"①

小资产阶级知识分子在"无可奈何"中承担起了建构普罗文学的重任,但显然他们又不是最好的主体。在这样的情况之下,只能希望他们能够"转变",但是这样的转变也不能从根本上解决问题,那么只有一条途径,这就是对他们进行"改造"。也就是说,面对着无产阶级革命文学的主体缺位,只有对革命的小资产阶级进行思想改造,使之在思想观念上变成无产阶级。于是,早期的无产阶级革命家们就相应地提出了小资产阶级知识分子的思想改造问题。

从"思想改造"着手对小资产阶级知识分子实行无产阶级化,这是无产阶级思想家和文学理论家对五四精神传统继承的一个最突出的方面。早在新文化运动中,鲁迅等人就提出了"立人"的思想,主张对国民性进行改造,而对国民性进行改造不在于肉体的强化而主要在于内面的"精神"。30 年代的无产阶级文艺理论家循着这样的思路,企图通过思想的改造和主观的置换来塑造以小资产阶级为主体的无产

---

① 钱杏邨等:《〈地泉〉五人序》,载上海文艺出版社编:《中国新文学大系 1927—1937》(文学理论集一上),上海文艺出版社 1987 年版,第 867—868、875—876 页。

阶级文学家。我们可以看到,从 20 年代末期开始,对小资产阶级知识分子的思想批判/知识分子改造世界观就不断地被重复。30 年代,左翼内部对于小资产阶级的创作倾向的清算就一直没有停止过。左联成立前,创造社对太阳社和鲁迅的批判,太阳社对创造社和鲁迅的批判;左联成立后,左联内部的不断的内讧式的批判,都具有诉诸精神的特点。1932 年阳翰笙《地泉》再版的时候,革命文艺界更是有计划地系统"反思"了革命文艺的小资产阶级"浪漫倾向"。40 年代,舒芜的"论主观",以及胡风提出的"主观战斗精神",也都是试图从主观上,也就是从内在精神的层面通过"自我扩张"的形式,来解决知识分子的无产阶级化的问题。但是,舒芜和胡风所提出的方案虽然具有左翼色彩,但他们更多的是着眼于艺术性的建构,多少带有艺术理想主义和个性主义色彩。而左翼政治家则提出了带有强力色彩的政治改造方案,即对知识分子通过生活锤炼,而实现其从肉体到精神的彻底的脱胎换骨。瞿秋白说:"现在的问题是:革命作家要向群众去学习。""必须打进大众的文艺生活之中去——跳过那一堵万里长城,跑到群众里面去。"① 毛泽东说得更具体:"我们知识分子出身的文艺工作者,要使自己的作品为群众欢迎,就得把自己的思想感情来一个变化,来一番改造。""思想改造,首先是各种知识分子的思想改造,是我国在各方面彻底实现民主改革和逐步实行工业化的重要条件之一。"② 五六十年代,对胡风主观战斗精神的批判,对俞平伯资产阶级学术思想的批判,对电影《武训传》的批判,以及对于人性人道主义和"现实主义广阔道路"的批判,以及文革时期的"灵魂深处闹革命",等等,都是思想改造运动的一部分。

于风政在对于史料进行特定语境的分析之后认为:"知识分子思想改造运动实际上是由毛泽东发动的,他的目的是彻底净化知识分子的思想,建立马克思主义在意识形态领域的一统天下。"③《剑桥中华

① 瞿秋白:《普洛大众文艺的现实问题》,《瞿秋白文集》(文学编第一卷),人民文学出版社 1985 年版,第 463 页。

② 毛泽东:《中国人民政治协商会议第一届全国委员会第三次会议开幕词》,载《人民日报》1951 年10 月 24 日。

③ 于风政:《改造——1949—1957 年的知识分子》,河南人民出版社 2001 年版,第 208 页。

人民共和国史》的观点也很相似，作者认为思想改造运动"更全面的目的是削弱所有背离中共式马列主义的思潮的影响"①，以"力求扩大意识形态的一致性"②。其实，所谓的"意识形态的一统天下"和"意识形态的一致性"在现实的层面，尤其是对于建构无产阶级革命文学来说，都是为了能够在实现小资产阶级知识分子的身份转变的基础上，建构无产阶级革命文学的表达主体。

四、再造的失效与创作主体的工农兵化

但是，无产阶级革命文学的"文艺的阶级性"观念，虽然具有很强的科学现代性，但在它中国化的过程中，迅速与中国本土文化相结合，并被烙上了很深的血统论的印记。瞿秋白说："事实上，著作家和批评家，有意的无意的反映着某一阶级的生活，因此，也就赞助着某一阶级的斗争。"③毛泽东说："在现在世界上，一切文化或文学艺术都是属于一定的阶级，属于一定的政治路线的。"④可能正像毛泽东所说的："在今天，坚持个人主义的小资产阶级立场的作家是不可能真正地为革命的工农兵群众服务的，他们的兴趣，主要是放在少数小资产阶级知识分子上面。"⑤在这种语境下从事创作的革命小资产阶级虽然是不得不依赖的对象，但依照前述的逻辑，这一对象对创作的介入将必然导致对无产阶级革命文学实质性的颠覆和置换。因此，通过小资产阶级而建立无产阶级文学的构想一直被怀疑。尽管经历了一系列血雨腥风般的思想批判和改造，但是正如当时有的批评家所看到的，这些小

---

① ［美］费正清、麦克法夸尔主编：《剑桥中华人民共和国史（革命的中国心兴起 1949—1965）》，谢亮生等译，中国社会科学出版社 1990 年版，第 89 页。

② ［美］费正清、麦克法夸尔主编：《剑桥中华人民共和国史（革命的中国心兴起 1949—1965）》，谢亮生等译，中国社会科学出版社 1990 年版第 92 页。

③ 瞿秋白：《文艺的自由和文学家的不自由》（1932 年 7 月），《瞿秋白文集》（文学编第三卷），人民文学出版社 1985 年版，第 61 页。

④ 毛泽东：《在延安文艺座谈会上的讲话》，《毛泽东选集》（第三卷），人民出版社 1991 年版，第 865 页。

⑤ 毛泽东：《在延安文艺座谈会上的讲话》，《毛泽东选集》（第三卷），人民出版社 1991 年版，第 856 页。

资产阶级知识分子还站在资产阶级的立场上。就如同小说《青春之歌》中的主人公林道静一样,现实生活的小资产阶级知识分子是不会被轻易允许进行无产阶级领域的。因此,小资产阶级文艺家的创作中,还存在着工人阶级"受异己类型的组织的影响"和"被艺术遗产迷惑的危险性"。①

在再造工程之后,一个悲观性的估价产生了:一系列的思想批判和生活改造并没有发生绝对的预期效果。当小资产阶级知识主体通往无产阶级创作的通道被阻断了之后,选择便只有了一个,那就是让无产阶级自己进行创作,充当言说的主体,以实现从表现主体到言说主体的统一。

左联时期就进行了无产阶级充当表达主体的尝试,左联曾设立"大众化工作委员会",工作的对象是"上海一部分爱好文艺的进步工人和少数郊区农民文学青年"。②但30年代的历史文化语境使这样的尝试几乎没有实现的可能,因此这样的尝试主要还是限于理论上的想象。延安时期提出了"工农兵文学"的口号,但这样口号具有模糊性,它既可以表述为"为工农兵的创作",也可以表述为"工农兵的创作";尽管如此,工农兵充当创作主体的创作行为在政权的鼓励和支持之下,进行了广泛的卓有成效的尝试,出现了大批的由农民和士兵参与创作的民间文艺作品;不过小资产阶级创作仍然是那一时期创作的主体。无产阶级自己进行创作以期建立无产阶级文学,在50年代的革命家的想象中已经完全成熟。原因是50年代不再是二三十年代了,新的人民共和国的建立为无产阶级的当家作主提供了现实条件,无产阶级可以在新的社会里接受教育,当时的广大的识字运动就是为这种无产阶级文学进行基础性的工作。这样的基础性工作可以说是大有成效,庞大数量的工人尤其是农民被动员进入"新民歌运动",并在劳动之余从事文学创作。但从郭沫若和周扬编的《红旗歌谣》中可以看出,所谓的文学创作也大多是民歌民谣。而农民小说家高玉宝的《高玉宝》虽然动人却没有多少文学性可言。历史证明:要使那些农民

---

① 〔苏〕M.C.卡冈主编:《马克思主义美学史》,汤侠生译,北京大学出版社1987年版,第93页。

② 吴奚如:《左联大众化工作委员会的活动》,《左联回忆录》(上),中国社会科学出版社1982年版,第337页。

和工人具备文艺家的水平毕竟不是轻而易举之事。于是只有一条道路,这就是降低文艺的门槛,把粗糙的民歌和顺口溜都看作是高水平的创作,并运用历史进化论来论证这样的文艺是历史的最高的阶段和最高的水平。

尽管如此,在进行了这样的准备之后,无产阶级的诗人和艺术家"粉墨"登场了。工人诗人、农民诗人、石油诗人、海员诗人、战士诗人纷纷以昂扬的热情开始了自己的创作生涯。在小说和诗歌创作上,从1972年到1975年,各个出版社出版的诗集就390种,大多是"工农兵作者"为配合当时的政治运动的作品集,如《文化革命颂》《批林批孔战歌》。当一个生产队的每一个农民都是郭沫若的时候,郭沫若也就不需要了。那些拼命要实现自我改造的艺术家便统统退出了历史的舞台。也就在这样的时期,无产阶级革命文学才彻底克服了本体焦虑,进入它理想的状态。

[原载《中国现代文学研究丛刊》2009 年第 5 期]

成长:从家族英雄到阶级战士
——20 世纪 40—60 年代的红色罗曼司

  中国现代文学中的红色叙事文学起源于 20—30 年代,蒋光慈的《少年漂泊者》和巴金的《雾》《雨》《雷》《电》是它的代表作,它们主要叙述知识分子的革命和恋爱的故事。而当红色左翼文学进入延安时期(即前当代 40—60 年代)后,作品的格调发生了很大的变化,叙述方式由自叙转入了他叙,主人公也由知识分子转为了农民。虽然在一些长篇叙事文学中还会出现知识分子形象,但纯知识分子形象在红色经典中的角色地位已模糊化(即血统双重化)①,而农民类形象则占据了文本的绝大比重,但由《少年漂泊者》所形成的红色人物的命运图式不但得到了赓续而且得到了加强。审视红色叙事文学 40—60 年代文本,其中的人物形象,无论是知识分子的还是农民的,都存在着一个共同的成长模式:农民英雄/小资产阶级知识分子,历经劫难,在党的教育下,经过磨炼,最终成长为无产阶级革命战士。这一隐含于所有红色叙事文学中的共同模式,构成了红色叙事文学区别于其他小说的隐喻结构——关于生命成长的隐喻。

  这种关于生命成长的隐喻之原型,源出于"英雄神话"。综观中西英雄神话,作为成长隐喻之原型,其具有以下几大特征:其一,英雄的出生都带有神圣性和神秘性;其二,英雄降生后,在其成长的过程中必得经历种种奇异的非常人所能承受的劫难和考验,才能最终成为英雄;其三,在英雄和神之间隐含着对立冲突。② 红色叙事文学创作中的主人公成长经历也大致具有这样的特征。

  红色叙事文学非常注重对主人公的身份/血统的确认。"劳工神

---

① 方维保:《阶级神话与血缘叙事——中国前当代长篇小说之一解》,《东方丛刊》1996 年第 1 期。

② 转引自董志强《武侠小说的"成长隐喻"》,《当代文坛》1996 年第 5 期。

圣"是五四新文化运动的重要思想成果之一。但当这种思想处于中国传统的宗法制文化场之中时,它尽管受到现代文化前驱们的监视,但最终还是被同化。"劳工神圣"的思想最终与中国传统宗法制的血缘意识合流,从而形成了 30 年代以后对劳动血统的尊崇。《红旗谱》中的朱老忠、《王贵与李香香》中的王贵与李香香、《白毛女》中的喜儿和大春、《三家巷》中的周炳、《新儿女英雄传》中的牛小梅,都无一例外地属于无产阶级血统。在他们出生之时,就因为其父母辈的或他们自己的劳动者/被压迫者身份而具有了神圣性。就是《青春之歌》中的林道静,虽然其父亲是官僚阶级,但她的母亲被设置为仆女,所以她也具备了劳动者的血缘身份。这种劳动者血缘是红色叙事文学 40—60 年代文本选择英雄的前提条件。血缘意识、政治倾向与文本选择在红色叙事文学中得到了很好的融合。远古英雄神话《诗经·大雅·生民》中所叙述的后稷是其母姜嫄与上帝的神明产生交感而受孕,因此她是人神交合的产物,是神的儿子。劳动英雄出生的优越性,与后稷是神的儿子一样具有先在的神圣性。

劳动/红色英雄虽然具有先天的血统优越性和神圣,但正如远古英雄一样必须经历困厄的磨炼才能成为真正的英雄。生命在其成长的过程中,必须经历诸多的磨炼与考验才能真正成熟。通过这种成熟,生命获得了一种质的转换——从自然的个体的生命存在转换为属人的社会化的生命存在。转换之成功与彻底与否,和考验与磨炼的深度与难度成正比。也就是说,在生命的成长过程中,所经历的磨炼与考验越是艰难,越是充满死亡的体验,转换便越是彻底和纯粹。苦难对英雄的成长具有非凡的意义。从原则上来说,从未经历过苦难的人不可能成为英雄,或者说不是真正意义上的英雄。英雄之美名是对坚忍不拔的意志的肯定,而惟有苦难才能磨炼和彰显意志。平庸的人在苦难面前怯懦、退缩,而英雄直面苦难,并最终战胜苦难和超越苦难,而成为非凡的人。孟子曰:"天将降大任于斯人也,必先苦其心志,劳其筋骨,饿其体肤,空乏其身,行拂乱其所为,所以动心忍性,增益其所不能。"英雄总是和苦难的磨炼密切联系在一起的。翻开中国的历史史册,那些为人们所敬佩的英雄,无不具有这种磨难的经历。如卧薪尝胆的越王勾践,全家被害一夜白发的伍子胥,流浪漂泊受胯下之辱的韩信,等等。即使那些实际上并无磨难经历的英雄,后世传说也会有所附会,如汉高祖刘邦受大蟒阻道,抗金英雄岳飞生下来便遭水灾,等等。

苦难更是红色英雄的必经之途。而且他们还必须经历两重苦难,即首先经历苦难成为家族英雄,然后再经历第二次苦难,成为无产阶级革命战士。

在前当代众多长篇叙事文学的叙事起点上,作品中的主人公首先是作为一个家族英雄在经历着苦难的磨炼。《王贵与李香香》中的王贵,其苦难是深重的,没有良心的地主崔二爷打死了他的"亲大",还把他当牲畜一样奴役着——"苦死苦活一年到头干,/整整五年没见你半个钱;//五更半夜牲口正吃草,/老狗你就把我吼叫起来了;/没有衣裳没有被,/五年穿你两件老羊皮;//你吃的大米和白面,/我吃顿黄米当过年;/一句话来三瞪眼,/三天两头挨皮鞭。"而且这种苦难并不是一般的肉体受虐待,而是与乡土中国的血缘仇杀相关联。王贵的父亲被崔二爷迫害致死,未婚妻几乎被崔二爷夺去;《红旗谱》中的朱老忠,父亲朱老巩被地主冯兰池迫害致死,自己也在被打伤了一条腿后被迫"闯关东";《白毛女》中,喜儿的父亲杨白劳被逼在大年三十晚上喝卤水而死,喜儿也被地主黄世仁强奸。在乡土中国的家族文化中,父亲是家族的族长,是家族血脉的来源,是家族的象征。"杀父"即意味着本家族的没落和家族血缘的断裂,更意味着作为儿子的"我"的合法性;而妻子首先是家族财产的一部分,夺妻,即意味着家族财产权的受损;更重要的是妻子是家族血脉的延续者,宗法制家族讲究血脉的纯洁性,假如血缘被玷污就会出现"狸猫换太子",这样也意味着家族的湮灭。因此在宗法制的家族文化中,被杀父和被夺妻无疑是最深重的苦难。

苦难的激发使受压迫的劳动者(英雄的毛坯)向英雄迈出了最初的一步,既充当家族英雄,进入革命话语中所指称的"自发反抗"阶段。宗法制家族文化将家族的苦难概括为不共戴天之仇,即"杀父之仇,夺妻之恨"。并且奉行"父仇子报"和"有仇不报非君子"这样的复仇逻辑(假如是短时间内无法实现复仇,也要"君子报仇十年不晚")。恩格斯在《家庭、私有制和国家的起源》中指出:"同氏族人必须相互援助、保护,特别是在受到外族人伤害时,要帮助复仇。个人依靠氏族来保护自己的安全,而且也能作到这一点;凡伤害个人的,便是伤害了整个氏族。因而,从氏族的血族关系中便产生了那为易洛魁人所绝对承认的血族复仇的义务。"①为亲情复仇是氏族成员必备的素质,但它同时又以权力的形式表现出来,经过氏族成员的确认,复仇遂成为社会共同遵守的准则。《礼记·曲礼上》更是作出了明确的规定:"父之仇。弗与共戴天;兄弟之仇,不反兵;交游之仇,不同国。"这种复仇意识自然也成为文学的叙事话语。在经典性的《史记》《三国演义》《忠义水浒传》以及唐宋时期的一些传奇和话本中,充斥着这样的农业意识形态文明。宗法制的社会中,以血缘为亲疏的标准,宗族竞争是社会发展的重要动力。吴王夫差、越王勾践、伍子胥为父复仇的故事在正规的史料典籍中流传甚广。

正是在这样的复仇指令的驱使下,已经闯了关东的朱老忠才千里迢迢重返故乡与冯兰池之子冯老兰周旋、争斗;大春才参加了八路军,而后斗倒了黄世仁,救出了喜儿;母亲被害的潘冬子才会不顾一切的加入红军游击队的队伍(电影《闪闪的红星》)。复仇是田园经济时代家族血缘争斗的最常见的形式,它以保存和延续本家族和消灭敌对家族为旨归。无论是朱老忠、王贵还是大春,他们的反抗最初是由家族压迫所引发,在反抗/复仇过程中也主要着眼于家族仇恨的昭雪,并且最后也都在家族的范畴内获得了成功。因此,他们的反抗性和英雄性也就被局限在家族英雄的意义上。

但在五四后的新文化语境中,古老的家族血缘制度一直是被批判的对象。现代意识的观照使在宗法社会中备受讴歌的家族英雄被置于一种前英雄的处境。现在我们来考察曹禺的话剧《原野》。作品中仇家和焦家之间的仇恨起源于焦阎王杀害了仇虎的父亲,囚禁了仇虎并迫使他的未婚妻成为了自己的儿媳妇。这同样是一个"杀父之仇,夺妻之恨"的故事。按照家族血缘复仇的"父仇子报"的游戏规则,仇虎先"睡"了这时已然成为焦家儿媳妇的花金子,报了夺妻之恨;接着又用极其残忍的手段使焦大星(焦阎王的儿子)和他的儿子小黑子(焦阎王的孙子)死于非命,让焦家"断子绝孙",从而完成了家族复仇的使命。焦大星和小黑子在作品的语境中是无辜的受害者,然而同样

---

① [德]恩格斯:《家庭、私有制和国家的起源》,中共中央编译局编:《马克思恩格斯选集》(第四卷),人民出版社1972年版,第83页。

依照家族复仇的"父债子还"的规则,他们又都是合情合理的复仇对象。而观众/读者之所以感受到他们的无辜,是因为作为现代人,人道精神和非家族观念已使其否认了血缘规则的合理性和合法性。当然并非仅读者/观众才具有这样的思想意识,作家曹禺也有,而且还把它投注到了作品的情境的设置中和主人公仇虎的形象的设计上。因此,在作品中我们看到,仇虎的复仇的过程中,一直犹豫不决,在复仇和放弃之间徘徊,当然他最终还是施行了复仇,但他又对自己的行为充满了罪感的自我谴责。可以设想,假如说仇虎的人格组合中不具有现代人道精神的成分的话,完成复仇的他此时就会沉迷于复仇成功的极至的血腥的快乐之中,与民间文学中的"杨家将"和"呼家将"们保持着精神上的同一水平层次。但恰恰相反,他的身上除了"蛮性的遗留"之外,还有着人道的情怀,这悖论的二重组合,使他在复仇后陷入了深重的罪感之中。而他最后逃入的那座迷茫的"黑林子",正是他良知苏醒的象征。他迷失于林子之中,意味着他的复仇价值的蹈空。仇虎可以成为一个成功的家族复仇者,一个家族英雄,却没有成功者的自豪感和喜悦。

现代意识(人道的和阶级的)的介入,使劳动血统的英雄注定只能充当前英雄,他们的叛逆虽然在革命话语中并非毫无意义,但却注定被指向了失败。且不说仇虎因其血仇意识使其复仇的价值失效,就是王贵和朱老忠也都因他们身上的"农民的局限性",而使他们初始的反抗缺乏深度并陷于挫折。而那些因双重血缘的设置而能够逃离前当代血缘检查机制而得以显示其形象的知识分子,如林道静,就更被赋予了"小资产阶级的幼稚病"的弱点。于是在《青春之歌》及其修改本中,我们看到林道静被赋予了小资产阶级知识分子的一切成功和失败。她接受新式教育,具有个性解放要求,反抗家长的包办婚姻,并愤而与旧家庭决裂。但她很快就因"阶级的局限性"而陷入迷惘和困境。她的第一阶段的叛逆是成功了,但成功后所获得的唯一成果是痛苦和迷失。

前英雄的叛逆既然在革命的意义上只获得了英雄之名,那么他/她要成为真正的英雄还必须经历再次的苦难。当然这种苦难与家族英雄的经历相比,在进化/成长的链条上具有了更本质的含义。放羊娃王贵参加革命后,被崔二爷发现,又是一顿毒打:"放羊归来刚进门，/两条麻绳捆上身。/顺着捆来横着绑，/五花大绑吊在二梁上。"
"连着打断两根红柳棍，/昏死过去又拿凉水喷。""满脸浑身血道道，/
皮破肉绽不忍瞧。"这样的受难情景不但在农民英雄王贵、朱老忠、白
玉山的革命生涯中呈现，而且在小资产阶级知识分子身上得到了更为
严肃的强调。林道静参加革命后，小资产阶级的狂热和盲动情绪给革
命造成了损失，也使她自己被捕入狱，遭受了敌人的非人的酷刑：

> 就这么着：她挺着，挺着，挺着。杠子，一壶，两壶的辣椒
> 水……她的嘴唇都咬得出了血了，昏过去又醒过来了，但她仍然
> 不声不响。最后一条红红的火箸真的向她的大腿吱的一下烫来
> 时，她才大叫一声，就什么也不知道了。①

在狱中她面对实实在在的苦难的压迫，才真正实现了灵魂的脱
胎换骨。所以在她出狱时党说："根据你在监狱的表现，你的理想就要
实现了！""组织上已决定吸收你入党了！"无独有偶，欧阳山的《柳暗花
明》中的主人公周炳在狱中受到酷刑之后回到囚室，对着狱友忘情地
高叫："我要入党！我要入党！我要做一个真正的布尔什维克！"不久，
狱中支部便宣布组织已不再因他的若干历史疑点而犹豫，终于通过吸
收他入党了。②

第一次受难时，冲突存在于英雄所代表的家族和敌对家族之间。
而第二次受难时，冲突则主要存在于英雄与他/她即将要归附的信仰
之间。因为"革命"概念的引入，使形象主体意识到了他与他"所要成
为的"之间的差距。英雄此时的受难虽然也是源于他/她与外在环境
之间的冲突，或者说是外在环境所加予的，但很显然他/她与外在环境
之间的冲突被创作主体/书写者借用来克服他/她与信仰之间的不信
任。农民英雄和小资产阶级革命者只有借用外在环境的压力，在再次
的挫折和受难中，才能克服内在的缺陷，剔除相对于信仰的异质，才能
进入革命战士的行列。因此，第二次的受难是肉体和灵魂的同时拯救
和升华。只有经历了第二次受难，成人仪式才能如期举行。

---

① 杨沫：《青春之歌》，人民文学出版社1960年版，第384页。
② 欧阳山：《柳暗花明》，花城出版社1981年版，第1018—1049页。

经历苦难只是成为英雄的必备素质,而要真正成为英雄还必须经历一个"成人仪式"。法国著名的人类学家列维·布留尔在《原始思维》中谈到,成人仪式的目的在于使年轻的生命与氏族的图腾或本质合而为一,从而成为真正的部族成员—— 一个真正的人。在原始人看来,儿童在他的成长发育期间,还不是一个"完全的"生命。没有通过成人仪式的人,不管他有多大年龄,甚至直到死去,永远被列入孩子之列,而不是一个合格的氏族成员。原始文化中的成人仪式,尽管不同的部落有不同的具体程序,但其实质是完全一致的,即体现为一种严酷的考验,"考验是长久而严酷的,有时简直就是真正的受刑:不让睡觉,不给东西吃,鞭笞,杖击,棍棒击头,拔光头发,敲掉牙齿,黥身,割礼,再割礼,放血,毒虫咬,烟熏,用钩子刺进身体钩着吊起来,火考验,等等。"①受验者对这一切都必须毫无怨言地忍受和服从,任何抗拒、逃避、胆怯的行为都被判为不合格。祖先的灵魂被赋予受验者,受验者由此获得了一种真正的生命,而作为一个合格的人被部落所接受。

红色叙事文学 40—60 年代文本中的"入党"宣誓仪式的描述,实际上就隐喻了这样的成人仪式。卢卡契说,成人仪式是集中的,"这种集中是以压缩的,凝聚的,突出本质的方式来表现所有重要的环节。在这种情况下,集中也就构成了在以后成为独立的艺术中称为情节的东西。"②"入党"宣誓的场面,就是压缩的、突出本质的、凝聚的方式,它虽然没有原始仪式所要求的当场实践的内容,但在宣誓之前,红色英雄已经经历了漫长的"考验",也即经历了仪式的前程序。因此,这个场面更多地具有象征意蕴。通过这个符号化的场面,实现了对红色英雄/阶级战士身份的确认和加冕。同时,也表明党(信仰的载体)作为一个拯救者,一个引领者拯救的成功。这仪式的场面在红色英雄的成长历程中,不但是一个临界点,其本质至此已经达到纯粹;同时还是一个分水岭,表明他们从此以后将告别过去的本质而成为一个新质的人。朱老忠、林道静正是经由"入党"仪式,而由一个农民英雄、一个小资产阶级知识分子成长为无产阶级的革命战士,一个人民英雄。这一仪式在文本中还被阐释为:从此以后,朱老忠们将不再代表家族说话

① [法]列维·布留尔:《原始思维》,丁由译,商务印书馆 1987 年版,第 344 页。

② [匈]乔治·卢卡契:《审美特性》(第一卷),徐恒醇译,中国社会科学出版社 1986 年版,第 334 页。

（即不再是家族英雄），而是代表阶级说话。尽管这一"阶级"只是一个放大的家族，但仍被确认为一次质的飞跃。

至此，家族英雄也就完成了他向红色英雄/无产阶级革命战士的成长历程。红色英雄的这种成长历程具有线性的、进化的特点，因此，它又与历史相连接，而暗寓了历史的发展趋势。因而前述的英雄们也都具有了史诗英雄的品格。同时，英雄的成长由家族→社会→革命的模式，在给予传统意义上的家族英雄在现代社会中找到了出路的同时，红色罗曼司40—60年代文本也顺利实现了由家族观念向革命观念的转换。

［原载《文学前沿》2001年第1期］

碰撞与调适：1942 年的延安文学生态

　　20 世纪 30 年代上海的左翼知识分子尤其是左翼作家,无论其生活形态还是创作形态还是组织形态,都因为共产党组织的地下状态和上海的独特的多元文化语境的存在,而具有自由主义的性质。

　　这种自由主义在民族战争期间某种程度上得到了延续。左翼知识分子任情批判精神在抗战的大背景下继续着发展着。即使在抗战时期,左派文学和右派文学仍然存在。可分为两个部分:一是国统区。虽然夏衍等人提倡带有统一战线性质的"国防文学"的口号,但是他们以及北方的中国诗歌会的创作仍然是左翼的。而国统区的"暴露文学"更是左翼的产物。暴露国统区的黑暗是左翼文学的最主要的特点,风格趋向于讽刺和嘲弄。另外胡风的七月派小说和诗歌,以表现知识分子对民族苦难的拥抱,也是基于左翼的立场。特别是围绕着张天翼的小说《华威先生》和郭沫若的话剧《屈原》等,曾爆发了长久的关于暴露文学的论战。民族统一战线并没有消泯左翼文化"阶级"的鸿沟。无论是七月派还是暴露文学都是 30 年代左翼文学的批判现实主义精神的延续和进一步的张扬。国统区的左翼文学在这一时期有所变化,但又与左联时期有着延续性。这一时期的左翼自由写作之所以能够继续存在当然与民族抗战的形势的庇护有关。抗战爆发以后,左联解散,随后又组织了中华全国文艺界抗敌协会这样的更为宽泛的统一战线组织。这些都为左翼自由写作提供了条件。这样自由写作条件的存在并不仅仅来自于民族抗战理念对于来自国民党方面的打压的抵挡,也与事实上的军事割据对来自红色政权的意识形态延伸性规范的延宕有关。

　　在毛泽东的《在延安文艺座谈会上的讲话》发表之后,在国统区爆发了有关"主观论"的论战。被称为"主观战斗精神"的胡风文艺思想与毛泽东文艺思想和它的支持者发生了最初的交锋。虽然胡风受到了猛烈的批判，但国统区的特殊文化语境，反而擦亮了胡风的理论。当然，胡风也就无法实现一个"转变"，但它只不过被延宕了。

以延安为中心的解放区，是一个军事割据性质的左翼政权。延安是个无论在政治上还是在意识形态上都是整齐划一的地区。上海时期和国统区的种种限制退隐了，革命的原旨在这一孤悬的区域中得到了很好的实验，从而使中国现代左翼文学和它所奉行的革命现实主义观念得到了很好的实验。革命现实主义就在这样的政治格局中走向了它的延安时期。假如没有那支既穷途末路又坚忍不拔的红军队伍在 1936 年的到来，陕北的延安也许将永远保持它一如既往的沉寂。革命现实主义的文学实践将很难说在短暂的时间内能够找到它生根发芽的土壤。中共中央红军在延安的安营扎寨，开辟了中国共产主义革命的新天地；也为中国革命现实主义能够与它所追随的意识形态实现融合创造了前所未有的条件。

当革命的知识分子进入延安之后，在革命现实主义的发展历程中，合法的红色政权延安边区政府的出现，为革命现实主义带来了新的生机和新的本质。对于自由的个性化的 30 年代左翼文学来说，延安时期是一个转折期，当然也是一个至关重要的时期。

延安时期之初，中共政权通过第二次国共合作，成立了边区政府，获得了合法性。大批的知识分子就在这样的情形之下涌向了延安。自由主义的左翼知识分子与延安的政党政权及其意识形态之间的碰撞和磨合也随即开始。

在这样的对立情绪之下，作为当时知识分子中非常重要组成部分的作家对于"现实"展开了批判。当然这样的批判发生的原因是多方面的：一是对于延安的革命文艺理论强调从正面"鼓舞"和"激励"原则不理解；二是理想与现实发生了反差，使他们对于根据地生活中的种种弊端分外敏感和不能宽宥；三是国统区自由主义创作的惯性使然。因此，他们执拗地坚持着传统的现实主义文艺揭露黑暗、批判现实的精神，前述的对社会的批判，甚至包括对于国民性的批判仍然被继承着、延伸着。而从上海左联来到延安的丁玲受到了毛泽东的热烈欢迎，这位"昨日文小姐，今日武将军"的著名女性主义小说家仍然一如既往地保持着上海时期的惯有的作风，1941 年 10 月至次年 5 月间由丁玲倡导的杂文运动就是这样的批判精神的成果。她认为延安这一革命圣地同样是需要暴露文学。丁玲认为,根据地尽管"有了初步的民主,然而这里更需要督促,监视,中国所有几千年来的根深蒂固的封建恶习,是不容易铲除的",因此根据地作家仍需要学习鲁迅"为真理而敢说,不怕一切"①。在她编辑的《解放日报·副刊》以及其他的一些刊物上不但编发了一些具有暴露性质的文章,而且自己也写作了一系列的小说和杂文,著名的《在医院中》《我在霞村的时候》和《三八节有感》等都对解放区所存在的所谓"妇女歧视""情感冷漠"等现象提出了批评。一个带有自传性的女知识分子陆萍的形象与以农民为主体的解放区的色调形成了很大的反差。诗人艾青则指出:"希望作家能把癣疥写成花朵,把脓包写成蓓蕾的人,是最没有出息的人——因为他连看见自己丑陋的勇气都没有,更何况要他改呢?"②早期曾经参加过共产主义革命的王实味到了延安,他在一些刊物上发表了《政治家·艺术家》《野百合花》等杂文,对延安所存在的所谓"等级观念"提出了批评。在《政治家·艺术家》中更强调,政治家的任务"偏重于改造社会制度",艺术家的任务"偏重于改造人底灵魂",而且指出"革命阵营存在于旧中国,革命战士也是从旧中国产生出来,这已经使我们底灵魂不能免地要带着肮脏和黑暗",因此"艺术家改造灵魂的工作,因而也就更重要、更艰苦、更迫切"。他以知识分子惯有的骄傲感对工农政权中知识分子的处境表示了不满,对在延安已经确立的政治家和艺术家的既存关系提出了挑战。③ 知识分子的批判精神几乎不受约束地张扬着。

从延安革命政权这个角度来说,一个刚刚从跌跌撞撞的逃亡中走来的政权,终于获得了喘息的机会之后,也想到了要进行政权建设,和与之相应的文化建设。于是,他们对那些从国统区来的知识分子采取了欢迎和容忍的态度。这从毛泽东对丁玲热情溢于言表的欢迎就可见出一斑。但延安政党政权的生存危机和所信奉的单纯的意识形态,都决定了延安不是上海更不是重庆。当左翼革命家聚集到延安以后,在左联时期就已经形成的社会观念与文学/文化观念在这里被借

---

① 丁玲:《我们需要杂文》,《解放日报》1941 年 10 月 23 日。
② 艾青:《了解作家,尊重作家》,《解放日报》副刊《文艺》1942 年 3 月 11 日。
③ 王实味:《政治家·艺术家》,《谷雨》(第一卷)1942 年第 4 期。

助于政权的力量加以强行推广，这里对文学艺术的需要是一种比较纯粹的意识形态，它要求文学艺术直接服务于革命意识形态的生产，而不是生产文学自身和五四式的个性精神。因此，面对左翼自由知识分子的激烈的批评，政党国家则认定知识分子的个性是"小资产阶级劣根性"，是非常危险的存在："小资产阶级思想不但不能克服，而且必然力图以他们自己的本来面目来代替党的无产阶级先进部队的面貌，实行篡党，使党和人民的事业蒙受损失。"①这些杂文和小说被认为刻画了"黑暗丑恶病态"的延安，"把'自己的阵营'画成已经同流合污，画成黑暗，画成阴森可怕！"就王实味的两篇文章来说，"足足写了几十个'肮脏''黑暗'，随处散布着灰色的字句……对于延安，则更找尽了一切不好的形容词：'寂寞'，'单调'，'枯燥'，'污秽'，'丑恶'，'包脓裹血'，'冷淡'，'漠不关心'，'升平气象'，'自私自利'，甚而至于'陷于疯狂'，把作为中国革命根据地的延安，写成了'人间地狱'"。②

这样的对立姿态及其激烈程度在欧阳山的长篇小说《圣地》中有很生动的表现：

> 南川区四乡的乡文书张纪文跟本乡的支部书记王贵堂——一个念过几年中学，在乡下也算一个中等知识分子的，今年才二十四岁的年轻人爆发了一场很厉害的争吵。张纪文公开声言，他想不到他个人付出了那么多的牺牲到了延安来以后，换到的却是极度的不自由。王贵堂问他牺牲了一些什么东西，他就说牺牲了大学，牺牲了城市，牺牲了自己住的洋房，牺牲了自己穿的皮鞋，牺牲了自己涂的头蜡，只是为了到延安来换取自由。到了清白、洁净的，甘露似的雨水从天上洒满了延安的大地，使大地变成了一片葱绿的夏天，东川曹店区一乡的乡文书何守礼跟助理员刘满浩，—— 一个中年的、农村的小知识分子也争吵了一回。……到了月色明朗，气候宜人的延安的秋天，想不到平日怯生生

---

① 中国共产党中央委员会：《关于若干历史问题的决议》(1945年4月20日中国共产党第六届中央委员会扩大的第七次全体会议通过)，载毛泽东：《毛泽东选集》(第三卷)，人民出版社1991年版，第993页。

② 艾青：《现实不容许歪曲》，《解放日报》1942年6月24日。

的李为淑，——这个曹店区二乡的乡文书，居然也跟本乡的支部书记曹德旺，——那个对人非常严格，喜欢把文化人叫做"闻粪人"德曹德旺吵了起来。……到了大雪把延安覆盖得严严实实的，露出一派雄伟壮观的景象的时候，南川桃林区三乡的快嘴乡文书张纪贞也跟桃林区的助理员任步云，——一个不管碰到什么事情都保持一种无可无不可的态度的中年人吵了起来。①

上述的叙述，呈现了整个延安地区从国统区来的知识分子与乡土革命者的矛盾，乡土革命者对知识分子的敌视和知识分子对乡土革命者的批评。这样的对立必然要通过某种途径加以解决。

在这样的对立中，左翼自由知识分子在话语上具有优势，但革命的政党政权依赖政权的支持则掌握了话语的最终控制权。这是那些一厢情愿的知识分子所没有充分给予理解的。当他们正在提倡"暴露文学"的时候，革命的政权也正在酝酿着通过政权的力量对于文学话语进行整合，以实现和保持原已存在的意识形态的纯洁性。

这样的整合的基本方法，一是通过政权的形式将一部分知识分子及其思想进行改造。王实味一开始就被定为"托派"，而后被看作"别有用心"的人，可能是汉奸或特务。在当时已经风声鹤唳的文化场境中，他已经是死路一条，但在死之前他还必须充当一次示众的材料，接受他过去的同事和同志的批评，成为所有人的引以为戒的碑石。二是通过怀柔的方法，使之回到既定的规范之中。在王实味失去了自由的同时，毛泽东找到丁玲、萧军谈话。在这两场谈话中，他有批评有爱护。但萧军愤然离去，而丁玲留了下来。他说："丁玲同王实味也不同，丁玲是同志，王实味是托派。"②这句让丁玲感动终身的话语有泾渭分明的界定和甄别，也有因类比修辞所造成的连带性威慑，当然更主要的还是挽救。最终，他以他的领袖的精神感染力迅速征服了丁玲，迅速瓦解她建构于30年代的关于个性解放和自由的精神信仰。她痛哭流涕了。当丁玲走出窑洞之后，便迅速加入了批评王实味的浩大声势之中，并成为一个佼佼者。领袖的"谈话"魅力自此之后也成为

---

① 欧阳山：《圣地》，人民文学出版社1983年版，第1360—1361页。
② 丁玲：《延安文艺座谈会的前前后后》，《新文学史料》1982年第2期。

了一种文艺工作的固定范式。显然,丁玲、艾青等都不失时宜地改变了生存的和文学表达的策略。当他们顺利地坐到设立于延安那座简陋的窑洞中的座谈会的会场之中时,他们作为左翼自由主义知识分子的精神也实现了让渡。

而具体到文学,则是制定了具体的明确的文学/文艺的规范,将政治权力与文学和文艺的创作形成更为紧密的关系,在政治权力与文学之间建立直达的通道,避免了因为文艺的艺术要求或者说形象要求而形成的不确定性,以防止它可能脱离政治的视线,而对权力——"党和人民的事业"蒙受损失。毛泽东的《在延安文艺座谈会上的讲话》就是这样的标准性和经典性的文本。毛泽东继承发扬了列宁在《党的组织和党的文学》中所阐述的"党的文学"原则,对文学/文艺的党性原则做出了最具有影响力的强调,他在《讲话》中,不仅提出了文艺服从于政治,而且具体化服从于党在一定革命时期内所规定的革命任务,要求党员、文艺工作者要站在党的立场,站在党性和党的政策的立场。这样,文艺和政治的抽象关系就被落实到具体的党的实际政策上来,更具有可操作性,也更简单化、狭隘化。正如邵荃麟在《论文艺创作与政策和任务相结合》中所认为的:"政治的具体表现就是政策。"①而其他的方面,比如作家应该表现什么题材? 表现什么人物? 作家应该具有什么样的立场和世界观? 怎样获得这些世界观? 等等这些方面的问题自然都围绕着党性这一原则来区别,按照政策这一原则来实施。《讲话》从修辞上来看,它可能涉及了文艺创作的诸个方面,如创作主体、创作内容、知识结构等,但与其说它是在指导文艺,不如说是在指导文艺的创作主体——作家,它是在对作家的创作行为进行从宏观到微观的规范。这样就实现了对于作家创作独立权的"回收",从而实现了权力的集中化。左联时期身处上海的蒋光慈和鲁迅可以借助于当时当地特殊的政治和文化语境而获得例外的待遇,在延安这样的"例外"再也不会发生了。一个叛离出国民党统治区的知识分子,不大可能从延安——这个他曾经的理想之地重新叛离出去,因此只能接受彻底的"改造",经历"洗心革面""脱胎换骨"的"沉重"和

---

① 邵荃麟:《论文艺创作与政策和任务相结合》,《邵荃麟评论选集》(上),人民文学出版社 1981 年版,第 285 页。

"痛苦"①、经过思想"突变"的"空白"②。把自己铸炼成"一个高尚的人,一个纯粹的人,一个有道德的人,一个脱离了低级趣味的人"③,一个像那个来自加拿大的医生白求恩和烧炭工人张思德那样把自己的思想和身体义无反顾地献给革命的人。

《讲话》假如在五四的文化语境中,它是可以作为一家之说,成为整个五四话语的一部分。但是由于他的写作者的特殊的政治地位,从而形成了一种"权力的阐释"。1944 年周扬编辑的《马克思主义与文艺》就是以《讲话》精神为"指导线索",汇聚了马克思、恩格斯、普列汉诺夫、列宁、斯大林、高尔基、鲁迅、毛泽东等人有关文艺的论述文章的片断和语录,其目的用周扬的话来说,就是"从本书当中,我们可以看到毛泽东同志的这个讲话一方面很好地说明了马克思、恩格斯、列宁等人的文艺思想,另一方面,他们的文艺思想又恰好证实了毛泽东同志文艺理论的正确"。把毛泽东文艺理论放到了马克思主义的集大成者的地位上,使《讲话》不仅成为马克思主义传入中国的过程中而形成的权威性话语的一次大汇聚,"更重要的是用马克思主义的权威性来树立毛泽东文艺思想的正确性和权威性"④。

毛泽东以权力阐释五四新文化运动,并将文艺与革命的需要相结合,具体规范了文艺所要表达的内容,作家应该具有的素质,作家和知识分子应该有的地位。到《讲话》,革命现实主义第一次真正实现了权力的话语化和话语的权力化。革命权力真正实现了对革命现实主义的权力化整合,使其不但作为一种文学的创作方法,而且作为一项文艺乃至文学的管理政策。革命现实主义也真正具有了确定的内涵,具有神圣的经典的不可冒犯性。虽然这一时期出现了周扬和何其芳等理论家,但周扬、何其芳等人只是这一时期对毛泽东文艺思想的指定阐释者而已。在政权的威慑之下,知识主体通过到农村、到士兵中

---

① 陈明在《丁玲在延安——她不是主张暴露黑暗派的代表人物》里说,在延安整风运动中,丁玲写了两本学习心得《脱胎换骨》和《洗心革面》。参见《中国现当代文学的一颗耀眼的巨星——丁玲文学创作国际研讨会文集》,湖南文艺出版社 1994 年版,第 44 页。

② 转引自吴敏:《试论周扬等延安文人的思想突变》,《中国现代文学研究丛刊》2002 年第 4 期。

③ 毛泽东:《纪念白求恩》,《毛泽东选集》(第二卷),人民出版社 1991 年版,第 660 页。

④ 李今:《苏联文艺政策、理论译介及其对中国左翼文学运动的影响》,《中国现代文学研究丛刊》2002 年第 1 期。

去接受改造，从而清洗了作为主体的精神个性，而把自己置换为被革命意识形态认可的工农主体。

"转变"成为描述这一时期知识分子精神轨迹的最重要的关键词。虽然带有启蒙和斗争意识，但更多地着眼于颂扬革命理性精神的是在"座谈会"之后被创作出来的丁玲等人的作品。知识分子形象开始退出本文，而革命生活，诸如土改斗争成为故事的主导性内容。丁玲的《太阳照在桑干河上》、周立波的《暴风骤雨》、贺敬之等的歌剧《白毛女》和孙犁的《白洋淀纪事》都是这样的代表作。而带有乡土性的内容，如《暴风骤雨》中大量的对东北语言和风俗的描述，则受到了高度重视。在革命叙事的洪流中，知识分子写作只有在融入之后，才获得写作的合法性。何其芳在到达陕北之后，修正了他的《画梦录》中的现代主义感伤，写成了《我为少男少女们歌唱》；而田间则一开始就把乡土社会作为自己的表现对象，把红色抗战者作为自己歌颂的英雄来崇拜，所以《给战斗者》这样的诗作和大量的枪杆诗和墙头诗被闻一多称为"鼓点"式的旋律；而艾青在沉重中焕发着昂扬的格调，他的《黎明的通知》《向太阳》《火把》等诗作，是解放区最具有诗情画意的白话诗作。但无一例外的是，他们基本都是与革命主流融合后的自觉的歌唱。这一时期的创作也开创了 1949 年后颂歌文学的先声。

虽然一切终归于革命话语的洪流，但匡正的痕迹依然存在。艾青、丁玲等人在不断的匡正中实现了自身的转变，丁玲的《夜》《太阳照在桑干河上》显示叙事话语的多重杂沓的特性，一方面是作家在理性的层面试图表现工农兵生活，并按照革命理性来构思作品，但另一方面知识分子写作的痕迹，如文人化的叙述语调等依然存在。姚雪垠的《差半车麦秸》也在延续着五四时期的对于农民进行的观照；而赵树理虽然被确认为"延安精神"的代表，他的一系列的创作都堪称是革命现实主义创作的杰作，但他的《小二黑结婚》《李有才板话》《李家庄的变迁》等在遵循革命现实主义的清规戒律的同时，暗藏着知识分子的隐忧，即后来的批评者所看到的对农民意识的合理性的默认和对新政权被把持的忧虑，革命理想和革命现实被错置的忧虑。

相对于被不断匡正的知识分子话语，民间话语在政权的倡导之下，与革命意识形态结合，并呈现出大规模发展的态势。秧歌剧（如由乡村改造二流子故事演变而来的《兄妹开荒》）、民歌（如《东方红》和《南泥湾》）

和改编的旧剧(如《逼上梁山》)隆重登场,并普遍地受到欢迎。革命的观念在民间形式的承载之下,被广泛地传播着,对当时的革命的实际生活和革命观念在工农兵中的成长和壮大起到了很好的作用。民间形式也受到了知识分子的重视,革命斗争的理念、革命启蒙的思想和民间意识形态获得了奇妙的结合。赵树理的《小二黑结婚》《李家庄的变迁》和阮章竞的长诗《漳河水》都普遍地采用了民间的形式——山西的板话、陕北信天游等,在"老百姓喜闻乐见"的形式中,曲折地传达了作家革命启蒙的意念,他们试图通过革命的启蒙使贫苦也是愚昧的农民走向革命;通过大团圆的结局,证明革命洪流的历史理性。而孔厥和袁静的《新儿女英雄传》、马烽和西戎《吕梁英雄传》、李季的长诗《王贵与李香香》等则主要着眼点在于对革命斗争精神的渲染,通过对革命英雄的塑造为启蒙后的农民树立一个光辉的榜样。能够将这两个方面进行完美结合的是赵树理的创作。因此,赵树理的创作和他的短篇小说《小二黑结婚》成为一个时代文学的象征。赵树理的创作在 40 年代后期受到周扬、陈荒煤等左翼评论家的高度赞扬,被认为是毛泽东《在延安文艺座谈会上的讲话》发表之后,文学"实践毛泽东文艺方向的一个成果" [1];赵树理是解放区文学的方向,是"衡量边区创作的一个标尺" [2]。

对于自由的个性化的 30 年代左翼文学来说,延安时期是一个左翼知识分子与政党国家之间的碰撞时期,当然也是一个相互磨合,并最终以左翼知识分子改变自我以适应环境的时期。这一时期对中国现代文学的当代化至关重要,因为奠定了当代左翼知识分子与政党国家之间关系的基本格局,也形成了当代文学的基本制度,更为当代文学的创作倾向确立了总体的方向。

但不管怎样,1949 年之前的政治的两个区域虽然"改造"了解放区知识分子的思想,但却并不能使左翼政党的思想意识在国统区彻底如愿。所以当全国一统之后,思想意识的统一,思想意识的农民化必然要借助于政权的力量加紧实行。

[原载《广州大学学报》(社会科学版)2008 年第 8 期]

---

① 周扬:《论赵树理的创作》,《解放日报》1946 年 8 月 26 日。

② 陈荒煤:《向赵树理方向迈进》,载洪子诚主编:《中国当代文学史·史料选:1945—1999》(上),长江文艺出版社 2002 年版,第 60 页。

托洛茨基与中国现代左翼文艺

　　20 世纪 20 年代,当苏联的革命和文艺理论在汹涌的中国无产阶级革命浪潮中涌入中国的时候,中国的左翼文艺家从中汲取了营养,这其中既包括普列汉诺夫、法捷耶夫、卢那察尔斯基、沃朗斯基,当然也包括托洛茨基。陈思和认为:"鲁迅等人(左翼文艺家),则是从苏俄早期的文艺政策中,吸取了托洛茨基、卢那察尔斯基等人的文艺思想。"①许多学者都意识到了这一点,但都没有足够的重视。因此,托洛茨基对中国现代左翼文艺运动的影响虽然一再被提及但总是从理论话语中滑落。

　　托洛茨基影响中国,最初是作为一个政治家的形象出现的。瞿秋白在 1920 年出版的《俄乡记程》一书的"十八"中,专门介绍了"列宁杜洛次基"。在托洛茨基的革命理论影响中国的时候,他的文艺理论也几乎是在同一时间里影响中国左翼文艺理论界的。瞿秋白在 1923 年 11 月所写的《艺术与人生》一文中,介绍了部分托洛茨基的文艺观点。托洛茨基认为"消极的鉴赏自然应该渐离艺术。而技术的歌颂,想象,反而自然而然成为艺术界的健全精神。"②1926 年 3 月,郭沫若在倡导革命文学的论文《文艺家的觉悟》一文中说:"更如像 1917 年俄国革命的大头列宁与突罗次克,他们对于文艺的造诣比我们中国任何大学的文科教授,任何思想界的权威者还要深刻,决不像我们专靠主义吃饭的人(不仅是共产主义)只有做几句'之乎者也'的

---

① 陈思和:《三论鲁迅的"骂人"》,《收获》2000 年第 6 期。

② 瞿秋白:《俄国文学史及其他》,复旦大学出版社 2004 年版,第 120 页。

闹墨式的文章呢。"①

托氏最主要的涉及文学的理论著作是《文学与革命》，这部著作出版于1924年。1925年美国纽约国际出版社出版英文版，日本东京改造出版社于同年出版由茂森唯士译日文版。同年8月，鲁迅购入此书日文版。次年3月鲁迅在《中山先生逝世后一周年》短文中首次援用此书。最早对它的部分进行翻译介绍的也是鲁迅。鲁迅在翻译勃洛克的《十二个》时，正巧《文学与革命》一书有专论《十二个》的第三章。鲁迅从茂森唯士的日文全译了此章附入《十二个》，并写了《〈十二个〉后记》，初次介绍了作为"文评家"的托洛茨基，他转述了托洛茨基对勃洛克的评价——他"向着我们这边突进了。突进而受伤了"。他认为《十二个》是"俄国十月革命'时代的最重要的作品'"的评价也源于托洛茨基。附录的这第三章《亚历山大·勃洛克》是经韦素园"对校原文，增改了许多"②。它的中文版是由李霁野、韦素园翻译的，于1928年2月由北京未名社出版。当未名社在1928年春被封的时候，该社出版的《文学与革命》一书在济南山东省立第一师范学校被扣。北京警察厅据山东军阀张宗昌电告，于3月26日查封未名社，捕去李霁野等三人。至10月始启封。

托洛茨基在中国共产党人中的命运是随着他在他俄罗斯祖国的命运起伏而起伏的。当他作为与列宁同时代的战友的面目出现的时候，他的理论在中国是很受欢迎的；当把被作为反斯大林主义者并被驱逐出境的时候，尤其是他的信徒在中国建立了共产主义托派的时候，他的革命理论在中国共产党人中也随即受到批判。但中国左翼作家对托洛茨基的态度却是暧昧的，他的文艺理论最初是作为整个无产阶级革命文艺理论的一部分而受到重视的，而在他和他的信徒在政治上受到冷落和批判的时候，他的艺术理论却仍以极高的频率出现在左翼领袖鲁迅的杂文之中。从这种现象，我们可以发现，鲁迅等中国左翼文艺家对托洛茨基的接受，一开始就是把他作为当时的无产阶级革命与文学理论的一部分来看待的，而且后来始终如此。从当时左翼作

---

① 郭沫若：《文艺家的觉悟》，载张若英编：《中国新文学运动史资料》，光明书局1934年版，第357页。

② 鲁迅：《集外集拾遗·〈十二个〉后记》，人民文学出版社1995年版，第83—84页。

家的翻译和写作中可以看到,中国的具有左翼倾向的翻译家和作家并没有如斯大林和中国共产党人那样在政治上去区分斯大林和托洛茨基,也并没有把托洛茨基的文艺理论等同于中国托派,或者因为他的政治立场而废弃他的艺术观点,就如鲁迅著名的《答托洛茨基派的信》批判和讥讽了中国托派而并没有批评托洛茨基一样。

具体地说来,中国左翼之所以加以这样的区分,并在某种程度上借重于托洛茨基的文艺理论,主要有三个方面的原因:

首先,鲁迅等人借用托洛茨基的"同路人"理论对抗和修正左联初期的关门主义倾向。

"同路人"作家是早期苏联文学界对一部分作家的称呼,主要指那些在政治上同情并拥护苏维埃政权但对革命的性质和意义认识不清、世界观还不是无产阶级的作家和诗人,首先是指"意象派""谢拉皮翁兄弟""山隘""构成主义者文学中心""列夫"等文学团体的作家,同时也包括某些没有加入任何文学组织的作家,如列昂诺夫、拉夫列尼约夫、阿·托尔斯泰、莎吉娘、希什科夫等。但"同路人"这个名称当时用得比较广泛,没有固定的范围,例如岗位派把高尔基、马雅可夫斯基等也算在"同路人"作家之列。20 年代苏联文艺界对"同路人"作家有两种完全不同的态度。岗位派和"拉普"(俄罗斯无产阶级作家联合会)批评家对"同路人"作家基本采取否定的态度,认为"同路人"文学在根本上是"反对无产阶级革命的文学",这种文学只会"歪曲革命","诽谤革命",从而对"同路人"作家采取排斥、打击的态度。"拉普"后期甚至提出"没有同路人,不是同盟者就是敌人"的极端口号,把"同路人"作家统统赶到敌人一边去。另一方面是托洛茨基、沃朗斯基和《红色处女地》杂志的态度,他们则高估"同路人"作家的作用,否定无产阶级文学的存在,认为社会主义过渡时期苏联文学主要靠"同路人"作家。俄共(布)中央的态度是反对以上两种极端,既反对托洛茨基、沃朗斯基的"投降"倾向,又反对岗位派对非党作家的轻视态度及其妄自尊大的作风。俄共(布)中央 1925 年在《关于党在文学方面的政策》中规定,在对待"同路人"作家时必须注意:①他们的分化;②他们中间有许多人作为文学技术的熟练"专家"的重要性;③这一群作家的动摇情况。它指出,"一般的方针应当是周到地和细心地对待他们,即采取那种足以使他们尽可能迅速地转到共产主义思想方面来的态度";"应当以容忍的态度对待中间的思想形态"。①

托洛茨基和拉普的分歧在中国左翼文艺阵营内也同样存在。

在狭隘的苏联"拉普"和日本"纳普"的影响下，在左联成立之前与之后，左翼文学界存在着严重的关门主义的倾向。左翼文学的主将蒋光慈就在他的《现代中国社会与革命文学》一文中，把当时的进步文学指斥为"市侩派"文学。而郭沫若、成仿吾和阿英等人更是一个比一个激进，一个比一个更加的布尔什维克。而鲁迅等人则为了反对这种关门主义和为了构建广大的反国民党文化专制和围剿的统一战线，所以接受和认同了托洛茨基的"同路人"策略。

托洛茨基在《文学与革命》的第二章即《十月革命底文学"同路人"》，在第七章《共产党对文艺的政策》中反复重申了"同路人"政策的意义。李霁野在《文学与革命·后记》中说："在文艺政策上，特罗茨基和瓦浪斯基（Voronsky）与有些极端派相反，采取一种较为宽容而开明的态度。凡文学足以加强乡村与城市间，党员与非党员间，知识阶级与劳动者间的连锁，因而增加革命底力量者，党都应加以赞助和指导……一九二四年五月关于共产党艺术政策的会议，决定采取特罗茨基底态度，于是'同路人'底作品也可以在国家出版物上刊印了。"②托洛茨基在这个会议的发言中说明了同路人的性质，"所谓'同路人'者，是什么呢？在文学上乃至政治上，我们称为'同路人'者，是指在我们和诸位要一直前进的同一路上，拖着蹩脚，踉跄着，到或一地点为止，走了前来的人们。向我们相反的方向去的，那就不是同路人，是敌人。"③在鲁迅翻译勃洛克的《十二个》的附录，即《文学与革命》的第三章《亚历山大·勃洛克》中，托洛茨基指出勃洛克"是属于十月革命以前的文学系统的"，"并不是我们的"，但却"向着我们这边突进"，也就是通常我们所说的作家向革命组织靠拢，并写出了能"永久地流传"的作品。

---

① 转引自苏玲、刘文飞：《俄罗斯苏联文学简史》（下），海南出版社1993年版，第22页。

② 李霁野、韦素园：《文学与革命·后记》，载托洛茨基：《文学与革命》，北京未名社1928年，第339页。

③ ［俄］《关于对文艺的党的政策——关于文艺政策的评议会的议事速记录》，收入《文艺政策》（鲁迅译），《鲁迅全集》（第十七卷），人民文学出版社1973年版，第529页。

托洛茨基的"宽容"态度显然受到了鲁迅的激赏,鲁迅在当时的论战中经常运用了"同路人"理论和策略。《〈十二个〉后记》写于 1926 年 7 月 21 日,在这之前半月,7 月 7 日的《马上日记之二》中提到"同路人"毕力涅克和勃洛克,说他俩"自然是苏联的诗人,但若用了纯马克思流的眼光来批评,当然也还是很有可议的处所。不过我觉得托罗兹基(Trotsky)的文艺批评,倒还不至于如此森严。"①鲁迅在这里援用托洛茨基的观点很显然批评了左翼内部对于"同路人"的苛刻态度。他在驳斥"文艺自由论"者和"第三种人",指责左联批评家"凶暴",动辄骂作家为"资产阶级走狗",致使大家不敢作了的时候,鲁迅在《论"第三种人"》中予以批驳时就运用了"同路人"的政策和理论。他指出,左翼作家并没有"动不动便指作家为'资产阶级的走狗',而且不要'同路人'。左翼作家并不是从天上掉下来的神兵,或国外杀进来的仇敌,他不但要那同走几步的'同路人',还要招致那站在路旁看看的看客一同前进"②。对于为左翼文艺界所排斥的郁达夫和巴金等人,鲁迅也是把他们看作是同路人的。"巴金是一个有热情的有进步思想的作家,在屈指可数的好作家之列的作家。"他激烈抨击左翼文学"理论与行动上的宗派主义和行帮现象",主张应该"把限度放得更宽一些",鲁迅的观点与托洛茨基当年对于同路人的主张是相呼应的。尤其在文末提到《斯大林传》,他虽没有直接批评斯大林,却借着批评周起应等对斯大林主义给以激烈的批判,说他"抓到一面旗帜,就自以为出人头地,摆出奴隶总管的架子,以鸣鞭为唯一的业绩"③。这似乎更能显示出他对于托洛茨基的同情和支持。

同样的策略也为瞿秋白所运用。瞿秋白 1932 年翻译刚刚公布的恩格斯的《致哈格奈斯的信》,同时译了一篇诠释性的论文,题目叫做《社会主义的早期"同路人"——女作家哈格纳斯》。这里虽然论述的是恩格斯对于英国女作家哈格奈斯的态度,但是瞿秋白却套用了托洛茨基的"同路人"概念。这实际上是对这一概念的认同。

左联的关门主义和对同路人的拒斥尽管由于它的主要领导人的

---

① 鲁迅:《华盖集续编》,人民文学出版社 1980 年版,第 160 页。

② 鲁迅:《南腔北调集》,人民文学出版社 1980 年版,第 21 页。

③ 鲁迅:《且介亭杂文末编》,人民文学出版社 1973 年版,第 58、63、66 页。

原因而贯穿了它的始终,但托洛茨基理论无疑为鲁迅、瞿秋白和茅盾等人抵消它的消极作用提供了理论的工具和现实的策略。

与这种对于托洛茨基"同路人"理论的认同相对应的是,以鲁迅为代表的若干的左翼理论家对托氏的若干方面的艺术理论有着深深的心仪。

鲁迅认为,托洛茨基是个"深解文艺"的人。在《〈十二个〉后记》中,鲁迅说:"在中国人的心目中,大概还以为托罗兹基是一个暗呜叱咤的革命家和武人,但看他的这篇(指《文学与革命》第三章《亚历山大·勃洛克》)便知道也是一个深解文艺的批评者。" ①

相对于当时在中国左翼作家中盛行的拉普的"唯物辩证法写作方法",托洛茨基很显然更注重艺术的主体性特征。而这正为左翼之中重视文艺自身特征的文艺家(如鲁迅)所亲睐。纠缠着二三十年代中国左翼文学界的文艺与政治的关系命题,在托洛茨基那里有着很好的解答。文艺和政治作为人类的两种社会活动,其性质和活动方式都具有很大的不同,从本性上看相忤之处甚多。文艺创作更多地指向人的精神领域,而政治活动经常地指向人类的实践领域;文艺创作更多地强调个人心灵的"自由性",而政治活动往往强调集体的"纪律性"。这种植根于本性的不和谐,托洛茨基有着深刻的体察,他在《文学与革命》中试图给以解决,他认为:"艺术必须按照自己的方式发展,走自己的道路。马克思主义方法并不就等于艺术的方法。党领导无产阶级,但领导不了具有历史意义的各种历史过程。有些领域,党的领导必须是直接的、绝对必要的;有些领域,党只能参与合作;最后,还有些领域,党只能去适应其要求。艺术领域并不是要求党去发号施令的场所。党能够而且必须保护和赞助艺术,但只能间接地领导艺术。" ②托洛茨基的关于文学与政治的关系,对列宁的论断进行了更精密的修正,也的确更合乎文艺创作的历史实践。托洛茨基对于共产党对于文艺规律的服从,很显然使鲁迅反对周扬的对于文艺的过度干涉,一种"奴隶总管"式的监督,是一件有力的理论武器。

---

① 鲁迅:《集外集拾遗·〈十二个〉后记》,人民文学出版社 1995 年版,第 83—84 页。

② [苏]托洛茨基:《文学和革命》,载佛克马、易布思:《二十世纪文学理论》,生活·读书·新知三联书店 1988 年版,第 103 页。

托洛茨基的主要文艺论著《文学与革命》出版于 1924 年,不久就在苏联受到瓦尔金(20 年代译为瓦进)为代表的岗位派(30 年代译为那把斯图派)的猛烈抨击,但也获得了沃朗斯基的《红色处女地》集体和"绥拉皮翁兄弟派"的支持。这些都在鲁迅所翻译的《文艺政策》一书中有详细的记录。1926 年 3 月鲁迅在《中山先生逝世后一周年》短文中首次援用托诺茨基的《革命与文学》。在纪念文中鲁迅驳斥了一些背信弃义的政客和无聊之徒以"风凉话"讥弄孙中山。鲁迅指出孙中山是"一个全体,永远的革命者……无论后人如何吹求他,冷落他,他终于全都是革命。"为了证明自己对于孙中山"无论所做的那一件,全都是革命"的判断的正确,引用了《文学与革命》一书第六章中的一段话:"为什么呢? 托洛斯基曾经说明过什么是革命艺术。是:即使主题不谈革命,而有从革命所发生的新事物藏在里面的意识一贯着者是;否则,即使以革命为主题,也不是革命艺术。中山先生逝世已经一年了,'革命尚未成功',仅在这样的环境中作一个纪念。然而这纪念所显示,也还是他终于永远带领着新的革命者前行,一同努力于进向近于完全的革命的工作。"①鲁迅的这个比喻虽然不太恰当,但可以看出他非常欣赏托洛茨基的文艺观点。

鲁迅显然是十分欣赏托洛茨基的关于革命文艺的见解,后来他在谈到作家与作品,世界观与创作,题材的选择与作家对生活的认识一类文章中曾一再提到过类似的意见。比如在他逝世那年 6 月写的《论现在我们的文学运动》一文中指出,在抗日民族矛盾日益尖锐的年代里的文学,不应当局限在写义勇军打仗一类的军事题材上,"它广泛得多,广泛到包括描写现在中国各种生活和斗争的意识的一切文学……例如吃饭可以和恋爱不相干,但目前中国人的吃饭和恋爱却都和日本侵略者多少有些关系。"这正如"主题不谈革命,而有从革命所发生的新事物藏在里面的意识",则就是革命文学作品。托洛茨基的理论对于鲁迅透视当时左翼文学创作的自设牢笼式的革命写作提供了很好的理论视角。

在左翼文学中引起共鸣或反对的还有托洛茨基的对无产阶级文艺的取消主义态度。

---

① 鲁迅:《集外集拾遗》,人民文学出版社 1993 年版,第 77 页。

无产阶级革命文学和文艺建立的理论基础是文学的阶级性,而在托洛茨基的《文学与革命》中存在着提倡人性论的部分,这是鲁迅反对的。在《文学的阶级性(并恺良来信)》中说:"来信的'吃饭睡觉'的比喻,虽然不过是讲笑话,但脱罗兹基曾以对于'死之恐怖'①为古今人所共同,来说明文学中有不带阶级性的分子,那方法其实是差不多的。在我自己,是以为若据性格感情等,都受'支配于经济'(也可以说根据于经济组织或依存于经济组织)之说,则这些就一定都带着阶级性。但是'都带',而非'只有'。所以不相信有一切超乎阶级,文章如日月的永久的大文豪,也不相信住洋房,喝咖啡,却道'唯我把握住了无产阶级意识,所以我是真的无产者'的革命文学者。"②而在这里鲁迅对托氏的观点则持否定的态度。

托洛茨基在本质上认为写作尤其是创作是带有资产阶级特征的知识分子的特权,严格来说是剥削阶级的特权。在《文学与革命》一书的《引言》中谈到了这个问题:"使资产阶级的文化和资产阶级的艺术,与无产阶级的文化和无产阶级的艺术相对待,是根本不对的。后者是决不会存在的,因为无产阶级统治是暂时的,过渡的。无产阶级革命底历史的意义,与道德的伟大,是在于他正在为那种将要超过阶级,将要为初次真正人类文化打基础。"③这种对无产阶级文化和艺术的取消主义与托洛茨基的"无产阶级把它底专政看为一种短促的过渡时期"的理论是一致的。当无产阶级处于"无产"地位的时候,因为不能受到很好的教育,所以他们内心所有艺术的冲动,却无法表述自己的情感和情志,就像马克思所说的那样,他们只能被表述。而当无产阶级翻身解放之后,无产阶级也就不再无产,他能够受到很好的教育,也能够表述自己的情感和情志了,但是到那时,无产阶级也就不能再叫无产阶级了;到了那个时候,无产阶级和他所立志要消灭的阶级一起消逝了,那也就无所谓无产阶级写作了。在过渡时期内,无产阶级还在巩固政权,搞经济建设,让大家有饭吃,做文化科学知识的普及工

---

① "死之恐怖"参见托洛茨基:《革命的与社会主义的艺术》,《文学与革命》,北京未名出版社 1928 年版。

② 鲁迅:《通信·其二》,《三闲集》,人民文学出版社 1980 年版,第 117 页。

③ 〔苏〕列·托洛茨基:《文学与革命》,李霁野、韦素园译,北京未名社 1928 年版,第 8 页。

作,在这些"短促"的过渡时期的总任务下,无产阶级无法与有几百年历史的资产阶级在文化上进行抗衡。而且托洛茨基认为:"过渡时代在艺术上的政策,只能去,而且必须去,帮助各种艺术派别正确地了解革命底历史的意义,而且把赞成革命与反对革命的绝对标准放在他们面前之后,允许他们在艺术上有完全自决底自由。"①

托洛茨基对无产阶级文学的论述影响了中国左翼文艺家,但是他的对于无产阶级文学的取消态度,又为革命文学论者所拒绝。因为建立无产阶级革命文学已经成为当时中共的基本革命策略之一,其次,那些反对国民党黑暗统治的左翼作家也需要无产阶级革命文学这样的大旗,以号召同志,凝聚力量。托洛茨基的无产阶级文艺的取消主义态度显然不利于正在建立的无产阶级革命文艺,也理所当然地受到了正在提倡左翼无产阶级文学艺术的左翼作家的反对和批判。1932 年 9 月,瞿秋白翻译苏联诗人别德讷依嘲骂托洛茨基的诗《没功夫唾骂》,并在《文学月报》第 1 卷第 3 期上发表。鲁迅公开说托洛茨基"没落"是在《我的态度气量和年纪》一文中,时在 1928 年 4 月,但也正是在这篇文章中还赏识托洛茨基的文艺应当讲功利的观点,直到1930 年写《"硬译"与"文学的阶级性"》时提到《文学与革命》也是作为马克思主义文艺理论著作之一。鲁迅翻译了批判托洛茨基的文章。在《文艺政策》一书中收入了两个决议,一个是同意同路人的政策的决议;另一个《观念形态战线和文学——第一回无产阶级全联邦大会决议》,其中指出"无产阶级文化和文学的最彻底的反对者是同志托洛茨基和沃朗斯基"。批判的就是《文学与革命》一书中的无产阶级文艺取消论。1929 年鲁迅还翻译了日本片上伸的《无产阶级文学的理论与实际》也批判了托洛茨基。

左翼的这种批判后来被毛泽东所接受和认可。在《在延安文艺座谈会上的讲话》中毛泽东也谈到托氏,他说:"党的文艺工作,在党的整个革命工作中的位置,是确定了的,摆好了的;是服从党在一定革命时期内所规定的革命任务的。反对这种摆法,一定要走到二元论或多元论,而其实质就像托洛茨基那样:'政治——马克思主义的;艺

---

① [苏]列·托洛茨基:《文学与革命》,李霁野、韦素园译,北京未名社 1928 年版,第 8 页。

术——资产阶级的。'"①毛泽东所说的就是,托洛茨基对于无产阶级文学的取消的态度。

但是,鲁迅和与他关系密切的左翼作家在对托洛茨基接受和批判的时候,表现了极其矛盾的一面。这种矛盾不是表现对其艺术理论的接受和对其政治理论(取消无产阶级文学不仅是文学的更主要的是政治的)批判,而是表现在反对和批判他的无产阶级文学取消理论的同时在深层又认同它。

鲁迅虽然反对托洛茨基的对待无产阶级文化的取消态度,但是在深层他又认同这一观点。鲁迅在与创造社和太阳社的论战中,就运用了托洛茨基的上述观点来论述无产阶级文学。尤其是托洛茨基的"过渡时代在艺术上的政策"的观点,很显然是符合鲁迅的带有自由主义倾向的艺术观的,也正是如此,鲁迅才一再强调艺术的"宽容"。再者,鲁迅虽然认为,托洛茨基存在着诸如"死之恐怖"等超阶级性人性是错误的,但是对照鲁迅早年对于弗洛伊德主义和尼采等唯意志论哲学的推崇,这样的批判是乏力的。与其说是批判,不如说是以批判的面目出现的追认。

托洛茨基对中国现代文艺的影响是作为二三十年代苏联马克思主义的一翼影响中国左翼文艺家和思想家的,虽然它在 30 年代以后的岁月中,在正统的中国马克思主义那里是非法的,但它作为一翼的流传始终没有中断过,以致 50 年代有关人性和人道主义、有关现实主义广阔的道路的论争,依然和二三十年代托洛茨基的理论有着同样的逻辑起点。同时,中国现代左翼尤其是鲁迅对它的接受,正体现了中国左翼内部价值取向的深刻畸变。所以,从这个意义上来说,托洛茨基的文艺思想对中国现代左翼文学的影响又是巨大和深远的。

此外,在北伐战争失败后中共最高领袖陈独秀等人加入中国托派在使托洛茨基思想声名狼藉的同时,也扩大了托洛茨基思想对于中国文艺界的影响。而鲁迅的著名的《答徐懋庸并关于抗日统一战线问题》的书信在表明自己"反对"中国托派的立场的同时,也扩大了托洛茨基主义在中国的影响。在延安时期因为翻译《托洛茨基自传》中的

---

① 毛泽东:《在延安文艺座谈会上的讲话》,《毛泽东选集》(第三卷),人民出版社 1991 年版,第 866 页。

两章而被冠以托派罪名而遭受杀害的王实味①也使中国红色文艺家与托洛茨基联系到了一起。尽管这三者都是政治意义上的,但陈独秀、鲁迅和王实味的文艺家身份不能不使托洛茨基思想对红色文艺产生影响。

[原载《安徽师范大学学报》(人文社会科学版)2005年第5期]

---

① 王凡西在北大时即与王实味同学,而且那时两人又都是中共党员,老友重逢,显得格外兴奋。王凡西请求王实味帮忙译一部分书,因为他妻子即将临产,正缺钱用。王实味帮了他这个忙,翻译了《托洛茨基自传》中的两章。除此之外,很难找出王实味与中国托派有何瓜葛。

第四辑

苏雪林的文学创作与学术研究

出游与回归:现代知识分子的成长寓言
——论苏雪林的早期创作

　　苏雪林早期的创作主要有两部作品《绿天》和《棘心》。对于这两部作品,苏雪林后来说:"里面所说的话,一半属于事实,一半属于……所谓'美丽的谎'"。"事实"在于她以自己的人生经历为蓝本,写出了一个真实的自我;而"美丽的谎"在于她只向读者提供了幸福、美满的一面,而将真正能够表现真实痛苦的《玫瑰与春》《小小银翅蝴蝶的故事(下篇)》①有意隐藏了起来。苏雪林是这样披露自己动机的:"另一个灵魂,天生一颗单纯而真挚的'童心',善于画梦,渴于求爱,有时且不惜编造美丽的谎,来欺骗自己,安慰自己,在苦杯之中搀和若干滴蜜汁,也许最初的两年里,我们爱情的网,早已支离破败,随风而逝了。"②

　　从苏雪林的自叙中,我们可以清晰地看到她当时的创作心态:定居苏州后,苏雪林便开始以她的人生经历为蓝本构思小说,然后分期连载于《北新周刊》,第一次使用笔名"绿漪"。1929年,她将已经发表的章节收集整理交北新书局出版,这就是长篇散文体小说《棘心》。也就在创作《棘心》的同时,苏雪林为婚姻所困。她时时感觉到心灵为一种极大的痛苦所主宰和笼罩,自己根本无力摆脱。当痛苦至极之时,她常常独自在东吴大学校园内的草地上徘徊,她的倔强的个性和对婚姻的顾虑给予了她双重的折磨。在经历了数日的煎熬之后,她豁然从痛苦中看到了一缕圣光,于是灵感也就在此时到来。她于半日之间就写出了剧本《玫瑰与春》。然而,1928年北新书局在出版《绿天》时却只有此前写的《鸽儿的通讯》和《我们的秋天》等,因为苏雪林"为了当

---

　　① 本篇写于苏雪林的台湾时期。收入《苏雪林文集》(第一卷),安徽文艺出版社1996年版。

　　② 苏雪林:《绿天·自序》,《苏雪林文集》(第一卷),安徽文艺出版社1996年版,第217页。

时对于那个不幸的婚姻,尚有委曲求全之意"①,所以《玫瑰与春》没有收入集中。直到 1955 年,她与张宝龄珠婚之时(此时两人已经相隔海峡两岸),台湾一家出版公司筹划"妇女丛书"时,才将此篇重新收入《绿天》之中。

这种"画梦"的动机,使这两部作品形成了如下的特点:一是自传性,其中人物的生活有作家自己人生的经历;二是幻想性,作家给生活以美好的侧面,即"在苦杯中搀和蜜汁";三是隐喻特征,因为其中有些故事不便于直接说出。这些特点告诉我们,通过这两部作品,我们可以发现苏雪林当时真实的思想。

然而,文学批评不仅要从文学作品中发现某种创作的历史真实,而且更重要的是要从中发掘出其中所蕴含的文化的本质。考察《棘心》和《绿天》,我发现除了上述的特点之外,循着作品的叙述线索,其中实际上还存在着一个中国传统知识分子叙事之中常见的模式,即"出游"和"回归"。

出游,是个体意识强化的结果。当个体生命一旦脱离母体降生于外在的世界,她便获得了自己的独立性。与母体分裂走向独立,这是自然的规律。人类也就在这统一与和谐的破裂之中,走向新生,世代衍播。因此,脱离母体的出游也是人类的天性使然。当《棘心》中的女主人公醒秋(她与《绿天》中的"我"和作家苏雪林实可叠合成一个人)长大成人之时,她要冲出家庭,走出母爱(母体的延伸)的包容,寻求属于自己的新的世界,这也是情理之中的事。

同时,醒秋之出游还有一层文化内涵。她离开家庭,离开母亲,到文化中心北京去接受新式的教育,然后又远离故国去法国留学。这实际意味着她正逐步疏离以人伦为本位的中国文化母体,去体验新的西方文化,并试图建构一种属于自己的文化新体。这与当时的"求取新声于异邦"的时代潮流是一致的。因此,醒秋的出游实乃一则具有反封建特性的"文化寓言"。

《棘心》向读者展示了出游中的种种"历险",即外在世界的两重诱惑:

---

① 苏雪林:《绿天·自序》,《苏雪林文集》(第一卷),安徽文艺出版社 1996 年版,第 219 页。

　　首先是青春的诱惑。当醒秋到达法国之后,在青春的催动和寂寞的生活中,她不可避免地陷入了追求者秦风撒下的漫天情网,虽然清醒的理智一再警示她要顾及"夫家的责言,乡党的讪笑⋯⋯严正的慈祥的母亲",但她"女子天性的慈悲,她的丰富的同情心,诗的微妙情趣,浪漫的梦想,像一叠叠的狂涛怒浪将这只小舟卷向情海的深处"。在情感与理智的激烈搏斗中,她的情感一度占了上风,以致她在内心禁不住对秦风说:"我来安慰你,你想我的心吗?"爱情的鼓励使主人公的个性也同时坚定了起来,"她居然想写信给家庭,要求解除旧的婚约了"。这是主人公醒秋漂离文化母体的最远点。

　　其次是异域信仰的召唤。当杜醒秋拒绝了追求者秦风的情爱,而又遭到未婚夫叔健的冷落之后,她的灼然的少女情感被逼进了死胡同。而正当她绝望之时,异域信仰中的天主向她伸出了援助之手。于是在白朗女士的影响下,她由钦服、接触,直到最后皈依了天主教。上帝的光环使她在受伤之后,能够休养生息,调整思绪,

　　在上述的叙述本文中,实质上存在着三个主体因素,即试图寻求独立的个体精神,表现在主人公对秦风情爱的回应;中国传统的伦理价值规范,以那个由母亲指定的未婚夫为代表;西方的价值观念,其中的白朗女士和她的天主教就是这样的象征。对于这二者,处于"出游"状态中的女主人公始则钟情于个体精神,但由于对此缺乏足够的信心,便转向在中国传统价值观念之中寻找支持,但冷酷的以夫权为其主要内涵的中国伦理观念让她失望,便转而投向异域信仰寻求庇护。在这里,苏雪林笔下的主人公选择了异域信仰而不是中国传统的儒学价值,正体现了她作为创作主体对于母体文化的"坚定"的反叛和对艰难流浪的坚持。皈依天主教是主人公杜醒秋在情感生活失败之后所寻找到的"出游"行为的新的精神支撑点。

　　然而,杜醒秋之出游并未能在叛离的过程中铸就一个新我,建构一个有别于母体文化的稳定的价值系统,她是带着固有的来自于母体的文化精神,也即作为一个东方人,去体验西方的情感生活和宗教信仰的。在她叛离之时,她既不是东方的,又不是西方的,也不是自我的,因此,出游实实在在成了一次精神流浪。杜醒秋深深体会到了这种流浪在外的孤独、寂寞和无所归的困窘,无论是诱惑人的个体青春期情爱还是纯洁高尚的圣母信仰,都不能安抚她的灵魂。与鲁迅明了

自己作为历史"中间物"而承担荒谬、勇敢前行的精神有所不同的是，苏雪林一旦发觉自身处境尴尬，便折身回返了。正是在创作主体的这种精神的推动下，《棘心》的主人公最终还是拒绝了青春的诱惑，拒绝了天主教的召唤，而回到母亲的怀抱，并把自己的结束历险的行动作为礼物赠于她。在这部作品的结尾和《绿天》中，她与母亲"钦定"的未婚夫言归于好，并将自己的肉体的和精神的贞操全都奉献给了他——丈夫。回到了"家"，流浪的过程也到此结束了。假如说小说《棘心》宣泄的是流浪的痛苦的话，那么散文集《绿天》表达的则是心灵重返憩所的幸福和安宁。

苏雪林的回归并非是抽象的，在她的"家"意识中，有着明确的所指。在《棘心》的题记中，她写道："我以我的血和泪，刻骨的疚心，永久的哀慕，写成这部书，纪念我最爱的母亲。"且书名也取自《诗经》中的《邶风·凯风》中的诗句："凯风自南，吹彼棘心；棘心夭夭，母氏劬劳"。这题记和书名即首先披露了这部作品的以母亲为主要情感投注对象的孝心中心的基调。而散文集《绿天》则是题赠给了丈夫"建中"。无论是从这两部作品的题记还是从其所表述的内容来看，苏雪林的回归就是回归母亲的怀抱，回归丈夫的"家"。

母亲，依照封建的家庭伦理秩序，应该处于末次，所谓"父死从夫，夫死从子"是也，然而在《棘心》中她却被提到了首要的地位，之所以如此是有其原因的。依照常情，父亲对女儿有着更多的宠爱，而女儿对待父亲也应有更多的依恋。且不说西方弗洛伊德主义的父女情结理论，确认父女之间有着非同寻常的关系，就是东方儒家道德也并不排斥父女情深。但因作家自小与母亲相依为伴，而父亲因出游在外，接触较少，所以感情相对淡薄。

在苏雪林那里，替代这种父女情感而存在的，是她对于母亲的刻骨铭心的爱与由此衍生的孝心和顺从。母女之间的天然的血亲关系，把她们置于"家庭"这一普遍而又特殊的生存空间之中。且不说不可分割的血脉使这二者之间具备了情感融洽的必要条件，而且在中国的人伦文化中，母女作为同性别的个体，共同的性别政治语境，使她们在对待社会与人生，对待女人性和男人性等问题上，都有着超越于"代沟"的共同的语言。特别是在父亲和兄长远行的情况下，寂寞的女人生活更加强了她们的依存关系，母与女都成为对方在有限社会活动之外的最好的情感交流对象。更何况孕育子女的"十月怀胎"的甜蜜与痛苦,使母亲倍加珍视自己的骨血;女儿也在省事之后,自觉地感受到了母亲的生身之恩。母亲的珍视和女儿的报偿意识,都使本应该"相互排斥"的同性,逃离了弗洛伊德精神分析意义上的母女敌对情结,使她们在东方人伦文化和性别语境中缔结为形影相吊的和谐的整体。

对于苏雪林来说,作为人之女,报偿母亲的养育之恩是理所当然的。若是在正常的情况下,她本应有机会竭尽全力侍奉母亲。但由于求学的原因,她不得不远离母亲,这就使她没有能够充分履行中国传统人伦观念所赋予她的责任,她的满怀的"孝心"没有能够得到体现和挥发,因此,她的内心也就没法获得平衡。特别是当她在异国他乡追怀母亲之时,母亲过去的辛苦与劳作都半理智半迷狂地浮荡于脑际,使她更有理由崇拜这个无私的人类灵魂。孝与崇拜构成了苏雪林恋母情结的主要原因。

同时,兄长的不幸夭亡更加深了她对母亲的疚心。中国孝道文化中"长兄如父",兄长的因病夭亡,对于苏雪林来说,无疑是对于"父亲"的一次丧失。因为兄长是嫡长子制社会中仅次于父亲的家族的主宰,是父亲之后最可信赖的亲情的依托,是父亲式情感的极好的迁移对象和附着体。兄长生命消失,意味着受遮护或被主宰欲望的落空。尤其是,兄长的死亡,也宣布了母亲的一次艰难的生产的无价值,同样作为女性,作家深深体味到了为母之难,所以她在情感上与母亲发生了强烈的共鸣。还有,因兄长的夭亡,他所承担的赡养和侍奉的责任便惟有我独自承担了,而"我"却因身在异乡和身为女子而无力担负,而且还因婚姻的"忤逆"使她伤心,内心的遗憾与自责可想而知了。

母亲给了苏雪林以博大而无私的爱,但是这母爱带给她的并不仅仅是快乐;相反,得到的母爱越多,她受到的束缚就越深。起先是一种情感的依恋和自豪,后来就加上了孝顺、报恩等伦理纲常的责任与义务感。人事的沧桑使这一心灵的十字架越来越沉重,以致使她的每一个人生的重大决定都要以母亲的意志为自己的意志了。在《棘心》中杜醒秋最看重的爱情生活也因之失去了自主的权力,"她本身的幸福,关系于此一举,这是万万不可随便放过的","她还想同母亲反抗,但一想到她那饱经忧患的病躯,又不禁潸然泪下——我终了能为一己的幸福而害了母亲?"母亲的牺牲精神已经内化为杜醒秋的品质和道德准则,在她反抗的时候瓦解了她的斗志。而杜醒秋越是顾念母亲,越是想"尽更大的孝心",她自己的压力也就越大、忧虑、自责、忏悔总在想念母亲的时候一起袭来。对母亲的宗教般的情感,使苏雪林放弃了个性解放思潮为她那一代新青年所确立的自我发展之路。如同鲁迅、胡适等五四先驱们一样,甘愿作一个历史的"中间物",旧时代值好最后一班更。

苏雪林早期创作的另一主题是"寻夫"。在《棘心》这部献给母亲的作品中,作者在情节线索中设置了杜醒秋与母亲的冲突,但由于这一冲突的中心事件为女主人公是否服从母亲定下的婚姻,因此,母爱便在叙述中被阐释为接受一个被命名为"未婚夫"的男人。无论是母爱还是杜醒秋的报偿最终都落于"未婚夫"身上。虽然篇首的"题词"用母爱掩盖了对男性的归属意识,但作品的情节却在演绎着一个"寻找男子汉"的故事,出走缘于对"未婚夫"的拒绝;与秦风的恋爱及其失败也是在"未婚夫"外搜寻更好的人选;而信仰异域宗教也因寻找的挫折,最后的结局更是对寻找的总结。《绿天》则直接题赠给"建中"——丈夫,并在作品中竭力表现对"夫"的依恋和恩爱。也就是说,从这两部作品的总体情节流向来考察,恋母情节最终被导向了寻夫。

对于情人的归属意识,就苏雪林来说不外乎四个方面的原因:

其一,异性情人是父兄的替身,父亲远在祖国,兄长因病夭亡,男性中心文化所培养起来的对于男性的趋附意识,必然地在这种情况下引导她把男性情人视作父性情感的寄托。而那位内心柔弱又有点神经质的男人秦风,无疑不能担当此任。他不但缺少父兄般的稳重,而且没有一个成熟男性能够给予的安全感,依赖感。他的浪漫热情与苏雪林式中国少女的内心期待是相左的。弗洛姆曾经说过,对于童年期父亲关怀的怀念和追寻,是因成年而与父亲隔膜的女人们的永恒的生命追求。那位远不可及的木讷的未婚夫,因其性格的富有主见的执拗与倔强,从而满足了少女的被控制欲望,使他能够有条件成为父兄的角色。因此,虽然与女主人公在情感上只是若即若离,而且还曾经伤害过那颗情意满怀的芳心,但还是得到了她的钟情。

其二,情人作为男性,又是男女两性之间天然的依附对象,是缓解主人公青春期情欲压迫的必要条件。杜醒秋正值"少女怀春"的年龄,自然规律的驱使是任何礼教所无法克服的。同时与之相联系的,异性是人类生命得以延续的唯一途径,只有两性间的阴阳交合才能缔结新的生命,生殖本能的压迫是成年女性所面临的人生第一难题。

其三,更为重要的是,母亲的"任命"使得杜醒秋在很小的时候就形成了一种"有所归"的心理定势。母亲是夫权时代中的妇女,她给女儿定亲并将这桩婚姻强加于她,实际上是将女儿交给了一个男性。母亲是为男权意识同化的女性,她所行使的是男性中心文化的权力,她所给予女儿的教育当然也是这种文化。童年时的心理定势围范着杜醒秋,使她即使身处崇尚个性解放的京都,也不为时尚所动,时刻萦念着母亲和未婚夫。在《棘心》中她这样解剖自己:

> 照普通人的心理讲:二十以上的青年男女,正是热烈追求两性恋爱的时代,他们所沉醉的无非玫瑰的芬芳……但在醒秋,这些事还不能引起什么兴味,一则呢,她小时候便由家庭替定了婚,没有什么另外和别人发生恋爱的可能,二则呢,她生于旧式家庭中,思想素不解放,同学虽然大谈并实行恋爱自由,她却不敢尝试的。况且,她的一片童心,一双笑靥,依然是一个天真烂漫的小女孩子,只有依依于慈母膝前,便算她的至乐。[1]

母爱已经成为对于主人公的控制力量,它的价值系统已经被内化,并被奉为行为的准则。虽然其中已被发现包含着不合理性,仍然被服从。使"他自身不愿独立呼吸而要通过她们呼吸,他自身不愿有能力去爱……他不愿独立自主,而愿永远象个罪犯或象个残废人。"[2] 弗洛姆所描述的这种母爱下的"废人",正是《棘心》中的主人公痛苦心理的真实写照。然而,虽然是个"废人"(没有什么个性),但却获得了母爱的阴翳下的宁静和愉悦。

作为《棘心》续篇的散文集《绿天》即表现了这段和谐的生命。苏雪林用一种洋溢的诗意叙写了夫妇之间的鱼水情深,道出了少妇热情、奔放,小儿女的天真,和一种阳光明媚般的生活情趣。整部作品围绕着丈夫这个中心展开想象,构筑了一个玫瑰色的梦。主人公在遭受

---

① 绿漪女士(苏雪林):《棘心》,北新书局1929年版,第5—6页。

② [美]埃里希·弗洛姆:《爱的艺术》,刘福堂译,安徽文艺出版社1986年版,第81页。

重重心灵磨难后终于在母爱那儿获得了可喜的正果——理想的婚姻。她凭借"孝心"战胜了自我的个性，拒绝了青春期情感的诱惑，而投入母亲择定的"冷心肠"的未婚夫的怀抱，却意外地获得了幸福。主人公因"孝"与"贞"而获得了足够的回报。本来这种父母包办的旧式婚姻，悲剧甚多，如胡适、鲁迅等，但苏雪林在理性上后退了一步，在情感上自觉归附，却获得了海阔天空，用胡适的话来说，"宁可不自由，也便自由了"。

在对于婚姻的沉醉中，苏雪林终于由"出游"而返回，并在母爱的导引下完成了"寻夫"这一人生使命。在表现母爱时融合着对丈夫的寻找，这构成了《棘心》的基本情节；在表现夫爱时，也回应着母爱，这构成了《绿天》的基调。总之，在苏雪林那里，恋母与寻夫是结为一体的。

丈夫和母亲构成了"家"，而家文化正是中国传统文化的精髓所在，苏雪林的出游是对传统文化母体的叛离，那么回归也即回返传统文化。

中国传统文化向来就有以人伦为生存本位的思想。《孝经》曰："身也者，父母之遗体也，行父母之遗体，敢不敬乎？"以此为根据，儒家哲学在维持良善人格及其与凡俗的关系上，讲求五达道：君臣、父子、夫妇、兄弟、朋友；倡言三达德：智、仁、勇；重视四维：礼、义、廉、耻。但是在这一切和谐人伦的德性中，以孝为最重要，所谓"百行孝为先"，孝为德之根本。

所有这些人伦准则都在向现实中的生存个体昭示：他们在现实生活中的位置生而即已被按照人伦既定的秩序排定。同时，中国这种孝文化的千百年积淀，已经使人伦这种文化结构积蓄了足够的能量，使它对于个体人格有近乎先天的定位凝铸作用；即使面对山崩海啸式的剧烈冲击，也仍然具有超强的稳定性；由它所构成的强大的人生磁场，能使游离的个体无论身处何时何地，心灵都将被牵向人伦的磁极。这股向心力已经作为潜伏着的文化基因存留于个体生命的深层，成为遗传密码，代代相传；而且，假若社会变动或个体关系调整，在个体与之脱离或走偏之时，它便会发生作用，被无缘由地激活，使个体进入一个永远无止歇的寻求回归的生命过程。人伦位置的恢复将成为个体人生所追求的终极关怀。苏雪林在 20 年代初由于远离祖国和父母，赴法国求学,即《棘心》时期,这就使她具备了进入上述人生过程的条件,她的痛苦正是心灵游离于文化母体的痛苦。而她在《绿天》中的愉悦也正是与文化母体重新获得统一的和谐。

苏雪林的成长历程,这样的先"出游"后"回归"的心灵轨迹,在中国现代知识分子中并不是孤例。许多新文化运动中的反叛者后来都具有回归传统的精神经历。早年的章士钊也曾持有反叛的立场,但还在 20 年代中期就已经如他的朋友胡适所言"又反叛了"①,并且大力提倡"尊孔读经";苏雪林的精神导师胡适是中国近现代激进主义文化运动的先驱,他对"文学改良"运动的倡导影响了整个 20 世纪,但也在新文化运动的后期走向了传统,走向了研究室;鲁迅虽然看上去是个自始至终的反叛者,但正像我们今天所看到的,这个终身反叛者也对传统有着深切的依恋。这不仅仅是婚姻的,而且也是政治立场和文化立场的。只不过,苏雪林和他们都有所不同,苏雪林的回归更"明目张胆"而毫无顾忌。还有,胡适这些人的回归是有限度的,即一方面是对传统的认同,另一方面又以"整理国故"相标榜;而苏雪林则几乎没有这样的保护色。这样的回归大概有两个原因,一是个体的成年。年龄的增长消磨了早年的叛逆意志。二是历史的成熟。历史在青春期自然生成反叛,而一旦走向成熟,反叛的热情自然被消解,寻求与传统的接续这是生命个体的本能也是历史的本能。

但有一点需要特殊说明,那就是无论是苏雪林还是中国现代知识分子的精神回归,都不是文化原旨的复原。显然,在回归之中,现代性因素已经浸入他们的精神肌体,事实上他们再也不可能回到原初,回到传统母体中去了。

[原载《中国文学研究》2008 年第 4 期]

---

① 胡适:《老章又反叛了!》,载赵家璧主编:《中国新文学大系》(第二集·文学论争集),良友图书公司 1935 年版,第 203 页。

国家情怀:现代知识分子的成年镜像
——论苏雪林的战时创作

　　当苏雪林刚步入文坛之时,凭藉着《棘心》和《绿天》这两部文字优美的作品奠定了其在现代文坛的地位。《棘心》在五四反封建的历史潮流中独唱"反反封建"的反调,在文坛显得特别的引人注目;此书中浓厚的宗教气息,也甚为天主教会所赞赏,他们甚至用它作为传教的教材。散文集《绿天》更是受到了读者的喜爱。《绿天》出版后,居然连续发行了六版,其中有几篇还被选为中学生国文教材。1930 年 9 月,方英(钱杏邨)在细读了苏雪林的作品之后,作长篇评论《绿漪论》,认为她的作品"确实是担当得'细腻,温柔,幽丽,秀韵'的批评","是女作家中的最优秀的散文作者;至少,在现代女性作家的比较上,我们可以这样说"。① 著名批评家赵景深也认为:"其实她的作品与冰心、自清是完全不同的。与绍钧或者有一点相似,但也不像。冰心、自清的作风是流利自然,绍钧不免有点凝重,绿漪就比绍钧更多一点刻画了。但她在刻画中自有其流利,这就使我以前误会的原因。她时常逞她的想象于天涯地角。""总之,她的文辞的美妙,色泽的鲜丽,是有目共赏的,不像志摩那样的浓,也不像冰心那样的淡,她是介乎两者之间而偏于志摩的,因为她与志摩一样喜欢用类似排偶的句子,不惜呕尽她的心血。她用她那画家的笔精细的描绘了自然,也精细的描绘了最纯洁的处女的心。"②

　　苏雪林的《棘心》和《绿天》等创作所追求的是自我情绪的表达。那是苏雪林和中国现代青春期文学的共同特征。抗日战争的爆发,战时颠簸动荡和艰苦的生活,激发了所有中国知识分子的爱国热诚,也

---

　　① 方英:《绿漪论》,载黄人影编:《当代中国女作家论》,光华书局 1933 年版,第 148 页。
　　② 赵景深:《苏雪林和她的创作》,《海上集》,北新书局 1946 年版,第 171—173 页。

使苏雪林的文学创作的风格发生了变化,她的笔触不但开始更多地关注抗战的现实,注意用文学激励民族的勇气,而且也变得更加的老辣,更具有透视力。

苏雪林在敌机的轰炸下所作的散文,主要有《青鸟集》和《屠龙集》两个集子。

与早期散文的封闭和自恋不同,苏雪林的战时创作转向现实,具有极强的现实性。《屠龙——仿南非 Olive Seshreiner 沙漠间三个梦》借助梦境,谴责了军阀横行、人民遭殃的罪恶现实:"这古国人民,正彼此大动干戈,相持不下,大好楼台都倒坍了,茂盛的田园都荒芜了,茁壮的牛羊都瘦瘠而倒毙了。我看见四个骑士手拿弓刀天平等物,跨着白红灰的大马,放开四蹄,往来驰骋。他们所到之处,瘟疫、水旱、饥荒、死亡以及各种可恨的罪恶都随之而来,古国人民遭此蹂躏,竟死去十分之三四,真是悲惨极了。"在《奇迹》中,她毫不留情地痛骂"那位不发命令去抵抗的少年统帅,鄙视那久经训练,武装齐备,还没有瞥见敌人影子便夹着尾巴,忙忙如丧家之犬向后狂奔的 30 万大军。"在《炼狱》中,她记述了大后方物价飞涨,知识分子遭难的"苦经"。但苏雪林的愤怒、谴责以及倾诉不满,最终都会服从于她所认定的民族"大义"。就是在《炼狱》①中,她一方面在倾吐"苦经",另一方面又将自己的眼光超越其上,要经受炼狱的知识分子"先生拈起枪上前线,太太加入救护队"。表现了特有的洒脱。在《寄华甥》中,她一方面批评了那些平时高叫爱国、抗战,但到"最紧要关头",却贪生怕死,"私"字第一的所谓"爱国青年"。显示了作家对民族肌体中"怯懦"劣根性的深刻认识。另一方面,她又不为之消极,她极力歌颂抗日英雄刘粹刚为祖国献身,鼓励自己的外甥在前线"戮力杀贼",报效祖国。作家那满腔的热血化作了狂飙一般的有力文字,使读者不禁为之感动,备受鼓舞。

苏雪林这一时期散文创作的现实性,还表现在对日本侵略者罪行的无情揭露,和对人类命运和前途的高度体认。《乐山惨炸身历记》详尽地描绘了亲身经历的日军飞机空袭乐山那一幕惨绝人寰的悲惨场面,表现了一个爱国知识分子的强烈义愤。侵略者的轰炸不但没有损伤中国人民的意志,反而激起了他们抗战的决心,在《炼狱》中作家

---

① 参看商务印书馆 1941 年版《屠龙集》中之《炼狱》《乐山惨炸身历记》。

写道:"感谢这炼狱最后的一把火,它把我们的灵魂彻底净化了,我们现在可以超升天堂了。"苏雪林总是能从敌人的罪行和人民的深切苦难中找到奋起的勇气和信心,而这正是中国知识分子和不屈的中国人民的卓越之处。苏雪林对战争的思考,并不局限于苦难和抗争。在《人类的运命》和《阿修罗与永久和平》这两篇文章中,作家还从人类命运的绝大高度,纵论古今中外人类历史中的战争,谴责了战争给人类文明造成的破坏。但她又说"个人虽好作赞美战争的言论,但仅为过于懦怯的同胞而发,而且所赞美的也只限于自卫的战争。"①对战争的理性思考,使苏雪林看到人类实现永久和平的光明前途。而这正是可鼓舞中国人民抗战的,所以她号召抗战的人民"知道人类与天行战斗之悲壮激烈,人类前途之俊伟光明,我们只有骄傲,不容自卑,只有乐观,永不失望。"②从民族主义的情感出发,而最终落脚于人类共同的命运遭际,相较于当时流行的一般的鼓动民族复仇的文学,又显出了独特的高度。

由于作家年龄的增长和阅历的加深,作品也显得越来越成熟。其特点表现在三个方面:一是热情,二是理性,三是豁达。这些关注现实的文字,倾泄"琐琐碎碎的生活痛苦",表达对侵略者的仇恨,寄希望于人类之光明前途,尽情数说,热情澎湃,文字刚劲、洒脱,文势如海涛般或汹涌激荡,或推进铺展舒卷自如,完全没有了作家初期创作"闺秀文学"时的小儿女气息。那种豪迈的气概,开阔的视界、廓大的胸怀,使这些文章具有大丈夫的气魄。且作家行文虽然热情而又不乏理性。即使像《炼狱——教书匠的避难曲》这样的倾诉、宣泄知识分子逃难时的悲苦经历的作品,也渗透着她冷静的观察与思考。作家这时虽身在其中,但已经将自己的叙述视角置于"教书匠"之上,旁观者的转述让读者更多地感觉到了生活的气息。特别是她的"人生三部曲"——《青春》《中年》《老年》(1967 年台湾文星出版社就以"人生三部曲"为题名),思维开阔,纵谈,放谈,而又收束自由;理性的思考与生活感觉相结合,使这些篇章成为苏雪林义理散文中最耐读的部分。理性和洒脱,使战时的苏雪林显示出豁达的精神,其散文更是"一派幽默风味洋溢笔端"。

---

① 苏雪林:《阿修罗与永久和平》,《苏雪林文集》(第二卷),安徽文艺出版社 1991 年版,第 230 页。
② 苏雪林:《人类的运命》,《苏雪林文集》(第二卷),安徽文艺出版社 1991 年版,第 250 页。

除了抒写现实人生的散文之外,苏雪林还创作了大量的历史小说。1944 年,她受国民党中央宣传部的委托编写了历史传记集《南明英烈传》。这部集子歌颂了我国 17 世纪抗清复明的仁人志士。随后,她又以此为素材,写成南明历史小说集《蝉蜕集》,1945 年由重庆的商务印书馆出版。

中国文人知识分子的国家意识中忧国忧民是其重要内涵。面对着连年的征战,人民流离失所,贪官污吏危害国家的社会现实,苏雪林极为愤怒。她曾把动荡不安、经济支绌的生活比作"炼狱",谓敌机轰炸乐山的浩劫使她目睹了一幅惨绝人寰的"地狱变相图"。因此,她的历史小说便成为作家现实精神诉求的体现。她在历史小说中展现了黑暗的现实,既控诉了侵略者的暴行,也提供了"一个物价无限上涨之危险,与一个贪官污吏为害国家的实例"。《回光》以心理小说的手法,通过细致的令人恐怖的心理图景的描绘,控诉了征服者虐待遗民的暴行;而《丁魁楚》则暴露了军阀、汉奸危害民族的卑劣行径。作家将心灵中积累的现实焦虑投注于历史文本之中,并在历史语境中找到了现实的对应物,因而她批判了历史上的"败类",也就有力地批判了现实。在《秀峰夜话》中,她还借助于明末抗清名将瞿式耜之口,批判了垄断居奇造成物价飞涨、发国难财的奸商,痛斥了使国家濒于危亡的贪官污吏。对于穷奢极欲的富商,虚浮空论之官场,对于损伤国家元气,断绝百姓生计之行为,作品中也颇有慷慨激昂之词。作者希望能够澄清吏治,平抑物价,重振人心,救国救民。国家不幸,遭难最重的是黎民百姓,而在此时此刻顾念黎庶,才是真正的儒者风范。

在国家危难之时,针砭时弊,寻找挽救民族沦亡的济世良方,当然是必不可少的。但更重要的,要在强虏面前树立民族的自信心。正是从国家民族的前途出发,苏雪林借用历史故事,写出了一系列具有民族气节的作品。历史传记《南明英烈传》歌颂了抗清复明志士四百人,历史小说集《蝉蜕集》更用生动的语言塑造了一批"抗战"英雄。短篇小说《小秃子》叙写了抗倭英雄小秃子的形象,赞颂了人民同仇敌忾的抗倭精神;《黄道周在金陵狱》写明末的大臣兼学者黄道周(石斋先生)率领数千义勇军战士,驰援徽州,为门生出卖,身陷清军狱中。他抱着"临难毋苟免"的志向,拒绝洪承畴的劝降,从容就义。这些宁死不屈的英雄的刻画和作品中所洋溢的昂扬的斗志,具有很强的鼓舞人心的作用。

但苏雪林的干世精神和对于国计民生的关怀带有明显的旧儒家的政治伦理观念的缺陷。她在历史小说中所宣传的"民族气节",其色彩极为复杂。首先,作品所表现的以"反清复明"为主要内容的爱国主义是险隘的,具有一定的民族主义色彩。其中所谓的"异族",其实就是我国的少数民族,清朝统治者乃是我国少数民族——满族的贵族势力。虽然说抗战发生后,满族的所谓"皇帝"附逆,在日军扶植下建立了伪满洲国。但溥仪代表不了满族人民,因为经过数百年的历史沧桑,满、汉已融为一体,满族人民已经成为中华民族大家庭之一员,他们一样受到日本侵略者的蹂躏,他们同样是抗日的力量。当然,苏雪林在加以表现的时候,受到了具有特定历史内涵的素材的影响。但是,无论历史内容所呈现的价值倾向如何,创作主体对它的修正仍然起着决定性的影响。因为苏雪林在处理素材时,仍站在明朝遗民的角度来写,这不能不说是她的眼光的狭窄了。

抗战时期有不少人将抗战比作"战国"时代和明末清初。前者如陈铨、林同济等人的《战国策》杂志所宣扬的"战国"思想和郭沫若的《屈原》《虎符》等历史剧;后者更是当时普遍的比譬倾向:阿英(钱杏邨)在孤岛上海创作了三大南明历史剧《碧血花》《海国英雄》与《杨娥传》;于伶创作了《大明英烈传》,连郭沫若也写过散文《甲申三百年祭》。这些历史文学创作都与苏雪林一样,用中国国内民族矛盾来"暗喻"中华民族与日本民族之间的斗争,这当然是很不恰当的。这反映了那些急于表现现实,而又因生活体验和环境限制等原因而无法表现的作家,对历史借用的简单化。

其次,苏雪林的爱国主义中还包含着很浓厚的封建士大夫的忠诚思想。苏雪林出生于具有浓厚士大夫思想的清末遗老家庭,其祖父为清朝守节,那让她印象深刻的"家祠"里大书着"忠孝节义"。这些幼年记忆对苏雪林的创作意识产生了决定性的影响。与胡适、鲁迅由传统中来而最终走向反叛的道路不同的是,苏雪林自始至终在传统道德的轨道上继续着她的人生。《棘心》和《绿天》表现了她的孝悌思想,而涉及到国家民族就表现为"忠"和"义"。这使她与当时的官方意识形态保持着亲和力。早在散文《炼狱》中就曾对流亡知识分子对政府的抱怨表现出不满。而她的历史小说,更使她的愚忠思想得到了突出的显露。这些历史小说在引导人们反抗"异族"的同时,还引导人们矢志于某个特定时代的封建王朝,引导人们维护绵延两千年的儒家道统。《蝉蜕集》中除了一篇《小秃子》展现了下层人民的抗倭生活场景外,其他的皆是南明诸藩王的文臣武将的保主抗清斗争。《黄道周在金陵狱》中的旧儒学气息尤其浓郁。这篇小说重点在写黄道周在清酋监狱中的内心波澜,他平生乐事是注释经籍和寄情山水,是典型的儒家知识分子的风度和情趣。他内心里既骂清军,也骂"闯贼"(指李自成农民起义军),遗诗中念念不忘"纲常千古"和"节义千秋",并在内衣上工楷"大明遗臣黄道周"的字样。他用自己的死来"维系纲常名教","维系皇明的社稷"。在《秀峰夜话》中,作家还让瞿式耜现身说法,认为要改变官风商习,唯一的妙方就是"以爱神之心爱君父,以信道之义捍卫国家"。黄道周和瞿式耜所处的时代,将皇权等同于国家,将爱国等同于忠君,那是历史的局限。但苏雪林身处科学与民主深入人心的20世纪40年代,却在大肆宣扬这种专制制度下的愚忠思想,在呼吁救国救民的同时,忘却了现代启蒙知识分子的历史责任,且试图将那种过往的儒家社会伦理秩序移植于现实社会之中,这就难免要被后人诟病了。文学史家杨义在《中国现代小说史》中就这样评价她的历史小说:"她或许并不希望人们做日寇的奴隶,却确确实实希望人们做蒋家王朝的奴隶了。"[①]但是作者认为,苏雪林的战时小说创作虽然缺少启蒙精神,但民族主义是其基本色调,即使民族主义与战时主流意识形态具有话语的重合,但苏雪林的创作却不能纳入当时流行的政党文学表达之中去评价。所谓她"希望人们做蒋家王朝的奴隶"实在是无从谈起。

苏雪林的《棘心》《绿天》和抗战时期的历史小说集《蝉蜕集》正好从"忠"和"孝"两个方面,全面地诠释了她的传统儒学伦理思想。

然而,苏雪林小说创作的主导价值趋向虽然是传统的,但是,其中并非不包含现代内容。文学创作从发生学角度来看,它是当下情境中的生成的活动,它必然要吸纳创作主体所处的那个时代的鲜活的内容,因此,当下生活中与传统价值规范相抵触的成分也必然在其中得到反映。苏雪林小说创作之初的那些抨击封建礼教的作品,就是具有

---

① 杨义:《中国现代小说史》(第一卷),人民文学出版社1986年版,第283页。

显著现代性的五四新文化精神的折射,体现了作者对于旧的伦理规范的反叛;即使在表现"孝心战胜"的《棘心》中,那种个性的强大离心力和作者对于旧式婚姻的最后承担者的姿态,也同样体现了苏雪林对于新的家庭伦理规范重建之渴望。她的一些历史小说(如《丁魁楚》)暴露了军阀、汉奸危害民族的罪行,揭露了官场的厚黑内幕,很容易使人们联想到抗战时期国民党政权的暴政,具有反专制的作用。同时,作家所使用的由五四所确立起来的新的话语形式,也不能不使她的创作具有了与生俱来的现代性。正因为如此,当读者在欣赏《绿天》这个"美丽的谎"时,所感受到的才不仅仅有对旧式婚姻的粉饰,还"充满了人情的温暖以及人性的芬芳"①。在这种现代性与传统性共存的局面中,现代性无疑弱化了苏雪林小说创作的儒学伦理倾向,但却不能改变它的总体趋向。这种状况证明了苏氏小说双重基调的存在,既对伦理乌托邦的在当代语境中的尴尬处境有着深在的体认,又表现出浓厚的伦理乌托邦倾向。这种双重基调所具有的内在的分裂性,当然是苏雪林这样一位具有历史"中间物"性质的作家所无法弥合的。于是,她采用了胡适式的"宁可不自由,也便自由了"的鸵鸟政策:既然命中注定割不断与儒学文化母体的那种千丝万缕的情丝,还不如转而放弃抵抗,回归母体,寻求精神的关怀,并在自我构筑的乌托邦情境中获得文本的喜悦。如此,避入传统文化的家园之中,也免除了她的精神漂泊之苦与人格整合之痛。

苏雪林的上述创作姿态和价值取向同时也决定了她的小说创作具有很强的价值两面性。一方面,其创作以儒学伦理为精神资源,追求和谐完满的人格,弘扬"仁爱"(主要是人伦之爱)观念,强调经世精神和对于国计民生的关怀,这些"东方美德"无论是对于个体的人格修养还是社会人生关系的缔结,都具有恒远的积极意义。另一方面,儒学伦理从它的生长和发展的环境来看,长期以来都是以农耕文明和血缘宗法社会为其历史的依托,因此,其积极的价值内涵中也包容着适应传统宗法社会的消极意义。当苏雪林的以母爱思想为主要内容的"仁爱"观念落实到宗法社会中时,就演变为"孝心"和对血缘尊长的绝对服从,从而淹没和扼杀了个性精神,显示它与现代价值文明相左的

---

① 转引自蔡清富:《苏雪林散文选集·序》,百花文艺出版社 1991 年版,第 2 页。

消极意义;战时苏雪林的忧患意识和经世精神,在价值层面无疑是中华民族爱国主义优良传统的一种鲜明表现,但在宗法社会中,它又具有家与国相连,爱国与忠君,人治与法治相混融的特点,而苏氏在历史小说的创作中,对此未加分辨和批判,从而使她所表现的"实际历史内容"迎合了当时的官方意识形态,与中国现代社会的民主进程很不协调,具有很强的保守性。

苏雪林抗战时期除了散文和小说创作外,还创作了一部三幕剧《鸠那罗的眼睛》。《鸠那罗的眼睛》可以说是苏雪林创作的唯一的剧本。1946年,抗战胜利后由商务印书馆出版。

这部剧作的故事取自印度佛经:孔雀王朝阿输迦王后爱上了国王前妻所生的太子鸠那罗的眼睛,想与他恋爱,却遭到了王子的拒绝,王后遂怀恨在心,设法挖取了太子的双目。苏雪林的这个剧本受到了王尔德剧本《莎乐美》的影响。王尔德的故事取自《圣经》:莎乐美爱上了施洗约翰,想约翰给她一吻,没有得到满足,便设法纵容她的叔父(也是后父)希律国王砍下了约翰的头,送到她的面前。她说:"约翰,你不许我亲吻你,现在我亲到了。"王尔德剧本中的故事和《圣经》所记载的略有出入。这两个故事讲了女人的"不道德"——善于嫉妒和阴险,和莎士比亚的《麦克白》中的麦克白夫人有相似之处。

苏雪林大概是由神话的比较研究而启发写作的灵感的。她对佛教故事未作什么"改造",而是依照唯美主义小说家王尔德的笔调来处理剧情,使故事"只觉是一种哀感顽艳的趣味直沁心脾。"这倒与苏雪林早期的《棘心》《绿天》有路径上的吻合。不过,苏雪林也意识到了剧情的"不道德",但她又认为:"我这个《鸠那罗的眼睛》也可说是不大道德的,但系采用美文的题材,那不道德的气氛便完全给冲淡了。"[①]而在作者看来,它也许是对当时民族关系的一个隐喻;至少是对当时诡谲的战时生命处境的一种象征性传达。

苏雪林抗战时期,正值人生最为成熟的四十岁之际,她感到了"生平写文此时文思最汹涌,文笔亦以此段时期最佳"。"文思之怒放有笔底生花之慨。"她的好友袁昌英也认为,人无论男女,到四十岁时候,身

---

① 苏雪林:《关于我写作和研究的经验》,《苏雪林文集》(第三卷),安徽文艺出版社1996年版,第65页。

心两个方面必然起大变化。苏雪林援引袁昌英的观点,将自己文风的变迁称为"四十转变"。①

其实,苏雪林的转变更多的不仅是文风的转变,而是从个人书写向国家叙事的转变。中国知识分子具有浓厚的国家情结,因为"任个人"的新文化的影响,早年的苏雪林倾向于书写个体的情感经验,这不单是个人青春期而且也是历史青春期很自然的冲动;但当她走向成年,走向成熟以后,国家情结在她的精神世界中的地位自然上升,并最终被确定为主体性的存在;更何况民族危难还在不断地催化着加强着这样的成熟呢。

[原载《淮北煤炭师范学院学报》(哲学社会科学版)2007 年第2 期]

---

① 苏雪林:《四十转变·砚田丰收》,《抗战时期文学回忆录》,文讯月刊出版社 1987 年版,第 7—19 页。

论苏雪林的文学批评实践及其对新文学学科创立的贡献

中国现代女性文学批评家为数甚少,苏雪林就是这少数者中的佼佼者。苏雪林的文学批评主要写于三个时期:北京女子师范学校国文系上学期间,武汉大学文学院任教期间和寓居台湾时期。其中武汉大学任教期间所写的批评大多是"教学相长"的产物,因为要讲授新文学课程,所以她就对当时的重要作家进行了梳理,后来结集出版了《二三十年代中国作家与作品》。在台湾时期还出版了《读与写》和《鲁迅传论》等著作,其中不乏文学批评文字。在三个时期中,因为早年创作大多幼稚(苏雪林自己都不愿提及),台湾时期多受狂热的政治情绪的支配,因此,最具有价值的还属三十年代武汉大学任教期间的创作。①苏雪林在长期的新文学批评中形成了自己的批评思路和批评特色。

一、微观实证的批评方法

苏雪林的文学批评最初就是作家作品和杂志的批评,也就是说她最初并没有要建构宏观的文学发展历史的动机。她的批评大多是结合当时的文学状况而进行的作家作品的批评,这就决定了其批评基本上是一种微观实证批评。

首先是个案研究。苏雪林的文学批评最突出的特征是作家论,她喜欢对作家作个案研究。《二三十年代中国作家》的第一编"新诗"

① 《二三十年代作家与作品》(后改名为《中国二三十年代作家》,台北广东出版社,1970 年;台北纯文学出版社,1983 年。《读与写》,台中光启出版社,1959 年;1979 年。《文坛话旧》,台北文星书店,1967 年;台北传记文学出版社,1967 年。《我论鲁迅》,台北文星书店,1967 年;台北传记文学出版社,1969 年。)

按照时序,第一章谈胡适的《尝试集》,第二章谈北京大学学生康白情、俞平伯、汪静之等的诗,第三章谈五四左右几个半路出家的诗人像沈尹默、李大钊、鲁迅、周作人、刘半农等,第四章谈冰心的诗,第五章谈郭沫若、王独清、蒋光慈、成仿吾、钱杏邨等的诗,第六章谈徐志摩的诗,第七章谈闻一多的诗,第八章谈朱湘的诗,第九章谈新月派诗人诸如孙大雨、饶孟侃、陈梦家、林徽因、卞之琳、臧克家、刘梦苇、蹇先艾、沈从文、孙毓棠等的诗,第十章专论神秘的天才诗人白采,第十一章论颓废诗人邵洵美,第十二章论象征派诗人李金发,第十三章论现代诗人戴望舒、艾青、穆木天、何其芳等。在对作家进行综合研究之外,她对一些有代表性的作品或作品集也进行个案考察,如《尝试集》《阿 Q 正传》《超人》《花之寺》《女人》《扬鞭集》《孽海花》等,在作家论中也是大量列出代表性的有特点的作品进行解读。除了作家作品之外,她还列出许多杂志,如《语丝》《论语》《真善美》等。再次是流派,涉及的有新感觉派、爱美剧、超越派、新月派、象征派和现代派等。

其次是文本细读。苏雪林总是细致地、大段地截录原作,然后就此做"评点"。《冰心及其超人等小说》《周作人先生研究》《王统照与落花生的小说》《〈扬鞭集〉读后感》都大量引用了所研究作家的作品的原文,几乎是进行逐句的解读。这样的批评,往往不会使论点蹈虚,使论述有力。但也会给人琐碎之感觉。她的《〈阿 Q 正传〉及鲁迅创作艺术》是那个时代对鲁迅诠释最为周密的论文之一。她出色地揭示了阿Q 形象的基本内涵:一,"卑怯";二,"精神胜利法";三,"善于投机";四,"夸大狂与自尊癖"。此外则"色情狂""萨满教式的卫道精神""多忌讳""狡猾""愚蠢""贪小利""富悻得心""喜欢凑热闹""糊涂昏聩""麻木不仁"等,"都切中中国民族的病根,作者以嬉笑之笔出之,其沉痛愈于怒骂。"苏雪林对阿 Q 形象如此的条分缕析,文学理论家许道明认为:"从比较原则的角度看,她实际上提供了一个'分析形象'的模范,在她之后的多数批评没有深度上的明显进步,仅于铺排规模的扩大。"①这种文本细读也包括对作家本体的细致阐释。最为生动的要数《陈源教授逸事》了。在这则评论中,批评家一直在叙述自己生活中的陈源教授,很有生活气息。批评家通过观察陈源的生活逸事,来发掘其创作的特

---

① 许道明:《中国现代文学批评史新编》,复旦大学出版社 2002 年版,第 234 页。

点,发现了这位"中国法朗士"的讽刺、谐谑和创作蹇涩的特点和原因。

再次是关联解读。关联解读就是将作品主体与其相关的社会文化背景尤其是创作主体的背景进行映照性解读的方法。这是对作品进行扩展性解读的方法。这种解读虽结合了作品主体之外的社会历史内容,属于实证的范畴,但结合苏雪林的批评,她主要结合的是创作主体的生活和人格内容,因此仍然属于微观实证的范畴。苏雪林批评的相关解读主要是"文如其人"的解读。她将杂志与其创办人和支持人相联系,如《真善美》杂志和曾氏父子的文化事业》将《真善美》杂志与曾氏父子的事业相联系。将文学现象与其领袖人物相联系,如《象征派的诗人李金发》《新月派诗人》《颓加荡派诗人邵洵美》。将作品阐释与作家生活相联系,如《沈从文论》等,即使是一些作品论也多呈现出作家论的批评方式,如《袁昌英的〈孔雀东南飞〉》等。她喜欢结合作家的人生和性情,结合作家的其他作品进行综合论述。如对鲁迅,《〈阿 Q 正传〉及鲁迅创作艺术》从"鲁迅原意是想打倒阿 Q,谁知后来反将他扶起"这一戏剧性创作过程中,结合鲁迅的生平资料,指出鲁迅之所以如此的部分原因,是"他(指鲁迅)恨那些'上流人'太深的缘故"。除了批评其创作外,又用"老头子"来概括他的人生和精神,用创作和人生形成相互的映照和说明。而对沈从文也着眼于其人生阅历而对其作品从思想主题到艺术风格进行了入木三分的剖析。这种文本的入微阐释与人品的细致剖析,不但使其论证有力,把握准确,而且使文风又脱离了一般学院派的奥涩与板滞,而显得文笔活泼,锋芒犀利。"加之作者才大学博,引经据典,议论恢弘,行文开阖动荡,波澜起伏,并不时阐发自己的文艺观点,来加深读者对作家与作品的认识,令人惬然于心,爽然于目,给人以一气读完才肯释卷的阅读兴趣。"①

从作品的角度来说,它包含了传统意义上的作品(文本个体)本身、作家创作的作品系统(文本系列)以及与文本和文本系统相关的信息。它们都是创作的实体部分。而个案解读、文本细读和关联解读都着眼于创作实体的批评和研究,是一种着眼于作品实体及其意义解读的微观研究。这样的研究是文学研究和一切研究得以展开的起始点。

---

① 沈晖:《苏雪林——文坛的一棵常青树》,载苏雪林:《苏雪林文集》(第一卷),安徽文艺出版社1996 年版,第Ⅶ页。

这与英美新批评的文本"细读"一样都属于实证主义的理论范畴。

二、持正中立的批评标准

文学批评与所有的社会文学批评一样，首先要求批评家的是批评的标准问题。这不但关涉"史德"，而且也关系"史识"，显然史德的倾向会对史识造成遮蔽。苏雪林的文艺批评以作品的优劣为衡量之标准，持论基本持中。苏雪林对胡适较为崇拜，但对《尝试集》也没有给予过多的溢美之词，而是合理地评价了它的历史"尝试"之首功；她个人在政治方面较为右倾，但对鲁迅及其《阿Q正传》却给予了细致的而且是很高的评价。对于左翼政治，苏雪林的反动立场是非常明确的，但是这并不妨碍她对于左翼作家艺术成就的确认。苏雪林在《中国二三十年代中国作家》的《自序》中说："有人以为在台湾，左派作家以不介绍为宜，但那时代文人左倾者多，若避讳略去，则可述者岂不寥寥可数？我则以艺术人品为重，艺术优良，人品也还高尚，虽属左倾人士如闻一多、叶绍钧、郑振铎、田汉等在我笔下，仍多恕词；人品不高，艺术又恶劣如郭沫若、郁达夫等则抨击甚为严厉。"①"由于苏教授早年所受儒家思想的陶冶及后来天主教徒的背景，她相当强调一个作家的品格，特别是有关男女之事，苏教授尤其敏感。对于胡适的钦佩，部分即因为胡适道德形象的瑕疵不多；对於郭沫若、郁达夫的不屑，也有部分因为二人生活的糜烂。"②

苏雪林对于那些功成名就的作家，尤其是新月派作家、诗人如胡适、徐志摩、朱湘等注意较多，但对那些知名度不高但同样具有独特风格的青年作家（如白采）也作了专门的论述。她的这种持正的态度，往往能够使她具有独到的发现。如林纾在五四以后一直是被作为批判的对象而存在于新文学史之中的，但苏雪林剥去历史的成见，看出他对于新文学话语建立的特殊贡献；看出他文化人格的可贵之处。《沈从文论》是一篇在作家研究方面具有开创性作用的万字长文，对沈从文作品内容、哲学思想和艺术特点都作了恰如其分的分析，对沈从文

①　苏雪林：《中国二三十年代作家》，纯文学出版社1983年版，第6页。
②　马森：《论苏雪林教授〈中国二三十年代作家〉》，《文教资料》2000年第2期。

哲学思想的剖析,连作者本人也心折首肯。尤其是对李金发的批评,更显出其批评的功力。

这样的批评当然也有着苏雪林自己的道德倾向和批评的倾向。苏雪林对浪漫主义抱有成见,对左翼怀有恶感。所以对郭沫若和郁达夫的评价就很低,而且可以说是恶评。她说郁达夫是"卖淫文学"。但对于左翼文学创作她认为成就较高的作家还是给予比较恰当的评价,并不因为立场的原因而抹杀他们的成就。她对于左翼巨匠茅盾、张天翼、郑振铎都给予了很高的肯定。

在 20 世纪 50 年代,苏雪林在台湾曾和现代诗人覃子豪爆发关于现代派的论争,苏雪林对现代派诗歌基本持否定的态度,认为其过于晦涩。但这也并不表明她彻底否定现代派。30 年代她就肯定了象征派诗人李金发的独创之功。20 年代中期,李金发自法国回国后连续出版了《微雨》《为幸福而歌》和《食客与凶年》等诗歌作品。这些诗歌在崇尚平实的中国诗坛引起一场不大不小的波动:一部分人因其用词的怪癖、生硬和表意的晦涩而抱怨看不懂;另一部分人又喜欢那种异国情调和现代韵味,而在他模仿兰波、魏尔伦的诗风上,褒贬不一,是苏雪林最早从审美角度揭示出李金发诗歌的艺术特征是"朦胧恍惚,意义骤然难解",在于"观念联络的奇特""省略法"的应用和"幻觉丰富,异于寻常"。在这篇题为《象征诗派的创始者李金发》的论文中,她对中国象征诗人的现代主义特征做了准确的概括:"神经的艺术""感伤情调""颓废色彩"。对一些与李金发的诗歌有同功之妙的诗人创作也给予积极介绍。《颓加荡派诗人邵洵美》《神秘的天才诗人白采》分别对邵洵美和白采进行了评述。她尤其肯定了新感觉派,对施蛰存和穆时英进行了极大的肯定。

在新文学的十至二十年间,门派山头林立,许多批评家以门派之好恶或褒或贬,其恶习泛滥之处,攻讦不遗余力,赞美言过其实。而苏雪林的批评在当时尽管并非完全没有门派意识,但可以说是"超越派别"的。苏雪林的文学批评素以刻薄著称,但她的《沈从文论》很敏锐地看到了作家的理想,她因不屑作家"玩手法"而对沈从文评价不高,主要还在于她与作家的距离太近,既无法看到作家的创作全貌,也很难预测到那种富有单纯的美的文体会由此形成一个抒情小说的创作潮流。

苏雪林自己对这些批评文字颇多自信。在《我的教书生活》中她曾说："于今站在圈子以外，'成见'、'主观'均退到一边，对于作家作品的评判，虽未能全凭客观的标准，倒也不失其大致的公平。我的讲义给应赞美的人以赞美，应咒诅的人以咒诅，说丝毫不杂私人的情感是未必，说绝对没有偏见也未必，不过我总把自己所想到看到的忠实地反映出来。有人或者说我臧否人物所采用的乃是简单的'二分法'，即凡左倾作家便说他坏，相反方面的便说他好，那也不然。当时文坛名士十九思想赤化，我讨论叶绍钧、田汉、郑振铎，甚至左翼巨头茅盾仍多恕词，对于他们的文章仍给与应得的评价。对于中立派的沈从文，文字方面批评仍甚严酷，即可觇我态度之为如何。"①

对于苏雪林文学批评的公正特性，女作家赵清阁曾作过这样的评说："以文论文，文如其人，客观公允，有大家风范。"②1981 年，茅盾逝世，苏雪林仍然为此写了一篇悼念文章，对于茅盾在文学创作方面的成就，给予了很高的评价，深为大陆作家所赞许，《人民日报》也曾给予转载。有人认为"苏雪林的批评是一种阐述与判断相济的批评，冷静的理性是其运思的基础"③，是"学院派"批评。这是切合苏雪林批评实际的一种评价。有人自然要提出苏雪林的《鲁迅传论》来加以诘难，其实，苏雪林对于政治批判和文学批评是分的很清楚的，《鲁迅传论》是政治攻讦，所以她没有把它收入《二三十年代中国作家》里。

三、感性批评的风格

文学批评是一种理论的逻辑演绎，抽象是其本体性的特征。而苏雪林的批评虽是学院式的，讲究学理的，但却不是学究式的，她的批评具有灵活、感性的诗性特征。

苏雪林的批评文字喜欢细致地、大段地截录原作，然后就此做"评点"。这样的批评不仅是对文本的分析，也是对创作经验的来自一个作家立场的感悟。这样的原作节录导致了论述文体的感性的增强。

---

① 苏雪林：《我的教书生活》，《苏雪林文集》（第二卷），安徽文艺出版社 1996 年版，第 89 页。

② 赵清阁：《隔海雪林贺寿星》，《香港文学》1991 年第 73 期。

③ 许道明：《中国现代文学批评史新编》，复旦大学出版社 2002 年版，第 234 页。

在她的作家论中，一个个栩栩如生的作家形象被塑造了出来。中国传统的文学批评往往采用"文如其人"的批评方式，即采取主体批评与作品批评相结合、相映照的手法来发掘作品和它创作者的文学价值。认为人格对作品形成有本质性的影响，同时从作品中也可见出作者的人格。这与法国现代的传记批评具有同样的批评追求。苏雪林的文学批评基本走的是这样的一条路径。在《作家论》一文中，苏雪林论述了作家的性情及其对作家创作的重要性。苏雪林倾向于将作家生活经历、所处环境、艺术风格与所属流派综合起来考察。如我们可以将她对于诗人朱湘的两篇文字《论朱湘的诗》和《我所见于诗人朱湘者》对照来读，诗人的人生、性格以及他的诗情、诗艺皆跃然纸上。再如《陈源教授逸事》则结合陈源的生活逸事，来观察其创作的特点，发现了这位"中国法朗士"的讽刺、谐谑和创作蹇涩的特点和原因。她在评鲁迅和林琴南时，都用"老头子"来称呼他们。她说鲁迅好用中国旧小说笔法"化腐臭为神奇，用旧瓶装新酒，果然是这老头子的独到之处。"同样也说林琴南是"一个木强固执的老头子，但又是一个有血性、有气骨、有操守的老头子！"这里的"老头子"在我看来并没有表现苏对二位先生的不恭，反而让作为文坛后辈的她显得很可爱、很活泼。这种文本的入微阐释与人品的细致剖析，不但使其论证有力，把握准确，而且使批评文字在理论判断中增加了叙述的因素，使文风脱离了一般学院派的奥涩与板滞。

苏雪林文学批评文字文风灵活生动。她大多采用随笔式的批评，文笔随意灵活。写这些评论虽然才三十多岁，但由于她新旧文学素养都很深厚，因此在前辈面前能做到恭敬而不自卑，时时大胆发表意见，或低眉心折，或感同身受，或戏谐嘲讽。文笔活泼，锋芒犀利。如此的气魄与自信，很是令人叹服。"加之作者才大学博，引经据典，议论恢宏，行文开阖动荡，波澜起伏，并不时地阐发自己的文艺观点，来加深读者对作家与作品的认识，令人惬然于心，爽然于目，给人以一气读完才肯释卷的阅读兴致"①。因此，苏雪林的许多现代文学批评都是文字优美的散文。《我所见之诗人朱湘者》叙述了诗人朱湘与作者

---

① 沈晖：《苏雪林——文坛的一棵常青树》，载苏雪林：《苏雪林文集》（第一卷），安徽文艺出版社1996年版，第Ⅶ页。

的一段特殊交往,并结合自己的所见所闻对诗人的人生状况进行了简单的但不失精辟的点评,使读者不但窥见了诗人独特的人格,也对诗人的作品有了了解和理解。文章以叙事为主体,结合议论和作品分析,娓娓道来,一个诗人的形象和一个批评家的形象都跃然纸上。

苏雪林批评的感性风格还体现在批评文字的带有女性倾向的感受性。文学创作很常见的现象是,男性作家的风格总体上趋于阳刚和外向,而女性作家的风格则趋于内敛和柔媚。这种倾向在文学批评中也很常见。倒不是说苏雪林的批评风格柔弱,而是说她的批评往往表现出作为女性独特的感受性。或许因为女性身份的使然,她经常会设身处地地站在作者的立场揣摩写作的心态,想象写作的情状,细细体味作者的深意。在《沈从文论》里,她说"沈氏在军队中所处地位,似乎比一般士兵优异。"因此,"韩侍桁批评沈从文这类文字道:'带着游戏眼镜来观察士兵的痛苦生活,而结果使其变成了滑稽。'这话说得似乎不大公允。"她能从事实出发,充分结合作家的生活背景来评析作品,显出女性共有的善解人意。当然,苏雪林并不是以为以柔取胜,她的风格可谓柔中带刚,当谈沈从文的另一类作品,她又笔锋犀利,一针见血。"作者对于写作题材虽然这么'贪多',而他的人生经验究竟不怎样丰富,他虽极力模拟他们的口吻,举止;解剖他们的气质,研究他们职务上的特别名称,无奈都不能深入。他所展露给我们观览的每个人物,仅有一副模糊的轮廓,好像雾中之花似的,血气精魂,声音笑貌,全谈不上。"

感悟中有着睿智和理性的分析透视,从知识传统来考察,这种批评对内联系着中国文学批评的感悟传统,对外则有现代西方文学批评的理性精神。

四、批评的历史意识

文学批评和文学史分属于不同的理论范畴,但文学批评包含着文学史,而文学史则是在文学批评的基础上建立的。作为文学史家,苏雪林的文学史建构开始于文学批评。

苏雪林的新文学批评具有明确的文学史意识。这主要体现在:

一是鲜明的文体分类意识。苏雪林在编撰这套"新文学"讲义时,与沈从文的以作家为主者不同,她先将新文学分为五个"部门",即新诗、散文、小说、戏剧和文评,然后再将作家依照他的所长,归于某类体裁的部门之下。这样既体现了"讲义"的系统特色,又兼顾了作家的创作个性,对于新文学发展规律的探索是很有意义的。但这种系统性其实还很弱,作家的分类组合只顾及了文体,而没有顾及到新文学的流派特征,单纯的体裁分类也是《文心雕龙》式的传统的做法,缺少创新性。不过,在当时"新文艺"研究的草创时期,这却是有益且具有开拓性的尝试。

二是用历史演变的眼光观照作家和作品。历史学在传统上被看作是一门历时性的学问。苏雪林就经常将作家放在历时性的线上进行考察。在《论李金发的诗》中,苏雪林把李金发放在新诗发展的历史流脉中来考察,特别肯定了李金发对中国象征派诗体的首创之功,肯定"中国象征派的诗至李金发而始有,在新诗界中不能说他没有贡献。"历史的眼光同样也表现在比较方法的运用上。早期那篇著名的文章《〈阿Q正传〉及鲁迅创作的艺术》中论析鲁迅的小说的特点时,就将其与同时代的其他作家做一比较:"但我们要知道鲁迅文章的'新',与徐志摩不同,与茅盾也不同。徐志摩于借助西洋文法之外,更乞灵于活泼灵动的国语;茅盾取欧化文字加以一己天才的熔铸,别成一种文体。……鲁迅……在安排组织方面,运用一点神通,便能给读者以'新'的感觉了。化腐臭为神奇,用旧瓶装新酒,果然是这老头子的独到之点。"①在比较之中,苏雪林构建一个文学的格局,也构建了鲁迅的文学史地位。

三是新文学整体观。文学批评家和文学史家有着不同。文学批评家可以根据自己的喜好选择作家作品进行批评,但文学史家则必须超越自己的喜好,他是历史的描述者,因此他就需要放眼文坛。苏雪林的新文学批评,从单个创作来说,是文学批评;但她又显然有着史家的眼光。她放眼当时的文坛,超越门户,论文涉及作家众多,既包括胡适、徐志摩、朱湘等新月派诗人,也包括鲁迅、周作人、林语堂等语丝派作家;既包括叶绍钧、王统照、落花生、王鲁彦等人生派小说家,也包括

① 苏雪林:《〈阿Q正传〉及鲁迅创作的艺术》,《苏雪林文集》(第三卷),安徽文艺出版社1996年版,第287页。

郁达夫、张资平等创造社浪漫派作家;既网罗了李金发、戴望舒等现代派诗人,也网罗了穆时英、施蛰存等新感觉派小说家,还包括了左翼的田汉的剧作和无门无派的巴金的小说。从一般意义上来说,个案本身是孤立的,并不构成整体意义,但是众多的个案以及对个案的排列就会形成逻辑序列和整体意义。她所论及的面之广,在当时的评论界是无人能出其右的。在广泛的"面"上,她形成了自己对新文学的整体性观照。苏雪林的文学史构建立足于作家论,但通过整体的编排,从而实现了她对于文学史发展演变的想象。

四是确立了女性在文学史中的地位。苏雪林虽然是按照体裁来建构她的"新文学史"的,但她对女性作家给予了特别的注意。这恐怕一方面是受二三十年代"女性文学"批评的影响,另一方面也是因为自己身为女性,而对女作家的创作有更多更深切的感受的原因。在苏雪林的批评文字中,女性作家已经构成了一道独特的创作风景线。她用那具有感性色彩的笔不但列专章论述了冰心、凌叔华、袁昌英的创作,还在《几位女作家的作品》中,论述了冯沅君、庐隐、陈学昭、石评梅、陆晶清、谢冰莹、陆小曼以及她自己的作品。苏雪林虽然没有将这些女作家的创作提升到"女性主义文学"的高度来加以综合论述,但阅读了她的评论文字也不难看出女性作家诸多的基于性别方面的共性。

此外,苏雪林的"其人""其文"互为阐释的批评方法,实际是扩张了文学批评,而将视角切入了社会学的领域。虽然她立的足仍在文学批评,但正如韦勒克和沃伦所说"在文学研究中,这种重建历史的企图导致了对作家创作意图的极大强调"①。

五、筚路蓝缕创建新文学学科

作为现代新文学学科的开创者,苏雪林在从事现代文学作家作品评论时所面临的局面是严峻的。

首先是新文学研究的积累的浅薄。那些古文学家死去已几百年或数千年,其作品优劣久已定评。而新文学虽然只有十年左右的历

---

① [美]勒内·韦勒克、奥斯汀·沃伦:《文学理论》,刘象愚等译,江苏教育出版社 2005 年版,第35页。

史,但创作量丰富。要用全新的价值尺度和全新的理论方法来透视,都面临着批评实践缺少的问题。文学批评,尤其是文学史都需要知识的积累,而 30 年代虽然有五四以来的若干批评实践,但总体上显得是如此的不足。当时进行新文学史研究的人甚少,可参照的资料不多,这就使得研究者必须大量阅读原始作品和评论。那时候作家的作品虽然不甚丰富,每人少则二三本,多则几十本,累加起来也数量惊人,每本都要通篇阅读,更是费时费力,当时文坛书评也不多,即使有又要费时翻阅各种杂志,因此"每个作家的特色,都要你自己去揣摩,时代与作品相互的错综复杂的影响,又要你自己从每个角度去窥探,还要常看杂志,报纸副刊,藉知文学潮流的趋向,和作家的动态。"①面对这一片刚刚被开垦的处女地,批评家是需要理论勇气的。

其次是"现代文艺"正处于动态的发展之中,难以把握。苏雪林在总结新文学批评时说:"第一,民国二十一年距离五四运动不过十二三年,一切有关新文学的史料很贫乏,而且也不成系统。第二所有作家都在世,说不上什么'盖棺定论'。又每个人作品正在层出不穷,你想替他们立个'著作表'都难措手。第三,那时侯虽有中国文学研究会、创造社、左翼联盟、语丝派、新月派各种不同的文学团体及各种派别的作家。可是时代变动得厉害,作家的思想未有定型,写作趋向也常改变,捕捉他们的正确面影,正如摄取飚风中翻滚的黄叶,极为不易。"②为了这几层难处,当武汉大学文学院要求苏雪林开设新文学课程时,苏雪林曾向院长陈源竭力推辞,但他强之不允,没有办法,她只好接受了。

就是在这样的困境中苏雪林开始对中国新文学学科的筚路蓝缕的开创。从中国现代学科的建立实践来看,一个新学科的建立主要依赖于学科个性和学科理论的系统化,具体来说主要依赖于两个方面:一是学科知识的积累;二是大学和中学的讲授。系统化的知识及其积累是学科得以建立的前提条件,但仅有这些是不够的,一个新的学科必须得到学界的认同和承认,而中国现代学科的建立大多得益大学的讲授,正是大学的讲授传播了学科意识也使学界最终认同这一学科的

---

① 苏雪林:《我的教书生活》,《苏雪林文集》(第二卷),安徽文艺出版社 1996 年版,第 89 页。

② 苏雪林:《我的教书生活》,《苏雪林文集》(第二卷),安徽文艺出版社 1996 年版,第 89 页。

独特性。

苏雪林在困境中从事作家作品和文学流别的研究和批评,很显然是对新文学传统的形成重要的实践支持。她根据讲义整理成论文发表在当时的文学刊物《文学》《现代》等上的批评文字,以及后来结集出版的那部 40 余万字的论著《中国二三十年代的作家》,更是新文学价值的理论化和系统化。

苏雪林对新文学学科建立的开创之功还体现在大学中开设新文学课程。在她从事新文学批评伊始,新文学史只有胡适的《五十年来中国之文学》,梁实秋的《现代中国文学之浪漫的趋势》,钱基博的《现代中国文学史长编》等屈指可数的几部。而在大学里讲授新文学课程的就更少。主要有朱自清(1928 年在清华大学)、沈从文 1930 年下半年到武汉大学任教并于 1931 年由武汉大学印出《新文学讲义》、苏雪林 1931 年春到武汉大学教授"新文学研究"课程。"从朱自清、沈从文、苏雪林到王瑶,他们逐步将'中国新文学'发展成一门学科。" ①

无论是在新文学学科知识的系统化和积累方面,还是在吁求认同和支持方面,苏雪林都做出巨大的贡献。而且,从新文学学科建立的历史来说,在新文学学科发展的历史谱系中,苏雪林很显然是重要的一环。

［原载《长江学术》2007 年第 4 期］

---

① 沈卫威:《新文学进课堂与中国现代新文学学科的确立》,《山东社会科学》2005 年第 7 期。

论苏雪林学术研究的品格

中国传统学术虽然没有对于女性的禁忌,但传统学者的性别身份几乎无一例外的都是男性。新文化运动在知识领域打破了传统的男性对知识话语的垄断,大批的女性进入了这一领域。但女学者凤毛麟角,究其原因则可能有二:一是学术需要知识积累;二是学术需要严密的逻辑思维。新文化男性学者在传统中就已经很成熟,而新文化女性学者则没有时间在这两个方面受到历练。而苏雪林就是这少数者中的一位佼佼者。

苏雪林(1897—1999)走进文坛最初的身份是作家,而且是中国现代文学史上一位风格独特的作家,散文集《绿天》和自传体小说《棘心》是其创作的处女作和成名作。她一生勤奋,执笔时间长达 80 多年,被誉为现代文坛上的常青树。但由于教学的需要和自己的兴趣,她进入了学术研究领域并进行了持久的卓有成就的研究。作为中国现代学术史上为数不多的女性学者之一,她的研究所涉猎的是广泛的。除了著有关于现代文学方面的《中国二三十年代作家》等批评著作外,主要集中在对古典文学、古代文化的研究,学术专著主要有《玉溪诗谜》《唐诗概论》《屈赋新探》等。她用作家的敏感心灵、独特的思维方式去从事学术研究,形成了她在学术方面的特色。

一、"求异"的研究冲动

学术研究的价值在于创造和发现,这造成了学术研究活动中普遍存在的"求异"心态。苏雪林学术研究中求异的心态尤为明显,她对于学术研究中独辟蹊径的工作有着痴狂般的沉迷。

研究主体的"求异"冲动首先表现为学术研究上的丰富而大胆的

想象力。苏雪林在想象大胆这一点上在学术界是众所周知的,有时连主张"大胆设想"的胡适都无法接受。

苏雪林是作家出身的学者,而且很早就接受文化教育并留学法国,中国传统文化的知识积累不算深厚,但当她任教东吴大学、沪江大学接触中国古代文化并发生浓厚兴趣之后,便很快对世界文化起源提出了自己的看法,她所关注的不是细节的实证而是整体的流变格局,在中国古代文化的起源以及这种起源与世界文化的关系方面进行了大胆的极为宏观的想象。她认为:"世界文化同出一源,中国文化也是世界的一支。"她通过对中国、希腊和印度古代宗教神话的比较得出结论:"希腊印度文化都是由两河流域传来的,中国亦然。但我们中国接受西亚文化却远比希腊印度为早。我们是西亚文化的冢子,而希腊印度仅算二房三房的子孙。"① 苏雪林的关于世界文化起源于西亚说,是一个惊人的发现。这样的"发现",为世界文化勾勒出一个起源和流变的蓝图,宏观、清晰,确实大胆而新颖。她还以此为基点进一步解释中国文化的起源和流变——中国文化起源于西亚,西亚文化和希腊等域外文化对中国文化构成影响。苏雪林把屈原作品放到世界古代文化的大背景上,放在东西方文化交流的大坐标上观照,以域外文化(西亚、希腊、罗马、印度等)与战国文化交融及其对应关系为线索来阐释屈原作品中罕为人知的域外文化的奥秘。战国时代的百家争鸣、文化进步,主要原因是域外学者携其学术思想避乱来华,中国文化深受影响,呈现出多元化的局面,屈原才有可能写出辞采壮丽、想象恢弘的伟大诗篇。她研究屈赋,主张中国文化是吸收外来文化融会贯通的混合体,打破了认为中国文化是中华民族关着门自己创造出来的伟大成就的一般看法。"世界文化同源论""域外文化东来说"是苏雪林研究楚辞的两大发现,是中国文化史研究的巨大收获。这样的学术观点作为一家之言,当然新颖而独特。就连现在的许多文学和文化研究者也佩服她对中国文学和文化视野的开拓作用。② 苏雪林的有关世界文化的宏观想象,姑且不论这种文化图景的勾勒是否具有历史的真实性,单就这一描绘所显示出的宏阔的思维就令人佩服不已。

---

① 苏雪林:《屈赋之谜》,《苏雪林文集》(第四卷),安徽文艺出版社 1996 年版,第 189 页。

② 刘学楷:《李商隐诗歌接受史》,安徽大学出版社 2004 年版,第 248 页。

　　学术研究是以知识积累为前提,但知识积累是手段而不是目标,因为重复前人的观点只是知识的传播而不是开拓,真正的学者往往善于在众多学说之外,穷尽知识,别出蹊径。苏雪林在研究上就具有一个真学者的风范。

　　苏雪林最初是从李商隐的无题诗而切入学术领域的。长期以来,中国文学界对李诗的见解大致有三类:一是认为李商隐无题诗中那些晦涩难解之词是别有寄托的,是抒发他因仕途坎坷而抑郁不平的苦闷和牢骚;二是以为李诗的隐僻,可以不解解之,其意境的朦胧幽深自构成一种独特而神秘的美感,藏在暧昧隐僻之间,如果说穿,如同嚼蜡;三是断言李诗的隐僻,是他才力不足的表现。这三种观点流传千载,陈陈相因,究其来源不难看出,中国传统的"诗言志"创作理论及讲究"言外之义"和"韵外之旨"的含蓄的审美理想有着深远影响。而苏雪林却敢于打破这种因袭观念之网,从别一理路研究李诗,认为无题诗只不过是爱情诗而已,她并具体考证了这些爱情诗可能涉及的角色及其身份。这样的研究使历来认为隐僻晦涩的李诗,有了一种明白精确的注解,而她以这种客观的态度从事理论研究,在某种程度上改变了弥漫于学坛上浓厚的"文以载道"的传统思维模式,从而推陈出新,开辟了解读李诗的新途径,开拓了唐诗研究的新领域。后世的研究者从学术史的角度认为:"从五四运动到新中国建立前夕,这三十年中,对李商隐的阐释最有影响者,当属苏雪林的《李义山恋爱事迹考》。"①因研究李商隐的无题诗而被学者和编辑家曾朴誉为"文坛名探""故纸堆里的福尔摩斯"。所谓的"名探"和"福尔摩斯"都是对苏雪林学术研究的求异和发现的肯定。当代学者董乃斌评价苏雪林的研究:"从要求把爱情诗只当作爱情诗(而不是政治诗)来读这一点上,苏雪林的观点显然是对前此种种阐释的超越,至少是超越的开始。"②

　　但学术的求异往往是双刃剑,它会因为新观点提出的早,再加上论据材料还没有大量出现,而使观点不免流于空疏和论证流于苍白无力,再加上学术研究中种种现实意识形态的卷入,使新异观点往往受到围攻。苏雪林的上述观点在当时的境遇也是如此。她的这些观点

---

① 刘学楷:《李商隐诗歌接受史》,安徽大学出版社 2004 年版,第 248 页。

② 董乃斌:《李商隐的心灵世界》,上海古籍出版社 1992 年版,第 55 页。

都曾引起学术界长期的聚讼纷纭。有人从民族主义和文化本位主义出发，骂她是"认人作父"；但更多的学者认为，她的观点若落在实处，往往使人感到证据不足，特别是她将《山海经》与《天问》的研究与西方人杜撰出来的"百慕大之谜"搀和在一起，不但是胡适所说的"有三分证据，说了五分的话"，而且有点旁门左道了。这在苏雪林的《红楼梦》所谓"原本"的研究中显露得最为突出。苏雪林在《作品》（1960 年 10 月第 1 卷第 10 期）上发表的一篇题为《试看"红楼梦"的真面目》的长文，认为"原本《红楼梦》也只是一件未成熟的文艺作品"，她发挥了胡适的《红楼梦》是平淡无奇的自然主义小说的论点，并从所谓的"原本《红楼梦》"出发，认为其中存在着大量的"错字""别字""不通"的文字，想必都是出自曹雪芹之手，以此来证明曹雪芹文才的低庸，用以佐证《红楼梦》文学和学术价值的薄弱。苏雪林对《红楼梦》的批评显露她的知识结构的历史时代的错位。正如胡适所批评她的那样，所谓"原本"，都不是随写随雇人抄了去卖钱换粮过活的抄本；所谓"别字"，也往往是白话文没有标准化的十八世纪杜撰字，我们不可拿二百年后的白话文已略有标准化的眼光去计量他们。[①]

苏雪林曾将文学与学术进行过比较，认为："文学的特质，与学术异，学术重于冷静的理智，文学则重热烈的感情。"[②]苏雪林的学术研究注重实证是其冷静的学术追求的表现，但求异的心态，再有当时的政治文化的影响，使她的一些研究，显出了不冷静和偏执，脱离了学术的理智的规范。苏雪林的学术研究曾被称为"学术野狐禅"，这一方面是说其研究的路子很野，另一方面也说明她的研究与主流的学术研究方法和路径有很大的疏离。而它的价值也显而易见，正如刘学楷在评价苏氏的研究时所说："苏雪林这本书的主要价值并不在具体的考证结论和对具体诗篇的本事性诠释上，而在于它所显示的观念的更新、思想的解放，以及由此带来的研究视角、审美接受心理的变化对以后的研究者、接受者的启示和影响。"[③]

---

① 胡适：《致苏雪林，高阳（1 月 17 日）》，《胡适全集·1956—1962 书信》（第 26 卷），安徽教育出版社 2003 年版，第 563 页。

② 苏雪林：《作家论》，《苏雪林文集》（第三卷），安徽文艺出版社 1996 年版，第 78 页。

③ 刘学楷：《李商隐诗歌接受史》，安徽大学出版社 2004 年版，第 192 页。

二、历史主义的研究哲学

苏雪林的基本身份是作家和文学批评家,也就是说在一般意义上,她的研究的基本立场应该是文学的。但贯穿苏雪林的学术研究,我们会看到,她的研究的基本价值立场却是历史主义的,也就是说,她自始至终是在从历史的立场来研究文学,从历史的立场来研究文化。中国文学和文化研究具有"以史论文"的历史主义传统,民国初年胡适所开创的实证主义研究方法实际上是对中国学术的历史主义的赓续。苏雪林作为胡适的弟子和身处现代历史主义学术氛围中的学者,她的研究沿袭了这样的研究哲学,喜欢从历史的角度考察中国古代文学,注重对文学作品中所谓历史事实(历史本事)进行实证性研究。

苏雪林对文学研究的历史旨趣的追求在她早年从事李商隐诗歌的研究时就表现了出来。苏雪林的学术研究是以李商隐的无题诗为开端的。她对于李诗中是否隐含了李商隐与女道士之间的爱情进行了历史考证。苏雪林通过缜密的考证"揭示"了唐代女官与宫嫔鲜为人知的生活。再如论证纳兰容若的词《饮水词》中存在着一个恋爱的本事,即:"纳兰容若少时有一谢姓中表,或姨姊妹关系的恋人,性情相合,且密有婚姻之约。后来此女被选入宫,容若别婚卢氏,感念前情,不能自释。常与她秘密通信,并互相馈赠食物,此女在宫,不久郁郁而死,容若悲悼终身,《饮水词》中所有凄婉哀感之词,均为彼妹而作。"①并由词推断《红楼梦》的写作动机是,曹雪芹写了好朋友纳兰容若恋爱悲剧。在解读龚自珍的《丁香花》词的时候,苏雪林再次将其看作是龚自珍爱情的实录来进行考察和辨析。"它(《玉溪诗谜》)在《无题》诗阐释史上的最大的特点是,将《无题》诗视为其隐秘爱情经历的实录,'篇篇都是恋爱的本事诗',也就是将《无题》诗本事化。"②爱情诗的本事化是苏雪林研究爱情诗的基本思路。

苏雪林的现代作家和作品批评也基本遵循着这样的研究范式。

---

① 苏雪林:《清代男女两大词人恋史之谜》,《苏雪林文集》(第四卷),安徽文艺出版社 1996 年版,第343 页。

② 刘学楷:《李商隐诗歌接受史》,安徽大学出版社 2004 年版,第 248 页。

苏雪林写作了大量的现代作家论,如《沈从文论》《颓加荡派诗人邵洵美》等,即使是一些作品论也多呈现出作家论的批评方式,如《袁昌英的〈孔雀东南飞〉》等。她喜欢结合作家的人生和性情,结合作家的其他作品进行综合论述。中国古典文学批评范畴"文如其人"是苏雪林所常用的。在《作家论》一文中,苏雪林论述了作家的性情,及其对作家创作的重要性。她的作家论也基本循着这样的理路进行。如对鲁迅,除了批评其创作外,又用"老头子"来概括他的人生和精神,将创作和人生形成相互的映照和说明。而对沈从文也着眼于其人生阅历而对其作品从思想主题到艺术风格进行了入木三分的剖析。最为生动的要数《陈源教授逸事》了。在这则评论中,她一直在叙述自己生活中的陈源教授,很有生活气息。通过观察陈源的生活逸事,来发掘其创作的特点,发现了这位"中国法朗士"的讽刺、谐谑和创作蹇涩的特点和原因。但需要说明的是,苏雪林对现代作家的研究和批评虽然具有本事化的痕迹,但审美已经被作为了基本的落脚点则是不容忽视的事实。

如此的本事考证自有其历史价值,如对作家创作动机的考察很显然对理解作品的内容是有利的,而且苏雪林在对龚自珍与顾太清恋爱的考察方面,厘清了所谓的龚顾恋爱的旧说,对评价龚自珍诗词的价值确实很有帮助。但是把文学作品作为历史来读,必然会形成研究的错位和研究对象价值的错估。苏雪林在对中国古代小说《穆天子传》的研究中,就把它看作是古代的地理著作,并穷其财力和精力去探索中国古代的地理状况,从而忽视了这部著作的文学价值和想象价值。唐诗研究学者刘学楷说:"……问题的关键还在于,《无题》诗是爱情体验的表现和心灵的记录,而非具体爱情经历与事件的实录。"①这里所批评的不仅是苏雪林的学术研究,也是针对新文化运动以后盛行的胡适派实证主义有感而发的。

学术研究中的历史主义倾向,本于人类的求真意识。学术研究从本质上来说也在于求真,但随着人类认识的进步,随着学科意识的逐步形成,求真在不同的学科领域就会呈现出不同的面目。在历史学领域,求真是学术研究的旨归;但在文学领域里,学术的研究的主要任

---

① 刘学楷:《李商隐诗歌接受史》,安徽大学出版社 2004 年版,第 248 页。

务则不是求真,而在于对作品中审美内涵的发掘。中国古代的文学研究所走的大多是文史哲不分家的路径,把历史学的求真作为文学研究的目的。这种错位在中国古代文论中就曾经有所认识,但这种倾向却历经千年而不绝。甚至在学科意识已经非常发达的现代也不能禁绝。早期的文学研究家周作人甚至都有这样的潜意识,更不要说在大众的日常阅读中这种意识更是非常的盛行,成为一种民族的集体无意识。苏雪林的唐诗研究所走的也基本上是这种古典的道路,尽管她后来的唐诗概论和现代作家作品研究也注意到了文学的审美,但从总体上来观察,其学术研究的历史主义倾向还是很明显的。

三、整体观照、微观实证与多学科并用的研究方法

苏雪林的学术研究受到了胡适的实证主义研究哲学的影响很深,在研究方法上非常注重微观的论证,也就是说她非常注重文学作品的细读和历史事实的知识性考证,她总是力图以具体的丰富的历史材料来构建她的观点链条。她所遵循的是胡适的"小心求证"的研究伦理。

具体的材料考证辨析是苏雪林研究的一大特色。在古代文化和诗歌的研究中,她非常注重古籍比较和考订工作。在研究李商隐无题诗、研究屈赋以及研究清代两大词人之谜的时候,都做了大量的细致的文本、历史的考订工作。20 世纪 20 年代,苏雪林在苏州东吴大学教授诗词选。起初,她是照旧注讲授,后来细读作品而对旧注产生了怀疑。她认为在李商隐的许多诗里,都充满了女道士的故事,如果李商隐与女道士没有深切的关系,就不会"一咏之而不已,又再咏之,再咏之不已,而三咏四咏之"。苏雪林紧抓这一点,以李诗为自证、穷搜典籍为旁证追踪下去,从李诗中找出了诗人与女道士及宫嫔恋爱的蛛丝马迹,从而认定李商隐那些无题诗是香艳缠绵的情诗,大都是描写他一生中的奇遇及恋爱的事迹,是实有其人确有其事的,既无关寄托,也并非无解。其中的《圣女祠》《重过圣女祠》《碧城》说的是诗人与唐代女道士宋华阳及宫嫔飞鸾、轻凤的恋爱经过,而历来聚讼纷纷的《锦瑟》一诗则是为追悼因宫案而死的宫嫔所作,"锦瑟"是诗人当年与两

位宫嫔恋爱的情物。正是由于恋爱对象的特殊性,"于是他只得呕心挖脑,制造一大批巧妙的诗谜","不啻将他的爱情窖藏了,窖上却安设了一定的标识,教后来认得这标识的人,自己去发掘"。这就是李诗的笔法之所以隐僻晦涩的原因所在。而这一切都是以古代的文化和诗歌典籍作为论证资料的。

这种材料考证辨析方法在现代作家作品的研究中则体现为对作品的细读。苏雪林通过对鲁迅小说《阿 Q 正传》的细读,写作了《〈阿 Q 正传〉及鲁迅创作艺术》。她出色地揭示了阿 Q 形象的基本内涵:一,"卑怯";二,"精神胜利法";三,"善于投机";四,"夸大狂与自尊癖"。此外则"色情狂""萨满教式的卫道精神""多忌讳""狡猾""愚蠢""贪小利""富悻得心""喜欢凑热闹""糊涂昏聩""麻木不仁"等,"都切中中国民族的病根,作者以嬉笑之笔出之,其沉痛愈于怒骂"。苏雪林对阿 Q 形象如此的条分缕析,是那个时代对鲁迅诠释最为周密的论文之一。《〈扬鞭集〉读后感》也是大量引用刘半农诗作的原文,几乎是进行逐句的解读,然后在此基础上进行分类。对冰心的诗作的批评也是如此。在现代作家作品的论述中,她是如此经常地引用作品原文来说明自己的观点,以致于有的文学史家认为她的批评是属于"微观实用批评"。

苏雪林的学术研究注重微观的实证研究,但她往往又能将宏观与微观相结合,对研究对象宏观的整体研究。

在研究方法上,苏雪林主张"一以贯之"的整体研究。所谓的整体研究,就是研究宏观的文化问题,不能局限于微观的细部问题的解决,而要整体问题整体解决。最让苏雪林得以骄傲的还是对中国古代文化的研究。她从研究中国古代诗词离骚入手,研究中国古代文化,尤其是探索古代文化的起源。她在 1973 年至 1980 年间先后出版了《屈原与九歌》(1973 年台北广东出版社)、《楚骚新诂》(1978 年台北国立编译馆中华丛书编审委员会)、《屈赋论丛》(1980 年台北国立编译馆)等著作。这些研究,苏雪林认为主要成就在三个方面:第一,"我研究屈赋竟得到一个'一以贯之'的方法。用这个方法不但能把中国许多杂乱无章的文化分子整理成一种秩然有序的系统,而且也能把世界文化整理出一个头绪来"。第二,"我主张经史子集打成一片,不但藉以解决屈赋问题,竟可藉以贯穿我国古书的脉络"。第三,"官方文化与民间文化糅合一处,始可窥见中国文化的全貌"。①这种研究方法实际上就是系统论的整体观。

学术研究需要知识的根底,这种知识不仅是专门的某一学科的,而且可能是跨学科的。这就需要研究者具有广博的知识和开阔的视野。苏雪林是个作家,她研究中国古代文化是从文学入手的,但她又综合了比较人类学、比较神话学和比较文学等众多的学术研究手段。企图在她力所能及的范围内进行合理的论证。

苏雪林最具有代表性的学术著作是《屈赋新探》。两千多年来,历代学者阐释《楚辞》中屈原作品始终摆脱不掉儒家治学"引类譬喻"的影响,将屈原那些汪洋恣肆、恢弘瑰丽的诗篇理解为香草美人与君臣遇合的象征。以这样的视角来阐释《离骚》这样的具有自传性的诗篇"尚无疑义"。但苏雪林认为,用这样的观点来解释《天问》《九歌》《招魂》这样的奇瑰诗篇似乎有点牵强。从这样的问题出发,苏雪林就将比较文化人类学的研究方法引入了对楚辞的研究之中,将楚辞放在世界文化的大背景下来研究,从不同文化的比较和文化的流变上来研究,确实给人别开生面的感觉。20 世纪 40 年代,苏雪林执教武汉大学,教授中国文学史,由于生性爱读神话、民俗方面的书,教《楚辞》时,痴迷于屈原作品中浓厚的楚文化神韵,从《天问》《九歌》等诗篇中的大量神话传说故事着手,她企图破译东西方文化交流的密码,"从而寻到了一条屈赋研究的新视角、新途径"②。多种研究方法的介入,使苏雪林在屈赋研究方面超越了古人的狭隘和封闭。

这种整体观照、微观实证相结合的研究方法,跨学科的多维的开放的研究视角,使苏雪林跳出因袭观念之网。这样的研究方法所体现出来的广阔的研究视野和广博的知识结构都是学术研究中所难能可贵的。尽管这样的实证存在着某种逻辑上的断裂,使想象成为某种程度上的臆想,但这样的描绘对中国文化研究的冲击力还是很值得重视的。

苏雪林的学术研究无论其主体心态、研究哲学还是研究方法有其传统的一面,如历史主义的研究哲学和微观实用的批评倾向都与中

---

① 苏雪林:《屈赋之谜》,《苏雪林文集》(第四卷),安徽文艺出版社 1996 年版,第 189、192、194 页。

② 苏雪林:《苏雪林自传》,江苏文艺出版社 1996 年版,第 105 页。

国传统的学术研究思维有着密切的血缘关系,但在传统之中她又吸纳了现代学术研究(尤其是西方学术研究)的哲学和方法论,宏观描述和跨学科透视的角度都是中国传统所没有的,即使是历史主义哲学也是经过了胡适改造了的实证主义,而不再是完全意义上的传统方法。因此,苏雪林的学术研究具有传统与现代相结合的特点,优长自在其中,而缺陷也很明显。这都值得后辈学人深思和借鉴。

[原载《华文文学》2007 年第 3 期]

后 记

　　这部文集是我这些年从事中国现当代文学和文艺理论研究的一部分研究成果；因为此前出版过一本当代文学评论和理论的选集，所以这本自选集就只好在"现代部分"的研究文章里面选"将军"了。但是，也不能算是纯粹的"现代文学"研究，因为现当代文学是一体的，所以在现代文学的研究中经常会有"当代"的内容。

　　文章写作的年代跨度比较大，不同时代所要求的学术规范也有差异，所以在结集中就重点对所有的注释进行了进一步的规范和详化；有的文章因为文字错植或个别观点有问题，而对文章的题目和内容做了少许的删改；当然也有的文章相对原文又有所充实。这部著作中章节都曾以单篇文章的形式发表，发表的刊物和年代都在文后注明。整部著作是大体依照内容的逻辑需要来分类和编排的，并没有考虑发表时间的先后。

　　最后，要感谢发表这些文章的刊物及编辑先生们，也感谢本书的编辑彭敏女士的辛勤工作和认真精神。感谢我的学生张书婷的辛勤校对。

方维保

2014 年 11 月 5 日